SUSAN ANDERSEN

Mach mich glücklich!

Buch

Die selbstbewusste Lily Morrisette glaubt zunächst noch, sie habe sich verhört – dieser attraktive, aber reichlich ungehobelte Marinesoldat Zach Taylor, der da ganz unvermutet in ihrem Schlafzimmer aufgetaucht ist, bezeichnet sie doch tatsächlich als Schmarotzerin! Zach beschuldigt Lily allen Ernstes, hinter dem Vermögen seiner kleinen Schwester Glynnis her zu sein. Was für eine bodenlose Unverschämtheit! Dabei ist Lily eine hervorragend verdienende Chefköchin – und wohnt bei ihrer Freundin Glynnis nur für ein paar Wochen zur Untermiete. Die frisch verlobte Glynnis ist nämlich gerade mit ihrem Liebsten David verreist. Als Zach das hört, brennen bei ihm alle Sicherungen durch: noch so ein Parasit, der seine Glynnis ausnutzen will! Sofort macht er sich auf, die beiden zu verfolgen. Lily hält es für das Beste, Zach nicht mehr aus den Augen zu lassen – schließlich möchte sie verhindern, dass dieser Temperamentbolzen das Glück ihrer besten Freundin zerstört. Und wenn Lily ganz ehrlich ist, hat sie auch gar keine Lust, die Augen von dem umwerfend aussehenden Zach zu lassen …

Autorin

Susan Andersen hat, wie sie selbst sagt, eine Reihe von hochinteressanten Hobbys: ihren Ehemann, einen erwachsenen Sohn, Skifahren, Modeschmuck, Inline-Skating und ihren Kater. Doch am liebsten verbringt sie ihre Zeit mit dem Schreiben. Und das mit großem Erfolg: Regelmäßig klettern ihre Romane auf die amerikanischen Bestsellerlisten! Susan Andersen lebt mit ihrer Familie an der Pazifikküste Washingtons.

Von Susan Andersen bereits erschienen:

Ein Traummann zum Verzweifeln (35626)
Drunter und drüber (35655)
Nicht schon wieder Liebe (35654)
Küssen auf eigene Gefahr (36141)
Immer Ärger mit den Männern (36140)
Unter die Haut (36398)

Susan Andersen

Mach mich glücklich!

Roman

Aus dem Amerikanischen
von Katharina Wegner

blanvalet

Die Originalausgabe erschien unter dem Titel »Getting Lucky«
bei Avon, an imprint of *HarperCollins* Publishers, New York.

Umwelthinweis:
Alle bedruckten Materialien dieses Taschenbuches
sind chlorfrei und umweltschonend.

Einmalige Sonderausgabe Mai 2006 bei
Blanvalet, einem Unternehmen der Verlagsgruppe
Random House GmbH, München.

Published by arrangement with Susan Andersen.
Dieses Werk wurde im Auftrag von
Jane Rotrosen Agency, LLC. durch die Literarische Agentur
Thomas Schlück GmbH, Garbsen, vermittelt.
Umschlaggestaltung: Design Team München
Umschlagfoto: Getty Images/Bennett
ES · Herstellung: LW
Druck und Einband: GGP Media GmbH, Pößneck
Printed in Germany
ISBN-10: 3-442-36535-X
ISBN-13: 978-3-442-36535-7

www.blanvalet-verlag.de

1

Lily Morrisette wollte gerade das Wasserglas an die Lippen setzen, um einen Schluck zu trinken, als sie mitten in der Bewegung verharrte und fasziniert den großen Mann anstarrte, der durch die Küchentür trat. Die Granitfliesen unter ihren Füßen verbreiteten einen matten Glanz, und außer dem fernen Ticken der alten Standuhr im Wohnzimmer war in dem großen Haus direkt am Strand von Laguna Beach kein Laut zu hören. Der Mann brachte einen Schwall kühler, salziger Luft mit sich, der nach den ersten Frühlingsblumen roch. Aber kühl war nicht unbedingt das Wort, das Lily bei seinem Anblick als Erstes in den Sinn kam. Im Gegenteil, er war einer der heißesten Typen, die ihr jemals unter die Augen gekommen waren.

Von den Fotos, die ihr Glynnis Taylor gezeigt hatte, wusste sie natürlich, wer er war. Allerdings wurde ihm keines der Bilder auch nur annähernd gerecht, und schon bei seinem bloßen Erscheinen stockte Lily der Atem.

Er war etwa einen Meter achtzig groß und strahlte etwas Geheimnisvolles und Gefährliches aus. Letzteres ließ sich allein aus seiner Haltung schließen. Und alles Übrige – das tiefschwarze Haar und die Wangen mit den dunklen Schatten, die langen Beine und die breiten Schultern, über denen sich ein marineblaues T-Shirt spannte – nun, was soll man sagen, er war ganz einfach eine Wucht.

Lily überlegte kurz, ob sie sich das Wasser statt in den

Mund nicht lieber auf eine Körperstelle schütten sollte, an der sie jetzt dringender eine Abkühlung nötig hatte. Sie tat es natürlich nicht! Aber hier stand er in Fleisch und Blut vor ihr: der Mann ihrer Träume.

Doch dann machte er seinen Mund auf und zerstörte die Illusion.

»Wer sind Sie denn?«, fuhr er sie an und ließ dabei einen olivgrünen Matchsack von der Schulter rutschen und auf den Fliesenboden fallen. »Und was haben Sie in meiner Küche zu suchen? Wo ist Glynnis?«

Seine Augen waren von einem klaren, hellen Grau, mit einem kohlschwarzen Ring um die Iris. Unter seinen dichten, dunklen Wimpern hervor musterte er mit intensivem, undurchdringlichem Blick ihre dünnen, minzgrünen, mit einer Schnur zusammengehaltenen Pyjamahosen und ihr Tanktop. Sein prüfender Blick erinnerte Lily an jedes einzelne ihrer überflüssigen zehn Pfund, die sie einfach nicht loswerden konnte. Mit einem Klirren stellte sie ihr Glas auf der Küchentheke ab, verzichtete jedoch darauf, ihm im gleichen unhöflichen Ton zu antworten.

»Sie müssen Zach sein.« Sie trat einen Schritt vor und streckte Glynnis' Bruder die Hand entgegen. »Glynnis ist weggefahren. Ich bin Lily – Lily Morrisette. Ich habe schon viel von Ihnen gehört, seit ich hier eingezogen bin.«

»Was Sie nicht sagen«, knurrte er und übersah ihre ausgestreckte Hand. Seine Stimme war so tief, dass sie ihr Vibrato praktisch bis in die Fußsohlen spüren konnte, genau wie damals, in ihrer Jugend, die Bässe aus dem Autoradio des Nachbarjungen, wenn er an ihrem Haus vorbeifuhr. Und sie war fast so kalt wie sein eisiger Blick, als er fortfuhr: »Glynnis hatte schon immer das Talent, irgendwelche verkrachten Existenzen aufzulesen, die eine traurige

Geschichte zu erzählen wussten, aber dass sie so weit gehen würde, in meiner Abwesenheit tatsächlich eine von ihnen in unserem Haus unterzubringen, hätte ich nicht gedacht.«

»Wie bitte?«

»Ich hoffe, Sie haben bekommen, was Sie wollten, solange die Gelegenheit günstig war, Lady.« Er bedachte sie mit einem so geringschätzigen Blick, dass Lily all ihre Selbstbeherrschung aufbringen musste, um nicht zurückzuweichen. »Denn jetzt dürfen Sie Ihren hübschen kleinen Hintern hier wieder rausbewegen, jetzt ist Schluss mit freier Kost und Logis. Packen Sie Ihre Koffer.«

Er fand ihren Hintern hübsch? Und *klein*? Reiß dich zusammen, Lily, ermahnte sie sich. Mein Gott, was war nur los mit ihr? Hier ging es ja wohl kaum darum, was er von ihrem Hintern hielt. Sie straffte ihre Schultern und reckte das Kinn vor. »Nein«, sagte sie mit fester Stimme und verschränkte die Arme vor der Brust.

»Was?« Er sah sie so entgeistert an, als hätte ihm in seinem ganzen Leben noch nie jemand widersprochen.

Vielleicht hatte das ja auch noch niemand getan, überlegte Lily, der jetzt wieder einfiel, dass er irgendeine große Nummer bei den Marines war, spezialisiert auf Aufklärungseinsätze. Dann verhärtete sich sein Mund, und ihre Aufmerksamkeit wurde auf die feine weiße Narbe gelenkt, die seine Oberlippe teilte.

Seltsam, was innerhalb von ein paar Minuten passieren konnte und wie viel schlechte Manieren ausmachten. Was sie eben noch für ungeheuer sexy gehalten hatte, kam ihr nun irgendwie finster vor. *Eine hässliche Seele in einem schönen Körper*, sagte Grandma Nell immer, und zum ersten Mal verstand Lily ganz tief in ihrem Innersten, was sie damit gemeint hatte. Die Seele dieses Kerls hatte gewiss nichts Schönes an sich, und sie hatte keine Lust, diejenige zu sein, die bei diesem schwachsinnigen Kräftemessen nachgab. »Welchen Teil des Wortes haben Sie nicht verstanden?«, fragte sie mit unschuldiger Miene. Dann nahm ihre Stimme die Schärfe an, die sie sich im jahrelangen Umgang mit launischen Küchenchefs, bei denen sie ihr Handwerk lernte, angeeignet hatte. »Ich werde nirgendwo hingehen, Sie sollten sich also besser an meinen Anblick gewöhnen.«

Bevor sie sich's versah, hatten sich die neunzig Kilo eines wutentbrannten Mannes vor ihr aufgebaut und brachten ihr schmerzhaft zu Bewusstsein, dass sie selbst von nicht eben beeindruckender Statur war. »Sie können es sich schwer machen, oder Sie können es sich leicht machen«, sagte Zach, und das tiefe Timbre seiner Stimme schickte ihr einen kalten Schauer über den Rücken. »Aber wie Sie es auch halten wollen, Schwester, Sie *werden* von hier verschwinden.«

Lily warf ihren Kopf zurück, um ihm in die bleigrauen Augen zu blicken. »Kommen Sie mir nicht zu nahe, Sie Möchtegerngeneral. Denn eines sage ich Ihnen: Wenn Sie mich auch nur anfassen, haben Sie schneller die Polizei am Hals, als Sie sich umschauen können.« Sie hasste es, wenn Menschen ihre Größe dazu einsetzten, ihr Angst einzujagen.

»Klar, da fang ich gleich an zu zittern, wenn ein solches Persönchen wie Sie die Bullen ruft.« Allerdings warf er ihr dabei einen Blick zu, als begreife er nicht, wo sie ihre Kaltschnäuzigkeit hernahm, und trat einen Schritt zurück. Um es nicht zu sehr nach Rückzug aussehen zu lassen, vollbrachten sein eiskalter Blick und sein kantiges Kinn das Unmögliche und wurden noch härter. Er beugte sich vor, gerade weit genug, um ihr zu näher zu kommen, aber doch nicht so nahe, dass sie Anlass hatte, ihm erneut zu drohen.

»Wissen Sie, was«, sagte er leise mit einem gefährlichen Unterton, »ich erspare Ihnen die Mühe und rufe sie selbst. Dann können die Sie von meinem Grund und Boden entfernen, und ich kann mich in Ruhe aufs Ohr hauen. Nachdem ich die letzten beiden Tage auf Armeelastern verbracht habe, bin ich nicht in der Stimmung, mich mit einer Betrügerin abzugeben, die meine Schwester um ihr Erbe bringen will.«

»Ach, verdammt –«

Lily hatte keine Lust, sich noch weiter seine bösartigen Unterstellungen anzuhören, und machte auf dem Absatz kehrt. Aus dem Augenwinkel sah sie seinen selbstzufriedenen Gesichtsausdruck und kämpfte hart gegen den Ärger an, der in ihr aufgestiegen war. Statt ihrem Zorn Luft zu machen, stolzierte sie aus der Küche und über den Flur zu ihrem Zimmer, wo sie sich augenblicklich zu dem kleinen Safe begab, den sie in dem Nachtischchen neben ihrem Bett untergebracht hatte.

Sie war überrascht, keinen Dampf durch ihre Poren aufsteigen zu sehen, so heiß, wie das Blut durch ihre Adern pulsierte. Ihre Nerven waren zum Zerreißen gespannt, und dann gaben plötzlich ihre Knie unter ihr nach, und sie ließ sich auf das Bett sinken. Auf der Bettkante sitzend, umklammerte sie die kleine Kassette in ihrem Schoß und atmete tief durch. Wie hatte die Situation nur so schnell aus dem Ruder laufen können?

Zach Taylor war zwar ein kompletter Idiot, was seine Meinung über ihre Rolle im Leben seiner Schwester betraf, aber abgesehen davon hatte er vielleicht gute Gründe, sich Sorgen zu machen. Glynnis würde in nicht einmal einer

Woche fünfundzwanzig werden und dann zu einem ansehnlichen Vermögen kommen, dessen Herkunft Lily nicht kannte. Es musste etwas mit einem Familienunternehmen und Glynnis' Großvater zu tun haben, dachte sie, wusste aber nichts Genaueres, da ihre Freundin immer anfing, zusammenhangloses Zeug zu reden, wenn das Gespräch auf dieses Thema kam. Was Lily dagegen wusste, war, dass Glynnis bei der Auswahl ihrer Freunde bisher kein besonders glückliches Händchen bewiesen hatte – zumindest, was die männlichen Freunde anbelangte. Tatsächlich hatte sich Glynnis schon mehrmals die Finger an Typen verbrannt, die nur wegen ihres Geldes hinter ihr her gewesen waren, und es war kein Geheimnis, dass sie auf jeden, der ihr eine rührselige Geschichte erzählte, hereinfiel. Aber das hatte sich vor kurzem geändert.

Bestimmt hatte Bruder Zach so seine Zweifel, dass sich ihre fragwürdige Menschenkenntnis nur auf das männliche Geschlecht bezog.

Lily musste auch einräumen, dass sie möglicherweise ein winzig kleines Vorurteil Zach gegenüber hatte und bereits das Schlimmste von ihm dachte, bevor sie ihn überhaupt kennen gelernt hatte. Glynnis bewunderte ihren Bruder, aber aus dem, was sie von ihm erzählt hatte, schloss Lily, dass er ein Macho war, einer dieser Alpha-Männchen-Typen, die es sich zur Lebensaufgabe gemacht hatten, die weiblichen Angehörigen der Sippe in Abhängigkeit zu halten. Einen Moment lang hatte sie der Umstand, dass Zach aussah wie ein junger Gott, darüber hinweggetäuscht, seine Unterstellungen hatten sie allerdings gleich wieder zur Besinnung gebracht.

Vielleicht sollte sie ihm aber noch eine Chance geben. Er war eindeutig gestresst und vollkommen erledigt von den

Strapazen der Reise. So etwas konnte aus dem freundlichsten Menschen einen Kotzbrocken machen. Vielleicht sollten sie noch einmal von vorne beginnen. Sie öffnete die Kassette auf ihrem Schoß, nahm das Gesuchte heraus, stellte sie dann wieder in das Schränkchen und ging zurück in die Küche. Sie wollte ihm das Papier zeigen und ihm in aller Ruhe erklären, wie es dazu gekommen war, dass sie hier wohnte.

Ihre Bereitschaft, Zach eine zweite Chance zu geben, bedeutete jedoch nicht, dass sie Blümchen vor seinen Füßen verstreuen würde. Ihr Plan sah nicht vor, die Duckmäuserin zu spielen, sobald sie die Küche betrat und sich im Fadenkreuz dieser Ich-mache-keine-Gefangenen-Augen wieder fand. Sie hielt ihm das Dokument höflich entgegen, statt es gegen seine muskulöse Brust zu knallen, wie sie es vielleicht fünf Minuten zuvor getan hätte, bedachte ihn dafür aber mit einem äußerst kühlen Blick.

»Was soll das sein?« Ohne ihre Antwort abzuwarten, öffnete er das dreifach gefaltete Blatt Papier und begann zu lesen. Seine dunklen Augenbrauen zogen sich bedrohlich über seiner Nase zusammen, und dann schnellte sein Blick hoch und durchbohrte sie.

»Ein Vertrag?«, sagte er gefährlich leise. »Sie haben einen Mietvertrag mit meiner Schwester geschlossen? Ich muss wohl nicht fragen, wessen Idee das war.«

Lily merkte, wie sich ihre guten Absichten augenblicklich in Luft auflösten. Sie mochte seinen Ton nicht, und noch weniger mochte sie, was er ihr unterstellte. Denn das war eine Beleidigung, besonders in Anbetracht dessen, dass dieser Vertrag ihre Idee gewesen war, damit Glynnis lernte, mit Geld umzugehen – etwas, das dieser Möchtegerngeneral hier ihr schon längst hätte beibringen sollen. Sie konnte sich gerade noch am Riemen reißen. »Ich bin mir nicht sicher, ob ich Sie richtig verstanden habe«, sagte sie mühsam beherrscht. »Wie Sie sehen, zahle ich eine faire, marktgerechte Miete und wohne hier keineswegs umsonst.«

Er sah sie nur an, was sie erst recht aufbrachte: »Sie haben den Vertrag gelesen – Sie müssen doch sehen, dass er meine Interessen nicht über die Ihrer Schwester stellt. Und es ist auch nicht so, dass ich den Vertrag aufgesetzt hätte, Glynnis und ich sind damit zu einem vollkommen vertrauenswürdigen Anwalt gegangen.«

»Und der war … Warten Sie, lassen Sie mich überlegen.« Er ließ seinen Blick langsam über ihren Körper wandern, wobei er sich an gewissen Stellen etwas länger aufhielt. »Zufällig ein guter ›Freund‹ von Ihnen?«

»Ich fass es nicht! Wie kann ein so netter Mensch wie Glynnis einen solchen Widerling zum Bruder haben?« *Und wie konnte ich mich auch nur eine Sekunde lang irgendwelchen Fantasien über diesen Kerl hingeben?* Lily sah ihn so verächtlich wie nur möglich an, sein Gesicht blieb jedoch völlig ausdruckslos. Sie hatte das Gefühl, jeden Augenblick würden Rauchwölkchen aus ihren Ohren treten wie bei dem HB-Männchen, und riss ihm den Vertrag aus der Hand. »Jetzt reicht's. Ich geh in mein Zimmer. Und wagen Sie es bloß nicht, mir auch nur einen Schritt zu nahe zu kommen.«

Als sie steifbeinig aus der Küche stakste, hörte sie, wie er seine Tasche vom Boden aufhob. Und auch wenn er sich so lautlos wie eine Katze bewegte, spürte sie doch, dass er ihr folgte, und sie musste an sich halten, um nicht loszukreischen. Sie ballte die Fäuste und beschleunigte ihren Schritt. Sie wollte nur noch alleine sein.

Allerdings war sie nicht schnell genug, um nicht noch zu

hören, wie er zischte: »Hätt ich mir denken können. Sie haben sich sogar mein Zimmer unter den Nagel gerissen!«

Ärger stieg gallig in ihr auf. Als sie eingezogen war, hatte sie sich erboten, das kleinere, hintere Zimmer zu nehmen, aber Glynnis wollte nichts davon wissen. Sie hatte darauf bestanden, dass Lily, wenn sie schon Miete bezahlte, für ihr Geld wenigstens ein Zimmer mit Meerblick bekam. Allerdings hatte sie vergessen zu erwähnen, dass das Zimmer, das sie Lily gegeben hatte, das ihres Bruders war.

Lily drehte sich nicht um, als sie die Tür aufstieß, weil sie den Ausdruck auf seinem Gesicht nicht sehen wollte. »In fünf Minuten werde ich mein Zeug hier rausgeschafft haben.«

»Aber nein, lassen Sie's«, sagte er gespielt freundlich. »Ich will Sie doch nicht vertreiben. Ich nehme mit dem Gästezimmer vorlieb.«

Lily schnappte ungläubig nach Luft. »Damit Sie das der Liste meiner vermeintlichen Verbrechen hinzufügen können? Das würde Ihnen wohl so passen.« Sie marschierte durch das Zimmer, riss ihren großen Koffer vom Schrank und zerrte die Kleider, die im Schrank hingen, von den Bügeln. Sie warf sie in den Koffer, nahm ihre Schuhe vom Boden des Schranks und sammelte die gerahmten Fotos und Parfümfläschchen auf der Kommode ein. Anschließend leerte sie die Schubladen und warf den Inhalt auf das Durcheinander im Koffer. In eine Ecke quetschte sie ihr Schmuckkästchen, sah sich noch einmal um, um sicherzugehen, dass sie nichts vergessen hatte, und ging dann in das angrenzende Bad und suchte ihre Kosmetika und Waschsachen zusammen.

Als sie aus dem Bad kam, sah sie Zach vor dem Koffer stehen und den Inhalt mustern. Ihre Wangen begannen zu glühen. Dass ausgerechnet ihre Spitzenunterwäsche ganz oben zu liegen gekommen war, musste mit Murphys Gesetz zusammenhängen. Sie schubste Zach beiseite und verstaute die Sachen aus dem Badezimmer. Dann hob sie den Koffer mit beiden Händen hoch. Sie hatte genug Zeug für drei Koffer hineingequetscht – zu viel jedenfalls, um ihn jemals zuzubekommen.

»Das müsste alles sein«, sagte sie mit erzwungener Höflichkeit und bemühte sich, den Koffer gerade zu halten, damit nichts aus den diversen Fläschchen auslief, und trug ihn zur Tür. »Jetzt gehört das Zimmer wieder ganz Ihnen.« *Wie erwachsen du doch bist*, lobte sie eine zarte Stimme in ihrem Kopf. *Und höflich. Ja, wirklich – Höflichkeit ist das Allerwichtigste.*

Sie verzichtete darauf, sich für ihr reifes Verhalten auf die Schulter zu klopfen. Denn die traurige Wahrheit war, wenn sie nicht beide Hände voll gehabt hätte, wäre sie sehr versucht gewesen, die Zimmertür so heftig hinter sich zuzuschlagen, dass diesem Typen alle schneeweißen Zähne im Mund geklappert hätten.

Zach fielen immer neue Flüche ein, während er durch das im spanischen Stil erbaute Haus lief und die Haustür abschloss. Er konnte vor Wut kaum an sich halten und beschloss, dass das ein weiteres Verbrechen war, dessen er die kleine Miss Lily Morrisette anklagen konnte – dass sie nämlich einfach abgehauen war, ohne sich darum zu kümmern, ob die Haustür abgeschlossen war.

Dann kam ihm die Absurdität dieses Gedankens zu Bewusstsein. *Ja, sicher doch.* Das war so, als sorge man sich, ob der Fuchs den Hühnerstall auch brav wieder hinter sich zumachte, wenn er ging, oder? Eindringlinge von außen waren wohl kaum das Problem, hatte er den schlimmsten doch bereits im Haus.

Wobei der Vergleich mit dem Fuchs ganz gut passte, denn genau daran erinnerte sie ihn. Schlau, geschickt und verschlagen. Verdammt klug. Und dann ihre Kulleraugen und die weichen Haare und ein Körper wie …

Er schüttelte entschlossen den Kopf und machte sich auf den Weg zu seinem Zimmer. Heute Abend würde er das Problem nicht mehr lösen können. Er war so verdammt müde, dass er kaum mehr aus den Augen sehen konnte. Besser, er holte sich zuerst eine Mütze voll Schlaf und überlegte dann, wie er Miss Morrisette loswurde.

Nett von Glynnis, ihm was zu tun zu geben, wenn er nach Hause kam. Wo steckte sie überhaupt? Und wann musste er sich endlich nicht mehr um sie kümmern? Schließlich war sie eine erwachsene Frau. Und er war ein liberal denkender Mensch – ja, er glaubte fest daran, dass Frauen ebenso gut für sich selbst sorgen konnten wie Männer. Wenn nicht sogar besser.

Allerdings … Glynnis war anders. Seine kleine Schwester hatte immer etwas Unbedarftes und Unschuldiges und eine gewisse Ahnungslosigkeit an sich gehabt, die es geradezu unmöglich machte, sich nicht um sie zu sorgen. Sie war neunzehn und er dreißig gewesen, als sie zu ihm nach Camp Lejeune zog, wo er damals stationiert gewesen war. Ihr Großvater war gerade gestorben, ihre Eltern hatte sie nie kennen gelernt, und sie hatte jemanden gebraucht, der sie in ihrer damaligen Verunsicherung unter seine Fittiche nahm. Da er das einzige noch lebende Familienmitglied war, war ihm diese Aufgabe zugefallen, und er hatte sie gerne übernommen – wann immer es ihm möglich war. Allerdings konnte er nicht ständig für sie da sein, da er oft außer Landes war. Außerdem war sie ja auch kein Kind mehr. War sie nicht sogar ein Jahr älter, als er gewesen war, als er das Haus in Philadelphia, dieses Mausoleum, verlassen hatte, um zu den Marines zu gehen? Warum sollte er also ein schlechtes Gewissen haben, wenn er nicht dauernd in ihrer Nähe sein konnte? Aber er fragte sich doch, ob sie nicht ein bisschen mehr Vernunft angenommen hätte, wenn er in den letzten sechs Jahren öfter die Gelegenheit gehabt hätte, ihr auf die Finger zu sehen.

Besonders was ihren Umgang mit Geld betraf. Glynnis war in Geldangelegenheiten ein hoffnungsloser Fall. Er konnte sich nicht an einen einzigen Monat in der Zeit ihres Zusammenlebens erinnern, in dem sie mit ihrem Unterhalt aus dem Treuhandvermögen ausgekommen wäre. Vielleicht war aber auch das sein Fehler gewesen, weil er ihr immer ausgeholfen hatte. Er hätte ihr vielleicht nicht immer wieder etwas »borgen« sollen, gerade weil sie in neun von zehn Fällen nichts Besseres zu tun gehabt hatte, als sein Geld einem dieser dahergelaufenen Schnorrer in den Rachen zu werfen. Sie war einfach zu vertrauensselig und schadete sich nur selbst mit ihrer Gutmütigkeit.

Was ihn unwillkürlich zurück zu der recht kurvenreichen Miss Lily brachte. Er schob den Gedanken an sie jedoch eisern beiseite, schälte sich aus seinen Klamotten und tappte mit seinem Waschbeutel in der Hand nackt ins Bad. *Fang bloß nicht damit an.* Er wusch sich, putzte sich die Zähne und ging dann zurück in sein Zimmer, wild entschlossen, sich den dringend benötigten Schlaf zu holen.

Doch vor lauter Erschöpfung konnte er nicht schlafen. Er hatte einen Monat frei und wollte diese Zeit eigentlich mit seiner Schwester verbringen und damit, sich zu überlegen, wie er seine letzten zwei Jahre in der Armee verbringen wollte. Aber Glynnis war nicht zu Hause, und allein der Gedanke, dass er sich mit seiner Laufbahn auseinander setzen musste, nervte ihn. Und um dem Ganzen die Krone aufzusetzen, hatte er auch noch eine Erektion von dem Geruch, den dieser Marilyn-Monroe-Verschnitt auf seinem Kissen hinterlassen hatte, der seine Schwester um ihr Vermögen bringen wollte. So hatte er sich seine Heimkehr nicht vorgestellt.

Er warf sich auf den Rücken, verschränkte die Hände hinter dem Kopf und starrte die Decke an. Na und, was war schon dabei? Dann war er eben ein bisschen geil – kein Problem. Und da er nicht gewillt war, gegen Lilys Tür zu trommeln, um in Erfahrung zu bringen, wo seine Schwester war, konnte er wegen Glynnis heute Nacht nichts mehr ausrichten. Immerhin konnte er an das, was von seiner Militärlaufbahn übrig geblieben war, einige Gedanken verschwenden.

Nichts war mehr so wie zu Beginn. Das fing schon damit an, dass er der Letzte aus der ursprünglichen Truppe war. Seine engsten Freunde Coop Blackstock, dem er am ersten Tag der Rekrutenausbildung begegnet war, und John, »the Rocket«, Miglionni, den er bald darauf kennen gelernt hatte, waren schon seit ein paar Jahren nicht mehr bei der Armee. Coop war mittlerweile mit seinen Agenten-Thrillern zum Bestseller-Autor geworden, und Rocket hatte ein eigenes Büro als Privatdetektiv. Und die anderen Kumpel aus ihrer Einheit hatten entweder die Armee verlassen, waren versetzt worden oder gestorben.

Und deshalb war Zach jetzt so etwas wie der alte Herr in einer völlig neu zusammengesetzten Aufklärungseinheit, die aus lauter Achtzehn-, Neunzehn- und Zwanzigjährigen bestand. *Verdammt.* Er rieb sich die Stirn. *Wie hatte das passieren können?* In jedem anderen Beruf würde ein Sechsunddreißigjähriger in einer körperlichen Verfassung wie er als Mann in den besten Jahren gelten. Aber die Aufklärungseinsätze waren die Angelegenheit junger Männer, und seine Vorgesetzten hatten schon Andeutungen gemacht, ob er die aktive Arbeit nicht besser den Jüngeren überlassen und sie stattdessen in den Feinheiten des Jobs unterrichten wolle. Unterrichten!

Klar, jüngere Männer konnten tagelang ohne Schlaf auskommen und zeigten keinerlei Ermüdungserscheinungen, während er diese Fähigkeit irgendwann in den letzten Jahren eingebüßt hatte. Und, ja, der letzte Einsatz in Südamerika war verdammt hart gewesen. Aber es hatte schließlich auch eine Temperatur von vierzig Grad geherrscht, und die Luftfeuchtigkeit war nicht ohne gewesen. Selbst die kleinen Hosenscheißer, wie er sie manchmal bei sich nannte, hatten damit zu kämpfen gehabt.

Was sollte es also. Er konnte sehr wohl noch mit ihnen mithalten. Gut, in der letzten Zeit war er vielleicht nicht mehr so gerne im aktiven Einsatz wie früher, aber das ging bestimmt wieder vorbei. Es hatte ihn eben frustriert, wie die letzte Mission verlaufen war.

Er brauchte nur ein wenig Erholung, dann wäre er wieder fit. Er hatte es sich immer vorgestellt, dass er bis zu seinem Ausscheiden aus der Armee bei einer Aufklärungseinheit blieb, und dieser Zeitpunkt wäre gekommen, wenn er die zwanzig Jahre hinter sich hatte und pensionsberechtigt war. Die Frage war nur, wie er sich bis dahin seine Vorgesetzten vom Leib halten sollte.

Aber es hatte wohl wenig Sinn, sich jetzt den Kopf darüber zu zerbrechen. Er drehte sich auf die Seite, boxte das Kissen zurecht und stopfte es sich unter den Kopf. Dabei löste sich wieder eine kleine Duftwolke und kitzelte seine Nase, und sofort stieg Lilys Bild vor seinem inneren Auge auf, doch dieses Mal wurde er es nicht so leicht wieder los.

Sie war ziemlich klein – er wäre überrascht, wenn sie mehr als ein Meter fünfundfünzig messen würde. Aber jeder Zentimeter, jedes Pfund an ihr war Eros pur. Es war nicht nur die Summe aus dem blonden Haarschopf, den blauen Augen und der sanft gebräunten Haut. Es war die Art, wie sie sich bewegte, und dieses ganz und gar Weibliche an ihr. Es waren die Pheromone, die sie verströmte. Und es waren diese Rundungen.

Mann, o Mann. Diese Kurven.

Wie ein Pin-up-Girl: runde Brüste, schmale Taille und volle, üppige Hüften. Sie war ausgestattet wie ein Cadillac – gut gepolstert und mit Klasse, einfach einladend. Man musste sie nur ansehen, und schon kamen einem die wildesten Gedanken.

Die falschen Gedanken allerdings. Zach zog das Kissen unter seinem Kopf hervor und warf es im hohen Bogen in die Ecke. Er drehte sich um und legte den Kopf auf seinen Arm. Aber nun stieg der Geruch, den er mit dem Kissen loszuwerden gehofft hatte, aus dem Laken. Er fluchte. Er hatte lange, anstrengende Tage hinter sich, und er war erledigt – bestimmt lag es daran.

Nein, er sollte aufhören, sich etwas vorzumachen. Lily Morrisette war genau der Typ Frau, der die Gedanken eines Mannes fesseln konnte, ohne auch nur einen einzigen der niedlichen rot lackierten Finger zu rühren. Und das machte sie gefährlicher als ein Minenfeld.

Das Erste, was er am nächsten Morgen tun würde, nachdem er eine Nacht durchgeschlafen hatte und sein Kopf wieder wie gewohnt arbeitete, war, zu überlegen, wie er sie dazu bringen konnte, ihr Zeug zu packen und zu verschwinden.

2

Am nächsten Morgen stand Lily nackt vor der Spiegeltür des Kleiderschranks und musterte ihre Figur. Je länger sie schaute, desto mürrischer wurde sie. Wer hatte bloß so große Spiegel erfunden? Sie hätte wetten mögen, dass es ein Mann mit einer sadistischen Ader war.

Okay, damit tat sie vielleicht jemandem Unrecht. Vielleicht war er ja ein ganz netter Kerl – einer, der vollkommen vernarrt war in seine elfenhafte Frau, und er hatte das Ding erfunden, damit sie ihren gertenschlanken, sicherlich knabenhaften Körper nach Herzenslust von Kopf bis Fuß betrachten konnte. Abgesehen davon war es ja auch nicht so, dass das Bild, das Lily entgegenblickte, so schlimm war. Wenn sie allein ihre Maßstäbe anlegte, dann würde sie vermutlich sogar sagen: *Nicht toll. Könnte durchaus einige Verbesserungen vertragen. Aber insgesamt gesehen nicht schlecht für eine Fünfunddreißigjährige, die leidenschaftlich gerne isst.*

Nur leider war ihr Blick beeinflusst von der Erinnerung an Zach Taylors kalte graue Augen, die über ihren Körper gewandert waren, und zu wissen, dass *er* sicherlich niemals gegen Orangenhaut kämpfen musste, war auch nicht gerade erhebend. Sie zog ihren Bauch ein, reckte sich, so weit es ging, in die Höhe und drehte sich vor dem Spiegel hin und her. Ihr Spiegelbild gewann dadurch allerdings kaum. Sie war einfach so furchtbar … *rundlich*.

Sie stieß die Luft wieder aus und musterte die verschiedenen Teile, die das Ganze ausmachten. Einige konnte man durchaus lassen. Sie mochte ihre Schultern, und auch ihre Arme waren gut geformt. Sie hatte schöne Haut, und ihre Brüste waren okay. Wenn sie ein Wörtchen hätte mitreden dürfen, hätte sie kleinere gewählt, aber so groß, dass die Leute gafften, waren sie glücklicherweise auch nicht. Und sie waren noch immer dort, wo sie sein sollten – das musste man ihnen lassen.

Das waren also die Pluspunkte, der Rest war ein bisschen heikler. Sie hatte eine kurze Taille, und ihre Hüften und ihren Hintern konnte sie nur als Strafe des Schicksals bezeichnen. Sie wollte lieber gar nicht erst darüber nachdenken, mit diesen überflüssigen Zentimetern würde sie sich niemals abfinden. Und da sie nur einen Meter sechzig groß war (nun ja, um genau zu sein, ein Meter achtundfünfzigeinhalb), wuchsen ihre Beine auch nicht gerade in den Himmel. Glücklicherweise hatte sie wenigstens schöne gerade Schultern, sonst hätte sie wie eines dieser Stehauf-Männchen ausgesehen, die, egal, wie oft man sie umwarf, immer wieder in die Höhe schnellten.

Aber Gott sei Dank gab es ja die Segnungen der Kosmetik und all die anderen Dinge, die das Leben einer Frau leichter machten. *Was soll's?*, dachte sie, als sie nach einem ihrer Lieblingswäschestücke griff, *jeder sieht angezogen besser aus.* Sie schlüpfte in den winzigen eisblauen Slip, hüllte ihre Brüste in den passenden Spitzen-BH und rückte die Träger zurecht. Dann zog sie ihre frisch gebügelten Designer-Jeans an und stieg in ein Paar rote Riemchensandalen, die sie zehn Zentimeter größer machten, und streifte einen farblich passenden, ärmellosen Pulli mit V-Ausschnitt über. Als krönenden Abschluss legte sie einen goldenen Kettengürtel um und rückte ihn auf dem seidigen Jersey-Stoff zurecht, bis er locker zwischen Taille und Hüfte saß. Sie trat einen Schritt zurück und nickte zufrieden. Ein Hauch Gold verlieh jedem Outfit das gewisse Etwas, und mit Hilfe des Gürtels konnte sie ihre Kurven betonen und gleichzeitig ihre Figur modisch strecken.

Sie tänzelte ins Bad und schaltete ihre elektrischen Lockenwickler ein. Während sie darauf wartete, dass sie heiß wurden, trug sie flüssiges Make-up auf, puderte ihre T-Zone, pinselte einen Hauch Rouge auf ihre Wangenknochen, und danach schminkte sie ihre Augen sorgfältig mit Farben, die ihr ein natürliches Aussehen verliehen.

Gerade als sie Wimpernzange und Mascara zurück in das Badezimmerschränkchen legte, leuchtete das Lämpchen auf, das anzeigte, dass die Lockenwickler heiß genug waren. Sie wickelte ihre Haare auf, putzte sich die Zähne, legte einen hübschen rosa Lippenstift auf und nahm die Lockenwickler wieder heraus. Einen Augenblick ließ sie die Haare auskühlen, dann bürstete sie sie durch, warf die Bürste in das Schränkchen, beugte sich nach vorne und fuhr sich mit beiden Händen durch die Locken. Wieder aufgerichtet, zupfte sie ihre Frisur hier und da noch ein wenig zurecht und ging zurück ins Zimmer, um sich erneut vor dem Spiegel zu mustern.

»Schon viel besser«, murmelte sie. »Auf einem Nacktfoto sieht auch jeder erst nach einer gehörigen Retusche wirklich gut aus, da bin ich mir sicher.«

Trotzdem ging ihr auf dem Weg in die Küche durch den Kopf, dass es nicht schaden könnte, wieder einmal eine kleine Diät einzulegen. Vielleicht sollte sie sich mit einem Stück Obst zum Frühstück begnügen.

Es war ein guter Vorsatz – der sich allerdings sofort in

Luft auflöste, als sie die Kühlschranktür öffnete und ihr Blick auf einen Karton mit Eiern fiel. Sie nahm eine Orange heraus, aber gleichzeitig ließ sie zwei Eier mitgehen, einen großen Egerling, eine Frühlingszwiebel und eine Tomatenhälfte und legte alles auf die Arbeitsplatte neben dem Herd. Dann erinnerte sie sich an den verlockend aussehenden geräucherten Gouda im Käsefach, nahm auch den heraus und schnitt eine Ecke ab. Sie träufelte etwas Olivenöl in eine Bratpfanne, stellte sie auf den Herd und zündete das Gas an. Als die blauen Flammen am Rand der Pfanne hochleckten, schlug sie die Eier in eine Schüssel, die sie aus dem Schrank geholt hatte. Sie gab ein wenig Milch und Salz und Pfeffer dazu und rührte die Mischung mit einem Schneebesen schaumig, dann stellte sie sie beiseite, um schnell die anderen Zutaten zu schneiden.

Sie liebte gutes Essen, und zwar alles daran – den Geruch, den Geschmack, die Konsistenz. Diese Leidenschaft für Essbares und alle Arten seiner Zubereitung hatte sie dazu veranlasst, gleich nach der High School eine Kochschule zu besuchen und danach eine Reihe von Praktika und Lehrgängen bei den berühmtesten Köchen Kaliforniens zu absolvieren.

Während sie die Eiermischung in die heiße Pfanne gab und das Gemüse und den klein gewürfelten Käse gleichmäßig darauf verteilte, summte sie vor sich hin. In der Zeit, bis das Omelett so weit gestockt war, dass sie es zusammenklappen konnte, deckte sie den Tisch mit einem hübschen Teller, einer Stoffserviette und silbernem Besteck. Dann machte sie sich noch rasch eine Tasse Tee, schnitt zwei dünne Schnitze der Orange zurecht und dekorierte damit den Teller. An die Spüle gelehnt, aß sie den Rest der Orange.

Wenig später ließ sie das Omelett auf ihren Teller gleiten und setzte sich damit an den Tisch. Einen Moment lang sog sie genießerisch den Duft ein und bewunderte den appetitlichen Anblick des von Orangenschnitzen umrahmten Omeletts auf dem blauen Teller. Dann nahm sie mit ihrer Gabel einen Bissen davon und steckte ihn in den Mund. Sie schloss die Augen. Ah, das war köstlich. Wie sehr liebte sie doch gutes Essen. Noch war der Tag nicht gekommen, an dem sie eine leckere Mahlzeit nicht mehr zu schätzen wusste. Gut, manchmal, wenn sie schlechter Laune war, verging ihr zwar kurz der Appetit, aber zu ihrem Glück – oder auch Unglück, bedachte man, dass alles, was sie sich zwischen die Zähne steckte, ohne Umweg auf ihren Hüften landete – war sie von Natur aus ein hoffnungsfroher Mensch.

Dieses hoffnungsfrohe Naturell bekam einen schweren Dämpfer verpasst, als sie während des Essens ein Kribbeln in ihrem Nacken aufblicken ließ und sie Zach in der Tür herumlungern sah.

Er hatte sich mit einer seiner breiten Schultern lässig gegen den Türrahmen gelehnt und betrachtete sie mit einem äußerst seltsamen Gesichtsausdruck. Aber schon im nächsten Moment war der rätselhafte Ausdruck aus seinem Gesicht verschwunden, und er löste sich vom Türrahmen und schlenderte in die Küche. Er blieb neben dem Tisch stehen und bedachte sie mit einem missmutigen Blick. »Sind Sie immer noch da?«

Lily ließ ihre Gabel sinken. »Ja«, sagte sie, »und damit wir nicht immer wieder dasselbe Gespräch führen müssen, werde ich versuchen, das Ganze in so schlichte Worte zu fassen, dass selbst Sie es verstehen. Ich. Werde. Nicht. Gehen. Und schon gar nicht, weil Sie von der lächerlichen

Idee besessen sind, dass ich Glynnis um ihr Erbe bringen will. Ihre Schwester war so freundlich, mir ein Zimmer anzubieten, als ich auf der Straße stand, nachdem meine Wohnung den Besitzer gewechselt hatte, und solange sie mich nicht bittet zu gehen, werde ich hier auch nicht das Feld räumen.« Zumindest nicht bis zur letzten Maiwoche, wenn sie wieder ihre Stelle als Köchin auf einer Firmenjacht antreten würde – allerdings empfand Lily nicht das geringste Bedürfnis, Glynnis' Bruder davon in Kenntnis zu setzen.

Sie sah ihn an. Warum musste ein solcher Idiot bloß so attraktiv sein? Er hatte, seinem frischen Aussehen nach zu urteilen, gerade geduscht, seine Haare waren noch feucht und seine Wangen glatt und glänzend von der Rasur. Er sah ganz einfach umwerfend aus. Es war doch mal wieder typisch, dass der erste Mann seit langem, der ihre Hormonproduktion wieder ankurbelte, sich als komplette Flasche erwies! Das Leben war einfach ungerecht.

Und wie um diese Feststellung zu bestätigen, fragte er sie mit seinem weichen Bariton: »Hat meine Schwester eigentlich erwähnt, dass das Haus auf meinen Namen läuft und nicht auf ihren?«

Zach sah zu, wie Lily seine Worte verdaute. Einen Moment lang schien sie wie vor den Kopf geschlagen, aber sie fasste sich schnell, das musste man ihr lassen. Sie reckte ihr fein geschnittenes Kinn in die Höhe und warf ihm einen kühlen Blick zu.

»Ich nehme an, Sie wollen damit die Gültigkeit meines Vertrages mit Glynnis in Frage stellen?«

»Kann sein.« Er verschränkte die Arme vor der Brust und starrte auf sie hinunter. Aber was er da sah, war viel zu hübsch, daher richtete er seine Aufmerksamkeit auf den

Teller, der vor ihr stand und auf dem das appetitlichste Omelett lag, das ihm je unter die Augen gekommen war. Es war dessen verführerischer Geruch gewesen, der ihn überhaupt erst in die Küche gelockt hatte, und jetzt, da er es in seiner goldbraunen Vollkommenheit vor sich liegen sah, lief ihm das Wasser im Mund zusammen. Sein Magen knurrte.

»Dann werden wir uns wohl vor Gericht wieder sehen«, sagte Lily und lenkte seine Aufmerksamkeit wieder auf sie. Mit flammend roten Wangen und blitzenden Augen von einem so strahlenden Blau, dass er vermutete, sie trage farbige Kontaktlinsen, schob sie ihren Stuhl vom Tisch zurück und erhob sich. Sie trug ihren Teller zur Spüle und kratzte die Reste ihres Essens in den Müll. Dann warf sie ihm über die Schulter einen langen, ruhigen Blick zu. »Weil ich nämlich nicht ausziehen werde.«

Einen Moment lang war Zach das vollkommen egal. Er sah das perfekte Omelett im Mülleimer verschwinden und hätte beinahe laut aufgeheult. Nur weil sie es nicht aufessen wollte, hieß das doch nicht, dass man es wegwerfen musste! Er hätte sich seiner schon angenommen. Er konnte sich nicht erinnern, wann er zuletzt eine anständige Mahlzeit bekommen hatte; während der letzten vierundzwanzig Stunden sicher nicht. Hunger, Schlafmangel und die Sorge um seine Schwester hatten an seinen Nerven gezerrt, sodass er sich jetzt drohend vor ihr aufbaute. »Wo ist Glynnis?«, fauchte er, wohl wissend, dass sein Zorn zu nichts führte.

Lily erwiderte nichts, aber etwas in ihren Augen bestätigte Zach, dass sie die Antwort wusste, und entgegen seiner sonstigen Art verlor er für einen Moment die Beherrschung, packte Lily an den Oberarmen und schüttelte sie.

Er senkte den Kopf und brüllte sie an: »Wo, zum Teufel, ist sie?«

Zuerst spürte er die Wärme und Weichheit ihrer Haut. Dann sah er, wie ihre kristallblauen Augen sich weiteten, und die Angst, die in ihnen stand, traf ihn bis ins Mark. Fluchend ließ er sie los, trat einen Schritt zurück und fuhr sich mit der Hand durch die Haare. »Ich möchte einfach nur wissen, wo meine Schwester ist.« Als er den entschuldigenden Ton in seiner Stimme hörte, knurrte er gleich wieder: »Offensichtlich hat es Ihnen nicht genügt, es sich hier bequem zu machen.«

»Was soll das denn heißen? Meinen Sie vielleicht, dass ich ihr etwas *angetan* habe? Mein Gott, sie ist verreist!« Lily verschränkte die Arme vor der Brust und rieb ihre Oberarme. »Vielleicht sollten Sie mal etwas wegen Ihrer Paranoia unternehmen und zum Seelenklempner gehen.«

Er schob das Schuldgefühl beiseite, das ihn überkam, als er sah, wie sie über die Arme rieb, als suche sie nach Verletzungen, und drang weiter auf sie ein. »Verreist? Wohin? Und mit wem?«

»In den Norden«, gab sie kühl zurück. »Mit einem Freund.« Mit in die Höhe gerecktem Kinn sah sie ihn aufmüpfig an. Aber sie konnte seinem Blick nicht standhalten.

Das sagte ihm mehr als alle Worte – dieser »Freund« war jemand, der ihm nicht gefallen hätte. »Oh, Scheiße! Sie ist schon wieder mal mit einem Hochstapler unterwegs, oder?«

»Womit Sie wohl andeuten wollen, dass ich auch einer bin. Oder etwa nicht?«

»Tja, Süße, wem der Schuh passt …« Trotz ihres blonden Wuschelkopfes und dieses süßen Schmollmunds war es ganz sicher nicht ihre übliche Masche, die Unschuld zu spielen. Die kleine Miss Lily versuchte sich vermutlich öfter an der schwanztragenden Bevölkerung.

»O Gott!« Sie schüttelte angewidert den Kopf und bedachte ihn mit einem vernichtenden Blick. »Sie sind wirklich schwer von Begriff.«

»Na, dann geben Sie sich doch mal ein bisschen mehr Mühe. Warum setzen wir zwei uns nicht hin und machen es uns gemütlich. Dann können Sie mir erzählen, wohin *genau* Glynnis gefahren ist – und wer ihr verdammter Reisebegleiter ist.«

»Ganz wie Sie wünschen«, sagte sie mit kühler Stimme. »Und kann ich sonst noch etwas für Sie tun, wo wir schon mal dabei sind?«

»Zu einem dieser Omeletts würde ich nicht Nein sagen.«

»Selbstverständlich – aber bevor ich mich an die Arbeit mache, noch eines.« Sie streckte ihm ihren Hintern entgegen, klatschte sich auf eine der hübschen runden Backen und bedachte ihn mit einem liebreizenden Lächeln. »Sie können mich mal hier lecken.«

Er musterte das betreffende Körperteil eingehend und hob dann langsam den Blick. »Auch dazu würde ich nicht Nein sagen.«

Sie gab ein wütendes Schnauben von sich, machte auf dem Absatz kehrt und stolzierte aus dem Raum – diesen Eindruck erweckten zumindest ihre steifen, sanft gebräunten Schultern, als sie die Küche verließ. Richtiges Stolzieren musste auf so hohen Absätzen ganz schön schwer sein.

Er beobachtete das rhythmische Wippen ihrer Hüften, als sie davonstöckelte. *Wie kann ein so netter Mensch wie Glynnis einen solchen Widerling zum Bruder haben?* Ihre gestrigen Worte kamen ihm wieder in den Sinn, und sein Blick verfinsterte sich. Was war nur an ihr, das jegliche Zurückhaltung, die ihn normalerweise seine Zunge im Zaum halten ließ, zunichte machte? Zwei lausige Minuten in ihrer Gegenwart, und all die Manieren, die ihm über Jahre hinweg eingehämmert worden waren, waren dahin.

So mit Frauen zu sprechen hatte man ihm gewiss nicht beigebracht. Seine Großmutter würde sich im Grabe umdrehen – sie hatte sehr genaue Vorstellungen gehabt, wie ein Gentleman mit Frauen umzugehen hatte, und sie hätte ihm was erzählt, wenn sie mitbekommen hätte, wie wenig Respekt er Lily erwies.

Diese Frau ging einem aber auch ziemlich an die Nerven! Wie sie zum Beispiel gerade genug Parfüm auftrug, um den Wunsch in ihm zu wecken, ihr so nahe zu sein, dass er mehr davon riechen konnte. Oder wie sie es anstellte, dass sie so aussah, als sei sie gerade nach einem wirklich heißen Tête-à-tête aus dem Bett gekrochen. Ganz zu schweigen von der Art, wie sie ging, mit diesem Hüftschwung und den kleinen Trippelschritten. Mann, sie aß sogar verführerisch. Bei dem Anblick, wie sie einen Bissen Omelett in ihren Mund steckte, wäre er beinahe in die Knie gegangen. Er kannte Frauen, die während eines Orgasmus nicht halb so ekstatisch aussahen.

Er schüttelte den Kopf und versuchte, das Bild aus seinem Kopf zu verscheuchen. Er verstand das alles nicht. Was hatte sie nur an sich, das ihn so anzog? Lily war nicht unbedingt die schönste Frau, der er je begegnet war. Wenn man es genau nahm, nicht einmal die mit dem meisten Sex-Appeal. Aber er musste nur im selben Raum wie sie sein, und schon konnte er kaum seinen Blick von ihr abwenden, und das, ohne dass sie irgendwas Besonderes tat.

Und du glaubst wirklich, dass das Zufall ist, Schlaukopf?

Zach fluchte. Verdammt. War der Blick eines Mannes erst mal an einem verwuschelten blonden Haarschopf und den Kurven eines solchen Luders hängen geblieben, dann übernahm todsicher ein anderes Körperteil als sein Hirn das Denken. Aber auch wenn Lily Morrisette die erotischste Frau war, die ihm jemals unter die Augen gekommen war, hatte sie doch eine Art, ihm gegenüberzutreten, keinen Zoll nachzugeben, die fast etwas Männliches hatte. Sie wusste offensichtlich ganz genau, was sie tat.

Er glaubte nicht, dass er irgendwelche voreiligen Schlüsse zog, wenn er ihre Motive anzweifelte. Es wäre schließlich nicht das erste Mal, dass Glynnis dem Falschen vertraute. Sie war in ihrem Leben schon an eine ganze Reihe echter Loser geraten, und mehr als ein Kerl hatte geglaubt, er hätte ausgesorgt, wenn er sie rumkriegte. Gut, nicht *alle* waren auf ihr Geld aus gewesen, daher misstraute er keineswegs von vornherein jedem Menschen, mit dem sie in Kontakt kam. Das musste er seiner Schwester zugestehen, sie hatte es geschafft, ein paar echte Freunde zu gewinnen. Allerdings waren alle ihre Freundinnen, die er bislang kennen gelernt hatte, in demselben Alter wie sie gewesen – junge Frauen Anfang zwanzig, die entweder zu kichern oder unverblümt zu flirten anfingen, wenn er versuchte, so etwas wie ein intelligentes Gespräch mit ihnen zu führen.

Sie hatten jedenfalls nichts mit Lily gemein. Ihnen fehlte zum Beispiel ihre Ausstrahlung, die daher rührte, dass sie das Spiel kannte. Es bedurfte langer Jahre und viel Erfahrung, diese Art von Weltläufigkeit zu erwerben. Auch wenn es nicht unbedingt zu seinen Stärken gehörte, das Alter von jemandem zu schätzen, ginge er jede Wette ein, dass Lily um einiges älter war als seine Schwester – eher Mitte dreißig wie er als Mitte zwanzig wie Glynnis.

Und unter solchen Umständen musste man sich doch fragen: Was wollte eine so selbstsichere Frau wie Lily von einem naiven Mädchen, das neun oder zehn Jahre jünger war, wenn nicht ihr Geld?

Jedenfalls musste er unbedingt der Frage nachgehen, woher sie sich kannten.

Lily lief aufgebracht in ihrem Zimmer auf und ab. Wie hatte sie nur immer davon träumen können, einen älteren Bruder zu haben! Wenn Mr. Ich-habe-das-Kommando-über-alles-um-mich-herum als Beispiel gelten konnte, dann konnte sie sich glücklich schätzen, Einzelkind zu sein.

Es kostete sie einige Mühe, nicht vor Wut mit den Zähnen zu knirschen. Nein, also wirklich! Am gestrigen Abend hatte sie seine Unhöflichkeit damit entschuldigt, dass er offensichtlich müde war und deswegen nicht klar denken konnte, aber wie konnte er es wagen, so mir nichts, dir nichts anzunehmen, sie sei nicht integer? Ja, sie war eine vollbusige Blondine mit blauen Augen, die sich gerne schminkte und Schmuck liebte; und nur wenige Männer hatten sich bisher die Mühe gemacht, hinter diese äußere Fassade zu blicken. Aber es bestand doch ein gewaltiger Unterschied zwischen dem Umstand, für ein dummes Blondchen gehalten zu werden, und Zachs ekelhaften Unterstellungen.

Sie ließ sich auf die Bettkante sinken und konzentrierte sich darauf, ihr inneres Gleichgewicht wieder zu finden und die Situation ganz nüchtern und sachlich zu betrachten. Es dauerte eine gewisse Zeit, aber schließlich kehrte ihr Pulsschlag zu einem normalen Rhythmus zurück.

Dann klopfte es an ihrer Tür. Lily zuckte zusammen und gab zu ihrem Verdruss einen Schrei wie eine verschreckte Eule von sich. Sie sprang vom Bett auf und starrte die geschlossene Tür an, die Hände zu Fäusten geballt. Ihr Herz begann wieder zu rasen, und alle guten Vorsätze waren vergessen. »Hauen Sie ab!«

»Machen Sie die Tür auf, Lily. Ich möchte mit Ihnen reden.«

»Na, wenn das so ist«, zischte sie. »Ich eile, ich fliege, großer Meister.«

»Ich habe genau gehört, was Sie gesagt haben.« Er besaß auch noch die Unverschämtheit, amüsiert zu klingen. Aber seine gute Laune hielt offensichtlich nicht lange an. Denn jetzt hämmerte er gegen die Tür. »Machen Sie endlich die verdammte Tür auf!«

Mit ein paar wütenden Schritten hatte sie das Zimmer durchquert, riss die Tür auf und starrte verärgert in sein gebräuntes Gesicht. »Sind Sie eigentlich auch imstande, einen einzigen winzigen Satz von sich zu geben, ohne dabei zu fluchen?«

Er blinzelte und sah zu ihrer Überraschung etwas betreten aus. »Tut mir Leid«, brummte er mit seiner tiefen Stimme. »Ich bin schon so lange Soldat, dass ich vergessen habe, dass man sich in der zivilen Welt ein wenig gesitteter verhält. Aber ich will mich bessern.« Dann schien er sich plötzlich daran zu erinnern, dass er ja eigentlich mit seinem Feind sprach. Er trat ins Zimmer und zwang sie, zurückzuweichen. Im nächsten Moment hatte sie sich jedoch wieder gefangen und gab keinen Zentimeter mehr preis. »Aber deswegen bin ich nicht hier«, sagte er. »Ich will wissen, wie Sie meine Schwester kennen gelernt haben.«

Und schon war er wieder da, dieser herrische Befehlston, der verlangte, dass man ihm Rede und Antwort stand, und zwar zack-zack. Lily hätte ihm beinahe geantwortet, er könne sie mal. Dann fiel ihr allerdings ein, dass sie das bereits gesagt hatte, und eine heiße Röte überzog ihr Gesicht, als sie an seine Reaktion dachte. Vermutlich war es besser, ihm ein für alle Mal den Wind aus den Segeln zu nehmen. Daher atmete sie ein Mal tief durch und antwortete wahrheitsgemäß: »Wir haben uns in einem Yoga-Kurs kennen gelernt.«

»Wo?«

»Bei Headlands, drüben am Harbor Drive in Dana Point.«

»Und wer war zuerst in dem Kurs?« Er ließ die Fragen auf sie niederprasseln, als sei er der Vorgesetzte und sie ein kleiner Rekrut. »Sie oder Glynnis?«

»Glynnis«, presste sie zwischen zusammengebissenen Zähnen hervor.

Er bedachte sie mit einem Blick, als hätte sie soeben seine schlimmsten Vermutungen bestätigt. »Aha.«

»Was soll das heißen, ›aha‹?« Als müsste man Hellseher sein, um zu wissen, worauf er abzielte. Sie straffte die Schultern. »Ich wohnte zu dieser Zeit noch um die Ecke, zwischen San Juan Capistrano und Dana Point. Glynnis ist diejenige, die den längeren Weg auf sich nahm, um den Kurs zu besuchen. Kennt Ihre Paranoia denn gar keine Grenzen?«

»Lassen Sie mich mal sehen, ob ich das alles richtig verstanden habe«, sagte er und blickte auf sie hinunter. »Eine Mittdreißigerin, die offensichtlich über kein Einkommen verfügt, besucht ganz zufällig denselben Yoga-Kurs wie meine reiche vierundzwanzigjährige Schwester – und ehe man sich's versieht, zieht sie bei ihr ein.« Er zog seine Augenbrauen hoch. »Sie haben Recht, ich muss vollkommen paranoid sein. Ihr beide habt ja sonst so viel gemeinsam, nicht wahr?«

»Ich habe Ihnen gesagt, dass ich Miete zahle! Ihre ›reiche Schwester‹ ist die halbe Zeit über pleite, und deshalb haben wir von diesem Arrangement beide was, bis ich eine neue Wohnung gefunden habe! Abgesehen davon kennen Sie mich überhaupt nicht! Wie kommen Sie auf die Idee, dass ich kein Einkommen habe?«

»Stimmt, das muss sich noch zeigen. Aber heute ist ein ganz normaler Werktag, Schätzchen, und soweit ich sehe, haben Sie sich darauf eingestellt, den ganzen Tag zu Hause herumzulümmeln.« Seine kalten grauen Augen wanderten schnell an ihr auf und ab, bevor er ihr wieder ins Gesicht sah. »Aber wenn Sie tatsächlich Glynnis' Treuhandvermögen aufstocken, können Sie das doch ganz einfach beweisen, oder? Zeigen Sie mir einfach einen Kontoauszug mit der Mietüberweisung.«

Verdammter Mist, das geht nicht. »Ich habe in letzter Zeit keine Auszüge bei der Bank geholt.«

»Na, das hätte ich mir doch gleich denken können.«

Das erste Mal in ihrem Leben war Lily nahe dran, jemanden zu schlagen. Sie trat einen Schritt auf ihn zu. »Ich habe jetzt endgültig genug von Ihrem Gerede. Ich will, dass Sie augenblicklich aus meinem Zimmer verschwinden.«

Er sah auf sie hinunter und machte keine Anstalten zu gehen, bis sie ihm einen Schubs gegen die Brust gab. Daraufhin bequemte er sich dazu, langsam einen Schritt rückwärts zu machen, blieb dann aber wieder stehen, bis sie ihn erneut schubste. Er trat in den Flur.

Lily starrte zu ihm hinauf. »Sie wollen wissen, was Glynnis und ich gemeinsam haben, Sie Möchtegerngeneral?«

Er zog eine Augenbraue hoch.

»Wir fragen uns beide, wie es kommt, dass manche Männer solche Idioten sind«, sagte sie und zählte die Klagen all ihrer Bekannten auf, die schon eine Weile auf der Suche nach dem richtigen Mann waren. »Entweder wollen sie dich ändern, dich bumsen oder die Kontrolle über dein Leben haben. Na? Erkennen Sie sich in dieser Kurzbeschreibung wieder?« Mit einem lauten Krachen fiel die Tür vor seiner Nase ins Schloss.

Einen Moment lang blieb es auf der anderen Seite still, dann sagte Zach: »Ich will wissen, wo meine Schwester ist.«

»Und ich will, dass endlich der Hunger auf der Welt besiegt wird. Es sieht so aus, als würden wir beide enttäuscht werden.«

»Mag ja sein, dass Sie sich damit ein bisschen übernommen haben, aber ich werde meine Antwort kriegen. Sie werden es mir sagen. Wollen wir wetten?«

Darauf kannst du warten, bis du schimmelig wirst, dachte sie und starrte die geschlossene Tür an. Nichts auf der Welt würde sie dazu bringen, diesem Kontrollfreak, der seine Schwester offensichtlich für zu naiv hielt, um eigene Entscheidungen treffen zu können, auf die Nase zu binden, dass Glynnis auf dem Weg zu einer Insel im Staat Washington war, um die Familie ihres Verlobten kennen zu lernen.

3

»Warum erzählst du diesem Idioten nicht einfach, womit du dein Geld verdienst, damit du endlich deine Ruhe hast?«

Lily lächelte ihre Freundin Mimi über den Restauranttisch hinweg schief an. »Das wäre sicherlich das Vernünftigste, klar. Aber sobald ich ihn nur sehe, bin ich schon auf hundertachtzig und zu keinem klaren Gedanken mehr imstande.«

»Genau deshalb sollst du ja dem weisen Rat deiner Freundin folgen.« Mimi schob ihre Leopardenfellhandtasche auf die Seite, um auf der ecrufarbenen Leinentischdecke Platz für ihre Ellbogen zu schaffen, und beugte sich mit ernster Miene vor. »Gönn dir doch das Vergnügen, und zeig ihm einen deiner Lohnstreifen, Lil, wenn er die vielen Nullen vor dem Komma sieht, wird er sich wie ein Volltrottel vorkommen, und jedes weitere Wort wird ihm im Hals stecken bleiben.«

»Meinetwegen soll er dran *ersticken*«, murmelte Lily, und fügte dann, erschrocken über ihre eigene Boshaftigkeit, schnell hinzu: »Das meine ich natürlich nicht wörtlich.« Sie schüttelte verwirrt den Kopf. »Mein Gott. Bevor ich Zach Taylor kennen gelernt habe, dachte ich immer, ich bin ein friedliebender Mensch. Aber er macht mich einfach so … so verdammt …«

»An?«

»Wütend!« Inmitten der Geräuschkulisse aus klapperndem Besteck, gedämpften Unterhaltungen und klassischer Musik, die aus verborgenen Lautsprechern rieselte, saß sie steif wie ein Ladestock auf ihrem gepolsterten Stuhl. »Und noch was. Ich schulde ihm keine Erklärungen. Er ist derjenige, der den hirnrissigen Schluss gezogen hat, dass ich hinter Glynnis' Kohle her bin. Wie komme ich dazu, mir ein Bein auszureißen, um ihn vom Gegenteil zu überzeugen?«

»Vielleicht weil es dir das Leben leichter machen würde?« Dann schüttelte Mimi den Kopf. »Okay. Ich sehe schon, du hast dir vorgenommen, stur zu bleiben wie ein Esel. Für jemanden, der normalerweise so sanftmütig ist, bist du auf einmal ganz schön bockig.«

»Ich weiß, ich verhalte mich dumm und pubertär, aber so und nicht anders ist es nun mal. Vielleicht wird mir ja ein nettes, entspanntes Mittagessen zu etwas mehr Reife verhelfen.«

»Dann beantworte mir noch eine letzte Frage, und ich lasse dich in Ruhe: Findest du nicht, dass man das Ganze auch mit einer gewissen Ironie betrachten kann? Wenn du eine Sache kannst, dann ist es doch, mit Geld umzugehen.«

»Das lernt man, wenn man in Armut aufwächst«, stimmte Lily ihr zu. »Ich war nicht älter als acht, als ich mir geschworen habe, dass ich finanziell abgesichert sein werde, wenn ich erwachsen bin.«

»Und das hast du geschafft«, sagte Mimi. »Du hast jedes einzelne deiner kurzfristigen Ziele erreicht und bist gerade dabei, auch noch die meisten deiner langfristigen Vorhaben in die Tat umzusetzen.«

Lily entspannte sich ein bisschen. Mimi hatte Recht. Die Laufbahn, die sie eingeschlagen hatte, brachte ihr gutes Geld ein, und die Investitionen, die sie in den letzten Jahren getätigt hatte, waren noch einträglicher. Also, zum Teufel mit Zachariah Taylor und seinen haltlosen Anschuldigungen! Sollte er sie sich doch sonst wohin stecken. Solange sie wusste, dass genau das Gegenteil der Fall war, nämlich dass sie seiner Schwester eine gewisse Eigenverantwortlichkeit in finanziellen Dingen beigebracht hatte, konnte es ihr egal sein, was er glaubte. Sie lächelte verzagt. »Du meinst also, ich habe keinen Grund, griesgrämig zu sein?«

»Nein, mein Schatz. Ich weiß, ich habe leicht reden,

schließlich bin ich ja nicht diejenige, die beleidigt wurde. Aber vielleicht solltest du es dir wenigstens nicht gar so sehr zu Herzen nehmen. Was willst du wegen der Schwester unternehmen?«

»Glynnis?«

»Ja. Taylor hört sich nach einem Arschloch erster Güte an, aber wenn ich mal ein bisschen Advocatus Diaboli spielen darf: Du hast doch selbst gesagt, dass er wahrscheinlich eine gewisse Erfahrung hat, wenn es darum geht, die Menschenkenntnis seiner Schwester einzuschätzen. Ihre bisherigen Leistungen auf diesem Gebiet scheinen ja nicht unbedingt überzeugend zu sein.«

»Stimmt, da kann ich dir nicht widersprechen.« Trotz aller guten Vorsätze war Lily, wie sie feststellte, nicht bereit, ihm irgendwelche Zugeständnisse zu machen. »Und worauf willst du hinaus, Mimi?«

»Auf nichts Bestimmtes eigentlich.« Sie lachte. »Aber vielleicht geht es ihm nicht nur darum, Kontrolle über sie zu haben, wenn er wissen will, wo sie sich rumtreibt. Was, wenn er wirklich ernsthaft um ihr Wohlergehen besorgt ist? Vielleicht erklärt das, warum er irgendwelche Informationen aus dir herausholen will?«

»Vielleicht, vielleicht auch nicht. Glynnis kann manchmal wirklich ziemlich blauäugig sein – das erste Mal, als wir uns länger miteinander unterhalten haben, war sie völlig durcheinander, weil sie gerade entdeckt hatte, dass der äußerst charmante Mann, in den sie bis über beide Ohren verknallt war, nur ein Auge auf ihr Konto geworfen hatte. Aber schließlich ist sie alt genug. Wenn sie gewollt hätte, dass ihr Bruder etwas von ihren Plänen weiß, hätte sie ihm eine Nachricht hinterlassen oder ihn angerufen. Es ist jedenfalls nicht meine Aufgabe, ihn von ihrem Verbleib in

Kenntnis zu setzen. Abgesehen davon mag ich David wirklich gerne, und ich bin felsenfest davon überzeugt, dass er ihr gut tut.« Sie nippte an ihrem Wein. »Wenn unser Möchtegerngeneral erfährt, dass David es möglicherweise gewagt hat, sie in den Hafen der Ehe zu locken, dann ... Ich zittere schon bei dem bloßen Gedanken, was dann passiert. Das Geschrei, das er anstimmen wird, ist noch das Wenigste.« Sie sah ihre Freundin über den Tisch hinweg an. »Mann, ich fange an zu bedauern, dass ich das verdammte Apartment nicht gekauft habe, als es angeboten worden war. Dann würde ich mich jetzt wenigstens nicht im Mittelpunkt dieser Schmierenkomödie wiederfinden.«

»Nein, stattdessen hättest du ein dickes Minus auf dem Konto. Und wofür? Deine Traumwohnung war es ja wohl nicht. Sie war in Ordnung, aber sie haben viel zu viel für dieses Stückchen Immobilie mit seinen gerade mal fünfundsechzig Quadratmetern verlangt. Mein Gott, für einen solchen Preis würde ich zumindest einen Blick aufs Meer erwarten, auch wenn man sich dazu aus dem Fenster hängen muss.«

Es freute Lily, dass Mimi sie in ihrer Entscheidung bestätigte. »Du hast Recht. Gut, dass du mich daran erinnerst, dass mein Herz nicht an der Wohnung hing – nicht so sehr jedenfalls, um meine Ersparnisse für die Anzahlung und die Notarkosten zu opfern.«

Die Sonne warf goldene Strahlen durch das Fenster. Lily sah hinaus auf die Palmen, deren grüne Blätter sich in der sanften Brise bewegten. Einen Moment lang gab sie sich ihrem Traum hin, sich eines Tages irgendwo niederzulassen und ihr eigenes Restaurant zu eröffnen, bevor sie sich wieder dem dringlicheren Problem zuwandte. »Eines ist klar«, sagte sie, »ich werde mich sofort auf die Suche nach einer neuen Wohnung machen müssen. Ich hatte gehofft, mir damit Zeit lassen zu können, bis ich von meinem nächsten Job auf der *Argosy* zurückkomme, aber das Schicksal hat es wohl anders gewollt. Die Vorstellung, mich von diesem Typen vertreiben zu lassen, gefällt mir zwar nicht, aber ich habe nicht die geringste Lust, mit ihm zusammenzuwohnen.«

»Überleg es dir noch mal.« Mimi strich eine lange Strähne ihres kunstvoll gefärbten, honigblonden Haars zurück, die ihr über die Schulter gefallen war. »Schätzchen, ich rate dir, sag dem Mann die Wahrheit. Vielleicht kriegt er wegen seiner ekelhaften Unterstellungen ein so schlechtes Gewissen, dass er dich dort umsonst wohnen lässt.« Sie grinste breit. »Und dann rückt der Termin der feierlichen Eröffnung deines Restaurants gleich viel, viel näher.«

Lily lachte kurz auf. »Ich bezweifle, dass Zach Taylor in seinem Leben schon mal irgendetwas peinlich gewesen ist. Abgesehen davon ist unser Verhältnis an einem Punkt angelangt, von dem aus kein Weg zurück zu einem zivilisierten Umgang führt.« Der flüchtige Gedanke an seine Lippen mit der feinen weißen Narbe erinnerte sie daran, dass sie noch ein paar rote Blutkörperchen besaß, die ihr gehörig einheizen konnten, und sie rutschte unbehaglich auf ihrem Stuhl herum. »Nein«, sagte sie mit großer Entschiedenheit, um das Bild zu vertreiben. »Mein Traum muss wohl noch einen oder zwei Monate warten.«

»Wenn du meinst«, sagte Mimi. »Aber ich glaube, du machst einen Fehler.«

Lily bedachte sie mit einem schiefen Lächeln. »Das wäre nicht der erste.« Dann nahm sie die Speisekarte. »So. Weißt du schon, was du als Nachspeise nimmst? Ich habe bereits von verschiedenen Seiten gehört, dass das Tiramisu hier fantastisch ist. Das muss ich unbedingt probieren.«

Zach öffnete auf ein herrisches Klopfen hin die Tür und war im ersten Moment erstaunt, als er sah, wer davor stand. Von allen Leuten, die er auf seiner Schwelle vermutet hätte, wäre John Miglionni so ungefähr der Letzte gewesen.

Aber da stand er, sein ehemaliger Kamerad bei den Marines, gegen den weiß verputzten Türbogen gelehnt, die Hände in den Taschen seiner Hose vergraben. Er verzog sein braun gebranntes Gesicht zu einem breiten Grinsen und entblößte dabei zwei Reihen blendend weißer Zähne. »Hallo, Midnight«, sagte er lässig. »Lange nicht gesehen.«

»Rocket!« Die Freude über das Wiedersehen riss Zach aus seiner Erstarrung. Ein Lächeln breitete sich auf seinem Gesicht aus, er trat einen Schritt vor, und die beiden Männern klopften sich zur Begrüßung auf die Schultern. Als Zach wieder zurücktrat, entdeckte er den glatten schwarzen Pferdeschwanz in Johns Nacken, und er zog leicht daran. »Was haben wir denn da? Ich mag ja nicht mehr der Jüngste sein, aber zumindest sehe ich wie ein guter Amerikaner aus. Wann hast du dir denn dieses süße Schwänzchen wachsen lassen?«

»Leck mich, Taylor.«

»Besser nicht. Ein paar von uns machen das noch immer lieber beim weiblichen Geschlecht.«

Sie grinsten einander an, zufrieden, mal wieder einige Derbheiten losgeworden zu sein, und das erste Mal, seit er nach Hause gekommen war, fühlte sich Zach wieder eins mit sich selbst. Er machte eine auffordernde Handbewegung. »Beweg deinen Hintern ins Haus«, befahl er. »Gott, wie lange ist es her? Zwei Jahre? Was führt dich in diese Gegend?«

»Mein letzter Fall.« John folgte Zach in die Küche, wo dieser zwei Bier aus dem Kühlschrank holte. »Nachdem ich ihn unter Dach und Fach gebracht hatte, dachte ich mir, dass es eine Schande wäre, wenn ich nicht bei dir vorbeischaue, da ich schon mal in L. A. bin.«

»Braver Junge.« Zach reichte ihm ein Bier, sie öffneten die Flaschen und schnippten die Kronkorken in die Spüle, dann traten sie an den Küchentisch. »Mann, tut das gut, dich zu sehen, John.« Zach forderte seinen Freund mit einer Geste auf, Platz zu nehmen, und zog sich selbst einen Stuhl heran. »Wie ist es dir in der Zwischenzeit ergangen? Findest du es immer noch so aufregend, Sherlock Holmes zu spielen?«

»Ja, ich find's klasse.« Rocket lehnte sich zurück, streckte seine langen Beine aus und stützte die Flasche auf seinem flachen Bauch ab. »Meistens. Manchmal nervt's mich auch, wie damals, als ich es nicht zu Coops Hochzeit geschafft habe, weil ich gerade mitten in ein paar Fällen steckte, die die laufenden Kosten deckten und die ich deswegen nicht auf die lange Bank schieben konnte. Hat mir wirklich Leid getan, nicht dabei sein zu können. Hätte die Braut gerne kennen gelernt, weil ich mir einfach nicht vorstellen kann, welche Frau es schafft, Ice vor den Altar zu schleppen.«

»Du würdest Veronica mögen. Sieht genau aus wie Schneewittchen, wenn es das jemals gegeben hätte, natürlich.«

»Soll das heißen, Schneewittchen gab es gar nicht?« Rocket starrte ihn an, als wäre ihm gerade eröffnet worden, dass der Weihnachtsmann gestorben sei. »Und sie hat nicht mit den Zwergen herumgemacht? Warum, glaubst du, haben die dann immer dieses dämliche Grinsen auf dem Gesicht?«

»Vielleicht Sauerstoffmangel bei der Geburt?« Zach lachte. »Ja, das muss man zugeben, diese Jungfrauen-Nummer hat sie verdammt gut hingekriegt. Aber vielleicht habe ich mich ja auch von dieser piepsigen Kleinmädchenstimme täuschen lassen. Und was Veronica angeht, stell dir unser Schneewittchen etwas heißblütiger vor, dann weißt du, wie sie aussieht. Sie ist nett, sie ist lustig, und sie kann was. Und vor allem ist sie ganz verrückt nach Coop.«

»Reizend. Trotzdem, meinen Segen kriegt sie erst, wenn ich sie selbst in Augenschein genommen habe.« Er trank einen Schluck von seinem Bier und lächelte. »Was auch in Kürze geschehen wird. Bis zu meinem nächsten Fall ist es noch ein Weilchen hin, und ich gönne mir den ersten Urlaub seit anderthalb Jahren. Ich will rauf nach Washington, hinter die sechs Berge, und ein paar Tage bei ihnen verbringen.«

»Sieben, du Dummkopf« korrigierte Zach ihn automatisch. Dann wurde ihm bewusst, was Johns Urlaub für seine eigenen Pläne bedeutete, und er fluchte. Rocket sah ihn mit seinen pechschwarzen Augen ruhig an und zog fragend die Augenbrauen hoch, aber Zach zuckte nur die Schultern. »Tut mir Leid«, sagte er. »Freut mich natürlich für dich. Nur durchkreuzt es meine Pläne. Ich wollte dich vorhin nämlich gerade anrufen und bitten, jemanden für mich zu überprüfen.«

»Hey, ich kann jederzeit und überall jemanden überprüfen. Ein Laptop macht das Reisen leicht – und ich entferne mich nie weit von meinem treuen Titan-Begleiter. Wen willst du checken lassen?«

»Eine Frau namens Lily Morrisette.« Er erklärte, um was es sich handelte.

»Und du bist ganz sicher, dass sie eine Betrügerin ist?«, fragte Rocket, nachdem Zach seinen Bericht beendet hatte.

»So sicher, wie ich es ohne deine Hilfe sein kann. Ich habe ihr die Gelegenheit gegeben, mir das Gegenteil zu beweisen, und sie hat mich hingehalten.« Er rieb sich den Nacken. »Ich weiß nicht, John, vielleicht ist das alles ja auch mein Fehler.«

»Wie meinst du das?«

»Sieh dir dieses Haus an. Ich wollte Glynnis die Sicherheit bieten, die sie aufgegeben hat, als sie zu mir nach Lejeune zog. Genauso gut hätte ich eine Anzeige in die Zeitung setzen können: ›Naives reiches Mädchen, lebt die meiste Zeit allein. Leicht zu haben, greifen Sie zu.‹«

Rocket schüttelte den Kopf. »Ich glaube, du musst dir keine Vorwürfe machen, Alter, aber ich kenne dich, wenn es um deine Schwester geht. Erzähl mir alles, was du über diese Morrisette weißt.«

Zach teilte ihm alles mit, was er wusste, was nicht viel war, wie er zugeben musste. Das Einzige, was er nicht erwähnte, war, wie schwer es ihm fiel, Lilys Sex-Appeal zu widerstehen. Das hatte auch nichts mit der Sache zu tun. Dafür konnte er rein gar nichts, und außerdem war es bestimmt nur von kurzer Dauer und er würde sich bald wieder im Griff haben.

Aber durch irgendetwas schien er sich verraten zu haben, denn als er mit seinem Bericht fertig war, überkreuzte Rocket unter dem Tisch lässig seine Füße, rutschte auf seinem Stuhl ein bisschen nach vorne und musterte ihn schweigend, während er an seinem Bier nippte.

Und da war Zach klar, dass Rocket es wusste.

Einen Moment lang sagte John nichts. Dann kratzte er sich mit dem Daumennagel übers Kinn. »Soweit ich bisher in L. A. sehen konnte, sind die kalifornischen Mädchen eine Kategorie für sich. Die Lösung liegt doch klar auf der Hand.«

»Dann verrat sie mir, Miglionni, weil sie nämlich auf meiner Hand nicht liegt.«

»Sie hat eine gute Figur, sie ist blond, und sie ist ein kleines Luder, richtig?«

»Ja, und?«

Er zuckte die Schultern. »Warum machst du ihr nicht ein Angebot, dem sie nicht widerstehen kann? Mann, Zach, sie scheint genau dein Typ zu sein. Lass ein bisschen was springen für die Kleine. Spiel 'ne Zeit lang den guten Onkel.«

Zach richtete sich ruckartig auf seinem Stuhl auf. »Bist du irre?«

»Komplett durchgeknallt, kann schon sein.« Rocket grinste von einem Ohr zum anderen. »Du hast doch nichts zu verlieren. Genügend Kohle hast du jedenfalls, um ein bisschen was zu investieren. Und sie hat offensichtlich einiges zu bieten, was *dich* glücklich machen kann. Und während sie damit beschäftigt ist, deine Bedürfnisse zu befriedigen, wird sie weder die Zeit noch die Energie haben, sich am Portemonnaie deiner kleinen Schwester zu vergreifen.«

Ein paar Herzschläge lang erschien ihm die Vorstellung, dem Vorschlag seines Freundes nachzugeben, verlockender als die Aussicht auf einen Schuss Heroin in die Adern für einen Junkie. Es überraschte Zach, wie groß diese Versuchung war.

Dann kam er wieder zu sich.

»Ich ziehe es vor, meine Frauen nicht zu bezahlen«, sagte er mit einem sarkastischen Lächeln. Aber er musste einen großen Schluck von seinem Bier nehmen, um seine plötzlich ausgetrocknete Kehle zu befeuchten.

»Na gut, wenn du meinst, plötzlich den Moralapostel spielen zu müssen.« Rocket zuckte die Schultern. »Ich bin da anders, ich greife zu, wann immer sich mir die Gelegenheit bietet. Solange ich sie an den richtigen Stellen zu fassen bekomme, versteht sich.«

Zach lachte. »Du bist und bleibst ein richtiger Scheißkerl, John.« Er hob die Bierflasche an seine Lippen und musterte seinen Freund einen Moment lang über das braune Glas hinweg. »Aber wenn ich es mir recht überlege, warst du nie besonders wählerisch. Bist du immer noch so hinter den Weibern her?«

»Aber nein. Ich gehe es jetzt gemütlicher an. Mann, ich prahle ja nicht mal mehr mit meinen Eroberungen.«

»Tu mir das nicht an. Der Kerl, der Coop und mich mit jedem schweinischen Detail über jedes Mädchen, das er in der Nacht zuvor flachgelegt hatte, erfreute – der will jetzt alles für sich behalten? Das darf doch nicht wahr sein, Junge.«

»Ich weiß, ich weiß, nichts ist mehr so, wie es einmal war. Dieses Erwachsenwerden ist ganz schön unheimlich.« Er trank den Rest seines Biers aus und stellte die Flasche auf den Tisch. »Wo wir schon übers Erwachsenwerden reden, wann willst du den aktiven Dienst aufgeben?«

»Wenn's nach mir ginge, niemals.« Zachs Stimme wurde plötzlich tonlos bei diesem Thema, das ihm zu sehr unter die Haut ging.

John schien es nicht zu bemerken. Er zuckte nur lässig mit einer Schulter. »Noch haben dir die Zwanzigjährigen also nicht völlig das Wasser abgegraben?«

»Sie versuchen es, aber ich bin hart im Nehmen.« Auch

wenn er nicht mehr alles so leicht wegsteckte. »Mann, Rocket, waren wir jemals so jung wie die? Und so dumm? Ich bin gerade aus Südamerika zurückgekommen, wo ich versucht habe, eine Horde wild gewordener Teenager unter Kontrolle zu halten, die nichts anderes im Sinn hatten, als den dortigen Señoritas nachzustellen. Es hat nicht viel gefehlt, und es wäre zu einem internationalen Zwischenfall gekommen, kurz bevor wir abzogen.«

»Einer deiner Jungs hat ein Mädchen dort kompromittiert?«

»›Vernichtet‹ hat es ihr Verlobter genannt.« Er schüttelte verärgert den Kopf. »Wir sind da runtergegangen, um eine Geisel aus den Fängen eines Drogenkartells zu befreien, und dann sind wir noch geblieben, um das Dorf gegen Vergeltungsmaßnahmen zu schützen. Alles sollte schnell und professionell ablaufen. Wir sollten die Geisel befreien, ein paar Strategien zur Verteidigung des Dorfes entwickeln und den Dorfbewohnern zeigen, wie man sie aufrechterhalten kann, und dann noch ein paar junge Männer rekrutieren und sie nach Pendleton mitnehmen.«

»Um ihnen Elementarkenntnisse in der Kriegsführung beizubringen?«

»Ja, du weißt, wie das läuft.«

»Klar.« John zuckte wieder die Schultern. »Bring ihnen alles bei, was du in sechs Wochen in sie reinstopfen kannst, schick sie zurück, damit sie das, was sie gelernt haben, an die übrigen Dorfbewohner weitergeben können, und dann bete, dass alles gut geht. Bestand das Problem wirklich nur darin, dass dein Mann seine Pfoten nicht bei sich behalten konnte, oder ist die Operation von Anfang an schief gelaufen?«

»Nein, die Aufklärung und die Geiselbefreiung liefen

wie am Schnürchen. Die Männer in meiner Einheit sind jung, aber gut. Die Probleme fingen erst an, als wir in das Dorf kamen. Da verwandelten sie sich von einem Korps bestens ausgebildeter Soldaten in einen Haufen hirnloser Schürzenjäger.«

»Aber das ist doch nichts Neues. Mann, Midnight, die Kacke ist immer am Dampfen, sobald junge Soldaten so einem geschlechtsreifen süßen kleinen Ding ausgesetzt sind. Oder überhaupt einer Frau, die noch nicht alt und grau ist, wenn man's genau nimmt – gerade nach einem erfolgreich verlaufenen Einsatz.«

»Ich weiß, aber dieses Mal hätte die Geschichte beinahe dazu geführt, dass ein Dorf nicht in die Lage versetzt werden konnte, sich selbst zu verteidigen. Und dem Stab die Gründe dafür erklären zu müssen hätte mir sicherlich keinen besonderen Spaß gemacht.«

»Was ist passiert?«

Zachs Blick fiel auf Johns leere Bierflasche, und er stand auf, um zwei neue Flaschen aus dem Kühlschrank zu holen. »Der weitaus beste Kandidat für das Programm«, sagte er, »war ein junger Mann namens Miguel Escavez. Er ist ein echtes Naturtalent, verfügt zweifellos über Führungspotenzial und ist entschlossen, zu verteidigen, was ihm gehört.« Er reichte Rocket ein Bier, setzte sich wieder hin und machte sich daran, seine Flasche zu öffnen, hielt dann jedoch inne und sah seinen Freund an. »Leider war er auch der Verlobte des Mädchens.«

»O Scheiße.«

»Du sagst es. Nachdem ich mit dem Mädchen gesprochen und festgestellt hatte, dass sie freiwillig mit Pederson in die Kiste gegangen und volljährig war, fiel mir die erfreuliche Aufgabe zu, Miguel mitzuteilen, dass ich keinerlei Handhabe hatte, meinen brünstigen Soldaten zu bestrafen.« Zach erinnerte sich an das Surren der Fliegen und die Hitze, sah wieder vor sich, wie Wut und verletzter Stolz in den Augen des jungen Latinos aufblitzten.

Er machte die Flasche auf und trank einen Schluck, um das Bild zu verscheuchen. »Ein paar Tage später fanden wir Pederson in der Nähe des Dorfes, regelrecht zu Brei geschlagen. Ich wusste ganz genau, dass Escavez dafür verantwortlich war, aber da ich keine Beweise hatte, konnte ich nichts gegen ihn unternehmen.« Er biss die Zähne zusammen. »Und das ist eigentlich das Ende der Geschichte. Ich habe nichts unternommen.«

John zuckte die Schultern. »Manche Einsätze sind eben so – da kann man nichts machen. Und vielleicht ist es ja auch ganz gut, dass du keine Beweise gegen Escavez gefunden hast.«

»Was meinst du damit?«

»Wir haben beide unzählige Stunden in solchen Dörfern verbracht. Wenn man sich auf etwas in diesen Macho-Kulturen verlassen kann, dann darauf, wie ungeheuer wichtig es für die Männer ist, das Gesicht zu wahren. Ist Pederson wieder auf den Beinen?«

»Ja. Er ist noch nicht hundertprozentig wiederhergestellt, aber du weißt ja, wie schnell sich ein Neunzehnjähriger erholt.«

»Na also. Dein Junge hat überlebt und wird es sich das nächste Mal gut überlegen, bevor er wieder was mit dem Mädchen eines Dorfbewohners anfängt. Und Escavez hat sich gerächt, womit er wahrscheinlich in seinem Dorf das Gesicht gewahrt hat.«

»Stimmt.« Zach merkte, wie ein Teil der Last von ihm abfiel. »Und schließlich meldete sich Miguel sogar freiwillig für die Drei-Mann-Delegation, die wir mitgenommen haben.« Er prostete Rocket mit seiner Bierflasche zu. »Wahrscheinlich hast du Recht, und es heißt mal wieder Ende gut, alles gut.«

Er hörte, wie die Haustür geöffnet wurde. Das konnte nur Lily sein, und Zach sah zur Küchentür, an der sie gleich vorbeigehen musste. Es ärgerte ihn, als er merkte, dass sein Blut ein wenig heißer und schneller durch seine Adern pumpte als noch vor ein paar Augenblicken. Dann erinnerte er sich an die Worte seines Freundes und atmete tief durch, um sich zu beruhigen.

Rocket hatte Recht. Lily war genau der Typ Frau, der für gewöhnlich seine Aufmerksamkeit auf sich zog – zumindest in körperlicher Hinsicht. *Verdammt noch mal*, dachte er erleichtert. *Das heißt noch lange nicht, dass ich mich zum Triebtäter entwickle. Ich brauche einfach nur mal wieder eine Frau.*

Fast hätte er laut aufgelacht. Wie John gesagt hatte, erfolgreich beendete Befreiungsaktionen brachten die Säfte eines Mannes zum Fließen. Hinzu kam, dass es lange her war, seit er das letzte Mal Hautkontakt mit einer Frau gehabt hatte – lange vor der Geschichte in Südamerika –, und wahrscheinlich hätte ihn jede Frau angemacht, erst recht ein so steiler Zahn wie Lily Morrisette. Wenn er erst mal wieder Gelegenheit gehabt hätte, sein sexuelles Defizit auszugleichen, würde er garantiert jedes Interesse an ihr verlieren.

Er klammerte sich an diesen Gedanken, während er zusah, wie Lily mit ihrem verdammt süßen blonden Wuschelkopf und diesem unvergleichlichen Hüftschwung in sein Blickfeld kam und durch den Flur stöckelte. Trotzdem stieg seine Körpertemperatur noch ein bisschen weiter an.

Und gerade als er dachte, dass es wirklich an der Zeit war, mal wieder auf die Piste zu gehen, sah Lily von der winzigen Handtasche auf, in die sie eben ihre Schlüssel gesteckt hatte.

Mit einem leisen Ausruf des Erstaunens blieb sie abrupt stehen und griff sich mit einer Hand an den wohlgeformten Busen. Ein halbes Dutzend feiner goldener Armreife glitt klappernd und klingend ihren Arm entlang. Sie sah Zach an.

»Haben Sie mich erschreckt!«, sagte sie atemlos, und dann ertönte ein weiteres Klingeln, während sie sich mehrere Male auf die Brust klopfte, als wolle sie ihr rasendes Herz beruhigen. »Ich hatte gar nicht gemerkt, dass jemand hier ist.« Sie wandte den Blick von ihm ab, sah zu Rocket und schenkte ihm ein kleines Lächeln.

Damit hatte sie Zach auf dem falschen Fuß erwischt, und er lachte heiser auf. »Klar«, zischte er. »Als ob Sie nicht schon von weitem riechen könnten, wenn irgendwo was zu holen ist.« *Gott, was für eine Schauspielerin.* Er deutete mit einem Kopfnicken auf Rocket. »Darf ich vorstellen, das ist John. Leider kann er sich Sie nicht leisten.«

Man hätte glauben können, er hätte mitten auf einer Cocktailparty seine Hosen runtergelassen, einen solchen Blick warf sie ihm zu. Wortlos machte sie auf dem Absatz kehrt und ging weg.

Er kochte innerlich. Wie schaffte sie das bloß? Warum hatte er immer das Gefühl, etwas falsch gemacht zu haben, obwohl er ganz genau wusste, dass sie diejenige war, die hier mit gezinkten Karten spielte?

»Das also ist Lily.«

Zach holte tief Luft und sah seinen Freund an. »Ja, das ist Lily.«

»Oha«, Rocket räusperte sich. »Na, die ist ja wirklich eine echte Bombe.« Er boxte Zach in den Arm. »Aber meine Wetten stehen für dich, alter Kumpel. Die hast du doch in null Komma nix entschärft.« Er zog eine seiner dichten schwarzen Augenbrauen hoch. »Zumindest, wenn du irgendwann mal anfängst, mit was anderem als deinem Schwanz zu denken. Was ist bloß mit dir los? So kenne ich dich ja überhaupt nicht, normalerweise bist du doch die Höflichkeit in Person, wenn du es mit einer Frau zu tun hast, egal, was oder wer sie ist. Du solltest dich von ihr nicht so sehr aus der Fassung bringen lassen.«

Dann grinste er breit. »Ein Glück, dass du mich hast. Du hast ihr zu Genüge bewiesen, dass du ein böser Bube bist. Jetzt ist es an der Zeit, dass der liebe Onkel John guckt, was er aus ihr herausholen kann.«

4

Lily war außer sich vor Wut, als sie die Tür hinter sich zuschlug. Was für ein Arschloch! Was für ein unglaubliches Arschloch! Was fiel ihm eigentlich ein, sie so zu behandeln?

Aber bitte, dann hatte er eben gewonnen. Sie würde ihre Sachen packen und sich noch heute Nachmittag nach einer neuen Wohnung umsehen. Es passte ihr zwar nicht, ihn so einfach davonkommen zu lassen, aber diese Situation ertrug sie nicht mehr. Für so etwas war sie einfach nicht geschaffen.

Anders als am Abend zuvor, als sie alle ihre Besitztümer wahllos in den Koffer geschmissen hatte, sammelte sie jetzt nur die lebensnotwendigen Dinge zusammen, ohne die sie nicht auskommen konnte, damit sie von einer Minute auf die andere ausziehen konnte. Aber als sie ihre Koffer aus dem Schrank holte, stöhnte sie auf. Das erinnerte sie zu sehr an ihr Leben als Heranwachsende, als kaum ein Jahr ins Land ging, in dem ihr ihre ruhelosen Eltern nicht mitteilten, sie solle ihre Sachen packen, weil sie wieder einmal umziehen würden. Sie hatte schon früh gelernt, sich in einer neuen Umgebung gar nicht erst richtig einzuleben, und daher wusste sie ganz genau, was absolut überlebensnotwendig war und auf was sie gut und gerne ein paar Tage verzichten konnte.

Sie hatte tatsächlich geglaubt, das alles endlich hinter sich zu haben. Bevor ihr Apartment verkauft worden war, hatte sie sieben Jahre dort gewohnt, ein Rekord für jemanden, der elf verschiedene Schulen in sechs verschiedenen Bundesstaaten besucht hatte – ohne die beiden Kochschulen mitzuzählen. Als Glynnis sie eingeladen hatte, zu ihr in dieses reizende Haus am Strand zu ziehen, hatte sie sich mehr darüber gefreut, als sie zu sagen vermochte, und wirklich gehofft, dass der nächste Umzug auch der letzte sein würde. Idealerweise sollte das Restaurant, das sie sich suchen wollte, auch über eine Wohnung verfügen, sodass sie am gleichen Ort wohnen und arbeiten könnte. Sobald sie von ihrem nächsten Job auf der Jacht zurückkam, wollte sie mit der Suche beginnen.

Lily schüttelte den Kopf. Na ja, manchmal entwickelten sich die Dinge eben anders als erhofft – wer wusste das besser als sie? Das hieß jedoch nicht, dass sie Hals über Kopf, ohne jeden Plan, von hier verschwinden würde. Sie könnte bestimmt ein paar Tage auf dem Sofa von Mimi kampieren, aber das sollte ihr letzter Rettungsanker sein.

Zunächst wollte sie die Anzeigen durchforsten und schauen, ob nicht eine Wohnung ohne einen längerfristigen Mietvertrag zu bekommen war.

Doch schon allein der Gedanke an die Sucherei machte sie müde. Sie wollte lieber mit etwas beginnen, das sie weniger nervte, deshalb legte sie ihren Koffer auf das Bett und fing an zu packen.

Sie hatte gerade den größten Teil ihrer Wäsche in einer Ecke des Koffers verstaut und beschlossen, in der Garage noch nach ein paar Kartons zu suchen, als ihr Blick auf einen Umschlag fiel, der aus einer der Innentaschen des Koffers lugte.

Einen Moment verharrte sie bewegungslos über den Haufen aus Seide und Spitze gebeugt. Seltsam, sie erinnerte sich nicht daran, etwas in die Tasche gesteckt zu haben. Dann zuckte sie die Schultern. Es war wahrscheinlich nur eine alte Grußkarte, die dort hineingeraten war, als sie gestern Abend ihre Sachen zusammengerafft hatte. Da sie solche Dinge nur selten aufhob – eine Angewohnheit aus der Zeit, als sie versuchte, möglichst nichts Überflüssiges mit sich herumzuschleppen –, gehörte sie wahrscheinlich nicht einmal ihr.

Gerade als sie den Umschlag herausziehen wollte, klopfte es an der Tür. Sie drehte sich um und hatte die Karte augenblicklich vergessen. »Gehen Sie weg«, blaffte sie, und ihr Puls schnellte sofort wieder in die Höhe, als hätte er sich nie beruhigt. »Ich habe keine Lust mehr, mit Ihnen zu reden.«

»Ich bin's, John Miglionni. Bitte. Ich werde Sie nicht lange stören, ich will Ihnen nur etwas sagen.«

Mit großen Schritten durchmaß sie das Zimmer und riss die Tür auf. Sie baute sich mit verschränkten Armen vor dem Mann auf, der auf ihrer Türschwelle stand, und funkelte ihn streitlustig an. »Wie kommen Sie darauf, dass ich auch nur einen Pfifferling darauf gebe, was Sie mir zu sagen haben?« Dann blinzelte sie. Sie war vorhin wegen Zach so wütend gewesen, dass sie seinen Freund kaum eines Blickes gewürdigt hatte. Jetzt nahm sie John in Augenschein und murmelte: »Wo bin ich hier überhaupt reingeraten? In die US-amerikanische Testosteron-Zentrale?«

Nach einem zweiten, längeren Blick konnte sie sich allerdings nicht mehr so genau erklären, woher dieser Eindruck gekommen war. Nach einem besonders harten Typen sah er eigentlich gar nicht aus. Sie schätzte, dass er knapp ein Meter neunzig war, und abgesehen von seinen breiten Schultern, hatte er mit seinem edlen silbergrauen T-Shirt und den tadellos gebügelten schwarzen Hosen etwas von dem jungen Jimmy Stewart an sich. Selbst die muskulösen Schultern erschienen ihr weniger mächtig, als sie zuerst gedacht hatte, als sie ihn jetzt, gegen den Türrahmen gelehnt, musterte.

Er hatte einen dunklen Teint, und sein Haar war so schwarz und glänzend, dass es selbst in dem dämmrigen Flur blau schimmerte. Er hatte es zu einem Pferdeschwanz zusammengebunden, was die hohen Wangenknochen, die Hakennase und das kantige, schmale Gesicht noch betonte. Aber was sie vor allem fesselte, waren seine dunklen Augen und sein Lächeln – beide hatten etwas Scheues und Zurückhaltendes wie bei einem Novizen.

»Testosteron-Zentrale? Keine Ahnung«, sagte er ruhig. »Ich wollte wegen Zachariah um Verzeihung bitten. Er stand in der letzten Zeit ziemlich unter Druck und macht sich Sorgen um seine kleine Schwester, aber das ist keine Entschuldigung für sein Verhalten gerade eben. Er hat sich vollkommen danebenbenommen, und das habe ich ihm auch gesagt.«

Seine mit leiser Stimme vorgebrachte Entschuldigung besänftigte sie augenblicklich, und ihre Streitlust schwand. »Sehr freundlich von Ihnen.«

Er verbeugte sich. »Keineswegs. Zachs Anspielungen waren beleidigend, und ich wollte Ihnen nur sagen, dass ich sein Verhalten, auch wenn er mein Freund ist, nicht billige.« Er steckte die Hände in die Hosentaschen, beugte sich etwas vor und warf ihr einen zurückhaltenden, aber durchaus interessierten Blick zu. »Sind Sie von hier?«

Durch die Bewegung traten die Sehnen an seinen Armen stärker hervor, und Lily stellte fest, dass er doch muskulöser war, als sie gedacht hatte. Auf seinen Unterarmen schimmerten seidige schwarze Haare, und einen Moment lang fesselte ein kleiner farbiger Fleck auf seinem linken Arm Lilys Aufmerksamkeit. »Man könnte sagen, dass ich von überallher komme«, bekannte sie und warf noch einmal einen verstohlenen Blick auf den Fleck – offensichtlich eine Tätowierung –, um herauszubekommen, was sie darstellte. »Aber die letzten sieben Jahre habe ich in …« Sie brach mitten im Satz ab. Langsam dämmerte es ihr.

O ja. Er war gut. Sie hätte an den Eindruck, den sie in der Küche von ihm gewonnen hatte, denken sollen, an seine intelligenten, wachsamen Augen. Stattdessen war sie auf sein freundliches, beschwichtigendes Verhalten und sein zurückhaltendes Interesse reingefallen.

»Ach«, fuhr sie sanft fort und machte eine wegwerfende Handbewegung, »das interessiert Sie bestimmt nicht.«

»Ganz im Gegenteil. Ich würde gerne mehr über Sie wissen.«

»Wirklich nett von Ihnen. Es tut mir so gut, mit einem

wahren Gentleman zu sprechen, nachdem ich es gerade mit diesem unglaublichen –« Sie verzog das Gesicht zu einer Grimasse. »Entschuldigung, ich vergaß, dass er ja Ihr Freund ist.«

»Da gibt es nichts zu entschuldigen.« Er lehnte sich wieder gegen den Türpfosten und lächelte sein Novizenlächeln. »Sie waren gerade dabei, mir zu erzählen, wo Sie überall gelebt haben und was Sie in den letzten sieben Jahren …«

»Ach, wir wollen nicht über mich sprechen.« Sie bedachte ihn mit einem zuckersüßen Lächeln. »Wo kommen *Sie* denn her?«

»Genau wie Sie, von überall und nirgendwo.« Er beugte sich noch ein wenig weiter vor. »Vielleicht haben wir ja mal an demselben Ort gelebt?«

»Meinen Sie? Das wäre lustig, nicht wahr?« Sie sah ihn unter ihren langen Wimpern hervor an und sagte leise: »John ist ein so schöner, starker Name. Was ist Ihr Sternzeichen?«

»Widder. Und Ihres?«

»Oh, wie schade. Keines, das zu Ihrem passen würde. Wäre auch zu schön gewesen.« Mit einem bedauerndem Seufzer machte sie Anstalten, die Tür zu schließen.

»Einen Moment noch!« Er richtete sich auf und schenkte ihr ein fast unterwürfiges Lächeln. »Das können Sie mir nicht vorhalten. Sie wissen ja noch nicht einmal, in welchem Haus mein Mond steht und so. Das ist doch das Entscheidende.«

»Stimmt. Wann genau wurden Sie denn geboren?«

Er sagte es ihr, und sie gab ein nachdenkliches »hm« von sich, dann fasste sie ihn zart am Handgelenk. »Und womit verdienen Sie sich Ihren Lebensunterhalt, John?«

»Ich bin Wirtschaftsprüfer.«

Ihre Augenbrauen zogen sich zusammen. »Oh.«

»Und Finanzberater.«

»Nein wirklich? Ich liebe Geld!« Sie lehnte sich gegen die offene Tür und ließ ihre Hand über das glatte Holz gleiten, bis sie über ihrem Kopf angelangt war, die Handfläche gegen das Türblatt gedrückt. »Ich hätte da gleich mal eine Frage«, sagte sie und stellte zufrieden fest, dass er verstohlen die durch diese Pose betonte Rundung ihres Busens anstarrte. »Wenn ich Langzeitinvestitionen vornehmen wollte, welche Mischung aus hoch-, mittel- und niedrigverzinslichen Kapitalanlagen würden Sie mir dann für ein Aktien-Portfolio empfehlen? Und wie schätzen Sie Index-Mutual-Fonds ein?«

Er hob rasch den Kopf und sah sie an. »Äh …«

»Sie sollten«, sagte sie mit leisem Tadel in der Stimme, »blonde Haare und große Brüste nicht mit Hirnlosigkeit verwechseln.«

Er blickte sie verwirrt an. »Wie?«

»Zach macht aus seiner Feindseligkeit wenigstens kein Geheimnis. Das nächste Mal, wenn Sie so tun, als könnten Sie kein Wässerchen trüben, sollten Sie vielleicht ein Pflaster da draufkleben.« Sie deutete mit dem Kopf auf die Tätowierung auf seinem Arm, die jetzt deutlich zu sehen war. Sie bestand aus den drei Wörtern *Schnell*, *Leise* und *Tödlich* in schwarzer Schrift auf rotem Grund, die auf drei Seiten einen in Weiß, Gelb und Schwarz gezeichneten Totenschädel umgaben; darunter stand der Name der Einheit: *2d Recon Bn*. Sie sah ihm in die Augen, die plötzlich einen harten Ausdruck angenommen hatten, und erklärte ihm knapp: »Das passt nicht ganz zu Ihrem Image, wissen Sie.« Dann gab sie der Tür mit der flachen Hand einen Schubs und schlug sie ihm vor der Nase zu.

Sie hatte das Gefühl, jeden Augenblick explodieren zu müssen. Als ob's bis jetzt nicht schlimm genug wäre, hatten sich diese beiden Scheißkerle auch noch gegen sie verbündet! Sie war zu aufgebracht, um weiter zu packen, und lief stattdessen in ihrem Zimmer auf und ab.

Dann hielt sie inne. Sie musste hier raus, bevor sie etwas Dummes tat, zum Beispiel loskreischte. Bei einem Spaziergang am Strand würde sie sich zwar beruhigen, aber besser war es noch, sie schlug zwei Fliegen mit einer Klappe und besorgte sich die Zeitung, fuhr die Küstenstraße runter zum Koffee Klatch und studierte dort in Ruhe die Wohnungsangebote. Eine angenehme, friedliche Umgebung war genau das, was sie jetzt brauchte. Sie schnappte sich ihre Handtasche von der Kommode, wo sie sie vor einer halben Ewigkeit, wie ihr schien, abgelegt hatte, und verließ das Zimmer.

Als sie einige Stunden später zurückkam, war die Sonne als feuerroter Ball hinter dem Horizont verschwunden, und sie war wesentlich ruhiger – wenn auch ihrem Ziel, eine Wohnung zu finden, kein bisschen näher gekommen. Es war nur eine Wohnung angeboten worden, die es wert schien, genauer angesehen zu werden, und die war schon weg gewesen, als sie angerufen hatte.

Nun, es gab ja noch das Internet, aber darum würde sie sich erst später kümmern. In ihrem Zimmer war es ihr zu eng, und da sie keine Lust hatte, so zu tun, als hätte sie etwas zu verbergen, marschierte sie den Flur entlang und wappnete sich für eine weitere Konfrontation mit Zach und seinem hinterhältigen Freund. In der Küche war jedoch niemand, und auch sonst machte das Haus einen verlassenen Eindruck. Sie nahm sich eine Portion Eis und trug die Schüssel ins Wohnzimmer, wo sie es sich in einem Sessel bequem machte und die Nachrichten einschaltete. Kurze Zeit später schaltete sie den Fernseher wieder aus. Abgesehen von der vagen Erinnerung an zwei Berichte über einen bevorstehenden Streik der Fluglotsen und einen Mord und anschließenden Selbstmord des Täters in Newport Beach, hatte sie keine Ahnung, was sie gerade gesehen hatte. Sie spülte ihre Schüssel in der Küche und ging dann auf die Terrasse, um dem Rauschen der Brandung zu lauschen.

Normalerweise hatte das Geräusch der gegen den Strand brandenden Wellen die beruhigende Wirkung eines Wiegenlieds auf sie, doch an diesem Abend schenkte es ihr keine Ruhe, und sie beschloss, es für heute gut sein zu lassen. Es reichte, wenn sie sich morgen früh ins Internet einloggte, um zu sehen, was das Netz auf dem Wohnungsmarkt zu bieten hatte. Im Moment sehnte sie sich nur noch danach, sich in Morpheus' Arme sinken zu lassen.

Erst am späten Vormittag des nächsten Tages, als sie die meisten ihrer Besitztümer, die sie tags zuvor zusammengesucht hatte, in den Kartons aus der Garage verstaut hatte, fiel ihr wieder der Umschlag im Koffer ein. Sie nahm ihn, zog ein einzelnes Blatt Papier heraus, faltete es auseinander und begann zu lesen.

O nein! Sie sank auf die Kante ihres Bettes. Sie wünschte, ihre Eltern hätten ihr eine weniger gute Erziehung angedeihen lassen, denn die paar armseligen Kraftausdrücke, die sie kannte, wurden dem, was sie empfand, in keiner Weise gerecht. *Mist!*

Der Brief war von Glynnis. Lily konnte sich nicht erklären, wie sie ihn hatte übersehen können, aber das war jetzt auch schon egal. Fakt war, dass Glynnis sie ausdrücklich darum bat, Zach mitzuteilen, wohin sie gefahren war und mit wem und warum.

Mist, Mist Mist! Warum gerade sie?

Aber es half alles nichts, sie musste Glynnis' Wunsch nachkommen, und wenn es ihr noch so zuwider war. Sie rüstete sich innerlich gegen den Ausbruch von Zach, der ihr zweifellos bevorstand, und machte sich auf die Suche nach ihm.

Als sie entdeckte, dass er nicht zu Hause war, führte sie zwar keinen Freudentanz auf, aber sie war doch nahe dran. *Wie schade*, dachte sie vergnügt und holte eine Packung Blätterteig aus dem Kühlschrank, um sich eine Gemüse-Quiche zu machen, die gut zu dem Apfel-Chutney passen würde, das sie ein paar Tage zuvor zubereitet hatte. *Und nach dem Mittagessen*, nahm sie sich vor, *werde ich zum Makler gehen.*

Als sie kurz darauf, während sie noch aß, hörte, wie die Hintertür geöffnet wurde, seufzte sie resigniert auf. Damit war ihr glatter Abgang dahin. Mist.

Zach schloss die Tür hinter sich und sah Lily an, die seinen Blick ruhig erwiderte und sich dann wieder ihrem Mittagessen widmete. Wie gestern war sie von Kopf bis Fuß komplett aufgestylt – dieses Mal steckte sie in hochhackigen blauen Sandaletten, die zu ihrem Oberteil passten, das sie zweifellos ausgesucht hatte, weil es die Farbe ihrer Augen hatte. Nur mit Mühe konnte er seinen Blick von ihren rosigen Lippen losreißen, die sich eben um einen wunderbar duftenden Bissen schlossen, und auf den Teller richten, auf dem eine Art Blätterteigpastete mit wildem Reis, Gemüse und etwas, das wie Preiselbeeren aussah, lag. Sein Magen fing sofort an zu knurren, als wolle er ihm mitteilen, dass ein armseliger Erdnussbutter-Toast kein echtes Frühstück für einen erwachsenen Mann darstellte. »Das muss ich Ihnen lassen, Lollipop. Kochen können Sie.«

»Stimmt, das kann ich.« Sie zögerte, dann deutete sie mit dem Kinn zum Herd. »Im Ofen ist noch ein Stück, wenn Sie wollen.«

Das ließ er sich nicht zweimal sagen. Er holte sich einen Teller, verbrannte sich die Finger, als er die Pastete aus dem Ofen holte, nahm eine Gabel aus der Schublade und goss sich ein Glas Milch ein. Dann trug er die Sachen zum Tisch, zog sich einen Stuhl heran und setzte sich ihr gegenüber. Sie reichte ihm ein Schüsselchen mit einer würzig riechenden Soße, in der Apfelstückchen schwammen, und er löffelte sich etwas davon auf seinen Teller. Bevor er zu essen anfing, warf er ihr einen misstrauischen Blick zu. »Woher der plötzliche Sinneswandel?«

»Aus genau dem Grund, den Sie vermuten«, sagte sie mit einem Schulterzucken, das ihn fast dazu verleitet hätte, den Blick zu ihren Brüsten wandern zu lassen, um zu sehen, wie sie bei dieser Bewegung mitwippten. »Um Sie weich zu klopfen, natürlich.« Sie deutete auf seinen Teller. »Lassen Sie es nicht kalt werden.«

Da er wusste, dass er keine weiteren Erklärungen erwarten konnte, probierte er den ersten Bissen. Und der genügte, um ihn alles andere vergessen zu lassen. »Wahnsinn«, stieß er hervor, als er kurz von seinem Teller aufschaute. Einen Moment lang dachte er nicht mehr daran, mit wem er es zu tun hatte, und lächelte sie breit an. »Das schmeckt *fantastisch*.« Er nahm den nächsten Bissen, genoss die wunderbare Konsistenz und den köstlichen Geschmack, der sich in seinem Mund ausbreitete.

»Dann ist meinem hinterlistigen Plan also Erfolg beschieden«, fragte Lily, als er fertig gegessen hatte, »und meine Kochkünste haben Sie milde gestimmt?«

»Ja.« Und überraschenderweise stimmte das. Den Vormittag hatte er in Camp Pendleton verbracht und die drei Südamerikaner auf ihr Trainingsprogramm vorbereitet, und jetzt hatte er offiziell Urlaub, dazu noch einen gut gefüllten Bauch, und er war tatsächlich verdammt milde gestimmt.

»Gut.« Lily schob ein Blatt Papier über den Tisch, das in der Mitte gefaltet war.

»Was ist das?« Er nahm das Blatt und faltete es auseinander. Seine Augenbrauen zogen sich zusammen, als er die Handschrift seiner Schwester erkannte. Dann las er, was sie geschrieben hatte, und sein Kopf schnellte in die Höhe. Was da stand, gefiel ihm gar nicht, und er nagelte die kurvenreiche kleine Blondine, die ihm gegenübersaß, mit seinem Blick fest. »Okay, raus mit der Sprache.«

Lily holte tief Luft und stieß sie dann langsam wieder aus. »Glynnis ist nicht hier, weil sie nach Washington gefahren ist, um … um die Familie ihres Verlobten kennen zu lernen.«

Zach reagierte genau so, wie Lily es erwartet hatte.

Er stieß einen kurzen Fluch aus, dann sprang er mit einer so heftigen Bewegung auf, dass sein Stuhl nach hinten umkippte. Er legte seine Hände auf die Tischplatte, stützte sich mit seinem ganzen Gewicht auf seine gespreizten Finger und beugte sich so weit zu ihr vor, dass er fast ihre Nasenspitze berührte. »Ich glaube Ihnen kein Wort, Lady. Sie haben die ganze Zeit über gewusst, wo sie steckt. Warum rücken Sie erst jetzt damit heraus?«

Ihre Gesichter waren sich so nah, dass sie das Chutney in seinem Atem riechen und das Knacken seiner Kiefergelenke hören konnte, als er die Zähne aufeinander presste. Die Luft knisterte vor Spannung, aber sie zwang sich, seinen zornigen Blick gelassen zu erwidern. »Ich habe diesen Brief eben erst entdeckt.«

»Und wenn Sie ihn nicht gefunden hätten, dann hätten Sie es mir nie erzählt?«

Sie hob ihr Kinn. »Ihre Schwester ist eine erwachsene Frau, Taylor. Es ist nicht meine Aufgabe, Sie darüber auf dem Laufenden zu halten, was sie treibt. Wenn sie gewollt hätte, dass ich es Ihnen erzähle, hätte sie es mir vorher gesagt – und bedenkt man, was für ein Kontrollfreak Sie sind, bin ich nicht unbedingt überrascht, dass sie es nicht getan hat.« Sie sah ihn ruhig an. »Und wie sich gezeigt hat, sind Sie zwar ein Kontrollfreak, aber offensichtlich wollte sie trotzdem, dass Sie Bescheid wissen. Deshalb kriegen Sie jetzt Ihre Informationen. Der Name des jungen Mannes lautet David Beaumont. Die beiden haben sich kennen gelernt, als er geschäftlich hier zu tun hatte, und sie sind rauf nach Washington gefahren, damit er Glynnis seiner Familie vorstellen kann. Und dann wollen sie heiraten.« Einer ihrer Mundwinkel verzog sich zu einem schwachen Lächeln. »Ich bin mir sicher, dass Sie eingeladen werden.«

»Was Sie nicht sagen.« Zach stieß sich vom Tisch ab und starrte von oben auf sie hinunter.

»Vielleicht aber auch nicht, wenn Sie Ihre Einstellung nicht ändern.«

»Den Teufel werde ich tun. Ich will verdammt sein, wenn ich irgendeinem dahergelaufenen Mitgiftjäger erlaube, meiner kleinen Schwester das Herz zu brechen.«

»Jetzt machen Sie aber mal einen Punkt!« Sie starrte ihn aufgebracht an. »Sie kennen David doch gar nicht. Er liebt sie!«

»Liebt ihr Geld, wollten Sie sagen.«

»Nein, Rambo. Er liebt *sie*. Ich habe sie zusammen erlebt und –« Jedes weitere Wort konnte sie sich sparen, da Zach bereits auf dem Absatz kehrtgemacht hatte und aus der Küche gestürmt war. Sie folgte ihm ins Wohnzimmer, wo er hastig ein Adressbuch durchblätterte.

Er stieß einen triumphierenden Laut aus und griff nach dem Telefonhörer. Als er Lily im Türrahmen stehen sah, erschien auf seinem Gesicht ein selbstzufriedenes Lächeln. »Ich wusste, ich kann mich darauf verlassen, dass Glynnis seine Handynummer aufgeschrieben hat.« Er tippte die Nummer ein.

Dann verschwand das Lächeln von seinem Gesicht, und er knallte den Hörer hin. »Scheiße. Nicht erreichbar.« Er bedachte sie mit einem seiner Mein-Wunsch-ist-dein-Befehl-Blicke. »Geben Sie mir die Nummer von den Beaumonts.«

»Die kenne ich nicht. Das Einzige, was ich habe, ist seine Adresse.«

Er rief die Auskunft an, und sie beobachtete, wie sein Gesicht einen noch grimmigeren Ausdruck annahm, als er erfolglos versuchte, der Person am anderen Ende die Geheimnummer zu entlocken. Daraufhin schnappte er sich das Branchenverzeichnis und warf Lily einen wütenden Blick zu. »Ich will die Adresse haben«, fuhr er sie an. »Ich buche jetzt einen Flug nach Seattle, und Sie werden mir gefälligst die genaue Adresse mitteilen, bevor ich aufbreche.«

In diesem Augenblick fiel Lily der angekündigte Streik der Fluglotsen wieder ein. Sie hatte bereits den Mund geöffnet, um Zach davon in Kenntnis zu setzen, ließ es dann aber bleiben. Er würde ihr ja sowieso nicht glauben. Aber aus den Flüchen, die er von sich gab, als er den Hörer kurz darauf auf die Gabel warf, konnte sie schließen, dass der Streik inzwischen stattfand.

»Zum Teufel damit«, knurrte er. »Dann fahre ich eben mit dem Auto.« Er sah sie an. »Geben Sie mir die Adresse.«

»Ja, mein Herr und Meister«, sagte sie, als er aus dem Wohnzimmer marschierte – vermutlich, um zu packen.

Auf dem Weg in ihr Zimmer hatte Lily wirklich vor, Zach die Adresse zu geben und ihm dann aus dem Weg zu gehen. Dass er die Hochzeitspläne von Glynnis und David durchkreuzen wollte, ging sie nichts an. Glynnis war eine erwachsene Frau, und wenn sie alt genug war, um zu heiraten, dann musste sie auch alt genug sein, um sich gegen ihren Bruder durchzusetzen, was die Wahl ihres Ehemannes anging.

Mir soll's recht sein, dachte sie, während sie versuchte, sich zu erinnern, in welchen Karton sie ihr Adressbuch gepackt hatte. *Hey, immerhin gewinne ich dadurch eine Atempause und habe mehr Zeit, mir eine Wohnung zu suchen, wenn mir dieser Kerl nicht ständig auf den Fersen ist.*

Sie verdrängte das Schuldgefühl, das leise an ihr zu nagen begann. Sie und Glynnis hatten sich gut vertragen, und sie war ehrlich überzeugt, dass David genau der Richtige für sie war. Aber Glynnis' Probleme mit ihrem Bruder gingen nur die beiden etwas an.

»Lily!« Der ungeduldige Ruf kam von draußen, und sie lief rasch zum Fenster und riss es auf. Zach stand auf dem Stellplatz vor den Garagen neben einem schwarzen Jeep mit getönten Scheiben und starrte zu ihrem Fenster hinauf. Sobald er sie auftauchen sah, schlug er mit der Hand auf das Autodach und brüllte: »Beeilen Sie sich mit der Adresse!«

Als sie den harten, streitlustigen Ausdruck auf seinem

Gesicht sah, stieg Ärger in ihr auf. Er war wirklich eine Dampfwalze. Sie dachte wieder an Glynnis und das zerbrechliche Glück, das sie in den letzten beiden Monaten mit David erlebt hatte. Er war so zärtlich mit ihr umgegangen – die beiden würden wohl kaum gegen Zachariah Taylor ankommen. Was für eine himmelschreiende Ungerechtigkeit. Es war schon schwer genug, die wahre Liebe zu finden – da brauchte es nicht auch noch einen rücksichtslosen, herumbrüllenden Möchtegerngeneral.

Sie warf einen Blick auf ihren offenen Koffer und traf eine Entscheidung. Vielleicht beging sie ja einen Riesenfehler, aber zumindest war es einer, von dem sie wusste, dass sie ihn immer wieder machen würde.

»Oh, Mann!«

5

Zach trommelte ungeduldig auf das Dach seines Jeeps. Wann kam Lily endlich mit der Adresse?

Er war nervös, und die Warterei trug nicht eben zu seiner Beruhigung bei; er musste etwas unternehmen, bevor seine Schwester einen Fehler beging, unter dem sie vielleicht Jahre zu leiden hatte. Die Tatsache, dass sich Lily in Glynnis' Leben geschlichen hatte, war schlimm genug. Er wusste nicht einmal, wie lange seine Schwester schon unterwegs war, und die Zeit, die ihn dieses geldgierige kleine Luder gekostet hatte, indem sie die Nachricht von Glynnis nicht herausrückte, konnte darüber entscheiden, ob er noch rechtzeitig zum Haus der Beaumonts kam, um dieser Farce ein Ende zu bereiten, oder nicht.

Bedenkt man, was für ein Kontrollfreak Sie sind, bin ich nicht unbedingt überrascht, dass Ihnen Glynnis nichts von ihren Plänen erzählt hat, flüsterte Lilys Stimme in Zachs Kopf und unterbrach das Trommeln seiner Finger auf dem Autodach. Er schlug mit beiden Händen auf das heiße Metall, stieß sich ab und begann, unruhig auf und ab zu laufen.

So ein Quatsch. Das hatte doch nichts mit Kontrolle zu suchen; er wollte nur seine kleine Schwester beschützen. Irgendjemand musste sie davon abhalten, den größten Fehler ihres Lebens zu begehen.

Er kannte seine Schwester schließlich, und dieses Mal war die Sache noch schlimmer als sonst. Glynnis hatte zwar ein übergroßes Herz, aber bislang hatte es noch niemand geschafft, ihr eine *Heirat* schmackhaft zu machen. Zach fuhr sich mit der Hand durch die Haare, während er auf und ab tigerte. Bis dieser Kerl gekommen war, dieser Beaumont. Irgendwie hatte er sie offensichtlich davon überzeugt, dass er der Mann war, dem sie vertrauen konnte, der ihr das Glück schenken würde, nach dem sie sich immer gesehnt hatte. Zach musste sie retten und verhindern, dass ihr weiches, großes Herz in Stücke gerissen wurde. Wenn er nur daran dachte, wie schlecht es ihr früher immer gegangen war, wenn sie entdeckt hatte, dass sie von Leuten, denen sie vertraut hatte, missbraucht worden war – wie würde sie sich erst fühlen, wenn sie feststellen musste, dass sie von ihrer großen Liebe zum Narren gehalten worden war.

Liebe. Zach schnaubte. Als ob das ein Gefühl war, dem man trauen konnte.

Er hatte gerade wieder kehrtgemacht, als er Lily auf ihn zukommen sah. »Das wird aber auch Zeit, verdammt noch mal«, schnauzte er sie an und war so damit beschäftigt, ihren aufreizenden Hüftschwung und ihre auf und ab wippenden Brüste zu ignorieren, dass es einen Moment dauerte, bis er merkte, dass sie eine Handtasche und eine Reisetasche schleppte und einen Koffer hinter sich herzog. »Was zum Teufel –«

Mit offenem Mund sah er zu, wie sie auf die Beifahrertür seines Jeeps zusteuerte, sie öffnete und ihre Sachen auf dem Rücksitz verstaute. Dann sah sie ihn über das Autodach hinweg an und klopfte auf das Blech. »Worauf warten Sie noch? Fahren wir los.« Und damit stieg sie in den Wagen.

Er riss die Fahrertür auf, beugte sich über den Sitz und funkelte sie wütend an. »Was soll das denn werden?«

»Ich denke, das sollte sogar für Sie erkennbar sein.« Sie schenkte ihm einen kühlen Blick aus ihren stahlblauen Augen. »Ich habe mich entschlossen, mit Ihnen zu kommen.«

»Nur über meine Leiche, Lady.«

»Auch gut, das erspart mir die Fahrt. Aber falls das nur ein leeres Versprechen sein sollte – Ihre Schwester hat mit David einen Glücksgriff getan, und ich habe beschlossen, nicht tatenlos zusehen, wie Sie dieses Glück zerstören.«

»So, das haben Sie also *beschlossen*«, höhnte er. »Haben Sie vielleicht Angst, freie Kost und Logis zu verlieren, wenn ich sie wieder zur Vernunft gebracht habe?« Irgendetwas an diesem Gedankengang war nicht ganz logisch, aber in seiner Wut kam er nicht darauf, was. Und es machte ihn erst recht wütend, dass es ihr ohne weiteres gelang, ihn so zu reizen, dass er keinen klaren Gedanken mehr fassen konnte. Das hatte noch niemand geschafft. »Bewegen Sie Ihren kleinen Hintern aus meinem Auto raus.«

»Nein.«

»Dann bewege ich ihn eben raus.« Er richtete sich auf, fest entschlossen, seine Drohung wahr zu machen.

»Nicht, wenn Sie Davids Adresse haben wollen.«

Zach musste sich ins Gedächtnis rufen, dass er ein disziplinierter Mensch war und dass ein Soldat nicht handelte, ohne zu denken. Er hatte schon versucht, Rocket zu erreichen, aber sein Freund musste das mit den Ferien bei Coop und seiner Frau ernst gemeint und sein Handy ausgeschaltet haben. Zach beugte sich wieder zu Lily und sah sie an. »Ich werde diese Adresse bekommen, und wenn ich dazu Ihr Gepäck und Ihre Handtasche zerlegen muss«, erklärte er. Er ließ seinen Blick langsam über sie wandern. »Und wenn ich Sie dazu bis auf die Haut ausziehen muss.«

Sie zuckte nicht einmal mit der Wimper. »Könnte lustig werden – aber das würde Ihnen auch nicht weiterhelfen.« Sie tippte sich an die Stirn. »Die Adresse ist hier drin, mein Lieber. Solange Sie also nicht Gedanken lesen können …«

Fluchend kletterte er in den Jeep und schlug die Tür zu.

Miguel Escavez hastete zu dem Auto, das er gestern einem Soldaten beim Pokern abgenommen hatte, und ließ den Motor an. Als Stabsfeldwebel Taylor kurze Zeit später von seinem luxuriösen Strandhaus wegfuhr, wartete Miguel geduldig, bis er die nächste Kurve erreicht hatte, bevor er die Verfolgung des schwarzen Jeeps aufnahm. Sein spontaner Entschluss, dem Comandante an diesem Vormittag von Camp Pendleton aus zu folgen, war belohnt worden, und zwar schneller, als er erwartet hatte – ein sicheres Zeichen, dass er in gerechter Mission unterwegs war.

Aber daran hatte er eigentlich auch keine Sekunde gezweifelt. Er war schließlich Miguel Hector Javier Escavez, der einzige Sohn des Bürgermeisters von Bisinlejo. Und es war auch nur eines von vielen Zeichen, die ihm bereits gesandt worden waren. Hatte er nicht erst gestern Abend ein Vermögen von diesen Gringo-Soldaten gewonnen?

Das erfüllte ihn mit Genugtuung – nicht nur, was das Geld betraf, mit dem er seine Pläne finanzieren konnte. Sie hielten ihn für dumm, weil er aus einem kleinen kolumbianischen Dorf kam, weil er – wie hatte einer von ihnen gesagt? – ein Chilifresser war. Miguel spuckte aus dem Autofenster. Arrogante Idioten. Wie viele von *ihnen* konnten zwei Sprachen fließend sprechen? Pater Roberto, der Missionspriester, hatte ihm Englisch beigebracht, und er hatte ihn außerdem in die Feinheiten des Pokerspiels eingeführt. Wenn die Nordamerikaner so furchtbar schlau waren, wie kam es dann, dass sich jetzt der größte Teil ihres letzten Solds in *seinen* Taschen befand? Sie hatten keine Ahnung. Er war ein bedeutender Mann, er war unter einem günstigen Stern geboren.

Zumindest war es so gewesen, bis die amerikanischen Soldaten alles in Chaos gestürzt hatten. Als die Marines nach Bisinlejo gekommen waren, hatte er Taylor *bewundert*, aber jetzt war der Stabsfeldwebel sein Feind. Pederson, der unter Taylors Kommando stand, hatte Emilita befleckt, aber es war der Stabsfeldwebel gewesen, der das Ganze noch schlimmer gemacht hatte, als er *ihn* – Miguel Escavez – vor dem ganzen Dorf erniedrigte. Und von den beiden Demütigungen, die er erfahren hatte, war es diese, die er nicht verzeihen konnte.

Dafür sollte Taylor zahlen.

Miguel lächelte bei der Erinnerung daran, welche Augen der Marine gemacht hatte, als die blonde Frau mit wippenden Brüsten und wackelnden Hüften über den Hof gelaufen war. Er wusste, was er zu tun hatte. Er war nicht nah genug dran gewesen, um ihr Gespräch mithören zu können, aber es war klar, dass die kleine *puta* die Frau des Comandante war.

Die Kirche lehrte »Auge um Auge, Zahn um Zahn«, und daher wusste Miguel, wie seine Rache aussehen musste. Er hatte seine Frau verloren. Emilita könnte genauso gut tot sein, so wie sie ihn entehrt hatte, und dafür war Taylor verantwortlich. Er würde dafür sorgen, dass der Marine im Gegenzug seine Frau verlor.

Das war nur gerecht.

Lily warf einen Blick auf Zachs grimmiges Gesicht. Sie waren nun schon seit zwei Stunden unterwegs, und er hatte nicht ein Wort mit ihr gewechselt. Nicht eines. Da sie das Schweigen nicht als Erste brechen wollte, sah sie zum Fenster hinaus auf die Mandelbaumplantagen, die an ihnen vorbeizogen. Aber einige Minuten später drehte sie sich doch wieder zu ihm um. »Haben Sie vor weiterzuschmollen, bis wir in Washington sind?«

Der Blick, mit dem er sie bedachte, bevor er seine Aufmerksamkeit wieder dem langen, schnurgeraden Freeway vor ihnen zuwandte, hätte eigentlich Schmauchspuren in ihrem Gesicht hinterlassen müssen. »Sie haben mich erpresst, Sie mitzunehmen. Da werden Sie doch wohl verstehen, dass ich keine besondere Lust verspüre, Sie jetzt auch noch zu unterhalten.«

»Ach ja?«, höhnte sie. »Wo Sie doch sonst ein so begnadeter Unterhalter sind.« Würde der Charakter das Aussehen eines Menschen prägen, dann sähe Zach Taylor wie ein Mistkäfer aus. Und da war es doch der Gipfel der Ungerechtigkeit, dass er stattdessen vermutlich einen Job als Unterwäschemodel bekommen würde, verdammt.

Da sie ein geselliger Typ war, konnte sie sich allerdings nicht vorstellen, dass sie es aushalten würde, tausenddreihundert Meilen in eisigem Schweigen zurückzulegen. Also zermarterte sie sich das Hirn nach einem Gesprächsthema, das ihm gefallen könnte. Die neuesten Make-up-Trends vermutlich nicht. Politik und Religion waren immer heikel, und das Wetter war die letzten Tage über gleich bleibend gut gewesen – was blieb also? Essen war natürlich immer ein gutes Thema, aber Zach schien ihr eher der Hau-rein-Typ zu sein als einer, der sie um ein Rezept bat. So blieb wohl nur ein Thema – die Beziehung zwischen Glynnis und David. Und wenn sie das anschneiden würde, würden sie sich vermutlich sofort wieder in die Wolle kriegen.

Vielleicht war es also doch nicht so schlecht, zu schweigen.

Aber nach weiteren dreißig Meilen hielt sie es nicht mehr aus. Als sie an langen Reihen von Eukalyptus-Bäumen vorbeirasten, wandte sie sich erneut um und sah ihn an. »David Beaumont ist nicht der Schuft, für den Sie ihn halten, wissen Sie.«

Zach grunzte.

Lily war überrascht, wie viel Zweifel man mit einem so kurzen Laut zum Ausdruck bringen konnte. »Wirklich nicht«, beharrte sie. »Es sei denn, er ist der allerbeste Schauspieler auf der Welt – und offen gestanden kann ich mir nicht vorstellen, dass jemand eine solche Rolle vierundzwanzig Stunden am Tag, sieben Tage die Woche durchhält. Was er tun müsste, da Glynnis und er geplant hatten, sich auf der Fahrt Zeit zu lassen und sich unterwegs ein paar Sehenswürdigkeiten anzusehen. Glauben Sie nicht, dass Glynnis unter diesen Umständen selbst herausfinden würde, dass er nicht der Richtige für sie ist?« Dieses Mal erntete sie nicht einmal ein Grunzen als Antwort, und sie unterdrückte einen Seufzer. »Dazu wird es aber sicher nicht kommen. Ich weiß, die beiden haben ihren Entschluss ziemlich schnell gefasst, immerhin kennen sie sich ja erst seit ein paar Monaten, aber David kam mir wie ein anständiger Kerl vor, der sich über beide Ohren in Ihre Schwester verliebt hat und sich für den glücklichsten Mann der Welt hält, weil sie seine Gefühle erwidert.«

»Dann kann ich ja einfach umkehren und wieder heimfahren.«

Sein Tonfall drückte natürlich das glatte Gegenteil aus, und sie gab auf, allerdings nicht, ohne vorher noch laut aufzuseufzen. Schweigend rutschte sie auf ihrem Sitz hin und her, um die Blutzirkulation in ihrem Hintern und ihren Beinen, die vom langen Sitzen schon ganz taub waren, wieder in Gang zu bringen. Und dann merkte sie, dass ihr noch aus einem anderen Grund unbehaglich zumute war. Sie sah ihn an. »Ich muss aufs Klo.«

Er gab einen weiteren dieser charmanten Laute von sich, und sie wandte ihre Aufmerksamkeit wieder der draußen vorüberziehenden Landschaft zu, entschlossen, fortan wirklich die Klappe zu halten. Geduldig würde sie warten, bis sie zur nächsten Tankstelle kamen, und wenn es sie zwischenzeitlich zerreißen würde. Als sie bald darauf an einem Schild vorbeikamen, das auf einen Rastplatz an der nächsten Ausfahrt hinwies, war sie allerdings doch ziemlich erleichtert, da der Druck auf ihre Blase immer stärker wurde.

Zach rauschte daran vorbei.

Lily tobte innerlich und musste die Lippen fest aufeinander pressen, um nicht laut loszubrüllen und ihm an den

Kopf zu werfen, was sie von seiner miesen Taktik hielt. Denn genau das war es – seine Art, ihr mitzuteilen, dass er sie von vornherein nicht hatte dabeihaben wollen und dass er sich, nur weil sie ihn einmal »erpresst« hatte, jetzt nicht auch vorschreiben lassen würde, wie er fuhr. Sie zwang sich, ein Mal tief durchzuatmen, um sich wieder unter Kontrolle zu bekommen. Dann strich sie mit der Hand bewundernd über das feine Leder ihres Sitzes. »Nettes Polster«, murmelte sie. »Schade eigentlich, dass meine Blase es in fünf Minuten ruiniert haben wird.«

Er sah zu ihr hinüber, und der Ausdruck seiner grauen Augen ließ erkennen, dass er versuchte, sich darüber klar zu werden, wie ernst sie es meinte. »Okay, halten Sie es noch eine Weile zurück. Bei der nächsten Gelegenheit fahre ich raus.«

In dieser ländlichen Gegend gab es allerdings nur wenige, weit auseinander liegende Tankstellen, und Lily konnte sich kaum noch auf ihrem Sitz halten, als Zach endlich eine Ausfahrt erreichte und vor einer Zapfsäule hielt. Sie stürzte aus dem Auto und hatte es so eilig, zum Klo zu kommen, dass sie nicht einmal mehr die Tür hinter sich zuschlug.

Als sie ein paar Minuten später wiederkam, steckte Zach gerade den Zapfhahn zurück in seine Halterung. Er zog einen Geldbeutel aus seiner hinteren Hosentasche und machte sich auf den Weg zur Kasse. »Sie sollten besser mitkommen und sich was zu essen besorgen, weil ich nicht noch einmal einen Zwischenstopp einlegen werde.«

Das Angebot des Tankstellen-Shops bestand zum größten Teil aus Fertiggerichten mit zu viel Fett, zu viel Salz oder zu viel Zucker, und Lily begnügte sich daher mit einer Flasche Wasser, zwei Äpfeln, einer Orange und einer

Packung Käsewürfel. Ein Schokoriegel musste allerdings sein. Sie kramte in ihrer Handtasche nach der Geldbörse, doch als sie sie ganz zuunterst endlich entdeckte, hatte Zach bereits alles bezahlt.

»Kommen Sie schon«, sagte er und ging zum Jeep.

Seufzend stakste sie in ihren Stöckelschuhen hinter ihm her über den rissigen Betonboden. Das würde eine sehr *lange* Reise werden.

Miguel beeilte sich, sein Benzin zu bezahlen, und beobachtete dabei durch das Fenster, wie Taylor von der Tankstelle wegfuhr. Wo, zum Teufel, wollte er bloß hin?

Damit hatte er nicht gerechnet. Er hatte erwartet, dass Taylor seine Frau in der kleinen Stadt am Meer, in der er lebte, zum Essen ausführen würde. Oder allenfalls nach Los Angeles fuhr. Was er sicher nicht erwartet hatte, war, dass er immer weiter fahren und fahren und fahren würde. Miguel hatte schon fast kein Benzin mehr im Tank gehabt, als Taylor endlich an dieser Tankstelle rausgefahren war. Glücklicherweise waren sie in Amerika, denn hier befanden sich auf beiden Seiten der Tankstelle Zapfsäulen. In Bisinlejo hatten sie nur eine einzige Zapfsäule – und der Tankwagen, der die befüllte, kam nur alle paar Monate vorbei. Hier konnte er gleichzeitig mit dem Comandante tanken, ohne von ihm gesehen zu werden.

Er verstaute das Wechselgeld in der Hosentasche und lief zu seinem Auto. Er wollte Taylor nicht zu viel Vorsprung geben. Wenn der Marine eine Ausfahrt nahm, bevor Miguel ihn wieder eingeholt hatte, war die ganze Fahrerei umsonst gewesen; er müsste wer weiß wie lange warten und wieder ganz von vorn anfangen. Und darauf war er nicht unbedingt scharf. Schade, dass sich keine Gelegenheit ergeben hatte, schon hier mit der Blondine zu sprechen, aber Pater Roberto hatte immer gesagt, dass denen, die warten können, Gutes widerfährt.

Und er hatte alle Zeit der Welt.

Lily hatte keine Ahnung, wie spät es war, als sie einige Stunden später aufwachte und merkte, dass der Jeep angehalten hatte. Es war stockdunkel, und während sie sich benommen aufrichtete, hörte sie von hinten aus dem Wagen Geräusche. »Was ist los?«, murmelte sie und versuchte, die Benommenheit abzuschütteln, die wie ein Schleier über ihr lag. Ihr Hintern war taub und ihr Nacken ganz steif von der unbequemen Position, in der sie geschlafen hatte.

»Wir bleiben hier für die Nacht«, polterte Zachs tiefe Stimme aus der Richtung des Heck.

»Oh. Okay.« Sie gähnte und tastete mit der einen Hand nach ihrer Handtasche und mit der anderen nach dem Türgriff. »Warten Sie, ich gebe Ihnen Geld für das Zimmer.«

Er lachte kurz und spöttisch auf, und jetzt erst war sie so weit wach, dass sie sich umsehen konnte und feststellte, dass sie nicht auf dem Parkplatz eines hübschen Hotels und nicht einmal im heruntergekommenen Hinterhof eines abgerissenen Motels standen. Sie befanden sich im absoluten Niemandsland.

Und es war kalt. Sie zitterte, als sie die Tür öffnete und kalte Luft hereinströmte. Mit klappernden Zähnen zog sie die Tür schnell wieder zu, kniete sich auf den Sitz und griff nach ihrem Koffer auf der Rückbank. Sie holte einen Pulli heraus, streifte ihn über und kletterte dann vorsichtig aus dem Auto. »Wo sind wir?« Sie hörte, wie die Heckklappe ins Schloss fiel, und spähte angestrengt in die Dunkelheit.

»Auf einem Zeltplatz in der Nähe von Shasta.«

»In den Bergen?«

»Ja, in den Bergen.«

»Und hier sollen wir die Nacht über bleiben?« Sie machte einen unbedachten Schritt, blieb mit ihren Absätzen, die sich für die hiesigen Bodenverhältnisse nicht unbedingt eigneten, an irgendetwas hängen und verlor das Gleichgewicht.

Sie sah sich schon mit dem Gesicht voran auf den Boden knallen, als ihr Fall plötzlich aufgehalten wurde. Zwei raue Hände hatten sie an den Oberarmen gepackt und zogen sie hoch. Im nächsten Augenblick wurde sie so heftig gegen eine muskelbepackte Brust gedrückt, dass ihr die Luft wegblieb. Ihr Kinn stieß gegen Zachs Rippen, und ihre Zähne schlugen krachend aufeinander.

Einen Moment lang grub sie ihre Finger in seine muskulösen Arme und klammerte sich an ihm fest. Während sie sich vergewisserte, dass noch jedes ihrer Körperteile an seinem Platz war, lehnte sie gegen den angenehm festen Körper, der sie stützte und nach Waschmittel, Seife und Mann roch. In seinen Armen zu liegen fühlte sich sehr … sicher an. Und warm – so wunderbar warm.

Dann verstärkte sich der Griff um ihre Arme. Er schob sie von sich weg, ließ sie aber erst los, als sie ihr Gleichgewicht wieder gefunden hatte. »Ziehen Sie lieber Turnschuhe an, sonst brechen Sie sich noch den Hals.«

Plötzlich war ihr wieder kalt, und sie versuchte, sein Gesicht in der Dunkelheit zu erkennen, als er einen Schritt von ihr wegtrat. »Ich besitze keine Turnschuhe.« Lieber Gott, das konnte er doch nicht ernst gemeint haben, dass sie hier draußen übernachten sollten, oder?

»Ja klar, wie komme ich bloß auf die Idee?« Er lachte kurz. »Natürlich besitzen Sie so etwas nicht. Haben Sie überhaupt *irgendwelche* Schuhe in dieser Tasche, die keine zehn Zentimeter hohen Absätze haben?«

»Sandalen«, sagte sie möglichst würdevoll.

»Dann sollten Sie die vielleicht anziehen, statt sich den Hals zu brechen.«

Sie drehte sich um, um zurück zum Wagen zu gehen, und musste feststellen, dass sie durch den Beinahe-Sturz völlig die Orientierung verloren hatte. »In welcher Richtung steht der Jeep? Und wie kommt es, dass Sie etwas sehen, während ich rein gar nichts erkennen kann? Tragen Sie vielleicht eines dieser Nachtsichtgeräte?«

»Nein, ich sehe nachts sehr gut. Drehen Sie sich halb nach rechts; das Auto steht ein paar Schritte weiter vor Ihnen.«

Vorsichtig tastete sie sich bis zum Auto und seufzte vor Erleichterung auf, als sie schließlich den Türgriff zu fassen bekam. Sie öffnete die Tür, und die Innenbeleuchtung ging an. Sie bekannte, dass sie keine große Naturliebhaberin war. Das höchste der Gefühle waren für sie Sonnenuntergänge, von einer Terrasse aus betrachtet. In der Dunkelheit hörte sie tausend Geräusche, und sie wollte nicht einmal darüber nachdenken, von welcher Art nachtaktivem Tier sie jeweils stammen könnten. Sie warf einen sehnsüchtigen Blick auf die Autoschlüssel, die vom Zündschloss herunterbaumelten, und verwarf nur widerstrebend die Idee, Taylor hier zu lassen, damit er allein Soldat spielen konnte, während sie zum Highway floh, um sich dort ein Motel mit einer heißen Dusche und sauberen Laken zu suchen.

Nachdem sie ihre Schuhe gewechselt hatte, kramte sie im Handschuhfach und schickte ein kleines Dankgebet zum Himmel, als sie eine Taschenlampe entdeckte. Sie kletterte aus dem Auto und machte sich auf die Suche nach dem Möchtegerngeneral.

Sie entdeckte ihn ausgestreckt in einem Schlafsack auf dem Boden und hielt mitten in der Bewegung inne. Ungläubig starrte sie auf ihn hinunter. »Sie wollen einfach so schlafen?«

»Ja, ich bin erledigt. Hören Sie auf, mir in die Augen zu leuchten.«

Sie richtete die Taschenlampe auf seinen Schlafsack und dachte, wie warm er aussah. »Und was ist mit mir?«

»Wenn ich gewusst hätte, dass Sie mitkommen, als ich gepackt habe, hätte ich natürlich einen zweiten Schlafsack mitgenommen, Lollipop. Aber Sie sind herzlich eingeladen, mit in meinen zu kriechen.«

Einen winzig kleinen Moment lang war sie tatsächlich versucht, das zu tun, als sie sich an die Hitze erinnerte, die sie während des kurzen Augenblicks in seinen Armen gespürt hatte. Ihr war kalt, verdammt noch mal, und er war so warm wie ein Ofen.

Aber so kalt war ihr auch wieder nicht, dass sie nicht gewusst hätte, was für ein großer Fehler es wäre, mit Zach Taylor in einen Schlafsack zu schlüpfen, der nur für eine Person gedacht war. In Anbetracht seines unverschämten Verhaltens widersprach es zwar aller Vernunft, aber dieser Mann brachte ihr Blut ganz schön in Wallung. »Gibt es noch eine Decke, die ich haben könnte?«

»Kann sein, dass eine im Jeep ist.«

»Das hätten Sie ja auch gleich sagen können.« Sie murmelte noch irgendwas von der Rücksichtslosigkeit der Männer, die eine Frau im Kalten stehen ließen, während sie selbst es gemütlich warm hatten, dann machte sie sich wieder auf den Weg zum Auto. Als sie eine dicke Fleece-Decke auf dem Rücksitz entdeckte, hatte sie ein Gefühl, als wäre sie soeben auf eine Goldader gestoßen. Sie wickelte sie um sich und ging zurück zu Zach. »Ich muss mein Gesicht waschen.«

»Hinten im Wagen finden Sie einen Wasserkanister.«

Schon der Gedanken an kaltes Wasser ließ sie schaudern. »Ich brauche *warmes* Wasser.«

Seine breiten Schultern im Schlafsack zuckten. »Töpfe und ein Campingkocher sind auch da. Bedienen Sie sich.«

Sie fluchte leise, wandte sich erneut dem Jeep zu und blieb kurz stehen, um ein Ästchen aus ihrer Sandale zu fischen. Der Campingkocher, von dem er gesprochen hatte, hatte keinerlei Ähnlichkeit mit Campingkochern, wie sie sie kannte und die sie vielleicht in Gang hätte bringen können. Dieser hier bestand aus kaum mehr als einer Propangaskartusche, einem Ventil und einem Ring. Sie gab den Gedanken an heißes Wasser auf und schmierte stattdessen ihr Gesicht mit Feuchtigkeitscreme ein, wischte sie mit einem Taschentuch ab und hoffte, auf diese Weise ihr Makeup entfernt zu haben.

Gerade als sie ihre Zahnbürste wieder in ihrem Reiseköfferchen verstaut hatte, entdeckte sie Zachs Matchsack. Sie zog ihn zu sich heran, ließ ihn dann aber schuldbewusst gleich wieder los. Allerdings wog ein gutes Gewissen den dünnen kleinen Kaschmirpulli nicht auf, der nicht dazu gemacht war, mehr als einer leichten Brise an einem Sommerabend zu widerstehen. Wetten, dass Mr. Schlaumeier etwas Angemesseneres für eine Frühlingsnacht in den Bergen besaß? Sie packte die Tasche, warf die Heckklappe zu und kletterte dann auf den Rücksitz des Jeeps. Sie war immer ein braves Mädchen gewesen – und wohin hatte sie das gebracht?

Nachdem sie es sich bequem gemacht hatte, verriegelte sie erst einmal alle Türen. Wenn sie sich in einer Situation wie in einem Horrorfilm befand, dann war sie sich dessen wenigstens auch bewusst, und sie hatte nicht vor, eine dieser dummen Heldinnen zu spielen, die sich schutzlos einem messerschwingenden Irren auslieferten oder, schlimmer noch, einem Hinterwäldler, der endlich einmal ein Mädchen aus der Großstadt so richtig schön kreischen hören wollte. Sie zog Zachs Matchsack auf ihren Schoß und öffnete ihn.

Zuerst bemühte sie sich noch, keine Unordnung anzurichten, während sie seinen Inhalt durchsah. Aber das war Quatsch – *er* würde sich bestimmt auch nicht so rücksichtsvoll verhalten, wenn er an ihrer Stelle wäre. Daher stülpte sie den Sack einfach um und stöhnte angesichts der tollen Sachen, die herausfielen, vor Begeisterung auf. O Mann, Socken. Warme Wollsocken. Sie streifte ihre Sandalen ab und zog die Socken über ihre eiskalten Füße. Seine übrige Wäsche schien nicht viel Schutz zu bieten, deshalb warf sie die Sachen über ihre Schulter auf die Ladefläche. Dorthin wanderten auch seine Jeans. Aber er hatte ein paar wunderbare Thermo-Sweatshirts, und sie zog ihren kleinen Pulli aus und dafür eines der Sweatshirts an. Und dann noch eines. Darüber kam eine angenehm weiche Fleece-Jacke. Mit Befriedigung stellte sie fest, dass sie endlich wieder aufzutauen begann, krempelte die überlangen Ärmel hoch und beugte sich vor, um im schwachen Licht der Innenbeleuchtung seine übrigen Besitztümer durchzusehen.

Sie entdeckte eine kleine Reißverschlusstasche, aber bis auf ein Kondom, dessen zerschlissene und zerknitterte Folienverpackung so aussah, als würde er es schon länger mit sich herumtragen, waren seine Toilettenartikel ziemlich langweilig. Eine Zahnbürste und Zahnpasta, Zahnseide, ein Rasierer, Nagelschere, Aspirin und eine kleine Tube mit Antiobiotika-Creme. Oh, aber da. Ein Taschenmesser. Neugierig untersuchte sie die verschiedenen Schneiden und anderen Werkzeuge.

Als sie gerade den kleinen Korkenzieher musterte und sich fragte, wo eigentlich die gute Flasche Wein steckte, wenn man sie wirklich brauchte, wurde ihr bewusst, dass ihr mittlerweile warmer Körper den Geruch in Zachs Klamotten freigesetzt hatte. Eine Hitze, die auf jeden Fall nichts mit dem dicken Pullover zu tun hatte, kroch durch ihre Adern. Sie starrte finster vor sich hin, und ihr kurzzeitiges Wohlbefinden löste sich in nichts auf. Toll. Das hatte ihr gerade noch gefehlt – sich von diesem Rambo sexuell angezogen zu fühlen. Sie hatte noch nie verstanden, warum manche Frauen von gut aussehenden Männern angezogen waren, die sie wie Dreck behandelten. Und sie hatte nicht vor, sich zu ihnen zu zählen.

Es war spät, das war ihr Problem. Sie sollte endlich schlafen. Sie nahm die Fleece-Decke, faltete den leeren Matchsack zusammen, um ihn als Kissen zu benutzen, und schaltete die Innenbeleuchtung aus, dann wickelte sie sich in die Decke und streckte sich auf dem Rücksitz aus.

Aber sie konnte sich nicht entspannen. Je länger sie so dalag, desto unheimlicher wurden die Geräusche draußen. Sie hatte immer gedacht, im Wald sei es still. Und als ob ihre Lage noch nicht schlimm genug wäre, meldete sich auch noch ihre Blase. Nun, sie würde einfach nicht darauf achten. Sollte sie doch explodieren, sie würde sich jedenfalls nicht in den finsteren Wald wagen, der den kleinen Zeltplatz umgab. Ihrer Unruhe und ihrem Unwohlsein zum Trotz versuchte sie, sich einzureden, dass sie nicht bei jedem unerklärlichen Geräusch zusammenfahren musste.

Aber erst, als sie sich die verschiedenen Möglichkeiten ausmalte, wie sie es Zach heimzahlen konnte, schlief sie ein.

6

Als Zach aufwachte, schneite es. Fluchend setzte er sich auf und schälte sich aus seinem Schlafsack, der von einer dichten, nassen Schneeschicht bedeckt war. Über dieser verflixten Fahrt lag ein Fluch.

Wenigstens hatte er Voraussicht bewiesen und den Poncho, der zu seiner Ausstattung gehörte, über den Schlafsack gebreitet, bevor er sich gestern Nacht hingelegt hatte. Sich den Geruch eines feuchten Schlafsacks zu ersparen war zwar nur ein schwacher Trost, aber man musste nehmen, was man kriegte.

Nicht dass er gleich eingeschlafen wäre, als er sich hingelegt hatte. Er hatte sich hin und her geworfen, nachdem Lily endlich Ruhe gegeben und das Licht im Jeep ausgemacht hatte. Der kurze Moment, den er sie in den Armen gehalten hatte, war ihm nicht aus dem Kopf gegangen, immer wieder hatte er ihn in Gedanken durchlebt. Seine Haut brannte überall dort, wo sie ihn berührt hatte. Das hatte ihm gerade noch gefehlt.

Kalt, steif und genervt streifte er sich seine Schuhe über, dann breitete er den Poncho mit der nassen Seite nach unten an der Stelle aus, an der er gelegen hatte, um darauf seinen Schlafsack zusammenzurollen. Er klemmte sich das Bündel unter den Arm und ging zum Jeep. Gerade als er die Hand nach dem Griff der Heckklappe ausstreckte, bahnte sich eine Schneeflocke ihren Weg über seinen Nacken, und er zuckte zusammen.

Die Tür war abgeschlossen, und er klopfte seine Hosentaschen nach dem Schlüssel ab, bis ihm einfiel, dass er ihn im Zündschloss stecken gelassen hatte. Er ging um den Jeep herum und versuchte sein Glück an der Fahrertür – Fehlanzeige. Er fluchte und spähte ins Wageninnere, während über den Bäumen langsam die Dämmerung anbrach und den bleigrauen Himmel ein wenig aufhellte. Alle Türen waren fest verschlossen, und Lily lag schlafend auf der Rückbank, von Kopf bis Fuß in die rote Fleece-Decke eingewickelt. Das Einzige, was er von ihr sehen konnte, waren ein paar blonde Haarsträhnen.

Er klopfte an das Fenster und verspürte ein ganz und gar nicht ritterliches Gefühl der Befriedigung, als sie unter ihrer Decke zusammenfuhr. Sie hob den Kopf, dann richtete sie sich langsam auf einem Ellbogen auf und sah sich um, als wüsste sie nicht, wo sie war. Ihre Blicke trafen sich durch das Fenster, und sie blinzelte und lächelte ihn verschlafen an.

Es war ein freundliches, ein süßes Lächeln, und bei diesem Anblick zog sich etwas in seiner Brust zusammen. Allerdings verlangte noch etwas anderes nach seiner Aufmerksamkeit. Kurzerhand ignorierte er beides mit zusammengebissenen Zähnen. »Machen Sie die Tür auf.«

Er konnte genau sehen, wann ihr Kopf so klar wurde, dass sie sich daran erinnerte, dass er kein Freund von ihr war. Sie war gerade dabei, nach der Türverriegelung zu greifen, um seinem Befehl nachzukommen, als sie plötzlich innehielt. Sie ließ ihre Hand wieder sinken und richtete sich mühsam auf, wobei sie die Fleece-Decke eng um sich gewickelt hielt. Was, zum Teufel – war das etwa seine Jacke, die sie da anhatte? »Würden Sie bitte aufmachen?«, knurrte er. »Lassen Sie mich rein.«

»Nein«, sagte sie.

»Verdammt, Lily, öffnen Sie die Tür! Es schneit hier draußen.«

»Das sehe ich. Ist Ihnen vielleicht *kalt*?«

»Ja!« Tatsächlich, sie hatte seine Jacke an. Der Umstand, dass sie ihr ungefähr zehn Nummern zu groß war, verriet sie.

»Oh, das tut mir aber Leid. Allerdings erinnere ich mich daran, dass es Sie auch nicht gekümmert hat, als mir gestern Nacht kalt war.«

»Hey, habe ich Ihnen etwa nicht angeboten, zu mir in den Schlafsack zu kriechen?« Fehler. Denn zum einen verzog sich ihre Unterlippe geringschätzig, und zum anderen erinnerte sich sein Schwanz plötzlich an den Moment, als er ihr diesen Vorschlag unterbreitet hatte, und die Vorstellung, sie könnte darauf eingehen, hatte ihn in einen halb erigierten Zustand versetzt. Er rüttelte an der Tür. »Lassen Sie mich endlich rein!«

»Zuerst müssen wir einiges besprechen.«

Er sah sie misstrauisch an. »Zum Beispiel?«

»Ich möchte, dass Sie mir ein paar Zugeständnisse machen.«

»Scheiße.« Aber er wusste, dass er ohne vermutlich nicht ins Auto kommen würde – zumindest nicht, wenn er nicht die Tür aufbrechen wollte. Er überlegte, wie weit er gehen würde. »Was wollen Sie?«

»Zunächst einmal möchte ich, dass Sie an einer Raststätte halten, wenn ich aufs Klo muss, ohne dass ich darum betteln muss.«

»Oh.« Im ersten Moment war er überrascht, dann bekam er ein schlechtes Gewissen. Dass er ihr das gestern verweigert hatte, war wirklich gemein von ihm gewesen. »Ja, in Ordnung.«

»Und dass Sie mir versprechen, sich fortan zivilisiert zu benehmen.«

Nun, das war nicht ganz so einfach, besonders in Anbetracht dessen, in welcher Laune er sich in letzter Zeit befand. Aber er nickte. »Können Sie haben.« Er beobachtete durch das Fenster, wie sie ihre Füße neben ihren runden kleinen Hintern auf den Sitz schob, ihre Socken – nein, seine Socken, verdammt – an der Spitze packte und sie auszog, um sie gegen ihre Sandalen zu tauschen. Wie weit war es eigentlich mit ihm gekommen, dass ihn schon die nackten Füße einer Frau nervös machen konnten? Er fuhr sich mit den Fingern durch die Haare. »Was noch?«

Sie stellte ihre Füße auf den Boden, streckte sich und warf ihm einen strengen Blick zu. »Ich möchte Wasser haben, damit ich mich waschen kann. *Heißes* Wasser.«

»Ich sorge dafür – sobald ich an meinen Campingkocher komme.«

»Schön.« Sie griff über den Vordersitz, um den Türknopf auf der Fahrertür hochzuziehen, und damit waren alle Türen entriegelt.

Das war leichter gewesen, als er gedacht hatte – und er kam um einiges billiger weg als erwartet. Er ging zur Heckklappe und öffnete sie, als Lily aus dem Jeep stolperte und mit steifen Beinen und einem Haufen Taschentücher in der Hand zu den Bäumen stakste. Der Anblick zauberte ein amüsiertes Lächeln auf Zachs Lippen, und er nahm den Campingkocher, um das Wasser für sie warm zu machen. Verdammt, was war denn das?

Seine gute Laune verflog augenblicklich, als er sah, dass

seine Besitztümer über die gesamte Ladefläche verstreut waren, und sie verschlechterte sich noch, als er nach einem trockenen T-Shirt zum Anziehen suchte und entdecken musste, dass seine beiden langärmligen Thermo-Shirts verschwunden waren. Er konnte sich nur schwer beherrschen, als Lily kurz darauf zurückkehrte. »Geben Sie mir meine Shirts.«

»Wie heißt das?« Sie zog fragend eine Augenbraue in die Höhe.

Die Worte, die er sich runterzuschlucken zwang, schmeckten bitter wie Galle. »Bitte.«

Zu seiner Überraschung zog sie seine Jacke augenblicklich aus und legte sie auf die Ladefläche. Dann packte sie sein dunkelrotes Shirt am Saum und zog es sich über den Kopf. Als sie anschließend das hellgraue auszog, schob sich ihr Unterhemd ein Stück nach oben und legte einen Streifen goldbrauner Haut oberhalb ihren Jeansbundes frei.

»Sie bekommen das hier«, sagte sie liebenswürdig und reichte ihm das hellgraue Shirt mit der Waffelpikee-Struktur. »Das passt am besten zu Ihren Augen. Das dunkelrote behalte ich – zumindest, bis mir wieder warm ist.« Sie streifte es sich über den Kopf und krempelte die Ärmel wieder hoch, die ihr sonst bis über die Fingerspitzen hingen.

Ohne ihre üblichen hochhackigen Schuhe reichte sie ihm gerade mal bis an die Brust, und sein Shirt war ihr nicht nur an den Ärmeln zu lang, sondern hing ihr auch bis zu den Knien. »Sie sehen wie ein Kind aus, das sich als Erwachsene verkleidet«, neckte er sie. Aber kein Mensch würde sie jemals mit einem Kind verwechseln. Nicht mit diesen Wahnsinnshüften und der wunderbaren Rundung ihrer Brüste, die sich gegen das Shirt abzeichnete.

Diese körperliche Anziehung gefiel ihm überhaupt nicht. Doch als sie gleich darauf den warmen Waschlappen gegen ihr Gesicht drückte und vor Behagen leise aufstöhnte, musste er unwillkürlich an Sex denken, an puren harten Sex in den verschiedensten Stellungen, von denen ihm jede auf seinem geistigen Bildschirm geiler erschien als die vorherige. Genervt stapfte er davon, blieb in einiger Entfernung von ihr stehen und hielt sein Gesicht in den leise fallenden Schnee.

Scheiße. Unhöflichkeit gegenüber Frauen mochte ja gegen seine Erziehung sein, aber sie war ein verdammt guter Schutz gegen die erotische Ausstrahlung von Lily gewesen. Und dieser Schutz war nun dahin, denn ausgemacht war ausgemacht, und er hielt immer sein Wort.

Ob der neuerdings höfliche Umgang zwischen ihnen etwas Gutes für ihn bedeutete, war äußerst fraglich, und dieser unangenehme Gedanke beschäftigte ihn so sehr, dass er den alten Ford LTD nicht bemerkte, der hinter der Holztafel mit dem Lageplan geparkt war, als sie bald darauf an ihm vorbeifuhren.

Stunden später musste Zach einräumen, dass auch ein Mann sich manchmal irrte. Seine Zähne taten ihm bereits weh vom vielen Zusammenbeißen, während er durch das ausgedehnte Weideland von Südoregon fuhr. *Verdammt, habe ich das vielleicht verdient? Da hielt man sein Wort, und wohin brachte einen das? Knietief in sexuelle Frustration.*

Genau das hatte er befürchtet, und Lily bei ihren kleinen weiblichen Ritualen zu beobachten, das hatte die Sache gewiss nicht besser gemacht. Auf dem Zeltplatz hatte sie sich seinem Wunsch, schnell aufzubrechen, gebeugt und sich nur das Gesicht gewaschen und die Zähne geputzt, um dann wortlos wieder Ordnung in das Durcheinander in seiner Tasche zu bringen. Aber sobald sie unterwegs waren, hatte sie ihren Kosmetikkoffer auf den Schoß genommen und ihr weibliches Ritual begonnen.

Sie hatte Lotionen und Wässerchen und Kriegsbemalung aufgetragen, und zwar mit einer Könnerschaft und dem für Frauen typischen Vergnügen an solchen Dingen, die man nicht anders als erotisch nennen konnte. Aus dem Augenwinkel hatte er gesehen, wie ihr Mund sich ein wenig öffnete, als sie sich zum Spiegel vorbeugte, um ihre Wimpern zu tuschen, beobachtet, wie sich ihre Lippen verzogen, als sie Lippenstift auftrug. Sie hatte sich die Haare gekämmt und an ihnen herumgezupft, dann irgendetwas hineingeschmiert und verteilt, sodass ihre Haare zum Schluss aussahen, als habe sie sie gerade dem Griff eines Mannes nach olympiareifem Oralsex entwunden.

Mann, Taylor. Er rutschte auf seinem Sitz herum. *Was bist du eigentlich, ein Masochist? Hör auf, an so was auch nur zu denken.*

Seine Gedanken schweiften jedoch immer wieder in diese Richtung. Vor kurzem hatte sie entschieden, dass ihr warm genug war, und sein Thermo-Shirt ausgezogen. An sich eine recht nüchterne Angelegenheit, aber es hätte ihn nicht mehr erregen können, wenn sie die Hauptattraktion in einem Striptease-Club gewesen wäre. Ungefähr zu diesem Zeitpunkt hatte er auch festgestellt, dass das hellgraue T-Shirt, das er trug – und das »am besten zu seinen Augen passte« –, nach ihr roch. Mann, die Sache geriet langsam außer Kontrolle. Warum, zum Teufel, konnte sie keine große Brünette sein? Das alles wäre kein Thema für ihn, wenn sie eine große dunkelhaarige Frau wäre, denn aus irgendeinem seltsamen Grund hatte er sich für diesen Typ nie interessiert.

Und warum sagte sie nichts? Gestern war es ihm ganz recht gewesen, die Fahrt schweigend zu verbringen, aber heute hätte er ein bisschen Ablenkung gut gebrauchen können. Hey, er würde sogar ein Gespräch über David Beaumont führen, obwohl er ein widerlicher Mitgiftjäger und geldgeiler kleiner Pisser war. Aber auch wenn Zach dauernd zu hören meinte, dass Lilys üppige Kurven ihm zuflüsterten: *Komm, nimm mich*, hatte sie außer der Bitte um einen kurzen Halt vor ungefähr vierzig Minuten in den drei Stunden, die sie unterwegs waren, kein Wort von sich gegeben.

Doch er wollte nicht ungerecht sein, vielleicht wartete sie ja darauf, dass er seinen guten Willen demonstrierte und selbst ein Gespräch anfing. Allerdings fiel ihm nichts ein, was er sagen könnte.

Als hätte sie seine Gedanken gelesen, drehte sich Lily plötzlich auf ihrem Sitz zu ihm um. »Glynnis hat mir mal erzählt, dass sie in Afrika geboren wurde.«

Gut. Damit ließ sich was anfangen. »Ja, das stimmt.«

»Sie sagte, sie sei zu jung gewesen, um sich daran zu erinnern, aber Sie beide hätten eine ganze Weile dort gelebt.«

»Ja.« *Eine Plaudertasche bist du ja nicht gerade, Alter.* Er sollte sich besser ein paar mehrsilbige Antworten ausdenken, oder er wäre bald wieder da angelangt, wo er begonnen hatte – und das wollte er um jeden Preis vermeiden. »Ich habe bis zu meinem elften Lebensjahr in verschiedenen kleinen Dörfern im süd- und ostafrikanischen Busch gelebt.«

»Im afrikanischen Busch«, wiederholte sie verträumt. »Das klingt wie in einem Roman von Karen Blixen. Das muss schrecklich interessant gewesen sein. Und Ihre Eltern? Ihre Schwester hat erwähnt, dass sie Ärzte waren, die sich auf die Arbeit mit den Eingeborenen dort spezialisiert hatten. Ich weiß, dass sie sehr stolz auf sie ist. Ihnen wird es nichts anders gehen.«

»Stolz? Ja, vielleicht.« Allerdings erinnerte er sich vor allem an eine ungestillte Sehnsucht, wenn er an seine Eltern dachte. Ihre Liebe füreinander und ihre Leidenschaft für die Arbeit hatten nur wenig Raum für irgendetwas anderes gelassen, und die sorglose Vernachlässigung, die seine Kindheit geprägt hatte, hatte ihn schon früh gelehrt, dass man sich nicht auf andere verlassen konnte, was die Befriedigung emotionaler Bedürfnisse anging. Aber auch wenn er sich oft übergangen gefühlt hatte, so hatte er doch immerhin die Freiheit des Buschlandes gehabt. Mit den nomadisch lebenden Stammesangehörigen der Massai in der Savanne unterwegs zu sein hatte in ihm die Lust am Abenteuer geweckt und oft seine Einsamkeit gemildert.

Doch auch das war ihm nicht lange nach Glynnis' Geburt genommen worden, als seine Mutter und sein Vater, die sie beide angeblich so sehr liebten, ihn und seine kleine Schwester in die Staaten geschickt hatten. »Glynnis hatte eigentlich nie die Gelegenheit gehabt, unsere Eltern kennen zu lernen«, hörte er sich sagen. »Ich habe ihr vielleicht ein etwas zu romantisches Bild von ihnen vermittelt.«

»Wie das?«

Diese Frage war mit solch unschuldiger Neugier gestellt, dass er ihr einfach nicht widerstehen konnte. Selbst der zynische Verdacht, dass ihr Interesse an ihm kaum besonders groß sein dürfte, konnte ihn nicht davon abhalten, auf ihre Aufmerksamkeit zu reagieren. »Sie nahmen sich die Not der Leute dort sehr zu Herzen, was sie zu ausgezeichneten

Ärzten machte. Aber sie waren nicht unbedingt die aufmerksamsten Eltern. Sie verfrachteten uns zu unseren Großeltern nach Philadelphia, als Glynnie noch nicht einmal sechs Monate alt war, und die paar Mal, die sie zu Besuch kamen, um sie zu sehen, lassen sich an fünf Fingern abzählen. Ich konnte ihr ja wohl kaum erzählen, dass andere Menschen ihren Eltern offensichtlich wichtiger waren als sie, oder? Man hat schließlich nur die einen Eltern.« Er zuckte die Schultern, um zu zeigen, dass ihm selbst das natürlich gleichgültig gewesen war. »Also erzählte ich ihr immer wieder, welche Anforderungen ihr humanitäres Engagement an sie stellte.« Er warf ihr einen kurzen Blick zu und richtete seine Aufmerksamkeit dann wieder auf die Straße. »Um Glynnis' willen hatte ich immer gehofft, dass sich unsere Eltern eines Tages anders besinnen würden, aber wie Sie wahrscheinlich schon wissen, wurde das Dorf, in dem sie arbeiteten, von einem Fieber heimgesucht, und sie starben, als Glynnis acht Jahre alt war.«

»Ja, das tut mir Leid.«

Er zuckte die Schultern. »Bei den Bedingungen, unter denen sie arbeiteten, musste so etwas eines Tages passieren.«

Aber Lily sah, wie dabei einen Moment lang der Ausdruck des Schmerzes über sein Gesicht zuckte, und ihr Herz zog sich seltsamerweise kurz zusammen. *Okay, vielleicht ist er ja doch nicht so gefühlskalt, wie ich gedacht habe.* Sie betrachtete aus dem Augenwinkel heraus sein Profil. Seine Hoffnungen auf einen Wandel im Leben seiner Eltern hatten sich vermutlich nicht ausschließlich auf Glynnis' Wohl bezogen. Unweigerlich drängte sich ihr die Frage auf, wo, zum Teufel, er bei der ganzen Sache geblieben war? Er hatte davon gesprochen, dass seinen Eltern andere Menschen mehr am Herzen lagen als seine Schwester, aber was war mit ihm? Er war schon elf Jahre alt, als Glynnis auf die Welt kam – was war während dieser Zeit geschehen, das ihren Sohn offensichtlich dazu gebracht hatte, keine Aufmerksamkeit für sich zu beanspruchen? Zum ersten Mal, seit sie ihn in der Küche in Laguna Beach zu Gesicht bekommen hatte, betrachtete sie ihn nicht mehr nur als gut aussehenden Mann oder als ekelhaften Neandertaler, sondern als interessantes Rätsel, das sie gerne lösen würde.

Bevor sie Gelegenheit hatte, sich zu überlegen, wie sie das anstellen sollte, überraschte sie Zach mit der Frage: »Und Sie? Leben Ihre Eltern noch?«

»Oh, ja.« Sie lachte. »Und wie!« Einen Moment lang war sie versucht, es dabei zu belassen, um zu sehen, ob er genug Interesse hatte, sie nach weiteren Einzelheiten zu fragen, aber dann entschied sie sich dagegen. Nachdem er fast zweihundert Meilen kein Wort gesagt hatte, standen die Chancen, dass er plötzlich Details aus ihrem Leben wissen wollte, wohl nicht besonders gut. Ihm schien es offensichtlich kein Problem zu bereiten, den Tag schweigend zu verbringen.

Was sie von sich nicht behaupten konnte. Die letzten Stunden hatten sie fast zur Verzweiflung getrieben. »Meine Familie scheint das glatte Gegenteil von ihrer zu sein, auf jeden Fall, was das Milieu angeht. Meine Eltern haben geheiratet, als sie beide gerade mal siebzehn waren, und mussten die Schule abbrechen.«

Er wandte seinen Blick nicht von der Straße. »War Ihre Mutter damals mit Ihnen schwanger?«, fragte er. »Oder mussten sie wegen eines älteren Geschwisters heiraten?«

»Nein, ich war der Grund. Ich wurde, wie sie mir erzählten, auf der Rückbank eines 62er Buick im Autokino eines winzigen Kaffs in Idaho gezeugt, von dem Sie garantiert noch nie etwas gehört haben.«

»Und wie waren sie als Eltern?« Er wandte seine Augen lange genug von der Straße, um sie kurz zu mustern. »Oder vielmehr, wie war Ihre Mutter?«

Sie sah ihn überrascht an. »Ich bin bei beiden Eltern aufgewachsen.«

»Sie sind immer noch verheiratet? Widerspricht das nicht jeder statistischen Wahrscheinlichkeit bei Paaren, die so jung geheiratet haben?«

»Nun, da haben die Statistiker meine Familie nicht kennen gelernt. Bis ich anfing, mich um ihre Finanzen zu kümmern, konnten sie nie mehr als ein paar Cent zusammenhalten, aber geliebt haben sie einander immer.« Sie bemerkte, dass Zach seine Augen gen Himmel verdrehte. »Das soll nicht heißen, sie hätten sich niemals so angebrüllt, dass die Wände wackelten. Aber eine Scheidung stand nie zur Debatte.«

Als er dieses Mal die Augen von der Straße wandte, bedachte er sie mit einem Blick, den sie nicht einmal ansatzweise zu deuten vermochte. »Dann hatten sie also eine behütete Kindheit in einem hübschen Häuschen?«

Lily konnte nichts dagegen tun – mit zurückgelegtem Kopf prustete sie laut los. »Tut mir Leid«, sagte sie, als sie sich wieder gefasst hatte und seine Verwirrung sah, »ich lache nicht über Sie. Aber nichts könnte weiter von der Wahrheit entfernt sein, als zu behaupten, ich hätte eine behütete Kindheit in einem Häuschen gehabt. Meine Eltern führten ein vollkommen rastloses Dasein. Wir zogen von Stadt zu Stadt. Meistens einmal, oft aber auch zwei- oder sogar dreimal im Jahr. Es war mein größter Wunsch, behütet in einem Häuschen zu leben.« Sie verzog das Gesicht. »Aber der wurde mir leider nicht erfüllt.«

»Hm.« Er verfiel in Schweigen, und seine Augen blickten konzentriert auf die Straße, während er einen Sattelschlepper überholte. Der Verkehr auf der Interstate nahm zu, je weiter sie sich Salem näherten, und Zach wollte offensichtlich nicht nur durchkommen, sondern schnell durchkommen.

Lily sah immer wieder zu ihm hinüber und fragte sich, was er wohl dachte, abgesehen davon, dass ihm die Geschwindigkeitsbegrenzung von neunzig Kilometer pro Stunde in Oregon eindeutig nicht passte. Sie hielten ein paar Mal an, damit sie aufs Klo gehen konnte oder um sich etwas zu essen zu besorgen, aber Zachs wachsende Ungeduld war deutlich spürbar. Erstaunlicherweise ärgerte Lily seine Unruhe nicht, sondern weckte vielmehr das Bedürfnis in ihr, ihre Hand auszustrecken und ihm beruhigend übers Knie zu streicheln. Sie konnte ihm hin und wieder ein paar kurze Worte entlocken, aber das war ungefähr so mühsam, wie Fussel von einem Mohairpulli zu entfernen.

Nachdem sie die Grenze zwischen Oregon und Washington überquert hatten, fuhr er die erste Tankstelle an. »Hier.« Er drückte ihr ein paar Geldscheine in die Hand. »Holen Sie uns was zu essen. Ich werde inzwischen tanken, nachdem wir endlich in einem Staat sind, in dem man den Zapfhahn selbst bedienen darf.«

Sie spürte, wie sich ein Lächeln auf ihre Lippen schlich. Zach hatte das Gesetz, das verbot, dass man in Oregon selbst tankte, als persönliche Beleidigung aufgefasst. Zweifellos waren ihm die Tankwarte nicht schnell genug.

Während sie aus dem Angebot des Tankstellen-Shops ein paar Dinge aussuchte, die nicht mit zu vielen Konservierungsstoffen belastet waren, verspürte sie plötzlich das heftige Bedürfnis nach einem richtigen Essen. Sie hatte die Nase voll von Fast Food und Abgepacktem. Was würde sie dafür geben, aus ein paar frischen Zutaten eine richtige Mahlzeit zaubern zu können. Da sie letztlich jedoch eine praktisch veranlagte Frau war, versuchte sie, aus den begrenzten Möglichkeiten, die ihr zur Verfügung standen, das Beste zu machen.

Mit einer kleinen Tüte voll Proviant war sie zurück auf dem Weg zum Auto, als sich ihr plötzlich ein dunkelhaariger junger Mann in den Weg stellte.

»Entschuldigen Sie.« Er war hübsch und gut gebaut ... und sich dessen vielleicht ein bisschen zu sehr bewusst. Aber er lächelte sie höflich und auf gewinnende Weise schüchtern an. »Entschuldigung. Es tut mir Leid, wenn ich Sie aufhalte. Aber vielleicht dürfte ich Sie bitten, mir zu helfen?«

»Sicher. Was kann ich für Sie tun?«

»Mein Englisch ist nicht besonders gut –«

»Im Gegenteil, Sie sprechen ausgezeichnet Englisch.«

»*Gracias*, aber ich scheine mich dem Herrn dort nicht verständlich machen zu können –« Er deutete mit einer vagen Geste in Richtung Tankstelle oder vielleicht auch auf die Zapfsäulen daneben. »Und da wollte ich Sie fragen, ob Sie mir helfen würden.«

»Gerne, wenn ich kann. Was haben Sie denn für ein –«

»*Lily!* Bewegen Sie Ihren Hintern! Wie lange soll ich noch warten, verdammt noch mal!«

Die Ungeduld in Zachs Stimme ließ sie zusammenfahren, und sie zuckte mit den Schultern. »Tut mir Leid, da spricht die liebliche Stimme meines Fahrers, ich kann Ihnen leider nicht helfen. Aber Ihr Englisch ist wirklich viel besser, als Sie denken«, versicherte sie ihm, als sie sich zum Gehen wandte. »Wenn Sie langsam sprechen, wird man Sie bestimmt verstehen.«

»Was sollte das?«, fragte sie einen Moment später, als sie in das Auto stieg. »Unter Höflichkeit verstehe ich etwas anderes.«

»Mann, ich bin den ganzen verdammten Tag über so höflich gewesen wie eine alte Dame bei einem Kaffeekränzchen«, knurrte er, während sie den Sicherheitsgurt anlegte. »Aber ich habe keine Lust, hier herumzutrödeln, nur weil Sie mit den Jungs flirten müssen. Machen Sie das, wenn Sie wieder allein sind. Mein Zeitplan drängt.« Damit trat er aufs Gas, und der Jeep schoss zurück auf den Freeway.

7

Ein paar Stunden später in Anacortes musste Zach erleben, wie sein schöner Zeitplan von der hässlichen Realität der Fahrpläne der vom Staat Washington betriebenen Schifffahrtslinien zunichte gemacht wurde. Ungläubig starrte er den Schalterbeamten an. »*Drei Stunden* bis zur Abfahrt?«

»Ja, Sir. Drei Stunden und fünfunddreißig Minuten, um genau zu sein.«

»Sie wollen mich auf den Arm nehmen, oder?«

»Nein.« Der Mann hinter dem Schalter lächelte ihn flüchtig an. »Ich vermute, Sie sind nicht aus der Gegend?«

»Nein.«

»Nun, Sir, zurzeit gilt noch der Fahrplan für die Nebensaison, das ist also nichts Außergewöhnliches. Sie haben gerade eine Fähre nach Orcas Island verpasst, und die nächste, die dort anlegt, ist die *Illahee*, aber ich fürchte, die wird Ihnen auch nichts nützen, weil sie nur fünfundsiebzig Fahrzeuge aufnehmen kann und vor Ihnen schon mehr Leute warten.«

»Die können doch nicht alle nach Orcas Island wollen.«

»Nein, Sir. Viele davon fahren nach Lopez oder Shaw Island. Orcas Island ist die dritte Anlegestelle auf der Strecke nach San Juan, allerdings steuert nicht jede Fähre jede Insel an.« Der Mann zuckte die Schultern. »Wie dem auch sei, die nächste größere Fähre legt hier in drei Stunden und« – er sah auf die Uhr, die über seinem Kopf hing – »und vierunddreißig, nein, *drei*unddreißig Minuten an.« Er reichte ihm die Fahrkarte zusammen mit einem Fahrplan durch das Fenster. »Sie müssen sich in Reihe fünf anstellen.«

Zach unterdrückte den Drang, laut zu fluchen. Der Beamte nahm offensichtlich keinen hohen Rang ein, und achtzehn Jahre in der Armee hatten Zach gelehrt, seinen Ärger nicht an jemandem auszulassen, der selbst nur Befehlsempfänger war. Er dankte dem Mann für seine Bemühungen, nahm die Fahrkarte und entfernte sich vom Schalter.

Natürlich durfte er diese Verzögerung nicht persönlich nehmen, aber er hatte eine lange, anstrengende Fahrt hinter sich, und es war deshalb besonders ärgerlich, so kurz vor dem Ziel aufgehalten zu werden. »Eine Insel«, knurrte er, als er hinter den letzten Wagen in der Warteschlange fuhr und den Motor abstellte. Er steckte die Fahrkarte hinter die Sonnenblende und warf einen prüfenden Blick auf die anderen Fahrspuren, auf denen sich Auto an Auto reihte. »Musste sich Glynnis ausgerechnet einen Kerl aussuchen, der auf einer bescheuerten Insel wohnt?«

Lily blickte von dem Fingernagel, an dem sie gerade herumfeilte, auf. »Sie haben wirklich ein ausgesprochen sonniges Gemüt.« Sie sah ihn mit hochgezogenen Augenbrauen an. »Ich vermute, jetzt ist nicht der richtige Zeitpunkt, darauf hinzuweisen, dass wir angesichts dieser Lage jede Menge Zeit gehabt hätten, bei dem Liz-Claiborne-Outlet anzuhalten, an dem wir vorhin vorbeigekommen sind.«

Er drehte langsam den Kopf und bedachte sie mit seinem eisigsten Oberfeldwebelblick, der unerfahrenen Rekruten das Blut in den Adern gefrieren ließ.

Dieser Blick zeigte bei Lily genauso wenig Wirkung wie alle anderen Versuche, sie in die Schranken zu weisen. »Nein, wohl nicht«, sagte sie fröhlich und ließ die Nagelfeile in ihre Handtasche fallen, bevor sie die Beifahrertür öffnete. »Sehen Sie es doch positiv. Zumindest können wir uns jetzt die Beine vertreten. Ich weiß ja nicht, wie es Ihnen geht, aber ich spüre schon seit fünfzig Meilen meinen Hintern nicht mehr, so taub ist er vom langen Sitzen.«

Er musste unwillkürlich lächeln. Dann folgte er ihrem Beispiel und stieg aus dem Auto. Egal, vertrat er sich eben die Beine.

Miguel reihte sich drei Wagen hinter dem Jeep in der fünften Fahrspur ein und rutschte tiefer in seinen Sitz, als er Taylor und seine Frau auf sich zukommen sah. Die Sache wurde langsam kompliziert. Wer hätte gestern, als er dem Oberstabsfeldwebel vom Stützpunkt der Marines aus gefolgt war, gedacht, dass er sich heute Abend mehr als tausend Meilen entfernt in der Warteschlange für eine Fähre nach Gott weiß wohin wieder finden würde?

Als er ein paar Minuten zuvor die Tafel mit den Fahrplänen studiert hatte, während er am Fahrkartenschalter anstand, hatte er festgestellt, dass außer den Fähren zu den vier Inseln auch noch täglich zwei Schiffe nach Kanada fuhren. Einen Augenblick lang hatte er verwirrt dagestanden und überlegt, für welches Ziel er eine Fahrkarte lösen sollte; denn falls es sich um Kanada handelte, steckte er in Schwierigkeiten. Dann war sein gewohntes Selbstvertrauen zurückgekehrt. Die Schiffe nach Kanada fuhren offensichtlich frühmorgens ab, womit sich dieses Problem erledigt haben dürfte, und – wie hieß es so schön? – warum sich den Kopf zerbrechen, wenn man sowieso nichts ändern könnte.

Als er dann am Schalter an der Reihe war, hatte er kurz erwogen, einfach auf Taylors Jeep zu zeigen und dem Fahrkartenverkäufer zu erklären, er gehöre zu dem Mann dort und wolle ans gleiche Ziel. Aber was, wenn sich der Schalterbeamte nicht daran erinnern konnte, welches das war? Zwischen seinem Auto und dem von Taylor standen mehrere Fahrzeuge, und das Letzte, was er wollte, war, die Aufmerksamkeit des Comandante auf sich zu ziehen. Schließlich hatte er einfach eine Fahrkarte zu der letzten Insel auf der Route gekauft.

Da saß er also, eingeklemmt zwischen anderen Autos. Es hatte keinen Sinn, sich die Frau jetzt gleich zu schnappen, da er sowieso nicht vom Kai wegkam, selbst wenn er sie von dem Marine loseisen konnte. Und weil er nicht die Absicht hatte, vorzeitig entdeckt zu werden und damit auf das Überraschungsmoment zu verzichten, kauerte er sich auf seinem Sitz zusammen.

Auch wenn ihm das überhaupt nicht gefiel. Miguel Escavez kauerte nicht auf Autositzen, um Konfrontationen aus dem Weg zu gehen; er ging schnurstracks auf sie zu! Wider seine Natur handeln zu müssen behagte ihm zwar nicht, aber die Situation war einfach völlig anders, als er zu Beginn seiner Mission erwartet hatte. Wenn er an diesem Nachmittag an der Tankstelle nur ein bisschen mehr Zeit gehabt hätte, wäre die Frau jetzt in seiner Gewalt, und dieses Versteckspiel wäre überflüssig. Er war so nahe dran gewesen … bis der Comandante einen Befehl gebrüllt hatte und die Gringa sofort gesprungen war.

Miguel hatte halb damit gerechnet, dass der Marine aus dem Auto steigen und er ihn an Ort und Stelle zur Rechenschaft ziehen würde. Taylor war jedoch, kaum dass die blonde Frau in den Jeep geklettert war, davongebraust und hatte sich nicht die Mühe gemacht herauszufinden, mit wem sie gesprochen hatte.

Ein neuer Beweis für meine Überlegenheit gegenüber den US-Marines, dachte er selbstgefällig. Er jedenfalls hätte wissen wollen, wer sich mit seiner Frau unterhielt. Aber das ließ ihn wieder an Emilita denken, wie sie in den Armen eines anderen Mannes lag, und rief ihm die ungerechte Behandlung durch Taylor ins Gedächtnis, und schon knirschte er vor Wut mit den Zähnen. Entschlossen schüttelte er diese Gedanken ab und atmete ein paar Mal tief durch, um sich zu beruhigen. Er musste seine Energie auf Positives konzentrieren.

Immerhin stand er kurz davor, sein Ziel zu erreichen; das spürte er irgendwie. Es wäre hilfreich, zu wissen, wohin sie fuhren, aber wenn sie eine Insel ansteuerten, bedeutete das zweifellos, dass die endlose Fahrerei bald ein Ende haben würde. Und was ihn anging, keinen Augenblick zu früh.

Er fuhr nicht gern auf diesen amerikanischen Highways. Die Gringo-Fahrer regten sich sofort auf, wenn man mal einen kleinen Fehler machte. Zum Teufel mit ihnen – sie machten die ganze Zeit Fehler, da sollte er sich ja wohl auch den einen oder anderen leisten dürfen. Er konnte zu seiner Entschuldigung wenigstens anführen, dass die Schnellstraßen viel stärker befahren waren, auch wenn in einem viel besseren Zustand sind, als die, die er gewohnt war. Aber welche Entschuldigung hatten sie?

Als er merkte, dass wieder die Wut in ihm aufstieg, atmete er ein weiteres Mal tief durch und zwang sich, sich zu entspannen. Er musste sich nur noch eine kleine Weile in Geduld üben. Dann würde der Stabsfeldwebel merken, wie es war, die Frau zu verlieren.

Lily sah Zach verstohlen von der Seite an. Waren seine Schultern breiter geworden, seit sie das letzte Mal hingesehen hatte? Sie hätte schwören können, dass er, je länger sie in diesem Auto eingeschlossen waren, immer mehr Raum einnahm.

Es machte sie merkwürdig unruhig, zu beobachten, wie seine Finger nervös auf das Lenkrad trommelten. Seine Hände waren braun gebrannt und rau, voller Narben und Schwielen und sahen aus, als würde er sich durchaus auch mal prügeln. Die Nägel waren sauber und kurz geschnitten, aber der linke Daumennagel war auf einer Seite tief eingerissen.

Mit einem unglücklichen Lächeln betrachtete sie ihre Hände. Sie waren auch nicht gerade glatt wie Seide. Aber sie war schließlich Chefköchin, Schnitte und Verbrennungen gehörten zu ihren Berufsrisiken. Im Vergleich zu Zachs Händen hätten ihre allerdings die einer verwöhnten Südstaatenschönheit auf einer dieser alten Plantagen sein können. Die breiten Handrücken und die grobknochigen Finger ließen Zachs Hände eindeutig *männlich* aussehen.

Einen Augenblick später warf sie heimlich einen Blick auf seinen Mund und blieb an der dünnen blassen Narbe hängen, die seine Oberlippe teilte. Ihre Brustwarzen richteten sich auf, und sie spürte, wie sich eine Stelle tief zwischen ihren Schenkeln heftig zusammenzog. Rasch wandte sie den Blick wieder ab. O Gott, das war nicht gut. Das war überhaupt nicht gut.

Wie, zum Teufel, kam es, dass sie plötzlich scharf war wie eine Rasierklinge? Sie war sich der starken Anziehungskraft Zachs von Anfang an bewusst gewesen, hatte aber gedacht, dass sein beleidigendes Benehmen ihr gegenüber als eine Art Gegengift wirken würde. Kleine Dosen seines miesen Charakters in regelmäßigen Darreichungen sollten sie eigentlich dauerhaft immun gegen ihn machen.

Heute hatte er sich allerdings Mühe gegeben, freundlich zu sein. Na ja, ein bisschen freundlicher zumindest, aber wenn man daran gewöhnt war, es mit Conan, dem Barbaren, zu tun zu haben, dann machte ein annähernd menschliches Verhalten einen gewaltigen Unterschied, und sie hatte ihre schlechte Meinung von ihm tatsächlich revidieren müssen. Eine entscheidende Rolle hatte dabei natürlich diese Spur von Verletzlichkeit gespielt, die er heute Morgen gezeigt hatte, als er über seine Eltern sprach. Sie hatte an ihr Mitgefühl gerührt und grub sich jedes Mal, wenn sie daran dachte, noch tiefer in ihr Herz.

Aber war das nicht geradezu lächerlich? Lieber Himmel, seit Jahrhunderten fielen Frauen auf diese Harte-Schale-weicher-Kern-Masche herein. Sie rutschte auf ihrem Sitz nach hinten und straffte die Schultern. Wenn sie schon nicht klüger war, dann musste sie eben auf der Hut sein. Sie hatte ganz bestimmt nicht vor, auf dieses armselige Klischee hereinzufallen.

Trotzdem konnte sie es sich nicht verkneifen, Spekulationen über Zach anzustellen, während sie weiterhin von Zeit zu Zeit heimlich einen Blick auf seinen Mund warf. Er war weit gereist und stammte aus einer vermögenden Familie, und solche Familien ließen für gewöhnlich ihre Verbindungen spielen, um ihre Sprösslinge gut unterzubringen. Wie, in aller Welt, war er bei solchen Voraussetzungen an einen Verein wie die Marines geraten? Und warum wurde sie den Gedanken nicht los, dass er, weit davon entfernt, ein Engel zu sein, wie ein Teufel küsste?

Sie drückte sich fest gegen die Rückenlehne ihres Sitzes. *Du lieber Himmel, Lily, hast du jetzt auch noch deinen letzten Rest Verstand verloren? Der Typ hält dich für ein geldgieriges Flittchen, und du denkst darüber nach, wie er küsst? Warum nicht gleich den Kopf gegen die nächstbeste Betonwand schlagen? Das wäre ungefähr genauso schwachsinnig.*

Sie funkelte Zach an, als wäre er es gewesen, der sie dazu aufgefordert hatte, seine sexuelle Anziehungskraft zu bewerten. »Wenn Sie so verdammt besorgt sind«, fauchte sie, »dass Ihre Schwester von jedem Tom, Dick und Harry, der ihr über den Weg läuft, ausgenommen wird, warum, zum Teufel, haben Sie sich dann nicht die Mühe gemacht, ihr wenigstens ein paar grundsätzliche Dinge über den Umgang mit Geld beizubringen?«

Zachs Hände, die er bewusst die ganze Zeit in Bewegung gehalten hatte, um nicht etwas wirklich Dummes damit anzustellen, schienen am Lenkrad festzufrieren. Dann drehte er sich um und starrte Lily an. Was sollte *das* denn jetzt auf einmal? War das dieselbe Frau, die den ganzen Tag über so nervtötend fröhlich gewesen war? Man musste kein Sigmund Freud sein, um sein Problem zu erkennen, aber welche Laus war ihr denn plötzlich über die Leber gelaufen?

Wenn er darüber nachdachte, war es ihm allerdings völlig egal, was in sie gefahren war. Er wusste nur, dass er Lust auf einen Streit hatte … und sie präsentierte ihm den Anlass dazu auf dem Silbertablett.

Er stützte sich mit einem Arm auf die Rückenlehne und musterte sie unverblümt von Kopf bis Fuß. Als eine heftige Röte ihr Gesicht überzog, fragte er schließlich gedehnt: »Und wie kommen Sie darauf, dass Sie das etwas angeht, Schätzchen?«

»Ich glaube, dass mich das etwas angeht, mein Guter, weil Glynnis demnächst fünfundzwanzig wird, und sie hatte nicht die geringste Ahnung, wie man mit Geld umgeht, bevor ich vor ein paar Monaten damit anfing, ihr den einen oder anderen Tipp zu geben.«

»O ja, ich kann mir gut vorstellen, wie das abgelaufen ist. Sie müssen schon ein echter Menschenfreund sein, wenn Sie ihr Geld auf Ihr Konto umleiten.«

»Welches Geld? Haben Sie sich jemals im Entferntesten darum gekümmert, wie Ihre Schwester zurechtkommt? Okay, sie wohnt in diesem wunderbaren Strandhaus, und ihr Unterhalt ist für eine junge Frau in ihrem Alter recht großzügig. Aber selbst Ihnen muss doch aufgefallen sein, dass sie so gut wie nichts von finanziellen Dingen versteht. Man hat sie auf höhere Schulen in Europa geschickt, und sie wurde dazu erzogen, immer nur das Allerbeste zu erwarten. Niemand hat sich jemals die Mühe gemacht, ihr zu sagen, dass sie nicht weiterhin Geld ausgeben kann, wie sie es gewöhnt war, bevor ich mich mit ihr hingesetzt und ihr erklärt habe, warum das nicht mehr geht. Um Himmels willen, Zach, während sich ihre Altersgenossinnen mit der

Konfektionsware im Kaufhaus begnügten, kaufte sie Designerklamotten. Sie wusste nicht einmal, wie man ein Scheckbuch führt, bis ich es ihr beigebracht habe!«

Er starrte sie an. Sie klang aufrichtig, aber das interessierte ihn nicht, deshalb wischte er ihre Worte mit einem knappen »Unsinn« beiseite. Aber in seinem Inneren regte sich sein Gewissen, wachgerufen durch eine alte Familienschuld.

»Es ist *kein* Unsinn«, sagte sie aufgebracht. »Wissen Sie, was ich glaube? Ich glaube, Sie sind einer von diesen Kontrollfreaks, die ihre Frauen dumm halten wollen. Um was geht's dabei? Um Macht? Verschafft Ihnen das einen Kick, oder was?«

Seine Schwester war alles an Familie, was Zach geblieben war, und er stand seit drei Tagen vor Sorge um sie unter Hochspannung. Eine Welle aus Wut und Schuld und dem Gefühl, versagt zu haben, überflutete ihn und beraubte ihn jeder Selbstbeherrschung, und vielleicht zum ersten Mal, seit er erwachsen war, reagierte er, ohne über die Folgen seines Tuns nachzudenken. Er packte Lily an den Schultern und zerrte sie halb aus ihrem Sitz. Dann zog er sie über die Mittelkonsole zu sich heran, beugte seinen Kopf vor, bis sich ihre Nasen fast berührten, und knurrte: »Wissen Sie was, Lady? Sie reden nur Scheiße. Selbst wenn ich nur halb so sehr davon besessen wäre, alles unter Kontrolle zu haben, wie Sie mir vorwerfen, stünden mir mehr als genug Leute zur Verfügung, an denen ich mich austoben könnte. Ich kann jederzeit große, hartgesottene Marines herumschubsen – ich habe es bestimmt nicht nötig, meinen angeblichen Kontrollwahn an meiner kleinen Schwester auszuleben.«

Zu seiner Überraschung hatte sie nicht sofort eine neunmalkluge Erwiderung parat, und insgeheim wollte er sich schon beglückwünschen, weil er endlich einen Punkt gegen sie gemacht hatte, als ihm auffiel, dass sie wie gebannt auf seinen Mund starrte. Er erstarrte ... und spürte das Zittern, das durch ihren Körper lief.

Langsam hob sie den Blick und sah ihm in die Augen. Sie schluckte und fuhr sich mit der Zunge über die Lippen, und er bekam in so rasender Geschwindigkeit einen Ständer, dass er nicht überrascht gewesen wäre, wenn es ihm die Schwanzspitze zerquetscht hätte, als sie gegen seinen Hosenschlitz stieß. Er ließ Lily so abrupt zurück auf ihren Sitz fallen, dass ihre Brüste auf und ab hüpften, rutschte an die Fahrertür und rieb sich mit den Fingern die Stirn.

Jesus. Was, zum Teufel, war das denn gerade gewesen? Hatte sie seinen Mund wirklich so angesehen, als würde sie am liebsten ein großes Stück abbeißen, oder war ihm vor lauter Anspannung zu guter Letzt eine Ader im Kopf geplatzt? Dann zog er nachdenklich die Augenbrauen zusammen. Vielleicht verlagerte sich ja auch ihre Aufmerksamkeit von seiner Schwester auf ihn. Schließlich hatte er wesentlich mehr Geld als Glynnis.

Diese Theorie wäre um einiges plausibler gewesen, wenn Lily in diesem Moment auch nur im Entferntesten wie eine Frau ausgesehen hätte, die mit Hilfe von Sex Macht über Männer ausübt. Stattdessen saß sie blinzelnd vor ihm, und als sich ihre Blicke trafen, überzog eine flammende Röte ihren Hals.

Dann schien sie sich wieder zu fangen.

»Okay«, krächzte sie. Sie räusperte sich und setzte erneut an. »Okay, vielleicht habe ich mich getäuscht, was die Sache mit der Kontrolle angeht. Wenn es so ist, bitte ich um Entschuldigung. Aber was Glynnis' Unwissenheit in

Gelddingen angeht, täusche ich mich nicht.« Sie setzte sich etwas aufrechter hin. »Sie wusste tatsächlich nicht, wie man ein Scheckbuch führt, bis ich es ihr gezeigt habe, und sie hatte nicht die geringste Ahnung, wie sie sich ihr Geld einteilen sollte.«

Zach ließ die Hand sinken. »Ich verstehe es ja auch nicht. Sie kauft teuer ein, das stimmt, aber Großvater muss ihr *irgendetwas* darüber beigebracht haben, wie man seine Finanzen regelt. Er war die ganze Zeit wie verrückt dahinter her, dass ich lerne, verantwortungsbewusst mit Geld umzugehen, weil ich eines Tages das Familienunternehmen übernehmen sollte. Als ich mich weigerte, mich seinen Plänen zu beugen, und stattdessen zu den Marines ging, dachte ich, dass er Glynnis entsprechend erziehen würde.« Er sah sie an, während er verstohlen seine Hose richtete. »*Er* musste wirklich immer über alles die Kontrolle haben.«

Er hielt inne. »*Er* war ein Kontrollfreak«, sagte er. »Und ich halte es nicht für ausgeschlossen, dass der alte Mistkerl Glynnis absichtlich nichts beigebracht hat.«

Zwischen Lily Augenbrauen erschien eine tiefe Falte. »Warum sollte er so etwas tun?«

»Verdammt noch mal, das weiß ich doch nicht. Er war stinksauer auf mich, als ich nicht mehr spuren wollte – vielleicht dachte er, ich würde nach Hause kommen und mich um sie kümmern, wenn ich mitbekam, was da vor sich ging, und nicht nur um sie, sondern auch um das Geschäft, so wie er es wollte. Mein Gott, dieser Mann war eiskalt. Er rastete aus, wenn er seinen Willen nicht durchsetzen konnte, und wenn es Großmutter nicht gegeben hätte, wäre das Leben in diesem verdammten Mausoleum unerträglich gewesen.« Bei der Erinnerung an seine Großmutter überkam ihn ein Gefühl von Wärme, und ein zärtliches Lächeln stahl sich auf seine Lippen. »Sie war wunderbar – Glynnis hat ihr liebenswürdiges Wesen von ihr.«

»Glynnis hat mir erzählt, dass ihre Großmutter starb, als Sie beide noch sehr jung waren.«

»Ja, im gleichen Jahr wie meine Eltern, nur ein paar Tage nach meinem Schulabschluss. Von da an gab es nur noch Großvater und mich, Glynnis hatte man in ein Internat in Genf gesteckt, als Großmutter krank wurde. Es gefiel ihr dort nicht, aber das war typisch für den alten Herrn. Er hat sich einen Dreck darum gekümmert, was wir wollten. Er wollte Glynnis aus dem Weg haben, also hat er sie weggeschickt. Und er beschloss, dass ich darauf gedrillt werden sollte, das Familienunternehmen zu übernehmen.« Bei der Erinnerung an diese erdrückende Last an Erwartungen zog er am Halsausschnitt seinen Sweatshirts.

»Also sind Sie davongelaufen und zu den Marines gegangen?«

Er sah sie stirnrunzelnd an. »Ich bin nicht davongelaufen. Ich war achtzehn; ich habe einfach nur von meinem Recht Gebrauch gemacht, selbst über meine berufliche Zukunft zu entscheiden. Und die sollte sicher nicht darin bestehen, Tag für Tag in einem Büro zu sitzen.«

Ihre Lippen verzogen sich zu einem mitfühlenden Lächeln. »Nein«, sagte sie ernst. »Das kann man sich wirklich nicht vorstellen. Ich bin sicher, dass Sie in einem Büro innerhalb kürzester Zeit einen Koller bekommen hätten.«

Ihre Bemerkung überraschte ihn. Er hätte gedacht, sie erwartete von einem Mann, dass er den Job wählte, der das meiste Geld brachte. Flüchtig kam ihm der unbehagliche Gedanke, dass sie vielleicht doch nicht so ganz dem Bild entsprach, das er sich von ihr gemacht hatte, aber er schob ihn schnell beiseite. *Pass bloß auf*, ermahnte er sich.

Und er gestattete sich auch nicht, darüber nachzudenken, warum er das tun sollte.

Ein paar Stunden später, als die Sonne bereits hinter den Bergen im Westen untergegangen war, riss ein Klopfen an der Scheibe Miguel aus seinem leichten Schlummer. Er setzte sich auf, und ein Adrenalinstoß schoss durch seine Adern, weil er fast damit rechnete, den Stabsfeldwebel vor sich zu sehen, der wütend von ihm wissen wollte, was er hier zu suchen hatte. Stattdessen erblickte er eine fremde junge Frau, die sich nach vorne beugte, um durch das Fenster zu spähen. Miguel kurbelte die Scheibe herunter.

»Darf ich bitte mal Ihre Fahrkarte sehen, Sir?«

Es dauerte einen Augenblick, bis er geistig umgeschaltet hatte; dann blinzelte er, gähnte und nahm die Fahrkarte vom Armaturenbrett, um sie der Frau zu reichen.

Sie warf einen Blick darauf und runzelte die Stirn. »Sie stehen in der falschen Reihe.«

»Qué?«

»Diese Fahrkarte gilt bis San Juan Island. Aber Sie stehen für Orcas Island an.«

Innerlich fluchend, nickte er der jungen Frau eifrig zu. »*Sí.* Orcas Island.«

»Sie haben eine Fahrkarte nach San Juan. Sie haben dafür mehr bezahlt als für die Fahrt nach Orcas Island.«

Er tat so, als verstünde er sie nicht, und hoffte, sie würde weitergehen.

Sie seufzte. »Sie haben zu viel bezahlt«, sagte sie laut, als sei er taub und nicht lediglich des Englischen nicht mächtig, und wollte ihm die Fahrkarte zurückgeben. »Wenn Sie damit zum Schalter gehen, können Sie sie umtauschen und bekommen Geld zurück.«

Die Leute begannen bereits, in seine Richtung zu sehen, und Miguel wollte, dass sie endlich verschwand, bevor auch noch Taylor auf ihn aufmerksam wurde. »*Sí*«, wiederholte er. »Orcas Island.«

»Ach, was soll's«, sagte sie. »Wie Sie wollen. Aber sagen Sie nicht, ich hätte es nicht versucht.« Dann legte sie die Karte schulterzuckend auf den Packen in ihrer Hand und ging zum nächsten Wagen.

Sie hielt ihn offensichtlich für einen Idioten, und Miguel bedachte erst ihren Rücken im Seitenspiegel mit einem wütenden Blick und dann den Jeep drei Wagen vor ihm. Auch für diese Demütigung würde Taylor bezahlen. Doppelt und dreifach würde er dafür bezahlen.

8

Als sie auf Orcas Island von der Fähre runterfuhren, war es bereits stockfinstere Nacht. Der Mond war hinter den Wolken verschwunden, und sobald sie die Anlegestelle des kleinen Hafenstädtchens hinter sich gelassen hatten, breitete sich tiefe Dunkelheit um sie herum aus. Auf den ersten Blick schien die Insel nur aus Bäumen zu bestehen. Laubbäume standen dicht an dicht mit hoch aufragenden Tannen und bildeten mit ihrem Astwerk einen Tunnel über der Straße. Wenn die Scheinwerfer des Jeeps die dunklen Gebilde erfassten, erhielten sie Farbe und Form, um im nächsten Augenblick wieder zu schwarzen Schatten vor dem Nachthimmel zu werden, was das Ganze wie ein mehrdimensionales, in dunklen Farben gehaltenes Fries aussehen ließ.

Sie wandte ihren Blick vom Fenster ab und sah Zach an. Im schwachen Schein der Armaturen hatten seine Augen etwas Undurchdringliches, und sein Gesicht schien nur aus harten Kanten zu bestehen. »Wir sollten wirklich schauen, ob wir in Eastsound nicht irgendwo zwei Zimmer bekommen können. Es ist zu spät, um einfach unangemeldet bei Davids Familie vor der Tür zu stehen.«

Er nahm seinen Blick nicht ein Mal von der Straße, als er kurz angebunden erwiderte: »Geben Sie's auf, Morrisette. Darüber haben wir schon gesprochen.«

Ja, das hatten sie. Das hatten sie, während er sich in die Karte der Insel vertiefte, als sie Muschelsuppe in dem Restaurant auf dem Oberdeck des Schiffs gegessen hatten. Das hatten sie, während sie sich auf den harten Bänken gegenübersaßen, als die Fähre durch die engen Fahrrinnen zwischen den von dunklen Bäumen bestandenen Inseln gefahren war. Und das hatten sie, als sie an der Reling in der frischen April-Brise standen und zusahen, wie auf Lopez Island Autos die Fähre verließen und andere an Bord fuhren. Lily hatte darauf bestanden, dass man wildfremde Leute nicht einfach um elf Uhr nachts überfallen konnte, aber Zach hatte nur mit den Schultern gezuckt.

»Ja, das haben wir«, sagte sie langsam. »Und Sie haben doch Unrecht.«

Er warf ihr nur einen kurzen Blick zu, und sie schnaufte wütend auf. »Sie sind der dickköpfigste Mann, dem ich je begegnet bin. Und der unhöflichste vermutlich auch. Ich hätte Ihnen erst morgen die Adresse geben sollen.«

Seine Lippen wurden schmal. Mit kalter, unbeteiligter Stimme sagte er: »Aber das haben Sie nicht. Und ich habe Sie nicht eingeladen mitzukommen, meine Liebe. Es würde mir wunderbar in den Kram passen, wenn ich nach

Eastsound fahren und Sie dort irgendwo zurücklassen könnte.«

Sie schnaubte. »Na klar. Als hätte ich diese lange Fahrt nur unternommen, weil ich Ihre Gesellschaft so sehr genieße.« Sie starrte ihn an und versuchte, ihn dazu zu zwingen, ihren Blick zu erwidern, war aber auch nicht überrascht, als er es nicht tat. Seit er sie dabei ertappt hatte, wie sie in jenem verrückten Moment an der Fähranlegestelle in Anacortes seinen Mund anstarrte, verhielt er sich ihr gegenüber reserviert. Mann, wie gerne hätte sie in diesem Augenblick gewusst, wie seine Lippen schmeckten – eine kurze Geistesverwirrung, die so bar jeder Vernunft war, dass sie es selbst kaum glauben konnte. Die Röte stieg ihr ins Gesicht, als ihr zu spät der Gedanke kam, dass er sich vielleicht so verhielt, damit sie nicht auf irgendwelche merkwürdigen Ideen kam. Sie räusperte sich.

»Einen Versuch war es wert. Aber ich werde Ihnen nicht von der Seite weichen, damit ich größeren Schaden verhindern kann, wenn Sie anfangen, sich wie ein Elefant im Porzellanladen zu benehmen.«

»Bitte, meinetwegen können Sie Glynnis die Taschentücher reichen, wenn sie sich aus Dankbarkeit weinend an meine Brust wirft, weil ich sie vor Wohnwagen-Willie gerettet habe.«

Lily blieb der Mund offen stehen. »Mein Gott. Was sind Sie nur für ein eingebildeter Affe.« Diese Entdeckung hätte sie vermutlich nicht schockieren sollen, aber sie tat es doch.

Das erste Mal wandte er seinen Blick lange genug von der Straße, um sie anzusehen, und selbst im Dämmerlicht konnte sie erkennen, wie wütend er war. »Ich bin kein eingebildeter Affe, Sie kleine –« Er unterbrach sich und sah sie mit zusammengekniffenen Augen an. »Den Scheiß höre ich mir nicht noch einmal an.«

»Ach, seien Sie doch still! Glynnis ist noch nie mit einem Typen abgehauen.« Oder vielleicht doch?

»Habe ich das etwa behauptet? Aber raten Sie mal, wo sich der letzte Typ, den sie für ihre große Liebe hielt, rumtrieb und darauf wartete, seine Schäfchen ins Trockene zu bringen, als ich ihn aufspürte?«

»Oh, lassen Sie mich mal nachdenken. In einer Wohnwagensiedlung?«

»Stimmt genau. Und bevor Sie sich gleich wieder aufs hohe Ross schwingen – mir ist durchaus klar, dass nicht alle, die in einem Wohnwagen leben, Gesindel sind. Ich bin überzeugt, dass dort viele hart arbeitende Menschen wohnen, aber dieser Kerl gehörte zufällig nicht dazu. Er besaß ein paar teure Klamotten, aber ansonsten lebte er wie ein Schwein. Und er hat Glynnis glattweg belogen. Bis zu dem Augenblick, als ich ihr die Augen öffnete, lebte sie in dem Glauben, sie würden sich deshalb immer bei ihr treffen, weil seine Wohnung am Strand gerade renoviert wird.«

Die arme Glynnis, dachte Lily. Laut sagte sie jedoch: »David ist anders. Er liebt sie.«

Zach lachte höhnisch auf und trat aufs Gas.

Zwanzig Minuten später hielt er mitten in der Wildnis an einem Briefkasten an, neben dem eine Einfahrt von der Straße abzweigte. Er kurbelte das Fenster herunter und richtete das Licht seiner Taschenlampe auf den Namen. »Hier ist es.«

Das Scheinwerferlicht eines Autos, das sich ihnen von hinten näherte, strich durch das Wageninnere und verschwand so schnell wieder, wie es aufgetaucht war, und Lily wandte ihren Blick von den dicken Tannen ab, die schützend den Grund der Beaumonts umgaben. Ein letztes Mal wollte sie noch versuchen, Zach davon abzubringen, die Familie von David zu so später Stunde zu überfallen, aber bevor sie ein Wort sagen konnte, legte er schon den Gang ein.

»Ich habe keine Lust mehr, mit Ihnen darüber zu debattieren«, kam er dem Einwand zuvor, den sie noch gar nicht ausgesprochen hatte, und lenkte den Jeep in die Einfahrt.

Sie fuhren auf der asphaltierten Privatstraße an den hoch aufragenden Tannen vorbei, die bald von einer riesigen, gepflegten Rasenfläche abgelöst wurden. Aber es war das Gebäude, das auf halber Strecke zwischen den Bäumen und einer Steilklippe über dem Meer thronte, das Lilys Aufmerksamkeit erregte, und sie gab einen überraschten Laut von sich.

»Nicht schlecht.« Sie warf ihm einen triumphierenden Blick zu. »So viel zu Ihrer Theorie, dass er Ihre Schwester nur wegen ihres Geldes will.«

Davids Zuhause war ein richtiges Anwesen und hatte aber auch gar nichts mit Zachs Wohnwagensiedlung zu tun. Das Haus aus Natursteinen mit seinem Schindeldach erinnerte eher an ein gediegenes Landhotel als an eine Behausung für eine einzelne Familie. Eine Seite blickte zum Steilufer und zum Meer dahinter, und es hatte auf beiden Seiten des Hauptgebäudes etwas niedrigere Flügel, mehrere Kamine und hölzerne Fensterläden, die wunderbar gearbeitete Fenster umrahmten … von denen alle hell erleuchtet waren.

Zach schien seine offenkundige Fehleinschätzung kein bisschen peinlich zu sein. Er zuckte als Antwort auf ihre spöttische Bemerkung nur die Schultern, brachte den Jeep an der Kehre der geschwungenen Auffahrt zum Stehen und stellte den Motor ab. Bevor er zum Türgriff langte, bedachte er Lily mit einem kurzen Blick. »Auf jeden Fall scheinen sie noch wach zu sein. Also ist es wohl nicht zu spät, um noch zu klingeln.« Er stieg aus dem Auto.

Lily verdrehte die Augen und stieg ebenfalls aus, aber sie konnte nicht verhindern, dass sich ihre Lippen zu einem kleinen Lächeln verzogen. Der Möchtegerngeneral hatte falsch gelegen, ganz falsch, und bald wäre er gezwungen, jedes einzelne seiner Worte zurückzunehmen. Sie klopfte sich innerlich auf die Schulter und freute sich schon darauf, ihm dabei zuzusehen.

Mit dem Lächeln auf den Lippen folgte sie ihm zum Haus und stieg hinter ihm die steinernen Stufen zu der riesigen Veranda hinauf. Oben angekommen, drückte er auf die Klingel. Als daraufhin nicht sofort reagiert wurde, hob er seine riesige Faust und hämmerte gegen die massive Tür.

»Reißen Sie sich zusammen, Zach«, protestierte sie, aber als sich im nächsten Moment die Haustür öffnete, blieb ihr vor Schreck jedes weitere Wort im Hals stecken. Sie sah sich der Mündung einer doppelläufigen Flinte gegenüber.

Oh, Scheiße! Zach streckte die Hände nach oben, um den Mann von seinen friedlichen Absichten zu überzeugen, und stellte sich vor Lily, sodass er zwischen ihr und dem Gewehrlauf stand. Nicht dass sie dadurch wirklich geschützt wäre, wenn der Typ vor ihm sich entschließen sollte, auf den Abzug zu drücken. Auf diese Entfernung würde ein Schuss aus zwei Läufen ein riesengroßes Loch in ihn reißen und auch noch sie erwischen.

Aus dem Inneren des Hauses waren Stimmen zu hören, die meisten davon gehörten Frauen, von denen eine kurz vor einem hysterischen Anfall zu stehen schien. Zach ließ den Mann mit der Flinte keinen Moment aus den Augen. Er verdrängte ein Gefühl des Bedauerns, seinen Dienstrevolver am Morgen beim Verlassen des Zeltplatzes in seinen Matchsack gepackt zu haben, und sagte ruhig: »Guten Abend. Ich weiß, es ist ein bisschen spät, um hier einfach so reinzuschneien, aber dieser Empfang ist doch ein wenig übertrieben, meinen Sie nicht? Oder begrüßen Sie Ihre Besucher immer so?«

Die Hände des Mannes schlossen sich noch ein wenig fester um die Waffe. »Wer, zum Teufel, sind Sie? Und was, zum Teufel, wollen Sie?«

Der Typ war nervös, und er war ein Amateur, und keine der beiden Eigenschaften schätzte Zach bei einer Person, die ihm ein Gewehr unter die Nase hielt. Er beobachtete, wie der Finger des jungen Mannes den Abzug losließ und stattdessen unruhig gegen den Gewehrlauf klopfte. Mit einer raschen Bewegung schlug Zach das Gewehr zur Seite, und mit einer ebenso raschen, geschickten Drehung seines Handgelenks hatte er es dem Mann entwunden.

Dieser fluchte und machte Anstalten, es wieder an sich zu reißen.

Zach wehrte ihn ab, knickte den Lauf, nahm die beiden Patronen heraus, ließ das Gewehr dann wieder zuschnappen und gab es dem Mann zurück. »Ich heiße Zachariah Taylor«, sagte er. »Stabsfeldwebel bei den U. S. Marines«, fügte er hinzu, in der Hoffnung, dass die Autorität der US-Regierung, die hinter ihm stand, helfen würde, den Mann zu beruhigen. Der Typ sah aus, als würde er jeden Moment durchdrehen. »Ich suche meine Schwester Glynnis.«

Er spürte, dass Lilys Fingers seinen Hosenbund losließen, an dem sie sich festgeklammert hatte, und die Wärme ihrer Brüste verschwand, als sie sich von seinem Rücken löste. Noch während er das alles registrierte, tauchte eine Frau von Ende fünfzig in der Tür auf.

»O mein Gott, o mein Gott«, sagte sie, und die Tränen an ihren Wimpern zitterten, während sie ein Spitzentaschentuch aus Batist in ihren blassen, zarten Händen wrang. Dann knüllte sie das Taschentuch mit einer Hand zusammen und packte Zach mit der anderen am Arm. Sie zog ihn in die Diele und sah hoffnungsvoll zu ihm hoch, als der junge Mann hinter ihnen die Tür schloss. »Sie haben also Nachricht von ihm? Wissen Sie, wie es meinem David geht?«

Verdammt. Das hörte sich nicht gut an. »Nein, Ma'am, ich habe keine Ahnung.«

»Nein!« Sie schrie auf, und er erkannte, dass es ihre hysterische Stimme gewesen war, die er eben gehört hatte.

»Atmen Sie tief durch, Ma'am«, befahl er ihr in einem Ton, der keine Widerrede duldete und mit dem er seit Jahren seine Rekruten wieder zur Räson brachte. »Holen Sie immer schön tief Luft, und atmen Sie langsam wieder aus. Und dann sagen Sie mir, was hier los ist.«

Sie tat wie geheißen, machte allerdings keinen wesentlich ruhigeren Eindruck, als sie wieder zu ihm aufsah. Trotzdem atmete sie weiter langsam ein und aus. »Sie sind entführt worden«, sagte sie, und ihr Kinn begann zu zittern. »O Gott. David und seine kleine Freundin sind entführt worden.«

Dios, war das kalt. Miguel rieb seine Arme und wünschte, er hätte wärmere Kleidung dabei. Er vermisste sein geliebtes Kolumbien, wo einem die Hitze bis in die Knochen drang, und fragte sich verdrießlich, ob der große Comandante Taylor und diese blutarme Frau endlich an dem Ziel angekommen waren, das sie von Kalifornien aus angesteuert hatten. Hoffentlich, denn je früher er seine Mission ausführen konnte, desto schneller war seine Ehre wiederhergestellt, und er konnte in sein Dorf zurückkehren, um dort seinen angestammten Platz einzunehmen.

Er war versucht, aus seinem Auto zu steigen, bis zu der Stelle der Auffahrt zu schleichen, an der der Comandante vor kurzem sein Auto abgestellt hatte, und nachzusehen, wo der Marine jetzt war. Aber er steckte in derselben Zwickmühle wie gestern Abend auf dem Zeltplatz. Er traute sich nicht, sein Auto stehen zu lassen, weil er Angst hatte, dass der Comandante überraschend zurückkehren könnte. Aber zu dicht ans Haus durfte er auch nicht fahren, und zwar aus demselben Grund, der ihn zwei lange Tage in angemessener Entfernung gehalten hatte – er wollte sich keinesfalls verraten, bevor es Zeit für den entscheidenden Schlag war. Vorhin war er fast auf die Stoßstange des Jeeps gerauscht, als er vor lauter Angst, sie zu verlieren, hinter ihnen hergerast war und sie unerwarteterweise mitten auf der Straße angehalten hatten. Er war in die erstbeste Einfahrt eingebogen und hatte gewartet, bis er hörte, dass der Jeep weiterfuhr, und dann war er zurück auf die Straße gefahren. Dort hatte er sich einen besseren Platz gesucht, von dem aus er nicht nur die Straße im Auge behalten konnte, sondern auch sein Auto.

Sobald er sich sicher sein konnte, dass der Comandante tatsächlich an seinem endgültigen Ziel angekommen war, wollte er einen kurzen Abstecher in die nächstgelegene Stadt machen, um sich die richtigen Klamotten für dieses Klima zu beschaffen. Es konnte jetzt nicht mehr lange dauern, bis sich die Gelegenheit ergab, die Frau zu schnappen und von hier abzuhauen, aber in der Zwischenzeit musste er angemessen gekleidet sein. Er wickelte sich in die dünne Decke, die er im Kofferraum gefunden hatte, und stellte den Motor für kurze Zeit an, damit die Heizung lief. Der Gedanke an das Gesicht des Comandante, wenn er entdeckte, dass ihm seine Frau weggenommen worden war, ließ Miguel grinsen. Bald, versprach er sich selbst, bald würde es so weit sein.

Als er den Motor wieder abstellte, um nicht den letzten Rest Benzin zu verbrauchen, kroch ihm die Kälte gleich wieder in die Knochen. Und er wusste, dass, wenn er noch lange warten musste, er sich in diesem ungewohnten, feindlichen Klima seinen Hintern abfrieren würde.

Zach hatte ein Gefühl, als hätte er einen Schlag in die Magengrube bekommen, und starrte die elegant gekleidete Dame vor ihm entgeistert an. »Entführt?«

Der junge Mann, der sie mit dem Gewehr im Anschlag empfangen hatte, trat einen Schritt vor und legte schützend einen Arm um die Schultern der Frau. Er warf sich mit einer ruckartigen Bewegung seines Kopfes, die nach langer Angewohnheit aussah, die Haare aus der Stirn. »Deshalb die Waffe«, sagte er und hob das nun nutzlose Gewehr in die Höhe. »Als Sie hier auftauchten, gleich nachdem wir den Erpresserbrief erhalten hatten, dachten wir, dass Sie die Entführer sind. Ich heiße Richard Beaumont«, fügte er hinzu und streckte Zach die Hand entgegen. »Ich bin der Cousin von David. Und das ist Davids Mutter, Maureen Beaumont.«

Zwei weitere Frauen und ein Mann kamen aus einer Tür, die aus der Halle führte, und gesellten sich zu ihnen. Richard stellte sie als seine Schwestern Cassidy und Jessica und Jessicas Mann Christopher vor.

Zach warf kurz einen Blick auf die auffallende Brünette, die unscheinbare Brünette und den Typen, der geradewegs dem Titelbild von *Gentleman's Quarterly* entstiegen zu sein schien, und beschloss, sie sich später noch genauer anzusehen, als Mrs. Beaumont sagte: »David hat uns vor ein paar Tagen angerufen. Er sagte, er habe in Kalifornien eine Frau kennen gelernt, die er heiraten wolle, und dass er mit ihr hierher käme, um sie uns vorzustellen. Das alles schien so plötzlich zu kommen – wir hatten Befürchtungen, dass sie sich als eines dieser furchtbaren, schrillen Starlets erweisen könnte oder als eine Frau, die nur hinter seinem Geld her ist.« Als ihr bewusst wurde, dass es sich bei dieser Frau um Zachs Schwester handelte, errötete die ältere Dame.

Lily lachte laut auf, und ihr Lachen hallte in dem eisigen Schweigen wider. Alle Anwesenden zuckten zusammen und sahen sie an. Selbst nach den zwei anstrengenden Tagen, die hinter ihr lagen, und fast ungeschminkt und mit ungewaschenem Haar, das noch dazu auf einer Seite platt gedrückt war, sah sie absolut heiß aus, und Zach dachte, dass sie wahrscheinlich genau dem Typ Frau entsprach, dem die Befürchtungen der Beaumonts galten. Tatsächlich bedachte Mrs. Beaumont Lily mit einem Blick, als käme sie frisch von einem Porno-Casting, und wenn er nicht halb krank vor Sorge gewesen wäre, hätte er die Situation richtig genossen.

Aber er war nicht in der richtigen Stimmung, und albern wäre es auch gewesen. Abgesehen von diesem kurzen Moment am Nachmittag, hatte er noch nie erlebt, dass Lily um Worte verlegen war, und sie war es auch jetzt nicht. Sie schenkte Davids Mutter ein freundliches Lächeln.

»Es tut mir Leid«, sagte sie leise. »Das war ganz und gar

unpassend. Ich bin mir über den Ernst der Lage durchaus im Klaren. Ich musste nur lachen, weil Zach auf der ganzen Fahrt von Kalifornien hierher von genau derselben Sorge beherrscht war – dass David nur hinter dem Geld seiner Schwester her ist.« Als die Frau sie weiterhin verständnislos ansah, erklärte sie: »Glynnis wird selbst bald zu einem nicht unbeträchtlichen Vermögen kommen.«

Mrs. Beaumont blinzelte. »Oh«, sagte sie. Dann wurde sie blass. »Mein Gott. Meinen Sie, dass die Leute, in deren Gewalt sie sich befinden, das wissen? Sie können keinesfalls hier bleiben«, sagte sie in plötzlicher Panik an Zach gewandt. Sie wedelte mit der Hand, als wollte sie ihn verscheuchen. »Sie müssen gehen.«

Zach starrte sie an. »Ich werde nirgendwohin gehen, bis ich meine Schwester gefunden habe, Ma'am«, erklärte er ihr in knappem Ton. Wenn es sein musste, würde er draußen auf der Wiese kampieren.

»Aber Sie müssen!« Sie machte den Eindruck, als würde sie jeden Moment einen Nervenzusammenbruch erleiden. »Die Entführer werden denken, dass wir Sie herbestellt haben, und sie haben uns die strikte Anweisung gegeben, nicht die Polizei zu rufen, wenn wir David lebend wieder sehen wollen. Was ist, wenn sie das Haus beobachten? Wenn sie Sie sehen, werden sie denken, dass wir ihre Drohung nicht ernst nehmen!«

Bevor er nicht die ganze Geschichte gehört hatte, war er nicht bereit, sich auch nur einen Zentimeter von der Stelle zu rühren – und wahrscheinlich selbst dann nicht, denn nach einem Blick auf die hier versammelte Mannschaft war ihm klar geworden, dass er der Einzige war, der Glynnis und David heil zurückbringen konnte. Zach nahm Mrs. Beaumonts zitternde Hände und strich ihr mit den Daumen über die Handrücken. Dabei sagte er langsam und ruhig: »Eine solche Drohung ist ein typischer Trick, um die Opfer fertig zu machen. Entführer zählen darauf, dass die Leute vor lauter Angst nicht mehr klar denken können, aber es ist wichtig, dass Sie die Zeit nutzen und versuchen, einen vernünftigen Gedanken zu fassen. Sehen Sie sich Lily doch mal genauer an. Glauben Sie wirklich, dass irgendjemand sie für eine Polizistin halten könnte?«

Zu spät erinnerte er sich daran, dass Lily solche Beleidigungen nicht wortlos hinnahm. Jetzt machte sie jedoch gute Miene zum bösen Spiel, ganz so, als wüsste sie, dass er unbedingt an Ort und Stelle bleiben musste, damit die Situation nicht völlig außer Kontrolle geriet. Alle Augen richteten sich auf sie. Sie hatte eine Hüfte leicht vorgeschoben und studierte ihre Fingernägel, als gäbe es im Moment nichts Interessanteres. Dabei bewegte sie langsam ihre Kiefer, und wenn er es nicht besser gewusst hätte, hätte er schwören können, dass sie Kaugummi kaute.

Mrs. Beaumont entspannte sich ein wenig, und Zach atmete auf und sagte: »Sie müssen mir genau erklären, warum Sie glauben, dass Ihr Sohn und Glynnis entführt worden sind.«

»Ungefähr zwanzig Minuten, bevor Sie eintrafen, erhielten wir einen Brief.« Sie zögerte, dann machte sie eine Geste in Richtung der Tür, aus der die anderen gekommen waren. »Lassen Sie uns ins Wohnzimmer gehen.«

Die ganze Versammlung begab sich in ein großes Zimmer mit riesigen Terrassentüren und zwei Fenstern, die bestimmt zum Wasser blickten, nur war es im Moment zu dunkel, um weiter als bis zu einer Gruppe von Korbstühlen auf der erleuchteten Terrasse zu sehen. Das obere Drittel der Fenster bestand aus Facettenglas und verlieh ihnen eine Pracht, die sich in der kühlen, graugrünen Seide widerspiegelte, mit der die Wände bespannt waren. Im Kontrast dazu machten Couch, Sessel und Stühle, die dick gepolstert und mit hellem Leinen und flaschengrünem Chintz bezogen waren, einen ausgesprochen gemütlichen Eindruck. Ein offenes Feuer knisterte in dem steinernen Kamin an der Nordwand.

Mrs. Beaumont forderte mit einer einladenden Geste zum Sitzen auf. Zach blieb stehen, obwohl er lieber mit großen Schritten durch das Zimmer gelaufen wäre, und wartete. Sie drehte sich zu ihrem Neffen.

»Zeig ihm den Brief, Richard.«

Richard ging zu einem Einbauschrank und holte ein Blatt Papier heraus, das er an Zach weiterreichte.

Während Zach es sich ansah, wurde ihm klar, dass er bis zu diesem Moment den Beaumonts nicht wirklich geglaubt hatte. Im seinem tiefsten Inneren musste er gehofft haben, dass das Ganze ein Missverständnis war oder dass sie einem schlechten Scherz aufgesessen und in Panik geraten waren. Aber dieses Blatt Papier, auf dem drei Sätze standen, die aus einzeln aus Zeitungen ausgeschnittenen Buchstaben zusammengeklebt waren, belehrte ihn eines Besseren.

Der Brief war kurz und kam schnell zum Punkt.

WIR HABEN IHREN SOHN. WENN SIE IHN UND SEINE FREUNDIN WIEDER SEHEN WOLLEN, WARTEN SIE UNSERE INSTRUKTIONEN AB. EIN ANRUF BEI DER POLIZEI, UND DIE BEIDEN SIND TOT.

Zusammen mit seinem Freund Cooper Blackstock hatte Zach im Lauf der Jahre etliche Aufklärungseinsätze geleitet, bei denen es um die Befreiung von Geiseln ging. Er wusste, was Angst bedeutete. Aber jetzt musste er feststellen, dass dieses beunruhigende Gefühl im Magen viel schlechter zu kontrollieren war, wenn seine kleine Schwester zu den Geiseln gehörte. Er atmete tief durch, um seine Empfindungen wieder in den Griff zu bekommen, und sah zu Maureen Beaumont hinüber, die sich auf dem Rand eines Sessels niedergelassen hatte.

»Wo haben Sie das gefunden?«

»Im Briefkasten, der an der Straße steht, zusammen mit der übrigen Post«, sagte sie. »Jessie hätte sie schon früher geholt, aber ich wollte meinen üblichen Spaziergang machen. Dann hatte ich allerdings so viel zu tun, dass ich erst vorhin dazu gekommen bin, zum Briefkasten zu gehen.«

»Sie sind bei Dunkelheit dorthin gegangen?«

»Ja, das mache ich oft. Ich habe mich auf der Insel immer sicher gefühlt.« Dann sank sie in sich zusammen, und Zach wusste, dass ihr eben klar geworden war, dass sie dieses Gefühl vollkommener Sicherheit vermutlich nie wieder haben würde. »O mein Gott«, sagte sie.

»Tief durchatmen«, erinnerte er sie.

Sie holte Luft und stieß sie wieder aus, und als sie sich ein wenig beruhigt hatte, setzte sie sich aufrecht in ihren Sessel und sah ihn fragend an. »Wie können Sie nur so gelassen bleiben?«

»Ich habe achtzehn Jahre bei einer Spezialeinheit verbracht – und zu unseren Aufgaben gehörte die Befreiung von Geiseln. Die Lage hier ist natürlich anders, weil meine Schwester beteiligt ist. Außerdem weiß ich nicht, wo Glynnis und Ihr Sohn festgehalten werden. Ich kann nicht einfach alles Nötige in die Wege leiten und sie befreien, aber ich werde dafür sorgen, dass beide wohlbehalten zurückkehren, Ma'am. Darauf können Sie sich verlassen.«

Sie nickte, dann wandte sie sich an die Brünette, die neben ihr saß. »Oberfeldwebel Taylor und Miss« – sie sah Lily an – »es tut mir Leid, ich kenne Ihren Nachnamen gar nicht.«

»Morrisette«, sagte Lily. »Aber nennen Sie mich doch bitte Lily, Mrs. Beaumont.«

»Und es wäre mir eine Ehre, wenn Sie Zach zu mir sagten, Ma'am«, ergänzte Zach.

»Schön.« Sie wandte sich wieder an die Brünette. »Jessica, Zach und Lily brauchen Zimmer. Würdest du dich bitte darum kümmern?«

9

Zach behielt seine ausdruckslose Exerzierplatz-Miene bis zu dem Moment bei, in dem er die Tür des Zimmers, das man ihm zugewiesen hatte, hinter sich zumachte. Endlich allein. Er ließ seine Tasche auf den Boden fallen, ging zum Bett und setzte sich. Weder bemerkte er die freundlichen Farben des Zimmers noch dessen luxuriöse Ausstattung. Er merkte nur, dass seine Hände leicht zitterten, und starrte sie an. Dann ballte er sie ein paar Mal zur Faust und streckte sie wieder, damit sich ihr Zittern verlor.

Seine kleine Schwester war entführt worden.

»Nein«, flüsterte er grimmig. Er durfte sie nicht verlieren. Seit seine Mutter sie ihm damals auf dem Flugplatz in den Arm gelegt hatte, hatte er sich in der einen oder anderen Weise um sie gekümmert, und er konnte und würde sie nicht verlieren.

Aber hatte er nicht versagt in seinen Bemühungen, für

sie zu sorgen? Vielleicht hatte Lily ja Recht. Vielleicht hatte er sich wirklich immer auf die falschen Dinge konzentriert. Auf Beaumont, zum Beispiel. Wie es schien, war er keineswegs nur hinter Glynnis' Geld her. Und selbst wenn es so wäre, plötzlich war das nicht mehr die schlimmste Sache der Welt. Zach hatte genug Geld – er würde gerne für sie und den Mann, den ihr Herz begehrte, aufkommen. Verdammt, er würde jeden Cent hergeben, wenn sie nur wohlbehalten zurückkehrte.

Es war kein Trost, zu wissen, dass er nicht das erste Mal versagt hatte, was seine Schwester anbelangte. Er war heilfroh gewesen, von zu Hause wegzukommen, als er achtzehn wurde. Ohne eine Sekunde zu zögern, hatte er die Verantwortung für sie abgegeben und keinen Gedanken daran verschwendet, ob Großvater ihr wenigstens die grundlegendsten Dinge des Lebens beibrachte.

Genauso wenig hatte es ihn interessiert, sie wirklich kennen zu lernen, als er sie nach Großvaters Tod bei sich aufnahm. Er war so verdammt beschäftigt damit, sie vor irgendwelchen Lebenskünstlern zu schützen, die Geld aus ihr rausleiern wollten, dass er gar nicht auf die Idee kam, es könnte ihre Unwissenheit sein, die sie so verletzlich machte.

Er hatte sich bestimmte Vorstellungen von Glynnis gemacht, ohne sich die Zeit zu nehmen, herauszufinden, zu was für einem Menschen sie herangewachsen war. Und jetzt bestand plötzlich die Möglichkeit, dass er diese Gelegenheit nie mehr bekam.

Nein. Zach erhob sich und biss die Zähne zusammen. *Nein, bei Gott, das darf nicht sein, also denk nicht mal dran.* Er würde Glynnis zurückbekommen. Und Beaumont auch, wenn das zu ihrem Glück beitrug. Er wollte, verdammt noch mal, nicht noch einen Menschen verlieren, der ihm wichtig war – in seinem Leben hatte er schon zu oft Abschied nehmen müssen. Er hatte seine Eltern verloren, seine Großmutter und mehr Männer, an deren Seite er gekämpft hatte und die seine Freunde gewesen waren, als er zählen konnte. Es hatte nicht in seinen Händen gelegen, daran etwas zu ändern. Aber er würde Himmel und Hölle in Bewegung setzen, um seine Schwester zurückzubekommen.

Nicht dass seine ersten Schritte besonders viel versprechend gewesen wären. Er hätte von Anfang an darauf bestehen sollen, die Polizei zu benachrichtigen. Allerdings war sein ganzes Bemühen darauf gerichtet gewesen, hier bleiben zu können, denn sonst hätte er überhaupt keine Chance gehabt, Einfluss auf die Situation zu nehmen. Gleich morgen früh würde er das nachholen und die Polizei anrufen. Und in der Zwischenzeit würde er auf die Mittel zurückgreifen, die ihm auch ohne sie zur Verfügung standen.

Er nahm das Telefon vom Nachttischchen und gab mit der einen Hand seine Telefonkartennummer ein, während er mit der anderen sein Adressbuch aus dem Matchsack fischte.

Kurz darauf klingelte das Telefon am anderen Ende der Leitung, und nach dem dritten Mal sprang der Anrufbeantworter an. Die Stimme seines Freundes Cooper Blackstock auf dem Band hatte gerade begonnen, das übliche Sprüchlein aufzusagen, er solle eine Nachricht hinterlassen, als sie plötzlich von der echten Stimme ersetzt wurde, die ihn ungehalten anraunzte: »Was ist los?«

Zach warf einen Blick auf die Uhr und verzog das Gesicht zu einer Grimasse. »Mist, Coop. Tut mir Leid. Ich wusste nicht, dass es schon so spät ist.«

»Zach?« Coops Stimme nahm einen deutlich freundlicheren Ton an. »Bist du das?«

»Ja.«

»Mensch, Midnight, wie geht's? Ich habe gehört, dass bei deiner Schwester eine Frau wohnt, die 'ne echte Wucht ist. Ich glaube, Rocket hat über besagte Dame irgendwelche Informationen ausgegraben, aber er wollte mir gegenüber nicht damit rausrücken. Da wirst du wohl selbst mit ihm reden müssen. Und ist das nicht der Hammer? Wer hätte gedacht, dass der Typ, der einem immer mehr Einzelheiten aus seinem Sexleben erzählte, als man jemals wissen wollte, plötzlich so diskret sein kann?«

»Coop –«

»Ja, ich weiß.« Sein fröhliches Lachen polterte durch das Telefonkabel. »Selbst Peter Pan muss irgendwann mal erwachsen werden. Aber zurück zu deiner Schwester. Rocket sagt, sie ist mit irgendeinem Kerl abgehauen. Hast du sie schon wieder losgeeist?«

Zachs Hand schloss sich fester um den Hörer. Plötzlich wollte er es nicht laut aussprechen, denn das würde es realer machen. Allerdings blieb ihm nichts anderes übrig. »Ich habe ein Problem, Ice. Ich bin hier im Haus ihres Freundes auf Orcas Island, und es scheint so, als wären Glynnis und Beaumont auf dem Weg hierher entführt worden.«

»Was?« Jede Heiterkeit war plötzlich aus Coops Stimme verschwunden. »Großer Gott. Kann ich dir irgendwie helfen?«

»Ich nehme an, du hast nicht zufällig mal jemanden vom FBI in Seattle für eines deiner Bücher interviewt?«

»Nein, tut mir Leid. Dort habe ich gar keine Kontakte.«

»Dann gib mir mal John. Er soll ein paar von seinen Quellen für mich anzapfen.«

»Bin schon auf dem Weg. Eine Sekunde.«

Zach hörte ihn Rockets Namen rufen und dann ein kurzes Gemurmel, als er ihm offensichtlich die Situation kurz auseinander setzte, da John im nächsten Moment an der Strippe war und ohne Einleitung sagte: »Ich werde mich über das FBI in Seattle informieren, Zach, ich hör mich bei ein paar von den Jungs um, ob die oberen Chargen zuverlässig und diskret sind oder ob dort nur irgendwelche Arschlöcher rumsitzen, deren erste Sorge es ist, in die Schlagzeilen zu kommen, statt sich darum zu kümmern, dass die Geiseln in Sicherheit sind.«

Das war ein wichtiger Punkt. Die meisten Entführungsopfer, die Zach mit seiner Einheit befreite, waren Angehörige des Militärs, daher hatten sie nicht oft mit dem FBI zu tun. Aber sie hatten schon genug gefangen genommene Botschafter und Geschäftsleute befreit, um zu wissen, dass die Persönlichkeit des verantwortlichen Special Agent eine entscheidende Rolle dabei spielte, ob ein Opfer lebend oder in einem Leichensack die Heimreise antrat. Die Vorstellung, das Leben seiner Schwester in die Hände irgendeines Ehrgeizlings zu legen, der sich einen Namen machen wollte, ließ Zach das Blut in den Adern gefrieren.

Als hätte John seine Gedanken erraten, sagte er nüchtern: »Klär mich über die Einzelheiten auf, damit ich mir überlegen kann, was noch zu tun ist.«

Zach stellte die Lage ausführlich dar, so als würde er seinem Vorgesetzten Bericht erstatten, und einen Moment lang sagte Rocket nichts. Dann erkundigte er sich in einem vorsichtigen, neutralen Ton: »Soll das heißen, Beaumont ist das eigentliche Ziel?«

»Ich denke, so ist es.« Dann brach es aus ihm heraus:

»Das ist ein Witz, oder? In Anbetracht meiner Anschuldigungen gegen ihn.«

»Stimmt. Aber solche Witze machen die letzte Zeit ja die Runde.«

Was immer er damit meinte. Normalerweise hätte Zach eine Erklärung verlangt. Er hätte auch auf den seltsamen Ton in Johns Stimme reagiert und ihn so lange ausgequetscht, bis er wusste, was er zu bedeuten hatte. Aber im Moment hatte er Wichtigeres im Kopf. »Hast du irgendwelche Kontakte hier in der Gegend? Ich weiß, das ist nicht dein Terrain, aber ich versuche herauszukriegen, ob es irgendwelche Gerüchte gab, dass bald etwas passiert.« Er fuhr sich mit den Fingern durch die Haare. »Gott, John, ich tappe vollkommen im Dunkeln – ich weiß nicht einmal, wo sie sich Glynnis und ihren Freund geschnappt haben. Es könnte überall zwischen hier und Laguna Beach gewesen sein. Die Mutter von dem Kerl steht kurz vor einem Nervenzusammenbruch und ist nicht imstande, mich mit irgendwelchen Einzelheiten zu versorgen.«

»Dann wollen wir mal hoffen, dass sie ein, zwei Beruhigungstabletten nimmt, die ihr eine ruhige Nacht verschaffen, und dass du morgen früh mehr erfährst, wenn sie wieder etwas ruhiger geworden ist«, sagte John. »In der Zwischenzeit solltest du dich auch ein bisschen ausruhen, und ich setz mich in Bewegung und versuche etwas rauszukriegen. Gib mir eine Nummer, unter der ich dich erreichen kann. Nein, warte, das ist vielleicht keine besonders gute Idee – du willst bestimmt die Leitungen frei halten, damit die Entführer durchkommen können. Mein Gott, Zach, du solltest dich endlich damit abfinden, im einundzwanzigsten Jahrhundert zu leben – du bist wahrscheinlich der einzige Mensch, den ich kenne, der immer noch kein Handy hat. Aber gut, das lässt sich jetzt nicht ändern«, murmelte er, und Zach konnte praktisch riechen, wie die Schaltkreise in Rockets Hirn zu rauchen begannen. »Es geht auch so. Ruf mich morgen am späten Vormittag an, und ich sage dir, was ich herausgefunden habe.«

»Danke, John.« Er war seinem Freund tatsächlich sehr dankbar, aber dass ihm jetzt so warm ums Herz wurde, war ihm doch peinlich, und er räusperte sich und sagte mit erzwungener Leichtigkeit: »Am liebsten würde ich dir ja einen dicken fetten Kuss auf den Mund geben.«

»In diesem Leben wohl nicht mehr, Kumpel.« Dann nahm Johns Stimme wieder einen ernsten Klang an. »Halt die Ohren steif, Zachariah. Und lass es mich und Coop sofort wissen, wenn du willst, dass wir kommen. Er meinte, mit dem Auto bräuchten wir von hier aus fünf Stunden. Was sagst du?« Es gab einen leisen Wortwechsel am anderen Ende, und dann kam wieder Johns Stimme aus dem Hörer. »Ice sagt, wir können viel früher da sein, wenn wir ein Flugzeug chartern. Gib also einfach Bescheid.«

Nachdem sie sich gleich darauf verabschiedet und aufgelegt hatten, ging es Zach schon viel besser, auch wenn er seinem Ziel, seine Schwester zurückzubekommen, keinen Schritt näher war als vor zehn Minuten. Aber zumindest hatte er etwas unternommen. Und es war irgendwie … beruhigend, seine Freunde eingeweiht zu haben.

Er lief eine Weile in seinem Zimmer auf und ab und beschloss dann, ins Bett zu gehen. Er erwartete nicht, viel Schlaf zu bekommen, aber er konnte es wenigstens probieren, und nachdem er sich bis auf die Unterhose ausgezogen hatte, packte er seinen Waschbeutel und machte sich auf den Weg ins Bad.

Als er die Tür geöffnet hatte, blieb er abrupt stehen. Toll.

Dass er immer ein solches Glück haben musste. Es hätte doch eigentlich gereicht, dass er und Lily zwei Zimmer direkt nebeneinander hatten, aber nein, sie durften auch noch das Bad miteinander teilen, und offensichtlich hatte sie es schon vor ihm benutzt. Es war warm, dampfig und roch nach Parfüm. Sie hatte ihre sämtlichen Toilettenartikel auf der Ablage verteilt. Zach stand da und starrte das Durcheinander einen Moment lang an. Ihm fiel ein, dass Coop gesagt hatte, John hätte Informationen über sie, und dass er ganz vergessen hatte, sich bei ihm danach zu erkundigen. Es sah ihm überhaupt nicht ähnlich, solche Dinge aus den Augen zu verlieren.

Dann zuckte er kurz die Schultern. Egal. Das hatte auch noch bis morgen Zeit. Er nahm eines der edel aussehenden kleinen Töpfchen und studierte eingehend das Etikett. Er schraubte den Deckel ab und schnüffelte an seinem Inhalt, dann stellte er es, nachdem er es wieder zugemacht hatte, zurück an seinen Platz. Als Nächstes nahm er einen glänzenden goldfarbenen Stift in die Hand. O Mann. Er schüttelte den Kopf, als er die Hülle eines cremigen roten Lippenstifts abnahm und ihn ganz herausdrehte. Frauen schleppten immer ganz schön viel Scheiß mit sich herum. Sein Waschbeutel war im Vergleich dazu spartanisch ausgestattet.

Vorsichtig drehte er den Lippenstift wieder rein und stellte ihn dahin, wo er ihn weggenommen hatte, dann trat er mit erhobenen Händen einen Schritt zurück, wie um sich davon abzuhalten, weiter in ihren Sachen herumzukramen. Er nahm seinen Waschbeutel und holte eine Zahnbürste und Zahnpasta heraus, putzte sich die Zähne und schluckte drei Aspirin. Mit einem Blick auf das feuchte Badetuch, das quer über der Stange des Duschvorhangs über der Badewanne hing, und den Massage-Duschkopf entschied er, das Duschen auf morgen zu verschieben.

Ungefähr um vier Uhr morgens, nachdem er es leid war, sich zum x-ten Mal von einer Seite auf die andere zu wälzen, stand er auf und nahm schließlich doch eine lange, heiße Dusche. Als er fertig war, war es fast fünf Uhr.

Die Sonne brannte auf Zachs Kopf, und die geteerte Rollbahn des Flugplatzes fühlte sich in der Hitze Afrikas unter seinen Füßen weich und klebrig an. Ihm war heiß, er schwitzte, und die Schultern taten ihm weh vom Herumschleppen seiner fünf Monate alten Schwester, die in seinen Armen zappelte. Sie hatte seine ganze Brust voll gesabbert, kaute ständig an der Klappe der Brusttasche seines Hemdes herum, und überall, wo ihr kräftiger kleiner Körper ihn berührte, klebten das weiße Baumwollhemd und die Khaki-Shorts an seiner Haut und zeigten unangenehme, feuchte Flecken. Zu allem Überfluss juckte der Mückenstich auf seinem linken Bein, über den sie ständig mit ihrem strampelnden Fuß rieb, wie verrückt. Vor Angst und Unruhe war ihm so schlecht, dass er glaubte, sich jeden Moment übergeben zu müssen.

Er schluckte, um die Übelkeit zu unterdrücken, und sah seine Eltern an, ohne weiter auf sein Unwohlsein zu achten. »Schickt mich nicht weg«, bat er ein letztes Mal. Sie wollten, dass er das einzige Zuhause, das er je kennen gelernt hatte, verließ, und er hätte alles gegeben und getan, um sie umzustimmen. »Die Stewardessen sollen sich um Glynnis kümmern.« Er sah zuerst flehend seinen Vater an, dann seine Mutter. Aber diese warf nur einen kurzen Blick auf die Uhr, und da wusste er, dass sein Betteln bei ihr auf taube Ohren stieß. Daher richtete er seine Aufmerksam-

keit ganz auf seinen Vater. »Bitte, Papa. Du hast selbst gesagt, dass Großvater am Flughafen sein wird, wenn das Flugzeug landet. Dann können ihm doch genauso gut die Stewardessen Glynnis übergeben. Es ist gar nicht nötig, dass ich dabei bin.«

»Sie wird in einem fremden Land aufwachsen, mein Sohn, und du bist ihr großer Bruder. Ich verlasse mich darauf, dass du auf sie aufpasst.«

Zachs Kinn schob sich nach vorne. »Das ist gemein! Ich bin doch erst elf; was kann ich schon groß tun? Ich kenne mich in diesem Philadelphia überhaupt nicht aus. Das ist Großvaters Zuhause. Soll er sich doch um sie kümmern.«

»Das wird er ja auch. Aber er wird immer älter, und deshalb wird sie auch deine Stärke und deine Energie brauchen.«

»Aber wenn er schon so alt ist, glaubst du nicht, dass ihm dann zwei Kinder zu viel sind? Mädchen sind gut zu haben – schick ihm doch einfach nur Glynnis. Jungen machen nur Schwierigkeiten. Sie können einen ganz schön schlauchen.« Er musste das ja wissen, schließlich hatte er es seine Mutter oft genug sagen hören.

Sie beugte sich zu ihm herunter. »Hör auf, mit deinem Vater zu streiten. Du gehst, und damit Schluss.« Aber dann küsste sie ihn auf die Stirn, und er schloss die Augen, um diese ungewohnte Zärtlichkeit auszukosten.

Sie richtete sich wieder auf und strich ihm eine Locke nach hinten, die ihm in die Stirn gefallen war. »Es wird schon nicht so schlimm werden, mein Schatz.« Dann blickte sie seinen Vater an. »Peter, wir müssen los, ich möchte mir im Dorf diesen Blindarm noch mal ansehen. Zachariah, benimm dich bei deinen Großeltern. Und pass auf deine Schwester auf. Wir kommen euch bald besuchen.«

Und schon saß er im Flugzeug, festgeschnallt auf einem Sitz und mit dem verdammten Baby auf dem Schoß, das wieder angefangen hatte, an seiner Brusttasche zu kauen, während er sein Gesicht an das kleine Fenster presste. Er sah, wie seine Eltern davongingen, bevor das Flugzeug auch nur in Richtung Startbahn gerollt war. Dann wandte er seinen Blick von ihren sich entfernenden Gestalten ab und starrte seine Schwester an, und er fühlte Wut und heftige Ablehnung in sich aufsteigen. Das war allein ihre Schuld. Bevor sie auf die Welt gekommen war, war alles in Ordnung. Wenn sie nicht gewesen wäre …

Doch als ihre Lippen zitterten und sie zu wimmern begann, während das Flugzeug über die Startbahn raste und in den Himmel stieg, nahm er sie hoch und drückte sie an seine Brust, um sie zu beruhigen. Ihre feuchten Ärmchen klammerten sich an seinen Hals, und er presste sie an sich und flüsterte ihr tröstende Worte ins Ohr, während er sah, wie hinter dem Fenster die Welt, die er kannte, auf die Größe einer Briefmarke zusammenschrumpfte und dann ganz aus seinem Blickfeld verschwand.

Zach schreckte auf und holte scharf Luft. Er blinzelte, in seinen Augen brannten ungeweinte Tränen, und er verspürte eine unendliche Leere in sich, das Gefühl der Verlassenheit. Dann lag er einfach nur da, starrte an die Decke und atmete tief durch, damit sich sein Herzschlag wieder beruhigte.

Als Kind hatte er diese schrecklichen Momente in unzähligen Träumen wieder und wieder durchlitten. Damals lebte er mit einem ständigen Gefühl der Einsamkeit, und nur die Freundlichkeit seiner Großmutter und das Lachen seiner Schwester konnten die Schärfe dieser Empfindung lindern. Das Versprechen seiner Mutter, sie zu besuchen, hatte sich als leeres Gerede erwiesen.

Während des ersten und auch noch während des zweiten Jahrs in dem verhassten Haus in Philadelphia hatte er tatsächlich gehofft, dass seine Eltern plötzlich vor der Tür stehen und eingestehen würden, dass sie einen Fehler gemacht hatten, als sie ihn und Glynnis wegschickten. Aber als er zu einem Teenager herangewachsen war, hatte er seine kindlichen Träume aufgegeben. Seine Eltern hatten die Aufgabe, ihn und seine Schwester großzuziehen, Großvater und Großmutter übertragen und waren nur ganze vier Mal erschienen, um sie zu besuchen. Und selbst dann hatten sie ihre Ungeduld, zurück zu ihrer Arbeit zu kommen, nicht verbergen können. Ein Haufen Fremder im fernen Afrika war ihnen eindeutig wichtiger gewesen, als Glynnis oder er es jemals hätten sein können.

Aber das war lange her, eine halbe Ewigkeit, und er war kein verängstigter Elfjähriger mehr. Warum wachte er dann weinend wie ein kleines Kind auf, noch dazu wegen eines Ereignisses, das so weit zurücklag, dass er sich daran – außer in seinen Träumen – kaum mehr erinnerte?

Ärgerlich drehte er sich um und sah auf die Uhr. Na toll. Viertel vor acht – er hatte nicht einmal drei Stunden geschlafen. Aber es wartete Arbeit auf ihn, und daher kroch er aus dem Bett und ging ins Badezimmer, wo er gegen sein Kopfweh noch ein paar Aspirin nahm und sie mit einem Glas Wasser runterspülte. Es brauchte keinen Psychologen, um zu wissen, was dieser Traum nach all den Jahren wieder in ihm wachgerufen hatte. Das Gesicht, das ihm aus dem Spiegel entgegenblickte, als er nach seinem Rasierapparat und der kleinen Dose mit Rasierschaum griff, sah grimmig aus. Erneut hatte er in Bezug auf seine Schwester versagt – und dieses Mal ging es dabei vielleicht um Leben und Tod.

Aber dieses Versagen ließ sich wieder gutmachen, und er würde bald Herr der Lage sein, mochte kommen, was da wollte. Zehn Minuten später verließ er sein Zimmer.

Als er den Fuß der Treppe erreicht hatte, betrat gerade die unscheinbarere der beiden Schwestern, die er gestern Abend kennen gelernt hatte, mit einem voll beladenen Tablett die Halle. Sie sah auf und zuckte zusammen, sodass das Geschirr bedrohlich zu scheppern begann.

»O Gott«, sagte sie. »Haben Sie mich erschreckt.«

»Tut mir Leid. Lassen Sie mich das doch tragen, bitte.« Er nahm ihr das Tablett ab. »Sie sind Jessica, oder?«

»Ja. Ich wollte gerade das Frühstück ins Speisezimmer bringen.« Sie warf einen Blick auf das Tablett in seinen Händen und verzog das Gesicht. »Oder zumindest so etwas Ähnliches. Wollen Sie uns nicht Gesellschaft leisten?«

»Gerne.« Er folgte ihr durch die Halle ins Speisezimmer. Mrs. Beaumont und Richard, die an einem langen Tisch aus Kirschholz saßen, sahen auf, als er eintrat, und wünschten ihm mit gedämpften Stimmen einen guten Morgen.

Jessica dirigierte ihn zu einer Anrichte, wo sie die Krüge mit Milch und Orangensaft, eine silberne Platte mit Toast und ein Glasschüsselchen mit Marmelade von dem Tablett nahm und abstellte.

»Es ist leider nicht viel.« Sie deutete auf einen Stapel mit Tellern und Schüsseln. »Aber da sind noch Cornflakes, wenn Sie wollen, und frischer Kaffee.«

Zach zuckte die Schultern. »Das genügt mir vollkommen.« Er hatte keinen Appetit, nahm aber an, dass es gegen seine Kopfschmerzen helfen würde, wenn er etwas in den Magen bekäme. Er stellte das Tablett ab, nahm sich eine Scheibe Toast, strich einen Klecks Marmelade darauf, schenkte sich eine Tasse Kaffee ein und trug sein Frühstück zum Tisch.

Er aß den Toast, und als er einen Schluck Kaffee trank, sah er Mrs. Beaumont über die Tasse hinweg an. »Sie sehen etwas ausgeruhter aus«, bemerkte er. »Fühlen Sie sich imstande, zu besprechen, wie wir Glynnis und David zurückbekommen?«

Sie nickte ihm würdevoll zu. »Natürlich.«

»Gut. Dann sollten wir als Erstes die Polizei informieren.«

Sofort trat ein Ausdruck der Panik auf ihr Gesicht. »Nein!«

»Mrs. Beau–«

»Sie haben den Brief doch selbst gelesen! Da steht, dass sie David umbringen, wenn wir die Polizei rufen!«

In dem Brief stand, sie würden David und Glynnis umbringen, und Zach war nicht besonders erbaut davon, dass die Gefahr, in der seine Schwester schwebte, einfach ignoriert wurde. Aber er unterdrückte seine Verärgerung. Mrs. Beaumont hatte ihre Nerven eindeutig noch lange nicht so gut unter Kontrolle, wie er zunächst angenommen hatte. »Das ist üblich bei dieser Art von Verbrechen, Ma'am«, erklärte er ihr ruhig. »Natürlich wollen sie nicht, dass die Polizei eingeschaltet wird – die Chance, dass sie davonkommen, sinkt rapide, wenn die Polizei hinzugezogen wird.«

»Sie haben gesagt, dass sie ihn umbringen!«

»Beide«, korrigierte Zach in hartem Ton. »Dass sie beide umbringen. Nicht nur das Leben Ihres Sohnes ist bedroht.« Dann schüttelte er den Kopf und schlug einen freundlicheren Ton an. »Aber darum geht es nicht. Diese

Drohung ist reine Terrortaktik, Ma'am, und sie dient dazu, Sie davon abzuhalten, die Polizei zu rufen, beziehungsweise in diesem Fall das FBI, da möglicherweise Staatsgrenzen überschritten worden sind. Erfahrungsgemäß haben die Opfer eine größere Chance, wenn die Behörden hinzugezogen werden. Wir müssen also die Polizei informieren.«

»Nein.«

»Doch«, sagte er knapp. »Das steht völlig außer Frage.«

»Wie können Sie es wagen, mir zu sagen, was getan wird und was nicht, junger Mann! Ich werde meinen David nicht in Gefahr bringen. Und wenn Sie gegen meinen Willen die Polizei rufen, werde ich … dann werde ich …« Sie überlegte einen Moment lang, ob ihr eine Drohung einfiel, mit der sie ihn einschüchtern konnte, dann hob sie plötzlich ihr Kinn und sah ihm offen in die Augen. »Dann werde ich leugnen, dass die beiden überhaupt entführt worden sind.«

Zach schwieg kurz. »Was wollen Sie tun?«, fragte er in einem gefährlich ruhigen Ton.

»Ich werde der Polizei sagen, dass ich nicht weiß, wovon Sie reden. Und ich werde sie bitten, Sie von meinem Grundstück zu entfernen.«

Es kostete ihn eine übermächtige Anstrengung, auf seinem Stuhl sitzen zu bleiben. Am liebsten hätte er über den Tisch gegriffen und sie am Hals gepackt – so weit hatte ihn bis jetzt noch kaum jemand gebracht. Er hatte Beleidigungen und Schikanen immer weggesteckt; wenn ein Vorgesetzter ihn angebrüllt hatte, er sei weniger wert als die Scheiße unter seinen Stiefeln, hatte er nicht einmal mit der Wimper gezuckt. Aber diese Dame hier strapazierte seine Geduld über alle Maßen.

In der gegenwärtigen Situation konnte er es sich jedoch

nicht leisten, auszurasten. Er atmete ein paar Mal tief durch. »Das wäre ein Fehler, Ma'am«, sagte er ruhig, aber bestimmt. »Wem, meinen Sie, werden sie eher Glauben schenken, einer hysterischen Mutter oder einem Mann, der sein gesamtes Erwachsenenleben damit verbracht hat, mit genau solchen Situationen fertig zu werden? Und abgesehen davon, wenn Sie mich von hier vertreiben, schweben Ihr Sohn und meine Schwester in noch größerer Gefahr, und im Moment geht es doch genau darum, die Gefahr, in der sie sich befinden, zu verringern und nicht noch zu erhöhen.«

»Bitte, Tante Maureen«, sagte Jessica mit ihrer sanften Stimme. »Ich denke, du solltest dir anhören, was er zu sagen hat.«

»Warum?«, fragte Mrs. Beaumont störrisch. »Was qualifiziert ihn denn mehr als zum Beispiel Richard?«

Hatte sie eigentlich noch alle Tassen im Schrank? Zach starrte sie einen Augenblick lang fassungslos an, bevor er sich wieder so weit im Griff hatte, nichts als kühle Professionalität zu zeigen. Seine Stimme blieb gelassen, als er sagte: »Achtzehn Jahre bei den Marines der Vereinigten Staaten, Ma'am, in denen mein Job im Wesentlichen daraus bestand, Geiseln zu befreien.«

»Ja, aber –«

»Und Sie müssen verzeihen, dass ich darauf hinweise, aber ich habe gestern Abend nicht länger als eine Minute gebraucht, um Ihren Neffen zu entwaffnen. Wie kommen Sie zu der Annahme, dass er sich bei einem Verbrecher geschickter anstellt?«

Richard wurde rot, aber, das musste man ihm lassen, er tätschelte Mrs. Beaumont die Hand und sagte: »Da hat er Recht, Tante.«

Ihre Lippen zitterten, aber ihr Blick blieb unnachgiebig. »Ich möchte nicht, dass die Polizei gerufen wird.«

»Gut«, lenkte Zach ein. »Dann rufen wir sie eben nicht.« Fürs Erste jedenfalls nicht. Er merkte, dass er damit einen Punkt bei Mrs. Beaumont gemacht hatte. Abgesehen davon: Wenn er das FBI gegen ihren Willen einschaltete, könnte das die ganze Sache für Glynnis und David noch gefährlicher machen, als sie ohnehin schon war. Daher würde er die Angelegenheit für heute auf sich beruhen lassen, sich anhören, was Rocket herausgefunden hatte, und sie morgen erneut mit seinen Forderungen konfrontieren. »Was allerdings klar sein muss, ist, dass ich von jetzt an die Verantwortung übernehme, und darüber wird es keine Diskussion mehr geben. Wenn jemand die beiden sicher nach Hause bringen kann, dann ich.« Er sah sie streng an. »Sind wir da einer Meinung?«

Sie nickte, wenn auch nur widerwillig, und er ging zu den wesentlichen Punkten über. »Gut. Dann sollten wir uns über ein paar grundsätzliche Dinge verständigen. Es ist mir egal, wer ans Telefon geht, aber niemand spricht mit den Entführern, und niemand verhandelt mit ihnen außer mir.«

»Aber was ist, wenn sie dann wütend werden? Sie könnten David verletzen.«

Langsam fing sie an, ihm wirklich auf die Nerven zu gehen. Wann kapierte sie endlich, dass nicht nur ihr geliebter David an Leib und Leben bedroht war? Er riss sich jedoch zusammen und sagte mit ruhiger Stimme: »Sie werden nicht wütend, wenn man es richtig anstellt. Tun Sie so, als wären Sie das Hausmädchen, tun Sie so, als wären Sie der Gärtner, tun Sie so, als verstünden Sie kein Englisch.« Er bedachte jeden der Beaumonts mit seinem strengsten

Blick. »Was Sie ihnen erzählen, ist mir egal. Aber wenn ich gerade nicht da bin, dann halten Sie sie hin und holen mich.«

10

Lily war stolz auf sich, weil sie sich auf dem Weg ins Erdgeschoss des Beaumont'schen Hauses nur ein Mal verlief. Aber der Umweg und ihr Magen, der sich über die lange Zeit, seit er das letzte Mal etwas bekommen hatte, vernehmlich beschwerte, hatten in ihr den Wunsch geweckt, jemand hätte eine Spur aus Brotkrumen gelegt. Sie wäre nicht nur nützlich gewesen, um ihr den Weg zu weisen, sie hätte auch gleich etwas Essbares gehabt, das ihr über die Zeit bis zum Frühstück hinweghalf, und selbst die Vorstellung, Brotkrumen vom Boden zu klauben, hatte etwas Verlockendes. Dieses Haus war einfach riesig, und sie war von irgendwo tief im Inneren des westlichen Flügels aufgebrochen, wo man ihr und Zach Zimmer zugewiesen hatte.

Bei dem Gedanken daran vergaß sie ihren knurrenden Magen, und ihre Lippen verzogen sich zu einem spöttischen Lächeln. Zweifellos hatte die Frau, die ihnen die nebeneinander liegenden Zimmer gegeben hatte, angenommen, sie würde ihnen damit auf diskrete Weise einen Gefallen tun. Die Beaumonts konnten ja nicht wissen, dass das eher so war, als wollte man jemanden zu einem Mord anstiften, wenn man sie so nahe beieinander unterbrachte.

Wobei das vielleicht nicht so ganz stimmte. Sie dachte darüber nach, während sie die Haupttreppe hinunterstieg. Gestern hatte sie einen anderen Zach kennen gelernt, und letzte Nacht hatte sie die professionelle, kompetente und willensstarke Seite einer Persönlichkeit gesehen, die vermutlich vielschichtiger war, als sie ursprünglich angenommen hatte. Okay, die »willensstarke« Seite war ihr inzwischen nur zu vertraut, da Zach kein Geheimnis daraus machte, dass er entschlossen war, sie aus dem Leben seiner Schwester zu entfernen. Aber in der vergangenen Nacht hatte Lily ihn für die Autorität, mit der er die Sache in die Hand nahm, tatsächlich bewundert.

Auch wenn Zach ihrer Meinung nach verbohrt war, was Glynnis anging, so zweifelte sie doch nicht an seiner Zuneigung für seine Schwester. Und zu ihrer Überraschung lernte sie allmählich, die zarten Hinweise zu deuten, die einen gewissen Einblick in seine Gedankengänge gewährten. So wusste Lily instinktiv, dass er vor Sorge um das Wohlergehen seiner Schwester ganz krank war, obwohl er sie nicht allzu deutlich zu erkennen gegeben hatte.

Sie erreichte das Ende der Treppe, und das dezente Klappern von schwerem Silber auf Porzellan sowie das leise Gemurmel von Stimmen lenkten sie zu einer Tür gegenüber dem Wohnzimmer, in dem sie sich vergangene Nacht aufgehalten hatten. Sie durchquerte die Halle.

Als sie in der Tür stehen blieb, stockten alle Gespräche. Dann lächelte Jessica ihr schüchtern zu. »Guten Morgen«, sagte sie mit sanfter Stimme. »Kommen Sie doch herein; es geht hier nicht besonders förmlich zu. Haben Sie Hunger?« Ohne Lilys Antwort abzuwarten, deutete sie auf die Anrichte. »Beim Frühstück bedienen wir uns alle selbst. Teller und Schüsseln finden Sie dort, hinter der Kaffeekanne.«

Auf dem Weg zur Anrichte ging Lily die Anwesenden durch. Außer Jessica hatten sich Zach, Richard und Mrs.

Beaumont eingefunden. Es fehlten lediglich Jessicas Mann Christopher und ihre attraktive Schwester Cassidy. Aber da Montagmorgen war, waren die beiden vermutlich schon unterwegs zur Arbeit. Erpicht darauf, endlich etwas zu essen zu bekommen, wandte sie ihre Aufmerksamkeit dem Frühstücksbüfett zu, das vor ihr aufgebaut war. Zu ihrer Enttäuschung war die Auswahl ziemlich mager.

Peinlich berührt wurde ihr bewusst, dass man ihr das Missfallen angesichts des dürftigen Angebots an kalten Cornflakes und ebenso kaltem Toast wohl angesehen hatte, denn Mrs. Beaumont sagte in ihrer wohlerzogenen Art: »Ich muss mich für das unzulängliche Frühstücksbüfett entschuldigen, aber ich fürchte, Ernestine, unsere Köchin, ist außer sich und musste sich wieder hinlegen.« Ihre Unterlippe zitterte. »David ist ihr Liebling, müssen Sie wissen.«

»Haben Sie heute Morgen schon irgendetwas gehört?«

»Kein Wort. Wenn meinem David etwas passiert, weiß ich nicht, was ich tue.«

Zach richtete sich auf seinem Stuhl auf. Die abrupte Bewegung ließ Lily aufschauen. Ihre inneren Alarmglocken schrillten. Obwohl er nichts sagte und kühl und beherrscht wirkte, wusste sie, dass er bis zum Äußersten angespannt war – das musste an einer Art telepathischer Verbindung liegen, die ihr schon letzte Nacht gesagt hatte, wie besorgt er wegen Glynnis war. Niemandem sonst schien an seinem Verhalten etwas Ungewöhnliches aufzufallen, aber für sie war es so klar, als hätte er damit begonnen, kleine Signalflaggen über seinem Kopf zu schwenken. Dass er ein tomatenrotes Polohemd trug, erschien ihr nur allzu passend – er war ein einziges großes Warnschild.

Seine Gereiztheit schien irgendetwas mit Mrs. Beaumont zu tun zu haben, und teils, weil Lily die Hausherrin davon abhalten wollte, weiterhin etwas zu tun, das ihn ärgerte, teils, weil sie es keinen Tag länger ertrug, zweitklassiges Essen vorgesetzt zu bekommen, wandte sie sich von der Anrichte ab und trat zu Mrs. Beaumont.

»Es tut mir Leid«, sagte sie. »Sie müssen mich für schrecklich unhöflich halten. Es ist nur so, dass ich Essen über alles liebe, und das, was wir auf der Fahrt von Kalifornien hierher bekommen haben, war so fürchterlich, dass ich mich auf ein richtiges Frühstück gefreut habe. Aber ich hätte einen Vorschlag, der vielleicht uns allen etwas bringt. Kochen ist meine Leidenschaft, und ich könnte für Ernestine einspringen, bis sie wieder auf den Beinen ist.«

Das Angebot war zweifellos verlockend, dennoch sagte Mrs. Beaumont höflich: »O nein. Sie sind unser Gast. Wir können doch nicht von Ihnen verlangen, in der Küche zu schuften.«

Lily lachte. »Sie haben es nicht verlangt, und für mich ist es keine Schufterei. Zach und ich standen unangemeldet vor Ihrer Tür, und Sie haben uns großzügigerweise aufgenommen. Bitte erlauben Sie mir, mich dafür wenigstens ein bisschen zu revanchieren, indem ich das übernehme.«

Richard, der auf der anderen Seite des Tisches schweigend an seinem Kaffee genippt hatte, strich sich seine glänzenden braunen Haare aus der Stirn und griff über den Tisch, um seiner Tante die Hand zu drücken. »Das ist ein großzügiges Angebot, nimm es doch an.«

Mrs. Beaumont sah von ihm zu Lily. »Nun ja, wenn Sie meinen, dass es Ihnen nichts ausmacht …«

»Ganz bestimmt nicht. Es würde mir sogar Spaß machen, und wenn mir vielleicht jemand den Weg zur Küche zeigt, werde ich ein schönes, warmes Frühstück zubereiten. Jeder hier steht unter großer Anspannung. Da ist es wichtig, gut zu essen.«

Jessica legte ihren angebissenen Toast auf den Teller. »Ich zeige Ihnen den Weg.«

Als sie sich vom Tisch erhob, lehnte Zach sich auf seinem Stuhl zurück und sah Lily mit hochgezogenen Augenbrauen an. »Ich weiß, dass Sie kochen können«, sagte er, während er seinen Blick über sie gleiten und einen Augenblick lang auf der dreireihigen Kette aus glitzernden Steinen auf ihrem Busen verweilen ließ. »Aber es ist ein Unterschied, ob man für ein oder zwei Leute kocht oder für eine Gruppe von dieser Größe. Sind Sie sicher, dass Sie das schaffen?«

Für *sieben* Leute kochen? Und so viele waren es nicht mal, wenn Cassidy und Christopher nicht noch kamen. Es gelang ihr, nicht die Augen zu verdrehen. »Oh, ich denke, ich komme damit schon klar.«

Während sie Jessica durch einen kurzen Flur, der von der Halle abging, folgte, hörte sie sie verwundert vor sich hin murmeln: »Eine ›Gruppe von dieser Größe‹?«

Sie lachte. »Ich weiß«, sagte sie. »Warum glauben Männer eigentlich, nur weil wir Lippenstift tragen und Körperteile haben, die wackeln, hätten wir nichts im Hirn? Oh!«, entfuhr es ihr, als sie die Küche betrat. »Das ist fantastisch.« Diese Küche war ein hochmoderner Arbeitsraum mit allen Schikanen, ihre persönliche Vorstellung vom Himmel.

»Bei Ihnen wackelt wenigstens was«, sagte Jessica leise. »So viel Glück hätte ich auch gerne. Und was den Lippenstift angeht …«

Ihre sanfte Stimme unterbrach Lily in ihrer begeisterten Inspektion der Küchengeräte, und sie sah Jessica zum ersten Mal richtig an. »Sie sollten unbedingt welchen tragen«, sagte Lily entschieden, nachdem sie sie eingehend gemustert hatte. »Die meisten Frauen würden für so volle Lippen wie die Ihren einen Mord begehen. Ich habe einen Lippenstift, der Ihnen wunderbar stehen würde, da gehe ich jede Wette ein. Die Farbe heißt Pink Smooch, und im Laden war ich ganz hingerissen davon, aber als ich nach Hause kam, stellte ich fest, dass sie überhaupt nicht zu meinem Teint passt. Ich werde ihn für Sie heraussuchen, sobald ich das Frühstück fertig habe.«

Jessica sah sie so hilflos an, dass Lily unwillkürlich lächeln musste. »Ich nehme an, dass Sie meine Leidenschaft für Make-up nicht teilen.« Sie legte eine Hand auf ihre Brust. »Das ist sehr, sehr bedenklich.«

»Meiner Schwester zufolge ist es geradezu Ketzerei.«

Lily lachte. »Mindestens.«

»Na ja, nicht alle von uns sind Sklavinnen der Mode.«

»Aber natürlich sind wir das. Sie haben offensichtlich nur noch nicht die richtige Beraterin gefunden.« *Bis jetzt.* In Lilys Augen gab es nichts Frustrierenderes als ungenutztes Potenzial, und das von Jessica weckte in ihr den dringenden Wunsch, eine Rundumerneuerung an ihr vorzunehmen.

Das Gesicht Jessicas war nicht nur frei von Make-up, ihre mittelbraunen Haare waren auch viel zu lang und dick für ihr schmales Gesicht und erdrückten ihre feinen Züge. Lily erkannte ein hochwertiges Kleidungsstück auf den ersten Blick, und sie war sich sicher, dass es sich bei Jessicas Pullover um ein teures Stück handelte. Aber die Farbe stand ihr überhaupt nicht, sie ließ ihren blassen Teint grau erscheinen, und außerdem schlackerte er an ihr herum. Die Jeans waren in Ordnung, aber diese Schuhe – ein Albtraum. Sie sahen aus wie die klobigen Schuhe eines Kartoffelbauern.

Es stand ihr jedoch nicht zu, sich in das Leben anderer Leute einzumischen, deshalb lächelte sie nur und wandte sich wieder der großartigen Küche zu, in der sie nun schalten und walten durfte. Aber während sie anerkennend mit ihren lackierten Zehen wackelte, die in hochhackigen, vorne offenen Pumps im Stil der Fünfzigerjahre steckten, dachte sie; *Nein, ich werde mich nicht einmischen. Das kann noch einen Tag warten.*

Sie war in tiefe Bewunderung angesichts all der wunderbaren Küchengeräte und der gut gefüllten Speisekammer versunken, als Jessica unsicher sagte: »Sie wollen mich wahrscheinlich lieber aus dem Weg haben.«

Lily drehte sich zu ihr um. »O nein, bleiben Sie. Sie könnten mir helfen und mir zeigen, wo ich alles finde. Das heißt – ach, du meine Güte, ich bin unmöglich, ich gehe einfach davon aus, dass Sie nichts Besseres zu tun haben oder sich auch nur eine Minute länger als nötig in einer Küche aufhalten wollen. Tut mir Leid. Halte ich Sie von irgendetwas ab?«

Jessica lachte, und es klang so, als hätte ihr gerade jemand einen herrlich unanständigen Witz erzählt. »Nein, Sie halten mich von nichts Wichtigem ab. Ich sitze gerade an einem Quilt, und wie Ihnen hier alle sofort erklären würden, ist das nur ein Hobby. Und was meinen Aufenthalt in Küchen angeht – nachdem ich für das unsägliche Angebot verantwortlich bin, das Sie heute Morgen im Speisezimmer vorgefunden haben, überlasse ich Ihnen die Entscheidung, ob Sie mich überhaupt hier haben wollen.«

Lily grinste und ging dann zum Kühlschrank, um nachzusehen, was er zu bieten hatte. »Lassen Sie mich mal raten, ich nehme an, dass Sie aufs Kochen nicht so versessen sind wie ich.«

»Ehrlich gesagt glaube ich, dass es mir Spaß machen könnte, aber ich hatte bislang nicht viel Gelegenheit, das herauszufinden.«

»Warten Sie, sagen Sie es nicht. Liegt das vielleicht daran, dass Sie immer eine Köchin hatten?«

»Das trifft es so ungefähr.«

»Ach, Sie armes reiches Mädchen. Sie erwarten hoffentlich nicht allzu viel Mitgefühl von mir.« Erst als die Worte schon heraus waren, wurde Lily klar, was sie da eben gesagt hatte. Sie merkte plötzlich, dass sie sich mit dieser Frau fast genauso wohl fühlte wie mit ihrer Freundin Mimi in Laguna. Das erklärte auch, warum sie keine Hemmungen hatte, sie aufzuziehen.

Zu ihrer Erleichterung schien es Jessica ähnlich zu gehen. »Im Gegenteil«, sagte sie, »ich finde, dass Sie sehr viel Mitgefühl für mich haben sollten. Sie haben ja keine Ahnung, was für eine traurige Geschichte ich Ihnen erzählen könnte.«

»Ach ja?« Lily begann, verschiedene Lebensmittel aus dem Kühlschrank zu nehmen, und warf Jessica einen Blick von der Seite zu, während sie die Sachen an sie weiterreichte, damit sie sie auf die Arbeitsfläche legte. Sie machte eine hoheitsvolle Geste, als würde sie eine Audienz gewähren. »Schießen Sie los.«

»Richard, Cassidy und ich sind – können Sie das auch verkraften? – die ›armen‹ Verwandten im Clan der Beaumonts.«

Lily stöhnte übertrieben auf.

Jessicas Lächeln ließ ihr unscheinbares Gesicht fast schön erscheinen. »Ich weiß. Das ist ein echter Schock. Mama gehörte zu den Frauen, für die nur der äußere Schein zählt, deshalb hatten wir natürlich eine Köchin, wie alle in unserer Familie. Der Unterschied bestand darin, dass wir bloß reich zu sein schienen, während es alle anderen tatsächlich waren. Wenn in unserem Zweig der Familie wirklich Geld da gewesen wäre, hätte ich vielleicht in die Küche gedurft. Aber nur wirklich reiche Mädchen können es sich leisten, sich so zu benehmen, als hätten sie nichts außer einem guten Namen. Was wir hatten«, sagte sie mit einem Schulterzucken, »waren Verbindungen.« Dann fügte sie leicht bitter hinzu: »Ja, wirklich. Wir haben tatsächlich diese ach so wichtigen Verbindungen.«

Lily kannte sie nicht gut genug, um zu fragen, was das alles zu bedeuten hatte, deshalb erwiderte sie leichthin: »Na ja, außerhalb der Gastroszene verbindet keiner etwas mit meinem Namen. Aber halten Sie sich an mich, meine Liebe, ich kann Ihnen zumindest Kochen beibringen.«

»Wirklich?«

»Aber ja. Ganz sicher.«

Jessica stellte sich neben sie. »Was wollen Sie machen?«

»Heute Morgen nur etwas Einfaches, da wir nicht viel Zeit haben. Wir werden mit Rührei gefüllte Pitabrote und einen Melonen-Heidelbeer-Salat machen. Frühstücken Ihr Mann und Ihre Schwester mit uns?«

»Ich … nehme es an.«

»Ich war mir nicht sicher, ob sie nicht schon zur Arbeit gegangen sind.«

»O nein, das Büro von B Networks ist im oberen Stockwerk des Westflügels.«

»Okay, dann gehen wir von sieben Personen aus.« Sie deutete auf die Eier, die Pilze, die roten Paprikaschoten, die Zwiebeln und den Käse, die vor ihnen auf dem Tisch lagen. »Ist da irgendetwas dabei, das einer nicht essen kann?«

»Nein.«

»Ausgezeichnet. Ich werde zuerst ein Mohndressing für den Salat machen, damit es durchziehen kann, während ich alles andere zubereite.«

»Und was kann ich tun?«

»Kümmern Sie sich um den Salat, und schneiden Sie die Melone«, sagte Lily und griff nach einer Schüssel. »Schneiden Sie sie in schmale Streifen.«

Jessica zog fragend die Augenbrauen hoch, und Lily zeigte ihr, was sie meinte, sie schnitt die Melone längs auf und reichte das Messer dann an Jessica weiter. Dann wandte sie sich wieder ihrer Arbeit zu, leerte einen Becher Vanillejoghurt in eine Schüssel und gab etwas Zitronensaft und Mohn dazu. Ein paar Minuten später sah sie von der Orange, deren Schale sie gerade über der Schüssel abrieb, auf. »Ich glaube, ich habe im Kühlschrank einen Kopfsalat liegen sehen. Wenn Sie fertig sind, dann können Sie auf jeden Teller ein paar Blätter davon legen. Dann legen Sie vier oder fünf Streifen von der Melone dazu, und streuen eine Hand voll Heidelbeeren darüber.« Sie verrührte das Dressing, deckte die Schüssel mit Frischhaltefolie ab und stellte sie ins Gefrierfach, damit es kurz kühlen konnte. Anschließend begann sie, das Gemüse zu schneiden.

»Wie machen Sie das bloß?«, fragte Jessica einen Augenblick später.

»Was?«

»So schnell hacken, ohne sich dabei in die Finger zu schneiden.«

Lily lachte. »Reine Übungssache.«

»Können Sie mir das beibringen?«

»Klar. Kommen Sie her.« Als Jessica sich neben sie stellte, hielt Lily ihre linke Hand in die Höhe. »Der Trick besteht darin, die Finger zu krümmen. Sehen Sie?« Sie führte vor, wie man eine Zwiebel festhielt, ohne dass die Finger aus Versehen unter das Messer gerieten. Nachdem sie die Zwiebeln klein gehackt hatte, schnitt sie die roten Paprika in feine Streifen, dann hielt sie Jessica das Messer hin. »Wollen Sie es mal probieren?«

Jessica stellte sich geschickter an, als sie erwartet hatte, aber sie war nicht annähernd so schnell wie Lily. Sie lachte und machte sich wieder daran, die Schale von den Melonenstreifen zu entfernen. »Ich merke schon, dass es ein wenig Übung benötigt.«

Lily zwinkerte ihr zu. »Kommen Sie eine Stunde vor jeder Mahlzeit zu mir in die Küche, und Sie können sich jede Menge Übung verschaffen.«

»Vielleicht tue ich das.« Jessica lächelte und warf die Schalen in den Komposteimer, den Ernestine neben die Spüle gestellt hatte. Damit hatte sie nicht gerechnet, ging es ihr durch den Kopf, während sie sich die Hände wusch und abtrocknete, Salatteller aus dem Schrank nahm und nebeneinander auf die Arbeitsplatte stellte, um sie mit Salatblättern zu belegen. Sie hatte nicht damit gerechnet, dass sie Lily so sehr mögen und sofort diese Art Verbundenheit mit ihr fühlen würde, als seien sie seit dem Kindergarten die besten Freundinnen und hätten sich gerade wieder getroffen und genau da weitergemacht, wo sie aufgehört hatten.

Aber wer hätte auch damit rechnen können? Die blonde, aufreizende Lily mit ihrem Glitzerschmuck und dem gekonnten Hüftschwung gehörte zu dem Typus Frau, der Jessica normalerweise das Gefühl vermittelte, so aufregend wie die Mode vom letzten Jahr zu sein. Sie gehörte zu der ultrafemininen Sorte, den Vollblutfrauen, die instinktiv all das zu wissen schienen, wovon Jessica keine Ahnung hatte. Welche Farben man trug, welches Make-up man kaufte, wie man Sachen miteinander kombinierte, um die eigenen Vorzüge am besten zur Geltung zu bringen. Eine Frau wie Cassidy.

Mit dem Unterschied, dass sie sich in Lilys Gegenwart nicht unzulänglich fühlte. Sie brachte sie zum Lachen, dachte Jessica froh. Sie gab ihr das Gefühl … nützlich zu sein.

»Sieht gut aus.« Lily deutete mit einem Kopfnicken auf das auf den Salatblättern angerichtete Obst. Sie nahm das Mohndressing aus dem Gefrierfach und reichte es Jessica. »Rühren Sie es noch einmal durch, und geben Sie dann ein, zwei Löffel davon auf die Früchte. Und wenn Sie mir zeigen, wo ich einen großen Teller finde, dann fülle ich schnell das Rührei in die Brote, und wir können gehen.«

Wenige Minuten später folgte Jessica Lily mit einem Tablett, auf das sie die Salatteller gestellt hatte, zurück ins Speisezimmer. Sie war so zufrieden mit ihrer Leistung, als hätte sie sich das Frühstück selbst ausgedacht.

Der Erste, den sie sah, als sie den Raum betrat, war Christopher, und die Freude, die sie jedes Mal empfand, wenn sie ihren Ehemann erblickte, ließ ihr Lächeln noch breiter werden. Sie stellte fest, dass ihre Schwester immer noch nicht aufgetaucht war – nicht, dass das irgendetwas zu sagen hatte. Cassidy kam immer zu spät … und dass Christopher heute Morgen ebenfalls zu spät im Speisezimmer erschien, war bestimmt reiner Zufall.

Sie umrundete den Tisch und servierte zuerst dem dunkelhaarigen, schweigsamen Marine, der sie offen gestanden ziemlich nervös machte, einen Teller mit Salat und danach den Mitgliedern ihrer Familie.

»Wunderbar«, sagte Tante Maureen und blickte von

dem hübschen Arrangement auf dem Teller zu Lily, die gerade jedem ein gefülltes Pitabrot servierte. »Das ist ganz erstaunlich. Sie waren nur zehn Minuten weg. Wie, in aller Welt, haben Sie es geschafft, in so kurzer Zeit etwas so Leckeres zuzubereiten?«

Lily zuckte die Schultern. »Das ist mein Beruf – ich bin Köchin. Außerdem hatte ich eine hervorragende Assistentin.« Sie grinste Jessica kurz an und drehte sich dann wieder zu Maureen um. »Um genau zu sein, hat Ihre Nichte den Salat gemacht.«

»Nein, ich habe eigentlich nur Ihre Anweisungen befolgt«, sagte Jessica. Nachdem sie die restlichen Teller vor die unbesetzten Plätze am Tisch gestellt hatte, lehnte sie das Tablett gegen die Anrichte und setzte sich neben Christopher.

»Ja, unsere Jessie ist gut im Befolgen von Anweisungen.« Cassidy stürmte in das Zimmer. Sie war perfekt angezogen, einschließlich des auffälligen Schmucks, und ihre Haare hatte sie zu einer modisch zerzausten Frisur hochgesteckt, für die sie, wie Jessica wusste, eine Ewigkeit brauchte. »Guten Morgen allerseits.« Sie ließ sich auf dem freien Stuhl neben Zach nieder, auf den gerade Lily zugesteuert war, und sah auf den Salatteller, der vor ihr stand. »Welchen Beitrag hast du denn geleistet, Jess? Hast du den Salat geputzt?«

Jessica hatte ein Gefühl, als würde sie unsichtbar werden, sich einfach auflösen, bis sie Teil des Mobiliars war, wie so oft in Gegenwart ihrer jüngeren Schwester.

Aber dann drückte Christopher unter dem Tisch ihren Oberschenkel, und gleichzeitig setzte sich Lily und sah Cassidy ruhig an, während sie die Stoffserviette auseinander faltete. »Eigentlich hat sie alles gemacht. Das Obst geschnitten, auf den Tellern arrangiert und das Dressing verteilt. Und wie Sie sehen können, ist es durchaus gelungen. Und was machen Sie, Ms. Beaumont?«

Sie hatte diese Frage in einem ausgesprochen höflichen Ton gestellt, trotzdem stieg Cassidy unter ihrem perfekten Make-up die Röte ins Gesicht. Und plötzlich fühlte sich Jessica gar nicht mehr so sehr wie ein Teil des Mobiliars.

»Cassidy geht shoppen«, warf Richard ein und nahm sein Pitabrot in die Hand. Er biss hinein und seufzte genussvoll auf.

Cassidy bedachte ihren Bruder mit einem finsteren Blick. Dann wandte sie sich mit einem strahlenden Lächeln an Lily. »Fundraising, das ist meine eigentliche Stärke. Jemand muss sich ja um die Armen und Verlassenen kümmern.« Sie sah auf den vor ihr stehenden Teller, machte jedoch keine Anstalten, ihre Gabel zu nehmen. »Kochen ist zweifelsohne eine nützliche Beschäftigung. Falls Sie Arbeit suchen, kann ich Sie sicher irgendwo unterbringen. In unseren Kreisen sucht man immer nach gutem Personal.«

Die Unverschämtheit ihrer Schwester ließ Jessica zusammenzucken, und Tante Maureen sagte in tadelndem Ton: *»Cassidy.«*

Aber Lily lächelte nur. »Sehr freundlich von Ihnen, aber ich habe bereits einen Job.«

»Ach, wirklich? Arbeiten Sie für eine gute Familie, meine Liebe? Oder kochen Sie vielleicht in einem netten kleinen Café?«

»Nein. Ich arbeite als Chefköchin für ein Unternehmen.«

Cassidy zuckte unwillig die Schultern. »Köchin, Chefköchin, wo liegt da der Unterschied?«

»In der Ausbildung hauptsächlich – die einer Chefköchin ist wesentlich umfassender. Ich habe meine an der Culinary Academy in San Francisco und im Le Cordon Bleu an der California School of Culinary Arts in Pasadena gemacht. Und dann habe ich mehrere Jahre lang für zwei Spitzenköche in Los Angeles gearbeitet.«

Zach legte abrupt seine Gabel hin. Sie stieß klappernd gegen seinen Teller, und Jessica blickte hoch und sah, wie er seinen Stuhl zurückschob.

Mit den zusammengekniffenen Augen und dem finsteren Gesichtsausdruck wirkte er sehr einschüchternd auf sie, aber ihre Schwester war offensichtlich anderer Meinung. Sie streckte die Hand mit den perfekt manikürten Fingernägeln aus und strich ihm über dem Arm, wobei sie ihm unter ihren langen Wimpern einen koketten Blick zuwarf. »Sie verlassen uns doch noch nicht, oder?«

»Doch.« Sein Gesicht ließ keine Gefühlsregung erkennen, als er auf ihre Finger hinuntersah, die die unter seiner gebräunten Haut hervortretenden Adern nachzeichneten. »Ich muss ein paar Anrufe erledigen.« Er entzog ihr seinen Arm, trat einen Schritt zurück, ging um den Tisch herum und verließ das Zimmer.

Einen Moment lang sagte keiner ein Wort, dann legte Lily ihre Serviette auf den Tisch und erhob sich. »Entschuldigen Sie mich bitte einen Augenblick«, murmelte sie. »Ich muss kurz mit Zach reden, dann werde ich mich um die Küche kümmern.«

»Aber meine Liebe, das ist doch nicht nötig«, sagte Mrs. Beaumont und wedelte mit den Händen.

»Es macht mir nichts aus, Mrs. Beaumont, wirklich. Das gehört auch zu meinem Job.«

»Ach nein«, erkundigte sich Cassidy mit zuckersüßer Stimme. »Die große, wichtige Chefköchin hat keine kleinen dienstbaren Geister um sich, die hinter ihr herwischen?«

»Halt den Mund, Cassidy«, sagte Jessica in scharfem Ton.

Ihre Schwester sah sie kühl an. »Hört, hört, unser graues Mäuschen spricht.« Dann wandte sie sich wieder von ihr ab, und Jessica beobachtete, wie sie Lily beim Verlassen des Zimmers nachsah.

Sobald die zierliche Blondine verschwunden war, drehte sich Cassidy erneut zu ihr um, und beim Anblick ihres zufriedenen Gesichtsausdrucks zog sich Jessicas Magen zusammen.

»Also«, sagte Cassidy. »Hat Christopher dir von dem … Dienst … erzählt, den er mir heute Morgen erwiesen hat?«

11

Eine Chefköchin! Zach marschierte durch die Halle und eilte, immer zwei Stufen auf einmal nehmend, die geschwungene Treppe hoch. *Und nicht nur irgendeine unbedeutende Köchin, die sich mit einem schicken Titel schmückte, sondern, wenn er recht verstanden hatte, eine bestens ausgebildete Chefköchin.* Er fluchte leise vor sich hin. Wenn er diese Vorstellung auch am liebsten mit einem verächtlichen Lachen abgetan hätte, musste er zugeben, dass sie sehr plausibel klang.

Es gab doch nichts Schöneres, als sich wie ein kompletter Vollidiot zu fühlen. Plötzlich war er nicht einmal mehr davon überzeugt, dass, Beruf hin oder her, Lily hinter anderer Leute Geld her war, wie er ihr oft genug unterstellt hatte. Zu spät erkannte er den Fehler in seiner Logik, über den er sich schon ein paar Tage den Kopf zerbrach. Er hatte sie gefragt, ob sie befürchte, freie Kost und Logis zu verlieren, wenn er die Heirat von Glynnis und David verhinderte. Er griff sich an die Stirn. *Es ist dir wohl nie in den Sinn gekommen, du Schlaukopf, dass sie das größte Interesse daran haben müsste, diese Heirat zu verhindern, wenn sie tatsächlich eine Schnorrerin wäre. Sobald Glynnis einen Ehemann hätte, der ihre Finanzen überwachte, wäre die Chance, weiter Geld aus ihr herauszuleiern, verschwindend gering.*

Zach atmete tief aus und straffte die Schultern. Na und, wo lag das Problem? Er hatte sich geirrt und ihr eine Reihe unberechtigter Vorwürfe gemacht. War doch egal – er konnte sich ja bei ihr entschuldigen.

Dennoch fragte er sich, was sie sich bei der ganzen Sache erhoffte. Um irgendetwas musste es doch für sie gehen. Ob sie jetzt ihr Geld selbst verdiente oder nicht, niemand legte sich für jemanden, den er nur kurz kannte, so ins Zeug wie Lily für seine Schwester. Außer er war beim Militär, natürlich.

»Zach.«

Beim Klang ihrer sanften Stimme schnellte er herum und sah sie mit dem für sie typischen Hüftschwung über den Flur auf ihn zukommen. Sie sah aus wie der feuchte Traum eines jeden Marine, als sie auf einem neuen Paar aus ihrem schier unerschöpflichen Vorrat an Stöckelschuhen dahertänzelte. Er trat ihr entgegen. »Gratuliere, da haben Sie mich ja kalt erwischt. Sie sind bestimmt verdammt zufrieden mit sich.«

Sie besaß die Unverschämtheit, auch noch zu lachen.

»Ich muss zugeben, dass es eine ganz nette Abwechslung ist, mal nicht als üble Schnorrerin angesehen zu werden.«

Er packte sie an den Oberarmen und drückte sie mit dem Rücken gegen die Wand. »Was sind Sie dann, verdammt noch mal?«

Sie täuschte keineswegs Verwirrung vor, sondern presste ihre Hände gegen die Wandtäfelung in ihrem Rücken, hob das Kinn und sah ihm direkt in die Augen. »Genau das, was ich von Anfang an behauptet habe, Herr Oberfeldwebel. Eine Freundin von Glynnis.«

»Na klar. Und Sie haben aus reiner Menschenliebe Ihren Job hingeschmissen, um sich mir an die Fersen zu heften und zu verhindern, dass ich das junge Liebesglück zerstöre.«

»Ich habe überhaupt nichts hingeschmissen. Ich bin Chefköchin auf einer Firmenjacht, und die geht erst in der letzten Maiwoche wieder auf Fahrt. Und, ja« – sie zuckte die Schultern –, »genau aus diesem Grund bin ich mitgekommen. Ich habe versucht, Ihnen klar zu machen, dass David anders ist, als Sie denken, aber Sie wollten ja nicht auf mich hören.«

Ihre Schultern fühlten sich fest an, als sie sich unter seinen Händen bewegten, und erinnerten ihn daran, dass es vielleicht nicht das Allerklügste war, sie zu berühren – besonders jetzt, wo seine Gefühle völlig durcheinander geraten waren –, und er ließ sie so schnell wieder los, als könnte er sich seine Finger an ihr verbrennen. »Dazu wäre ich vielleicht eher bereit gewesen, wenn Sie sich die Mühe gemacht hätten, mir mitzuteilen, dass Sie sich Ihren Lebensunterhalt selbst verdienen.« Im nächsten Augenblick jaulte er innerlich auf. *Das war also seine tolle Entschuldigung?* Er mochte heute Morgen ja schlechter Laune und gestresst sein, aber dass er sich idiotisch verhielt, entging ihm keineswegs. Und was ihn wirklich nervte, war, dass seine Übellaunigkeit nicht einmal viel mit der Entdeckung zu tun hatte, dass Lily nicht die kleine Schnorrerin war, als die er sie beschimpft hatte. Die Erkenntnis, dass er sich ihr gegenüber wie ein Volltrottel benommen hatte, war nur das Sahnehäubchen auf dem Ganzen.

Lily schien zu ahnen, was in ihm vorging. »Ich verspüre nicht das dringende Bedürfnis, mich Leuten gegenüber zu rechtfertigen, die mir irgendwelche an den Haaren herbeigezogenen Dinge unterstellen«, sagte sie mit erstaunlichem Gleichmut für jemanden, der jedes Recht gehabt hätte, empört zu sein. »Und ich glaube auch nicht, dass es das ist, was Ihnen im Moment zu schaffen macht«, sagte sie und blickte ihn an. »Was ist los, Zach?«

Er trat er einen Schritt zurück, sein Herz flatterte. »Ich habe keine Ahnung, wovon Sie reden.«

»Das wissen Sie sehr wohl. Sie standen bereits unter Hochspannung, als ich zum Frühstück runterkam. Hat es mit Mrs. Beaumont zu tun?« Sie berührte seinen Arm und sah plötzlich besorgt aus. »Hat sie etwas gesagt? Gibt es Neuigkeiten von Glynnis und David? Es ist ihnen doch nichts passiert?«

Der Ärger, der schon den ganzen Morgen über in ihm rumorte, brach nun mit aller Macht an die Oberfläche, und er schlug mit der geballten Faust gegen die Wand, direkt neben ihrer Schulter. »Endlich. Endlich jemand, dem bewusst zu sein scheint, dass auch Glynnis in Gefahr ist.«

Ihre Augen weiteten sich. »Aber natürlich ist sie das.«

»Das scheint bisher allerdings niemandem sonst aufgefallen zu sein. Sie haben alle furchtbare Angst um den lieben David – aber ich habe noch kein Wort der Sorge um meine Schwester gehört. Mein Gott, Lily, es ist, als würde sie nicht existieren.«

»Ich bin sicher, das liegt daran, dass sie sie nicht kennen, Zach.«

Zornig beugte er sich zu ihr hinunter. »Ich kenne den lieben David auch nicht, aber ich habe wenigstens den Anstand, so zu tun, als machte ich mir Sorgen um ihn.«

Lilys Lippen zuckten, aber sie erklärte ruhig: »Ich will damit doch nur sagen, dass ich mir vorstellen kann, dass Glynnis irgendwie keine reale Person für sie ist, da keiner von ihnen sie bis jetzt kennen gelernt hat.«

»Ich habe keine Lust auf irgendwelche formellen Entschuldigungen – ihr Verhalten ist durch nichts zu rechtfertigen!« Er stützte seine Arme auf beiden Seiten ihres Kopfes gegen die Wand und beugte sich so weit vor, dass sich ihre Körper beinahe berührten. So nahe vor ihr nahm er ihren warmen, süßen Duft intensiv wahr, und plötzlich richtete sich die ganze in ihm aufgestaute Erregung auf ein ganz neues Ziel. Oder vielleicht war es auch gar nicht so neu. Jedenfalls war er schon geraume Zeit nervös und unruhig und suchte eine Gelegenheit, Druck loszuwerden. Unwillkürlich senkte er den Kopf, bis seine Nase fast ihre Halsbeuge berührte, und atmete ihren Duft ein. Er schien nicht einem bestimmten Punkt, sondern direkt ihrer Haut zu entströmen, aber eigentlich war ihm egal, woher er kam. Er nahm ihn in sich auf, und plötzlich waren seine Lippen so trocken, dass er sie mit der Zunge befeuchten musste. »O Gott. Ich möchte Sie küssen.«

Sie erstarrte. »Wie bitte?«

Er hob seinen Kopf so weit, dass er ihr ins Gesicht sehen konnte, und spürte, wie ihm das Herz bis in den Hals schlug. »Ich möchte Sie küssen. Ich möchte Sie eigentlich schon die ganze Zeit küssen. Seit ich Sie das erste Mal gesehen habe.«

»Na klar«, sagte sie spöttisch. »Das können Sie Ihrer Großmutter erzählen.«

»Aber es stimmt. Allerdings habe ich es mir zur eisernen Regel gemacht, niemals etwas mit einer Frau anzufangen, die meine Schwester um ihr Erbe erleich–« Er hielt inne. *Guter Schachzug, Romeo. Erinnere sie nur an all die Beleidigungen, die du ihr an den Kopf geworfen hast – das sollte sie in die richtige Stimmung versetzen.* »Was ich sagen will, ich konnte einfach nicht.«

»Aha«, sagte sie in neutralem Ton. »Dann stehe ich jetzt also offiziell nicht mehr unter der Anklage, mich mit Glynnis wegen ihres Geldes angefreundet zu haben?«

»Ja. Vermutlich schulde ich Ihnen eine Entschuldigung für einige Dinge, die ich gesagt habe.«

»Ach, meinen Sie?« Sie musterte ihn mit ihren leuchtend blauen Augen. »Und die Anklage, ein Flittchen zu sein, ist auch fallen gelassen worden? Oder, Moment mal. Vielleicht doch nicht, vielleicht weckt gerade das in Ihnen den Wunsch, mich zu küssen?«

»Nein – besser gesagt, ja. Scheiße.« Er sah auf sie hinunter und zuckte hilflos die Schultern. Genau dieses doppeldeutige Gerede von Frauen war es, was ihn in den Wahnsinn trieb, und dass er sich zusätzlich zu all den anderen Problemen jetzt auch noch damit auseinander setzen musste, hätte seine Erektion von Rechts wegen sofort in eine Erdnuss verwandeln müssen.

Aber dem war nicht so. »Noch mal von vorne. Nein, das ist nicht der Grund, warum ich Sie küssen möchte«, erklärte er. »Und ja, auch diese Anklage wurde fallen gelassen.« Als bestünde überhaupt die Aussicht, sie zu küssen.

Warum, zum Teufel, gab er ihr die Gelegenheit, ihr Ego zu hätscheln, indem sie ihn abwies? Sein klügeres Ich sagte ihm, er sollte sich einfach umdrehen und weggehen.

In letzter Zeit war klug allerdings nicht unbedingt das erste Wort, das ihm einfiel, wenn er sich selbst beschreiben sollte – warum also jetzt damit anfangen? Er blieb, wo er war, und sah sie unsicher an.

»Dann wollen wir doch mal sehen, ob ich das richtig verstanden habe.« Sie holte tief Luft, was dazu führte, dass ihr Busen sich gegen seine Brust drückte und er seinerseits ganz tief Luft holen musste.

Sie zählte die einzelnen Punkte an ihren Fingern ab. »Ich stehe nicht mehr unter dem Verdacht, ich hätte Glynnis vom rechten Weg abgebracht, um an ihre Kohle ranzukommen. Dann bin ich offensichtlich nicht mehr auf der Liste der zehn Top-Flittchen. Und Sie haben plötzlich das dringende Verlangen, mich zu küssen.« Ein kleines, freches Lächeln spielte um ihre Lippen, als sie zu ihm aufsah.

Er senkte den Kopf, bis seine Lippen nur mehr den Bruchteil eines Zentimeters von ihrem Mund entfernt waren. »Von plötzlich kann nicht die Rede sein, Lil. Und, ja. So in etwa stehen die Dinge.«

»Nun, dazu kann ich nur eines sagen, mein Lieber.« Ihre Zunge stahl sich hervor, um ihre Oberlippe zu befeuchten.

Bei diesem Anblick musste er den Impuls unterdrücken, sich einfach zu nehmen, was er wollte – Scheiß auf politisch korrektes Verhalten. Er zwang sich, ihr in die Augen zu sehen. »Lassen Sie mich raten. Schleich dich?«

»Das sind zwei Wörter, Taylor, und ich brauche nur eines. Es ist kurz, es ist nett. Es lautet –«

»›Nein‹. Hab schon kapiert.«

»Okay.«

»Der einzige Dienst, den ich deiner Schwester erwiesen habe«, sagte Christopher und zog Jessica in ihr gemeinsames Schlafzimmer, »bestand darin, ihr anzubieten, ihrem Auto Starthilfe zu geben.«

»Ja, das hast du eben auf der Treppe schon gesagt.« Jessica beobachtete ihn, als er ihren Arm losließ und auf und ab zu gehen begann. O Gott, er sah so gut aus. Mit seinen hohen Wangenknochen, den glänzenden braunen Haaren und den hellgrünen Augen hätte er Model sein können, und sie wusste ganz genau, was die Leute dachten, wenn sie sie beide zusammen sahen – wie, um Himmels willen, hatte dieser griechische Gott jemals an ein so graues Mäuschen geraten können? Nicht dass Jessica ihnen das verübelt hätte. Sie fragte es sich selbst oft … und hatte Angst, die Antwort zu kennen: dass er sie nämlich wegen ihrer Verbindungen geheiratet hatte.

Sie hatten sich vor zwei Jahren bei einem Fundraising-Dinner kennen gelernt, bei dem das Gedeck allein tausend Dollar gekostet hatte. Ihr Komitee hatte damals die Dekoration übernommen. Sie würde diesen Abend nie vergessen, weil ihr bis zu diesem Moment nicht klar gewesen war, dass man jemandem zum ersten Mal begegnen konnte und im nächsten Augenblick das Gefühl hatte, ihn so gut zu kennen, als würde man direkt in sein Inneres sehen. Es hatte nur eines einzigen Gesprächs mit diesem großen, unverschämt gut aussehenden Mann in dem wie angegossen sitzenden Smoking bedurft, und sie hatte gewusst, dass er ihr Mann fürs Leben war.

Normalerweise fühlte sie sich in Gegenwart von attraktiven Menschen befangen und bekam den Mund nicht auf, aber er schien gar nicht zu wissen, wie umwerfend er war, und gab ihr das Gefühl, hübsch und schlagfertig zu sein. In den folgenden Tagen war er ihr nicht von der Seite gewichen, und sie hatte geglaubt, im siebten Himmel zu schweben: Nicht einmal vier Monate später hatten sie geheiratet, und Christopher hatte seine Wohnung in Bellingham aufgegeben, war in das Haus der Beaumonts gezogen und hatte einen Posten im Familienunternehmen übernommen.

Er ging zu ihr und sah sie an, und als sich seine goldbraunen Augenbrauen über seiner Nase zusammenzogen, hatte sie einen Augenblick lang das Gefühl, er könne ihre Gedanken lesen. Aber das war offensichtlich nicht der Fall.

»Dann wiederhole ich mich eben«, brummte er und zuckte die Schultern. »Es ist meine Schuld – ich weiß ja, wie leicht Cassidy dein Selbstvertrauen untergraben kann. Aber ich schwöre dir, Jessica, in dem Augenblick, in dem ich mein Telefonat beendet hatte, wollte ich zum Frühstücken kommen, wie ich es dir gesagt hatte. Was kann ich dafür, dass Cassidy mich hier oben an der Tür abfing und über ihren liegen gebliebenen BMW und irgendeine Verabredung jammerte, die sie angeblich unbedingt einhalten musste.«

»Und doch war sie beim Frühstück und hatte plötzlich alle Zeit der Welt, um unseren Gast zu beleidigen.« Das mulmige Gefühl in der Magengegend, das ihr Christophers Telefonat verursacht hatte, erwähnte sie lieber nicht. Als er die Sprechmuschel mit der Hand abgedeckt und ihr gesagt hatte, dass sie schon vorausgehen sollte, hatte sie den beunruhigenden Eindruck gehabt, er wollte nicht, dass sie das Gespräch mithörte.

Aber ihr Mann hatte die Fähigkeit, ihr all ihre Ängste zu nehmen, und die setzte er nun ein. »Was soll ich sagen?«, fragte er sie sanft. »Das ist doch typisch Cassidy. Sobald ich festgestellt hatte, dass nur wieder mal die Batterie leer war, weil sie wie üblich die Fahrertür nicht richtig zugemacht hatte, bot ich ihr an, ihr Starthilfe zu geben. Aber nein, auf einmal hatte sie es überhaupt nicht mehr eilig und erklärte, dass sie erst einmal frühstücken will.« Er strich Jessica über die Wange und sah ihr mit ernstem Gesicht in die Augen. »Wir wissen doch beide, dass sie nur Unfrieden stiften will.«

Und das, verdammt noch mal, bekam sie auch ganz gut hin, dachte Jessica unglücklich. Sie spürte förmlich, wie all ihre Selbstzweifel ihr hässliches Haupt erhoben. Sie atmete ein paar Mal tief durch, sie wollte nicht, dass sie die Oberhand gewannen. Sie hatte sich heute Morgen so gut gefühlt, als sie Lily bei der Vorbereitung des Frühstücks geholfen hatte, und dieses Gefühl wollte sie bewahren, weil es ihrem Selbstbewusstsein ausgesprochen förderlich war. Sie sah zu Christopher hoch und wechselte das Thema. »Lily sagte, sie könnte mir Kochen beibringen.«

»Wirklich? Und hast du Lust darauf?«

»Ja.« Sie lachte. »Ist das nicht albern?«

»Aber nein. Nicht, wenn du Spaß daran hast.« Er musterte sie. »Du magst sie, nicht wahr?«

»Ja, ich mag sie. Sie ist nett, und sie bringt mich zum Lachen.«

»Es gibt nicht viele, die das dieser Tage von sich behaupten können.« Das klang irgendwie bitter, aber bevor sie intensiver darüber nachdenken konnte, ob sie sich das vielleicht nur einbildete, fragte er: »Was meinst du, in welchem Verhältnis sie zu Taylor steht?«

Sie sah ihn überrascht an. »Sie sind ein Paar«, sagte sie spontan. Dann zögernd: »Meinst du nicht?«

»Hat sie das gesagt?«

»Äh, nein, aber du musst sie doch nur ansehen. Und ihn.

Und dann liegt da so ein … so ein Knistern in der Luft, wenn sie beide im selben Raum sind. Deshalb dachte ich –«

Christopher schüttelte den Kopf. »Ich weiß nicht, Liebes. Was das Knistern angeht, gebe ich dir Recht, aber wenn ich mir überlege, wie er sie anschaut, habe ich nicht den Eindruck, dass sie schon miteinander im Bett waren. Außerdem siezen sie sich!«

Mit einem Schlag war Jessicas gute Laune verflogen. »Stimmt, das ist mir bis jetzt gar nicht aufgefallen«, sagte sie leise. Sie trat einen Schritt zurück, strich sich mit beiden Händen die Haare aus der Stirn und sah ihren Mann niedergeschlagen an. »Damit hätte ich mal wieder meine gute Menschenkenntnis und genaue Beobachtungsgabe unter Beweis gestellt.«

Mit zusammengezogenen Augenbrauen erwiderte Christopher ihren Blick. »Kann dir ihr Liebesleben nicht egal sein?«

Sie seufzte. »Doch, schon. Nur habe ich ihnen in meinem Übereifer zwei nebeneinander liegende Zimmer mit einem gemeinsamen Bad gegeben.«

Da er mit einer Abfuhr gerechnet hatte, dauerte es einen Moment, bis das, was sie gesagt hatte, zu ihm durchgedrungen war. »Was meinen Sie mit ›okay‹?«, fragte er und lehnte sich zurück, um Lily in die Augen sehen zu können. »›Okay‹ als Antwort auf meine Frage, ob ich mich schleichen soll, oder ›okay‹ wie ja?«

»›Okay‹ wie ja. Ich bin einfach ein neugieriger Mensch.« Aber in demselben Moment, in dem Lily frech das Kinn hob, fragte sie sich, was sie da eigentlich tat. Das alles war so furchtbar unklug, und sie versuchte, einen Rückzieher zu machen. »Vergessen Sie's. Da habe ich wohl mal wieder, ohne nachzudenken, einfach drauflos geplappert. Es wäre schrecklich dumm, wenn –«

»Oh, nein, das haben Sie nicht«, knurrte er. »Sie haben ›okay‹ gesagt. Jetzt ist es zu spät, um Ihre Meinung zu ändern.« Er umfasste ihren Nacken mit einer Hand, zog sie von der Wand weg, senkte seinen Kopf und verschloss ihren Mund mit seinen Lippen.

Eine schier unbezwingbare Lust durchzuckte sie, wenn man bedachte, dass es nur ein zarter, fast scheuer Kuss war. Zachs Lippen waren leicht geöffnet und kosteten sanft ihren Mund, aber seine Zunge behielt er bei sich. Doch selbst ohne – Junge, der Typ konnte küssen! Seine Lippen spielten mit den ihren, und dann machten sie wahr, was sie versprachen. Sie strichen zart über ihren Mund ... dann nicht mehr ganz so zart ... dann noch ein wenig fordernder. Als sich sein Mund plötzlich um ihren schloss und leicht an ihren Lippen saugte, richtete sie sich unwillkürlich auf ihre Zehenspitzen auf. Sie legte ihre Arme um seinen Nacken, ihre Lippen verlangten nach mehr. Impulsiv fuhr sie mit der Zungenspitze über die feuchte Rundung seiner Oberlippe.

Zach gab einen undefinierbaren Laut von sich, sein Mund wurde verlangender, und er presste sie gegen die Wand. Er spreizte die Beine und ging in die Knie, bis er auf gleicher Höhe mit ihr war, dann fuhr er mit den Händen in ihre Haare und hielt ihren Kopf fest. Sein Kuss wurde verlangender, verlor jedoch nichts von seiner Keuschheit. Bis er sich schließlich nicht mehr zurückhalten konnte und sich seine heiße Zunge plötzlich zwischen ihren Zähnen hindurchschob, um ihren willigen Mund zu erkunden.

Lily hatte ein Gefühl, als hätte sie an eine Starkstromleitung gefasst – Zachs Zunge sandte einen Stromstoß durch ihren Körper, in ihre Nippel, ihre Fingerspitzen, ihre Zehen. Muskeln tief zwischen ihren Schenkeln verkrampften sich. Sie stöhnte und erwiderte seinen Kuss mit Leidenschaft, jagte seiner drängenden, forschenden Zunge mit der eigenen hinterher, bis beide zu einem feuchten, glühenden Tanz zusammenfanden.

Für einen Moment löste er sich von ihr und flüsterte einen Fluch, dann drehte er seinen Kopf und tauchte wieder in einen Kuss ein. Seine Finger verfingen sich kurz in ihren Haaren, lösten sich und streichelten an ihrem Hals entlang, über die Rundung ihrer Schultern und Achselhöhlen. Seine Handballen strichen leicht über Lilys Brüste, doch bevor die Luft, die sie scharf einsog, ihre Lungen erreichte, hatten seine kundigen Hände ihren Weg bereits bis zu ihrer schmalen Taille fortgesetzt, um sich gleich darauf fest um ihre vollen Hüften zu legen. Er hob sie unvermittelt hoch, als er sich wieder zu seiner vollen Größe aufrichtete.

Mit einem Ausruf des Erstaunens befreite sie ihren Mund und verstärkte den Griff um seinen Nacken. Aber Zach hatte offensichtlich nicht die Absicht, sie loszulassen, und im nächsten Augenblick schon presste seine harte Brust Lily gegen die nicht ganz so harte Wandtäfelung, ihre Füße schwebten über dem Boden, und wieder fing sein Mund ihre Lippen ein. Sie schlang ihre Beine um seine schmalen Hüften, um sich festzuhalten.

Tief aus seiner Kehle stieg ein zufriedener Laut auf, und seine Hände glitten weiter und schlossen sich um ihre runden Hinterbacken. Ohne von ihren Lippen zu lassen und sie damit fast um den Verstand zu bringen, schob er sie etwas höher über seine Hüften. Dann plötzlich traf die lodernde Stelle zwischen ihren Beinen auf seinen harten Penis. Sämtliche Nerven in Lilys Körper begannen zu vibrieren, und unwillkürlich drängte sich ihr Becken nach vorne, um die wunderbare Berührung zu verstärken.

Jede Zurückhaltung wich der Glut ihrer Leidenschaft.

Das Drängen von Zachs Mund wurde immer heftiger, und er presste ihren Kopf gegen die Wand, aber sie merkte es kaum. Das Einzige, was in diesem Moment wirklich in ihr Bewusstsein drang, waren der Geschmack seines Mundes, die Hitze seines Körpers und die Härte seines Schwanzes, der in einer wiegenden Bewegung gegen sie stieß und stieß und stieß.

Dann löste er seinen Mund ohne Vorwarnung von ihr, und ein heiserer Fluch entfuhr ihm, und im nächsten Augenblick fand sich Lily auf ihren Füßen stehend wieder. Sie blinzelte wie ein Maulwurf, der plötzlich ans Licht gezogen worden war, lehnte sich mit zitternden Knien gegen die Wand und sah zu ihm auf. »Zach?«

Dann hörte auch sie, was seine schärferen Ohren offensichtlich schon vorher vernommen hatten. Schritte kamen schnell die Treppe hoch. Sie strich sich das Haar zurück und fuhr sich nervös mit den Händen über die Hüften, um ihren Pullover glatt zu streichen. Gleich darauf kam Jessicas zickige Schwester in ihr Blickfeld.

»Ach, hier sind Sie« sagte Cassidy atemlos. »Der Entführer hat gerade angerufen.«

12

Zach stieß einen Fluch aus und lief mit großen Schritten zur Treppe. Was, zum Teufel, war bloß in ihn gefahren? Er war ein erfahrener Stratege, verdammt noch mal. Aber wenn sich seine Schwester in der Gewalt eines Entführers befand und er neben dem Telefon sitzen sollte, oder sich zumindest in der *Nähe* eines Telefons aufhalten sollte, was tat er stattdessen? Er machte mit der kleinen Lily Morrisette herum! Er war wütend, nicht nur auf sich und den Entführer, sondern auch auf sie, weil sie ihn ständig in Versuchung führte.

Und wenn er es recht bedachte ...

Lily war ja nicht diejenige gewesen, die mit der Knutscherei angefangen hatte. Sie war nicht diejenige gewesen, die gesagt hatte: »Ich möchte Sie küssen«, und ihn dann gepackt und gegen die nächstbeste Wand gedrückt hatte. *Dafür trägst du ganz allein die Verantwortung, Alter.*

Ein großer Fehler. Ein großer, *großer* Fehler. Trotzdem hielt sich seine Reue in Grenzen, seine Finger nicht von einer Frau gelassen zu haben, die so verführerisch war wie sie – gleichgültig, wie unverantwortlich das war. Am Fuß der Treppe blieb er kurz stehen, und als er sie hinter ihm die Stufen herunterstöckeln hörte, drehte er sich rasch um.

Im gleichen Augenblick hatte sie ihn schon eingeholt. Sie war etwas außer Atem – zweifellos, weil sie in diesen lächerlichen Schuhen hinter ihm hergerannt war. Zögernd blieb sie eine Stufe über ihm stehen, wodurch sie zur Abwechslung einmal beide fast gleich groß waren, und sah ihn an, mit geröteten Wangen, zerzausten Haaren und zerknirschtem Gesichtsausdruck.

Er umfasste ihr Kinn. »Alles in Ordnung?«, fragte er, und fast gegen seinen Willen strich er mit seinem Daumen kurz über ihre Unterlippe. Sie war weich und feucht.

Sie nickte.

»Gut.« Er ließ sie los, und dann tat er das, was ihn die Jahre beim Militär zu tun gelehrt hatten: Er konzentrierte sich auf die vor ihm liegende Aufgabe und verbannte Lily in die hinterste Ecke seines Bewusstseins. Dann trat er ins Wohnzimmer.

Dort fand er Mrs. Beaumont in einem Zustand der Hysterie vor. Er knirschte mit den Zähnen, denn es wäre ihm lieber, die Entführer merkten nichts von ihrer Panik. Er öffnete den Mund, um sie zur Vernunft zu bringen, schloss ihn aber sofort wieder, als er einen Blick auf das Telefon warf und feststellte, dass er sich die Mühe sparen konnte.

Der Hörer lag fest auf der Gabel.

Er drehte sich um und sah sie an. »Was, zum Teufel, soll das?«

»Ich habe ja versucht, ihn hinzuhalten, bis Sie hier sind«, schluchzte sie. »Ich habe es wirklich versucht!«

»Stimmt, das hat sie«, sagte Cassidy, die soeben hinter Lily in den Raum gekommen war. »Sie hat ihm gesagt, sie sei das Hausmädchen, ausgerechnet!« Sie schüttelte den Kopf, als ginge es über ihr Vorstellungsvermögen, dass sich jemand so weit erniedrigen konnte, dann zuckte sie die Schultern und trat nahe an Zach heran. »Sie hat mich losgeschickt, um Sie zu holen. Und ich kann Ihnen sagen« – sie streckte die Hand aus und strich ihm mit einem Fingernagel über die Brust –, »so schnell bin ich nicht mehr gelaufen, seit … ich bin überhaupt noch nie so schnell gelaufen.« Ihr Finger glitt noch ein kleines Stück tiefer über seinen Waschbrettbauch.

Er packte ihre Hand, bevor sie seinen Hosenbund erreichte, und hielt sie von sich weg. »Lady, stehlen Sie mir nicht meine Zeit.«

Ohne auf den ärgerlichen Gesichtsausdruck zu achten, der an die Stelle ihres verführerischen Lächelns trat, wandte er seine Aufmerksamkeit erneut Mrs. Beaumont zu. Er hatte genug mit seinem eigenen Ärger zu tun, aber er versuchte, ihn zu unterdrücken. Dafür war jetzt keine Zeit. Und wenn er ehrlich war, hatte er den leisen Verdacht, dass er in letzter Zeit ein bisschen zu oft grundlos aus der Haut gefahren war.

Er unterdrückte einen Fluch, dann einen Seufzer und gestand sich ein, dass er die Situation bislang nicht besonders gut in den Griff bekommen hatte. Er hatte so lange Soldaten befehligt, dass er wohl vergessen hatte, dass eine Frau mittleren Alters kein Rekrut war, den man zusammenstauchen konnte. Vor ihm stand eine verzweifelte Mutter, und er hätte es nicht persönlich nehmen dürfen, dass sie die Gefahr, in der sich seine Schwester befand, nicht zur Kenntnis nahm. Schließlich brachte es ihn selbst ja auch völlig durcheinander, dass er sich plötzlich in der Rolle eines Angehörigen des Opfers wieder fand, und er hatte immerhin einige Erfahrung mit den Taktiken, die Entführer anwandten. Wie viel Angst mussten sie ihr erst gemacht haben. Deshalb verkniff er sich die barschen Worte, die ihm auf der Zunge lagen, und fragte stattdessen freundlich: »Sie haben versucht, ihm einzureden, dass Sie das Hausmädchen sind?«

»Ja. Ich habe es wirklich versucht, Zach, aber er sagte: ›Lass das, du Schlampe‹, und gab mir noch andere Schimpfnamen, und dann hat er mich gedrängt, ich solle ihm sagen, wer ich bin. Er hat immerzu wiederholt, was er mit David machen würde, wenn ich ihm nicht endlich sage, wer ich bin, und mit ihm rede – wenn ich nicht genau das tue, was er mir sagt. Und ich war so durcheinander, ich wusste einfach nicht mehr ein noch aus.«

Ihr Gesicht war aschfahl, sie atmete viel zu schnell und zu flach, und Zach trat einen Schritt vor und rieb ihr mit den Händen über die Arme. »Atmen Sie langsam und tief ein und aus, Mrs. Beaumont«, sagte er. »Und jetzt hören Sie mir gut zu. Sie haben Ihr Bestes getan, mehr kann man nicht von Ihnen verlangen. Erinnern Sie sich daran, was ich Ihnen über die Taktiken von solchen Verbrechern erzählt habe. Der Entführer will Sie aus der Fassung bringen, aber wir werden nicht zulassen, dass er damit Erfolg hat. Wir können mit ihm fertig werden, wenn Sie nicht zusammenbrechen.«

Sie sah ihn flehend an, und er sagte mit fester Stimme: »Wir werden David und Glynnis zurückbekommen – das verspreche ich Ihnen. So ist es gut«, lobte er, als sie schließlich einen tiefen, gleichmäßigen Atemzug machte und dann langsam wieder ausatmete. »Atmen Sie. Noch einmal.« Als sich ihr Atem beruhigt hatte und wieder etwas Farbe in ihr Gesicht zurückgekehrt war, hielt er sie auf Armeslänge von sich weg. »Und jetzt erzählen Sie mir so genau wie möglich, worüber Sie geredet haben. Das, was ich schon weiß, können Sie weglassen«, fügte er rasch hinzu, als sie wieder schnell und unregelmäßig zu atmen begann. »Haben wir es beispielsweise ganz sicher mit einem Mann zu tun?«

»Ja, natür…« Sie sah ihn verwirrt an. »Das heißt – ich nehme es an. Er hat nämlich die ganze Zeit über sehr leise gesprochen.«

»Es könnte also auch eine Frau gewesen sein?«

»Ja, aber –« Sie unterbrach sich und machte eine Geste, als sei sie von ihrem Einwand selbst nicht überzeugt. »Ach nein, Sie werden mich für albern halten.«

»Sagen Sie es mir trotzdem.«

»Nun ja … ich hatte einfach das Gefühl, dass es ein Mann war.« Sie wurde rot. »Ich habe Ihnen ja gesagt, dass es albern ist.«

»Nicht unbedingt. Ich bin Soldat, Ma'am; ich würde so etwas niemals unterschätzen. Sehr oft ist eine Ahnung oder weibliche Intuition, oder wie immer Sie es nennen wollen, tatsächlich eine Beobachtung, die man zwar nicht genau begründen kann, unbewusst aber doch gemacht hat. Für den Augenblick werden wir uns also auf Ihr Gefühl verlassen und davon ausgehen, dass unser Entführer ein Mann ist. Hat er irgendwelche Forderungen gestellt?«

Bevor er den Bruchteil einer Sekunde später die manikürte Hand sah, die der älteren Frau eine Tasse Kaffee hinhielt, hatte er schon Lilys Duft wahrgenommen. »Hier, Mrs. Beaumont«, sagte sie. »In der Thermoskanne im Speisezimmer war noch Kaffee. Er ist heiß und stark. Trinken Sie einen Schluck – er wird Ihnen gut tun.«

»Danke.« Mrs. Beaumont legte beide Hände um die edle Porzellantasse. Obwohl sie nicht sofort von dem Kaffee trank, schien ihr die Wärme, die von der Tasse ausging, gut zu tun. Sie starrte einen Augenblick lang wie hypnotisiert ins Leere, dann wandte sie ihren Blick wieder Zach zu. »Er sagte, er will eine Million Dollar. In kleinen Scheinen, nicht größer als Fünfziger.«

»Haben Sie so viel Geld?« Falls nicht, würde er auf sein eigenes Vermögen zurückgreifen, sodass sie die Summe gemeinsam aufbringen konnten.

Sie nickte. »Ja. Aber es wird vermutlich ein paar Tage dauern, so viel flüssig zu machen. Christopher und Richard kennen sich da besser aus als ich.«

»Haben Sie dem Entführer gesagt, dass es ein paar Tage dauert?«

»Ja.«

»Und wie hat er darauf reagiert?« Garantiert hatte er wieder angefangen, die fürchterlichen Dinge aufzuzählen, die er ihrem Sohn antun würde, falls sie das Geld nicht schneller beschaffte. Dem Entführer war daran gelegen, sie in Angst und Schrecken zu halten. Zach hätte schwören können, dass es ein Handbuch gab, das *Die 101 besten Entführungstricks* hieß und empfahl, die Familien der Opfer in ständige Aufregung zu versetzen – selbst wenn die Entführer in neun von zehn Fällen durchaus bereit waren, die erforderliche Zeit zur Beschaffung des Geldes zuzugestehen.

»Er hat mir erklärt, dass er uns fünf Tage gibt, um das Geld zu besorgen.«

»Er hat –« Er brach mitten im Satz ab, um sein Erstaunen nicht zu zeigen, und fuhr dann sanft fort: »Das ist eine gute Nachricht. Ganz ausgezeichnet.«

Warum hatte er dann so ein ungutes Gefühl in der Magengrube?

Wahrscheinlich, weil du von Natur aus ein misstrauischer Kerl bist, Alter. Trotzdem … fünf Tage? Er straffte die Schultern und versuchte, sich einzureden, dass er nicht gleich argwöhnisch werden musste, nur weil diese Sache hier anders lief als sonst.

Doch wenn sein Gefühl sagte, dass hier etwas faul war, musste er darauf hören. Und er würde sich ganz gewiss nicht damit aufhalten, sich vorzumachen, das liege nur daran, dass er bis zum nächsten Anruf des Entführers nicht viel tun konnte.

Er entfernte sich ein paar Schritte von Mrs. Beaumont, dann drehte er sich um und sah sie an. »Sind Richard und Christopher noch hier?«

»Ja, ich glaube schon.«

»Ich will mit den beiden reden.«

Sie wirkte auf eine fast rührende Weise dankbar, etwas zu tun zu bekommen, und ging sofort zum Telefon. Sie nahm den Hörer ab, ließ ihren Finger über eine Reihe von Tasten gleiten und drückte schließlich eine.

Während Zach ihr zusah, fiel ihm zum ersten Mal auf, dass es sich um eine Telefonanlage handelte, wie man sie normalerweise in Büros verwendete. Sehr nützlich in einem Haus von dieser Größe. Sie sprach hastig ein paar Sekunden lang in die Muschel und teilte der Person am anderen Ende mit, dass der Entführer angerufen hatte, dann trennte sie die Verbindung, drückte eine weitere Taste und wiederholte das Ganze. Einen Augenblick später legte sie auf und nickte ihm zu.

»Sie werden sofort herunterkommen.«

Lily brachte ihm eine Tasse Kaffee, und er ging damit zur Terrassentür und sah auf den Garten hinaus, während er daran nippte. Er konnte sich nicht erinnern, wann es angefangen hatte zu regnen, aber jetzt tauchte ein feiner, steter Nieselregen die Welt draußen vor den Fenstern in ein trübes Grau. Er legte sich auf die Stühle auf der Veranda und bildete einen Schleier, hinter dem Klippen und Meerenge verschwanden.

Eine Minute später betrat Richard außer Atem den Raum, und kurz darauf kam Christopher mit Jessica im Schlepptau durch die Tür. Da ihnen ihre Tante am Telefon nur das Nötigste mitgeteilt hatte, informierte Zach sie über die Einzelheiten des Gesprächs mit dem Entführer. Richard machte sich sofort auf den Weg ins Büro, um die Geschäftsbücher herauszusuchen, und Christopher rannte nach oben, um seinen Laptop zu holen. Als die beiden Männer zurückgekehrt waren, setzten sie sich hin, um zu sehen, welche Vermögenswerte des Familienunternehmens zu Bargeld gemacht werden könnten und wie lange das dauern würde.

Zach sah ihnen eine Weile zu, dann begann er im Zimmer herumzugehen und studierte dabei verstohlen die Familiendynamik der Beaumonts.

Offensichtlich waren beide Männer kompetent und erfahren in geschäftlichen Dingen, Christopher schien jedoch eine genauere Vorstellung davon zu haben, welche Vermögenswerte man opfern könnte, und übernahm wie selbstverständlich die Führung. Richard schien keine Probleme damit zu haben, aber Zach fiel es trotzdem auf.

Cassidy saß auf der anderen Seite des Zimmers in einem dick gepolsterten Sessel am Kamin und blätterte in einer Zeitschrift, sie hatte die Beine übereinander geschlagen und wippte nervös mit einem Fuß. Auf der Couch daneben saß Jessica und kümmerte sich um ihre Tante, und was immer sie ihr mit ihrer sanften Stimme auch sagen mochte, es brachte diese dazu, ruhig sitzen zu bleiben.

Und dann war da noch Lily. Sie hatte natürlich nichts mit der Familiendynamik zu tun, aber von allen Anwesenden war sie diejenige, zu der sein Blick am häufigsten wanderte.

Sie lief geschäftig hin und her, und er konnte das Klackern der Steine ihrer Halskette hören, während sie alle mit Kaffee versorgte. Jetzt, da er sie nicht länger mit einem durch Vorurteile getrübten Blick betrachtete, begannen ihm Dinge aufzufallen, die ihm zuvor entgangen waren. Er stellte beispielsweise fest, dass sie, auch wenn sie wie das Spielzeug eines reichen Mannes aussah, eine natürliche Freundlichkeit ausstrahlte.

Als sie Mrs. Beaumont Kaffee nachschenkte, streckte sie die Hand aus und tätschelte der Frau die Schulter. Sie drückte Jessica die Hand, während sie leise mit beiden sprach. Dagegen berührte sie Christopher und Richard überhaupt nicht, als sie sie mit Kaffee versorgte. Sie sprach ein paar Worte mit ihnen, behielt ihre Hände jedoch bei sich.

Noch heute Morgen hätte er angenommen, dass es sich genau andersherum verhalten würde. Andererseits hätte er heute Morgen vermutlich auch angenommen, dass sie wie Cassidy einfach dasitzen und ganz selbstverständlich darauf warten würde, dass ein anderer sich um ihre Bedürfnisse kümmerte. Stattdessen war Lily diejenige, die alle bediente, und es machte ihr offensichtlich nicht das Geringste aus.

Noch mehr Beweise für seine falsche Einschätzung zu erhalten, das war ihm etwa so willkommen wie ein Furunkel am Hintern. Er rieb sich mit den Handballen die Augen, dann ließ er die Arme wieder sinken und sah ihr dabei zu, wie sie den auf einem Tisch verstreuten Zucker in ihre Hand wischte und in den Kamin warf. Eigentlich war er kein Mann, der voreilig unüberlegte Schlüsse zog. Und er war es nicht gewöhnt, im Unrecht zu sein.

Dass ihm in letzter Zeit beides widerfahren war, passte ihm überhaupt nicht.

»Okay, ich glaube, wir haben es«, sagte Christopher, und Zach drehte sich erleichtert zu ihm um. Er würde später über eine angemessene Entschuldigung nachdenken. Zum Kuckuck, vielleicht sollte er sie einfach wieder küssen; das hatte letztes Mal, als er glaubte, seinen Irrtum eingestehen zu müssen, doch ganz gut funktioniert.

Hast du den Verstand verloren? Er unterdrückte mühsam den Drang, seinen Kopf gegen die nächstbeste Wand zu schlagen. *Taylor, Taylor. Du wirst dich gefälligst von der Dame fern halten, bevor sie dir völlig den Kopf verdreht.* Abgesehen davon – bliebe mit einer solchen Entschuldigung nicht alles beim Alten? Allmählich blickte er nicht mehr durch. War er schon wieder auf dem Holzweg oder immer noch?

Erneut machten sich seine Kopfschmerzen bemerkbar – er sollte jetzt nicht länger darüber nachdenken. Er hatte es hier – *Gott sei Dank* – mit einer Situation zu tun, die seine volle Aufmerksamkeit erforderte und mit der er einige Erfahrung hatte. Er ging zu den beiden Männern hinüber, die gerade die Stifte auf den Tisch legten und ihre Stühle zurückschoben. »Haben Sie einen Zeitplan, bis wann Sie das Geld zusammenbekommen?«

»Ja.« Christopher fuhr sich mit den Händen durch die Haare, die einen teuren Schnitt erkennen ließen, und massierte dann mit allen zehn Fingern seinen Nacken. »Wenn ich sofort damit anfange, sollten wir in der Lage sein, innerhalb von vier Tagen das nötige Geld flüssig zu machen. Maximal fünf.«

Zach erstarrte. So, so. Was für ein merkwürdiger Zufall. Das entsprach genau der großzügigen Frist, die der Entführer ihnen zur Beschaffung des Lösegelds zugestanden hatte.

Wirklich sehr merkwürdig. Zach gehörte nicht zu den Männern, die an Zufälle glaubten.

Das Ganze roch für ihn plötzlich nach einem abgekarteten Spiel.

Miguel spurtete durch den Regen zurück zu seinem Auto. Er stieg ein, ließ den Motor an und stellte die Heizung auf die höchste Stufe. Dann schüttelte er sich zitternd wie eine nasse Katze und tropfte dabei das ganze Armaturenbrett nass. *Dios*, war das kalt! Mehr als alles andere – mehr als den Singsang seiner Landessprache, mehr als den Geruch und die Schärfe des Essens – vermisste er die durchdringende Hitze Kolumbiens. Er wollte nach Hause.

Er hatte allerdings nicht vor, wie ein Hund mit eingezogenem Schwanz nach Hause zurückzukehren. Wenn er in sein Dorf zurückkam, würde er es erhobenen Hauptes tun – die Einwohner von Bisinlejo würden nicht einen Mann sehen, der großes Unrecht ungesühnt hinnahm. Nein, sie würden einen Mann sehen, der seine verletzte Ehre rächte.

Allerdings musste zuerst einmal die blonde *puta* das große Haus verlassen.

Er beugte sich über das Lenkrad, wischte mit dem Ärmel über die beschlagene Windschutzscheibe und spähte hinaus. Der Schleier, der ihm die Sicht nahm, lag jedoch nicht nur innen auf den Scheiben. Vor ihm war alles in Grau versunken.

So etwas hatte er noch nie gesehen. Wenn es in Bisinlejo regnete, goss es wie aus Kübeln, der Regen weichte den Boden auf und drückte die Pflanzen nieder, aber dann hörte er genauso plötzlich wieder auf. Man konnte sich darauf verlassen, dass gleich wieder die Sonne hervorkam und die Feuchtigkeit verdunsten ließ, bis nichts mehr davon übrig war außer ein paar vereinzelten Nebelschwaden, die von der Erde aufstiegen. Dieser Regen dagegen – das war ein dichter, feiner Nieselregen, der alles zu durchdringen schien. Er sickerte in jede Ritze und jeden Spalt, und ganz egal, wie sehr man sich gegen ihn zu schützen versuchte, er drang einem bis in die Knochen und ließ die Gelenke vor Kälte steif werden.

Kurz zuvor hatte er eine Packung Cracker hervorgekramt, die er auf der Fahrt hierher an einer der Tankstellen gekauft hatte, und sie zum Frühstück gegessen. Sie waren völlig aufgeweicht, obwohl sie gut verpackt gewesen waren.

Gut, mit dem Regen konnte er leben. Aber nicht damit, dass er die falsche Kleidung dabeihatte, ihm das Essen ausging und seine wenigen noch vorhandenen Vorräte einen nicht gerade appetitlichen Eindruck machten. Zu allem Übel hatte den ganzen Vormittag über niemand aus dem großen Haus auch nur einen Fuß vor die Tür gesetzt, und selbst wenn die Frau des Oberfeldwebels herauskommen sollte, würde sie sein Zähneklappern schon aus weiter Ferne hören und davonlaufen!

Mit plötzlicher Entschlossenheit griff er zum Schaltknüppel, legte den Gang ein und löste die Handbremse. Vornübergebeugt und vorsichtig in alle Richtungen spähend, manövrierte er das Auto aus seinem Versteck und fuhr auf die schmale Landstraße. Da er nicht wusste, was Taylor vorhatte oder wie lange die Aktion dauern würde, musste er damit rechnen, dass er noch eine ganze Weile hier festsaß.

Aber so oder so war es eindeutig an der Zeit, die nächstgelegene Stadt zu suchen und sich ordentlich auszurüsten.

13

Allein in der Küche, schnitt, würfelte und hackte Lily alles, was ihr unter die Finger kam. Die Unruhe, die ihren Körper bis in die Zehenspitzen erfasst hatte, brannte auf ihrer Haut wie ein sich schnell ausbreitender Ausschlag. Sie bekam das Intermezzo mit Zach oben im Flur einfach nicht aus dem Kopf, sosehr sie sich auch darum bemühte.

Wer hätte gedacht, dass ein so sturer und aggressiver Typ mit einer solchen Zärtlichkeit und Zurückhaltung küssen konnte? Zumindest anfänglich. Als er nämlich richtig in Fahrt gekommen war, da …

Ihr wurde heiß. Sie starrte vor sich hin, ohne etwas wahrzunehmen, als sie die paar viel zu kurzen Momente noch einmal durchlebte, das Messer in der einen Hand und die Kartoffel, die sie gerade in gleichmäßige Würfel schneiden wollte, in der anderen. Wieder spürte sie den Hunger, mit dem er sie geküsst hatte, erinnerte sich an seinen langen, harten Schwanz, der sich fest zwischen ihre Oberschenkel drückte, an die Bewegung seiner Hüften und die Hitze, die sie empfunden hatte, als er sich an sie presste und sie damit fast zum Wahnsinn brachte.

Das Messer fiel klappernd auf die Arbeitsplatte. Sie fuhr erschrocken zusammen und griff nach einem Küchentuch, um sich den Schweiß von der Stirn zu wischen, von ihrem Dekolleté, ihrer Unterlippe. Was war nur an diesem Mann, das sie dermaßen faszinierte?

Als sie das letzte Mal Sex gehabt hatte, war noch ein anderer Präsident im Amt gewesen. Sie gehörte nicht zu den Frauen, die sofort mit einem Mann ins Bett gingen, nur weil ihnen sein knackiger Hintern gefiel. Selbst wenn er gut küssen konnte.

Kein Grund zur Sorge also. Sie war nur einer Laune gefolgt, nichts weiter. Wenn sie ihr nicht noch einmal nachgeben würde, würde sie vorübergehen.

Nur …

Wenn es mehr war? Leise stöhnte sie auf. Es schien kaum möglich, aber sie hatte das schreckliche Gefühl, dass sie anfing, ein gewisse Interesse für Zach zu entwickeln. Ein echtes, tiefes Interesse.

Sie versuchte, den Gedanken beiseite zu schieben, da allein die Vorstellung ihr Angst machte. Das durfte auf keinen Fall passieren. Zum einen kannte sie ihn nicht lange genug, und zum anderen – *hör auf, auch nur daran zu denken, verdammt!* – wäre ihr Lebenstraum, sich irgendwo niederzulassen und ein eigenes Restaurant zu eröffnen, gefährdet, wenn sie wirklich etwas für ihn empfände. Das Letzte, was sie wollte, war, sich in irgendeinen Soldaten zu verlieben, dessen Berufsbezeichnung bereits ein Synonym für Wohnungswechsel war. Und davon hatte sie endgültig die Nase voll.

Abgesehen davon musste man einen Menschen gut kennen, um etwas für ihn zu empfinden, und sie hatte nicht die geringste Ahnung, wer Zachariah Taylor wirklich war. War es der Kerl, der so grob und gemein sein konnte und mit ihr redete, als wäre sie irgendein dahergelaufenes Dummchen? War es jener Kerl, der sie küsste, als ginge es um sein Seelenheil und als wäre sie seine einzige Rettung – oder realistischer, als wolle er sie mit sich ins Schattenreich ziehen? Oder war es der Mann, der einen Moment am Fuß der Treppe stehen blieb, um sich zu vergewissern, dass es ihr gut ging?

Vielleicht war er alle drei. In diesem Moment allerdings war er der Mann, der ihr mit seinem Kuss die Sinne geraubt hatte, der, wenn sie ehrlich war, ihre Gedanken beherrschte. Mein Gott, dieser Mund. Dieser unwiderstehliche, erfahrene Mund –

Verflixt und zugenäht, hör endlich auf damit! Sie riss sich die Schürze herunter, suchte ein paar Schüsseln zusammen, füllte das vorbereitete Gemüse hinein und stellte sie in den Kühlschrank. Sie musste hier raus. Auf andere Gedanken kommen. Jetzt sofort.

Ein paar Minuten später und nach einem kurzen Umweg über ihr Zimmer, wo sie ihre Tasche geholt hatte, klopfte sie an Jessicas Tür. Jessica war von Lilys Anblick vor ihrer Tür offensichtlich überrascht, aber da sie gutes Benehmen zu einer Kunst erhoben hatte, überspielte sie es.

»Oh, hallo«, sagte sie und trat einen Schritt zurück. »Kommen Sie rein, bitte.«

Lily schüttelte den Kopf. »Ich will Sie nicht stören. Ich wollte Ihnen nur das da bringen« – sie reichte ihr den Lippenstift, den sie ihr versprochen hatte – »und fragen, wo ich hier in der Nähe einen guten Lebensmittelladen finde. Ich bin gerade dabei, einen Speiseplan zu entwerfen, und habe festgestellt, dass ein paar Dinge in der Küche zur Neige gehen. Vor allem frische Sachen wie Gemüse und Obst und Milch und Eier.«

Jessica nahm sie am Arm und zog sie über die Schwelle. »Ich zieh mir nur schnell ein Paar Schuhe an, und dann fahre ich Sie nach Eastsound.«

»Oh, es ist wirklich nicht nötig, dass Sie –« Lily beendete den Satz jedoch nicht, als sie Jessica in ein gemütlich eingerichtetes Wohnzimmer folgte. Warum sollte sie das Angebot nicht annehmen? Sie konnte Jessicas Hilfe gut brauchen. »Aber – sind Sie sicher, dass es Ihnen nicht zu viele Umstände macht?«

»Überhaupt nicht. Es täte mir sogar gut, ein bisschen rauszukommen.« Sie warf einen unsicheren Blick auf den Lippenstift in ihrer Hand. »Ich werde mir nur schnell die Zähne putzen und ein wenig von dem Lippenstift hier auftragen, und dann können wir fahren. Machen Sie es sich bequem, ich bin gleich wieder da.«

Sie verließ das Zimmer, und Lily sah sich neugierig um, da sie nun die Gelegenheit hatte, herauszufinden, was dem

Raum seine Behaglichkeit verlieh. Sie bewunderte zwei kleine Quilts, die auf einem dunkelblauen Samtsofa lagen, und einen, der über die Lehne eines alten Schaukelstuhls drapiert war, als Jessica zurückkam, ausgehfertig mit Schuhen und Lippenstift und einer kleinen Handtasche. Lily lächelte sie kurz an, dann widmete sie sich wieder den beiden Wandquilts, die sehr viel Kunstfertigkeit bewiesen. »Haben Sie die gemacht?«

»Ja.«

»Mein Gott, Jessica, die sind fantastisch. Und das nennen Sie Ihr kleines Hobby? Es überrascht mich, dass Sie sie nicht verkaufen und Geld damit verdienen.«

Jessica trat neben sie vor die wunderbar gearbeiteten Quilts, die ganz in Blau, Beige und Bronzetönen gehalten waren. Sie betrachtete sie skeptisch. »Glauben Sie wirklich, sie sind so gut, dass ich sie verkaufen könnte?«

»Aber ja! Meine Güte, ich habe Quilts gesehen, die nicht halb so schön waren und Hunderte von Dollars gekostet haben. Haben Sie noch mehr davon?«

Jessica gab einen Laut von sich, der bei einer weniger wohlerzogenen Frau als Schnauben bezeichnet worden wäre, und ging zu einer alten ledernen Schiffstruhe mit Messingbeschlägen. Sie öffnete sie und nahm das oberste Fach heraus, um Lily einen Stapel Quilts zu zeigen, die allein durch ihre Vielfalt an Mustern, Farben und Größen beeindruckend waren.

Lily kniete sich vor der Truhe auf den Boden. Sie zog mehrere Quilts heraus und betrachtete sie begeistert. »Wow.« Dann riss sie einen Moment lang ihren Blick von den Stücken los, um deren Schöpferin anzusehen. »Ich komme mir vor wie Ali Baba in seiner Schatzhöhle.«

Jessicas Wangen färbten sich rot vor Freude. »So schön

finden Sie sie?« Als Lily heftig nickte, fragte sie: »Wollen Sie einen?«

»Sind Sie verrückt? Sie können sie doch nicht einfach verschenken!«

»Aber warum denn nicht? Sie haben mir ja auch einen Lippenstift geschenkt.«

»Der ungefähr fünfzehn Dollar gekostet hat. Dieser Quilt dagegen –«, ihre Hände strichen über einen Quilt mit einem Muster in sattem Rotbraun, Schwarz und Ocker, den sie am schönsten fand, »– der muss mehrere Hundert Dollar wert sein. Vielleicht sogar tausend.«

Jessica grinste. »Das tut meinem Ego gut.«

»Ja? Na, wenn ich schon dabei bin, kann ich Ihnen auch gleich noch sagen, dass Sie mit dem Lippenstift toll aussehen.« Dann lachte Lily. »Okay, das war eben eine Streicheleinheit für mein Ego, weil ich Recht hatte, als ich sagte, dass Ihnen die Farbe ausgezeichnet stehen würde. Trotzdem. Sie haben schöne Lippen – Sie sollten sie immer betonen.«

»Ach, ich weiß nicht.« Jessica lachte ebenfalls, nahm den Quilt, den Lily so bewundert hatte, und hielt ihn ihr entgegen. »Hier, nehmen Sie ihn. Ich glaube, Sie schätzen seinen Wert zu hoch ein, aber selbst wenn Sie Recht haben sollten, dann ist es mir – was hatten Sie gesagt? – mehrere tausend Dollar wert, wenn mir jemand sagt, dass etwas an mir hübsch ist.«

Lily drückte den Quilt an ihre Brust. »Ihr erstes Angebot habe ich ausgeschlagen, aber dieses Martyrium nehme ich nicht noch einmal auf mich. Und glauben Sie bloß nicht, dass Sie dieses Wunderwerk jemals wiederbekommen.« Sie sah Jessica neugierig an, als diese die Truhe schloss und dann mit ihr auf den Flur hinaustrat. »Ihr Ehemann sagt Ihnen doch sicher oft, dass sie hübsch sind.«

»Äh, ja, klar, aber … also.« Sie zuckte die Schultern und blickte etwas unsicher drein. »Gehört das nicht sozusagen zu seinen Pflichten? So etwas steht doch in jedem Handbuch für den guten Ehemann.«

»Keine Ahnung, ich war nie verheiratet. Und ich kenne Ihren Ehemann natürlich nicht gut genug, um es sicher zu wissen, aber, aus dem Bauch heraus gesprochen, er kommt mir nicht wie der Typ Mann vor, der Dinge sagt, die er nicht auch meint.« Lily merkte, dass Jessica die Richtung, die das Gespräch nahm, unangenehm war, daher wechselte sie schnell das Thema. »Lassen Sie mich den Quilt noch schnell in mein Zimmer bringen, und dann fahren wir zum Einkaufen. Gibt es in dem Ort auch Klamottenläden? Ich könnte etwas Wärmeres zum Anziehen gebrauchen als die Sachen, die ich dabeihabe. Wenn wir nicht so übereilt von Kalifornien aufgebrochen wären, dann hätte ich vielleicht Zeit gehabt, mir zu überlegen, dass es hier kälter ist, als ich es gewöhnt bin.«

Da sie auch mit wenig Bargeld losgefahren war, steuerten sie in Eastsound, einem kleinen, malerischen Städtchen, als Erstes einen Geldautomaten an. Sie beschlossen, erst ganz zum Schluss in den Supermarkt zu gehen, damit ihre Einkäufe nicht zu lange ungekühlt im Auto herumlagen, und liefen durch den Nieselregen zur nächstgelegenen Boutique.

Jessica sah erstaunt zu, wie Lily in gerade mal sieben Minuten zwei warme Pullis und eine leichte Regenjacke aussuchte, und ihre Freude an diesem unverhofften Einkaufsbummel schwand ein bisschen. »Das ist ziemlich demoralisierend.«

Lily hielt auf dem Weg zur Kasse inne und warf ihr einen fragenden Blick zu. »Was meinen Sie?«

»Dass es offensichtlich jeder Frau auf dieser Welt in die Wiege gelegt wurde, zu wissen, was ihr steht – außer mir.« Lily zog die Augenbrauen hoch, und Jess deutete auf die Kleidungsstücke, die sie unterm Arm trug. »Alles, was Sie ausgesucht haben, passt perfekt zu Ihnen, und Sie mussten nicht einmal groß darüber nachdenken. Woher wussten Sie so genau, was Sie kaufen sollten?«

Lily zuckte die Schultern. »Ganz einfach, ich habe mir vor langer Zeit überlegt, welcher Farbtyp ich bin und was mir bei meiner Figur am besten steht, und dann blieb ich einfach dabei.«

»Sehen Sie? Ich habe nicht die leiseste Ahnung, welcher Typ ich bin und was mir steht.«

Lily sah sie einen Moment lang an, dann fragte sie: »Wer hat Ihre Wohnung in dem Haus eingerichtet, Jessica?«

Falls dieser Themenwechsel Jessica ein wenig abrupt und seltsam erschien, so ließ sie es sich nicht anmerken, sondern erwiderte höflich: »Ich.«

»Und suchen Sie auch die Stoffe für Ihre Quilts aus?«

»Ja, natürlich.«

»Dann sollten Sie auch dazu imstande sein, herauszufinden, welcher Typ Sie sind. Sie haben einen ausgezeichneten Geschmack.«

Jessica starrte sie einen Moment lang verwundert an. Sie wäre nie auf die Idee gekommen, dass das eine mit dem anderen zu tun haben könnte. Dann blinzelte sie, und ihre Selbstzweifel hoben einmal mehr ihr hässliches Haupt. »Aber das ist doch etwas völlig anderes.«

»Nein, das ist es nicht. Sie haben sich mit ihrer Wohnung eine wunderschöne Umgebung geschaffen. Und jetzt geht es einfach darum, diese Fähigkeit auf andere Dinge zu übertragen, die Kleidung, die Sie tragen, das Make-up, das

Sie verwenden, und die Art, wie Sie Ihr Haar frisieren. Finden Sie heraus, was Ihnen an Ihrem Äußeren gefällt und was nicht, und überlegen Sie sich dann, wie Sie Ersteres betonen und Letzteres kaschieren können.«

Jessica sah sie vollkommen verwirrt an, sie hatte keine Ahnung, was ihr an ihrem Äußeren gefallen sollte und was nicht.

Lily reagierte allerdings nicht so ungeduldig, wie Cassidy es tat, wenn Jessica in Modefragen ein bisschen schwer von Begriff war. Sie sagte einfach: »Nehmen Sie mich zum Beispiel. Ich habe einen großen Busen und viel zu breite Hüften, aber meine Taille ist schön schmal. Ich stehe also vor dem Problem, wie ich meine Taille betonen kann, ohne die Aufmerksamkeit auf meine Hüften zu lenken. Die Lösung ist ganz einfach: möglichst schlichte Kleidung. Ich lasse die Finger von wilden Mustern und genauso von Puffärmelchen, Rüschen und solchen Dingen. Stattdessen wähle ich gerade, schmale Linien und Accessoires, die meine Kurven betonen. Und ich trage gerne hohe Absätze, zum einen, weil ich klein bin und meine Beine dadurch länger wirken, zum anderen, weil sie einfach so verdammt hübsch sind.« Sie grinste Jessica an und zuckte die Schultern.

Jessica begann zu ahnen, wovon Lily sprach, als sie sie zum ersten Mal genauer musterte und dabei feststellte, dass die Figur der Blondine tatsächlich nicht perfekt war. Sie wusste einfach, wie sie den Eindruck vermitteln konnte, sie sei es.

»Darüber hinaus hat meine Haut einen Olivton«, fuhr Lily fort. »Das heißt, ich kann eine Reihe von Farben tragen. Und ich habe gelernt, dass ich auf leuchtende Orangetöne und gelbliches Grün besser verzichten sollte, weil sie meinen Teint fahl erscheinen lassen.« Sie berührte ihre Halskette. »Ich liebe Schmuck, und Sie haben vielleicht schon bemerkt, dass ich nicht zu diesen wind- und wetterfesten Frauen gehöre. Aber ich trage selten Ringe, weil ich mir in meinen Beruf dauernd die Hände schmutzig mache. Ich ziehe sowohl bei der Arbeit als auch in meiner Freizeit gerne Jeans an, und wenn ich sie bügle, sehen sie sogar ziemlich schick aus, ohne dass sie deshalb weniger praktisch oder empfindlicher wären.« Lily führte Jessica zu dem großen dreiflügeligen Spiegel in der Ecke des Ladens und drehte sie mit sanftem Druck, damit sie ihr Spiegelbild betrachten konnte. »Jetzt sind Sie dran.«

Jess musterte sich eine Minute, dann seufzte sie. »Ich bin eine Frau, die sich sowohl gerne im Haus als auch draußen aufhält«, sagte sie leise. »Die meiste Zeit bin ich drinnen, aber ich wandere auch gerne über die Klippen. Ich habe keinen Beruf, nicht einmal einen Job, aber wie Cassidy bin ich ehrenamtlich in einer Reihe von Wohlfahrtskomitees tätig, für die ich ein paar schickere Sachen für tagsüber, aber auch richtige Abendgarderobe brauche.« Dann zögerte sie. Über das zu reden, womit sie sich beschäftigte, fiel ihr leichter, als ihre Vorzüge und ihre Schwachstellen aufzuzählen – besonders da sie den Eindruck hatte, dass ihre Schwachstellen überwogen.

»Sie sind sehr zierlich gebaut«, half ihr Lily.

Ihre Blicke trafen sich im Spiegel. »So kann man es auch sagen. Ich bin spindeldürr.«

»Ach ja? Unterhalten Sie sich doch mal mit den neun von zehn Amerikanerinnen, die ständig mit ihrem Gewicht kämpfen. Die werden Ihnen erklären, wie Leid Sie ihnen tun, weil Sie sich für zu schlank halten.«

»Sie haben leicht reden«, gab Jessica unfreundlich zurück, und der plötzliche Mangel an Benehmen, den sie zeigte, fiel ihr nicht einmal auf. »Sie sind von der Natur ja auch gut ausgestattet worden.«

»Spielen Sie vielleicht auf meinen Busen an?« Lily schnaubte auf. »Dem Problem lässt sich schnell abhelfen. Jeder Wäscheladen um die Ecke hat irgendeine Art von gepolsterten, wasser- oder gelgefüllten Büstenhaltern im Angebot. Vergrößern kann man einen Busen immer, aber werden Sie mal die etwas zu üppigen Kurven los. Solche schlanken Hüften, wie Sie sie haben, werden ewig ein Wunschtraum für mich bleiben. Genauso wenig können diejenigen von uns, die zu klein geraten sind, ein paar Zentimeter zulegen, um solche langen Beine zu bekommen. Sie haben weiß Gott keinen Grund, sich zu beklagen!«

Jessica lachte überrascht auf und musterte sich eingehender. »Okay, ich habe« – sie räusperte sich – »einen zarten Knochenbau. Und lange Beine und schlanke Hüften.«

»Und schöne Lippen.«

»Ja, und schöne Lippen, die mit diesem Lippenstift sehr gut aussehen.« Nachdem ihr bewusst geworden war, dass sie gewisse Vorzüge hatte, wurde sie mutiger. »Ich habe schöne Haut, aber ...« Sie zog an ihrem Pulli. »Diese Farbe steht mir überhaupt nicht, oder?«

»Zu hell«, stimmte Lily ihr zu. »Solche Pastelltöne machen Sie blass. Und etwas mehr auf Figur geschnitten wäre auch nicht schlecht. So was in der Art.« Sie führte Jess zu einem Stapel Chenille-Pullis, die vorne einen Reißverschluss hatten und in der Mitte anders gestrickt waren, sodass sie ein wenig tailliert waren. »Ja, ich denke, das würde Ihnen stehen. Welche Farbe gefällt Ihnen?«

Jessica griff nach einem satten Goldbraun, aber dann ließ sie die Hand wieder sinken. Sie würde darin bestimmt wie ein großes braunes Küken aussehen. Lily zog ihn jedoch aus dem Stapel.

»Ich glaube, dass die meisten Leute genau die Farben schön finden, die ihnen stehen«, sagte sie. »Das trifft natürlich nicht immer zu, aber in der Tendenz schon.« Sie hielt den Pulli an Jessica. »Sehen Sie, Sie haben ein tolles Farbgefühl. Das Braun betont den Schimmer Ihrer Haare und lässt Ihren Teint frisch erscheinen. Probieren Sie ihn doch mal an.«

Als sie ihre nachmittägliche Einkaufstour beendet hatten, war Jessica stolze Besitzerin von zwei neuen Pullovern, neuem Make-up und sogar einem Paar neuer Schuhe. Gegen Letztere hatte sie sich zuerst heftig gewehrt und darauf verwiesen, wie praktisch die Halbschuhe waren, die sie gerade trug.

Lily hatte sie nur mit hochgezogenen Augenbrauen angesehen und gefragt: »Praktisch wofür? Um als Sechzigjährige durchzugehen? Ich sage ja nicht, dass Sie sie wegwerfen sollen, Jess, heben Sie sie für Ihre Wanderungen über die Klippen auf. Und für weniger sportliche Gelegenheiten sollten Sie sich diese entzückenden Ballerinas kaufen. Wenn Sie danach gehen, was praktisch ist, sind Ballerinas die erste Wahl. Überlegen Sie mal: Für jemanden, der gerne barfuß in der Wohnung herumläuft, sind solche Schuhe doch am schnellsten an- und auszuziehen. Gar nicht davon zu reden, wie gut es der Gesundheit tut, hübsch auszusehen. Das baut Stress ab. Ich kann Ihnen versichern, dass zumindest mein Stresslevel merklich gesunken ist, seit Sie etwas anderes als diese klobigen alten Latschen an den Füßen haben.«

Jess lachte und kaufte die Schuhe, insgeheim voller Freude. Sie wusste, dass die paar neuen Kleidungsstücke und eine kurze Unterweisung, wie sie sich schminken sollte, sie nicht automatisch in eine strahlende Schönheit verwandeln würden. Und es würde ihr selbstverständlich nichts von den Sorgen nehmen, die sie sich wegen ihrer Ehe machte. Aber zum ersten Mal in ihrem Leben hatte sie das Gefühl, gut angezogen zu sein. Nicht nur passend oder nett, sondern richtig schick. Und dadurch fühlte sie sich attraktiv. Es war, als wäre ihr plötzlich ein Licht aufgegangen, als hätten die Geheimnisse, über die andere Frauen offensichtlich Bescheid wussten, sich endlich auch ihr enthüllt. Und auch wenn Lily früher oder später zurück nach Kalifornien gehen würde, so war Jessica doch sicher, dass sie bis dahin lernen würde, wie sie ihre Vorzüge betonen konnte.

Und das gab ihr überraschenderweise ein Gefühl von Macht.

Es war schon ziemlich spät, als es an Zachs Tür klopfte, und er sagte leise ins Telefon. »Da ist jemand an meiner Tür.«

»Dann hören wir jetzt besser auf«, gab Rocket sofort zurück. »Und mach dir keine Sorgen. Ich werde mich gleich an die Arbeit machen und die Beaumonts genauer unter die Lupe nehmen.«

»Ich zähl auf dich, Miglionni. Irgendwas ist hier faul, da gehe ich jede Wette ein, und wenn jemand herausfinden kann, was dahinter steckt, dann du.« Sie vereinbarten eine Zeit, wann er wieder anrufen sollte, um sich nach ersten Ergebnissen zu erkundigen, und als Zach auflegte, klopfte es zum zweiten Mal an seiner Tür.

»Komme schon«, knurrte er und öffnete die Tür. »Nur die Ruhe, nur die –« Beim Anblick der Frau, die vor seiner Tür stand, blieben ihm die Worte im Hals stecken.

Denn der letzte Mensch, den er zu sehen erwartet – oder gewünscht – hatte, war Lily.

Und der letzte Ort, an dem er sie sehen wollte, war sein Schlafzimmer.

Aber da stand sie, mit ihren knappen ein Meter sechzig und ihren wahnsinnigen Stöckelschuhen, duftete wie ein Engel und sah aus wie die Fleisch gewordene Sünde. Er wollte sie nicht hereinbitten und hatte bereits den Mund geöffnet, um eine Ausrede vorzubringen – irgendeine –, damit er ihr die Tür vor der Nase zuschlagen und die Gefahr bannen konnte. Aber bevor er auch nur ein Wort über die Lippen brachte, war sie schon an ihm vorbei ins Zimmer geschlüpft. Im nächsten Augenblick stand sie vor seinem Bett. Ihr Anblick rief ihm wieder alle Einzelheiten ihrer Begegnung ins Gedächtnis, die er den ganzen Tag über so tapfer unterdrückt hatte.

Er vergrub seine Hände in den Hosentaschen. »Hallo, komm doch rein«, sagte er mit leiser Ironie in der Stimme. »Fühl dich ganz wie zu Hause.«

Sie drehte sich zu ihm um. »Ich habe nachgedacht.«

»Ach so. Daher riecht es hier so verbrannt.«

Für eine Frau, die sich sonst nichts gefallen ließ, bedachte sie ihn mit einem überraschend nachsichtigen Blick. »Sehr witzig. Brauchst du noch ein bisschen Zeit, um sämtliche Blondinenwitze, die du im Kopf hast, loszuwerden, oder willst du hören, was ich zu sagen habe?«

Er könnte tatsächlich ein bisschen Zeit brauchen, aber nicht, um sein Witzrepertoire zu durchforsten. Die Frau brachte ihn vollkommen durcheinander. Man hatte im beigebracht, höflich zu Frauen zu sein, aber kaum befand er sich in ihrer Gesellschaft, benahm er sich wie die Axt im Wald.

Aber wollte er wirklich wissen, was sie zu sagen hatte? Nein. Er wollte nicht, dass sie sich in sein Leben einmischte, basta. Allerdings sah sie gerade so aus, als würde sie jeden Augenblick einen ihrer hübschen kleinen Finger in seinen Bauch bohren, und er glaubte nicht, dass er es momentan ertragen würde, wenn sie ihn anfasste. Er übernahm keine Garantie für das, was er tun würde, wenn sie ihn berührte – und so etwas zugeben zu müssen war für einen erfahrenen Soldaten ziemlich schlimm. Aber es entsprach der Wahrheit. Ihm blieb nichts anderes übrig, als die in seinem Kopf herumschwirrenden Fantasien, was diese geschickten kleinen Hände alles mit ihm anstellen könnten, zu unterdrücken. Daher nickte er ihr kurz und sachlich zu und sagte: »Entschuldige bitte. Was wolltest du sagen?«

»Dass wirklich jemand die Polizei über die Entführung informieren sollte.«

Damit war jeder Gedanke daran, wie es wäre, sie auf das Bett hinter ihr zu werfen, augenblicklich verflogen.

Endlich. Endlich jemand, der ein bisschen gesunden Menschenverstand bewies. Er bedachte sie mit einem anerkennenden Blick, der dieses Mal nichts mit ihrem Sex-Appeal zu tun hatte. »Da sind wir einer Meinung, Schätzchen.«

»Du findest das also auch?«

»Ja, verdammt. Du hast heute Morgen doch meinen Streit mit – Nein, das war, bevor du runtergekommen bist.« Er zuckte die Schultern. »Jedenfalls habe ich mich mit Mrs. Beaumont deswegen gestritten. Lily, ich bin Soldat – ich glaube an dieses System. Aber Mrs. Beaumont hat nicht nur gedroht, dass sie mich rausschmeißt, wenn ich das FBI gegen ihren Willen hinzuziehe, sie sagte auch, sie würde abstreiten, dass Glynnis und David überhaupt entführt worden sind!«

Lily sah ihn erschrocken an, und er empfand plötzlich ein warmes, herzliches Gefühl für sie. Er trat ein paar Schritte auf sie zu.

»Aber das ist doch vollkommen idiotisch!«, rief sie entrüstet.

»Dem ist wohl nichts hinzuzufügen.« Er konnte kaum glauben, dass er bisher nicht bemerkt hatte, wie intelligent sie war.

»Und was machen wir jetzt?«

»Wir gehen vorsichtig vor. Wir haben fünf Tage Zeit, sie zu überzeugen, und Rocket –« Als er ihre fragend hochgezogenen Augenbrauen sah, unterbrach er sich. »Erinnerst du dich an meinen Freund John Miglionni, der in Laguna Beach vorbeigekommen ist?« In diesem Moment fiel ihm wieder ein, wie Rocket sich ein paar Minuten zuvor am Telefon vor Lachen ausgeschüttet hatte, als er Zach erzählte, dass Lily genau das war, was sie behauptet hatte, und Zach zugeben musste, dass er das mittlerweile selbst herausgefunden hatte. Und als er sich dann noch an sein Benehmen erinnerte, als er die beiden in Laguna Beach einander vorgestellt hatte, ganz zu schweigen davon, wie er und John versucht hatten, sie reinzulegen, machte er sich auf eine scharfe Antwort gefasst.

Aber sie nickte nur. »Klar. Mr. Einfühlsam. Er heißt Rocket?«

»Ja, das war sein Spitzname bei den Marines. Inzwischen ist er Privatdetektiv und überprüft gerade die Zuverlässigkeit der hiesigen FBI-Leute.«

Er erklärte ihr die Gründe für Johns Nachforschungen und tätschelte ihr dabei kameradschaftlich die Schulter.

Großer Fehler. Sie fühlte sich unter seinen Fingern weich und warm an, und es bedurfte größerer Anstrengungen, um seine Hand wieder wegzunehmen. Er rieb sich den Nacken, um das Kribbeln, das die Berührung erzeugt hatte, zu verscheuchen. Er räusperte sich. »Mach dir keine Gedanken, ja? Ob mit oder ohne FBI, ich werde schon dafür sorgen, dass die Sache gut ausgeht.«

Lily blickte ihm in die Augen und blinzelte, als sie feststellte, dass sich seine übliche Wachsamkeit in eine regelrecht onkelhafte Freundlichkeit verwandelt hatte, während auf sie heruntersah. Sie wurde aus diesem Kerl einfach nicht schlau – kein bisschen.

Nein, das lag nicht an dieser Vertrau-mir-ich-krieg-das-schon-hin-Masche – die kannte sie mittlerweile zu gut. Aber heute Morgen hatte er sie geküsst, als wäre sie die tollste Frau im ganzen Universum – und jetzt tätschelte er sie wie einen altersschwachen Hund. Lieber Himmel. Und sie hatte gezögert, ihn in seinem Zimmer aufzusuchen, aus Angst, er könnte das missverstehen. So viel zu Problemen, die es gar nicht gab.

Allerdings war es ziemlich albern, dass sie jetzt ein kleines bisschen enttäuscht war, *weil* es sie nicht gab. Es war schließlich nicht so, dass sie dort weitermachen wollte, wo sie aufgehört hatten. Sie starrte auf die feine Narbe, die seine Oberlippe teilte. Oder doch?

Nein, natürlich nicht. Aber war sie etwa die Einzige, die sich daran erinnerte, wie sie beide vorhin übereinander hergefallen waren?

Einem Impuls folgend, streckte sie ihre Hand aus und legte sie ihm auf die Brust. »Zach«, sagte sie … nur um zu merken, dass sie keine Ahnung hatte, was sie eigentlich sagen wollte.

Aber bevor sie dazu kam, sich das zu überlegen, hatte Zach ihre Hand gepackt und schob sie weg. »Das willst du nicht wirklich«, brummte er. »Oder vielleicht doch. Wie auch immer, du solltest verdammt vorsichtig sein, welche Signale du aussendest, Lily. Ich bin nicht in der Stimmung, mich an der Nase herumführen zu lassen.«

Als sich ihre Augen jetzt trafen, lag in seinem Blick überhaupt nichts Onkelhaftes mehr. Er war sanft und intensiv und ging ihr direkt unter die Haut.

Und plötzlich hatte sie keinen Zweifel mehr, dass er sich an jede Einzelheit ihrer Begegnung erinnerte.

14

Zach erinnerte sich daran, natürlich. Er erinnerte sich an jede einzelne Sekunde. Er sah auf Lily hinunter, auf ihre Rundungen, die ihn ganz nervös machten, und ihre intensiv blauen Augen, die in sein tiefstes Inneres zu blicken schienen, und er konnte sich kaum zurückhalten, sie hochzuheben, auf das Bett zu werfen und sich auf sie zu stürzen.

Verdammt. Er war ein Mann, der sich auf seine Selbstbeherrschung einiges einbildete – was hatte sie bloß an sich, das ihn jedes Mal, wenn sie sich begegneten, fast dazu brachte, eben diese Selbstbeherrschung zum Teufel zu jagen? Um sich davon abzuhalten, Lily einfach zu packen, verschränkte er die Hände hinter dem Rücken und nahm die bewährte Stehen-Sie-bequem-Haltung ein. Aber so einfach würde er sie nicht davonkommen lassen, damit sie ihm weiterhin fröhlich auf der Nase herumtanzen konnte.

»Warum bist du wirklich gekommen?«, fragte er. »Willst du da weitermachen, wo wir aufgehört haben?« *Sag Ja*, dachte er inbrünstig. *Sag einfach dieses kleine Wörtchen, Süße, und ich werde dir mit Freuden nachgeben.*

»Nein, natürlich nicht«, blaffte sie. »Ich habe dir doch gesagt –« Sie hielt inne, schüttelte den Kopf und sah ihn nachdenklich an. Dann zuckte sie die Schultern. »Ich weiß nicht«, gestand sie mit der Aufrichtigkeit, die er allmählich als Teil ihres Wesens zu begreifen begann. »Vielleicht. Ich würde ja gerne behaupten, dass du einen Knall hast, so etwas auch nur zu denken ... aber vielleicht will ich es.«

Seine Hände kamen hinter seinem Rücken hervor, und er machte einen Schritt auf sie zu. Er stand so dicht vor ihr, dass sie den Kopf zurückbiegen musste, um ihm in die Augen sehen zu können. Dass sie nicht zurückwich, erfüllte ihn mit Genugtuung. »Schön«, sagte er mit leiser, vibrierender Stimme. »Das ist nämlich genau das, was ich will. Ich will genau da weitermachen, wo wir aufgehört haben, als wir unterbrochen wurden – und noch weiter. Ich will dich ausziehen und deinen nackten Körper überall berühren. Ich will dich auf dieses Bett legen und dich ablecken, vom Kopf bis zu den Zehen.« Er ließ seinen Blick langsam über ihren Körper wandern, und ein wildes Verlangen erfasste ihn. Zum Teufel mit seiner Selbstbeherrschung, wenigstens für kurze Zeit. Zurückhaltung wurde manchmal wahrscheinlich einfach überbewertet.

Du lieber Himmel, Taylor. Hast du deine fünf Sinne nicht mehr beisammen? »Oder vielleicht« – er sah wieder hoch und hielt ihren Blick fest – »sollte ich dich diese aufreizenden Schuhe, die du immer trägst, anbehalten lassen und dich nur bis zu den Knöcheln ablecken.«

So. Das sollte reichen. Über Lilys Lippen kam nie ein anzügliches Wort, das war ihm aufgefallen, daher würde sie von seinem Gerede bestimmt abgestoßen sein. Und er musste es ihr überlassen, die nötige Distanz zwischen ihnen schaffen, denn er brachte einfach nicht die Willensstärke auf, sich freiwillig die Gelegenheit entgehen zu lassen, sie ins Bett zu bekommen.

Ihre Augen blitzten auf, und ein leiser Seufzer löste sich aus ihrer Kehle. »Vielleicht …« Sie fuhr sich mit der Zunge über die Lippen. Räusperte sich. »Vielleicht solltest du diese Idee weiterverfolgen.«

Zachs allseits bekannte Selbstbeherrschung löste sich in Rauch auf, und im nächsten Augenblick hatte sich seine rechte Hand um ihren Nacken gelegt. Er zog sie an sich, beugte den Kopf vor und presste seinen Mund auf ihre Lippen.

Es war, als würde man Spiritus auf die Reste eines Feuers gießen, das man für erloschen gehalten hatte, während es tatsächlich noch am Glimmen war. Als sich Lilys Lippen unter seinem Kuss öffneten, durchfuhr ein heißer Strom der Lust seinen Körper und ließ das letzte bisschen Verstand, das ihm noch geblieben war, in Flammen aufgehen. Er war nichts als brennende Begierde, als er mit seiner Zunge ihren Mund erforschte, nichts als glühende Leidenschaft, als er spürte, wie sich ihre vollen Brüste gegen ihn pressten, wie sie sich auf die Zehenspitzen stellte und ihre Arme um seinen Hals schlang. Ein rauer Laut drang aus seiner Kehle, und er hob sie hoch, machte zwei große Schritte vorwärts und ließ sich mit ihr auf das Bett fallen.

Rasch drehte er sich so, dass er halb auf ihr lag, legte ein Bein über ihre Oberschenkel und stützte sich neben ihren Schultern mit seinen Unterarmen auf. Er grub seine Hände in ihr seidenweiches Haar und hielt ihren Kopf fest, um sie wieder und wieder zu küssen. Zu seiner Freude erwiderte sie seine Küsse mit Leidenschaft – bis sie einen leisen Laut von sich gab, der eher ängstlich als erregt klang. Besorgt hob er den Kopf und blickte sie an.

Lilys Augen waren geschlossen, die zarte Haut ihrer Augenlider sah weich und verletzlich aus. Einzelne Strähnen ihrer blonden Locken hatten sich um seine Finger gewickelt, und ihr Mund war rot und geschwollen. Scheiße. Er war ungefähr so geschickt wie ein pickliger Fünfzehnjähriger, dem es plötzlich gelungen war, beim heißesten Cheerleader der Stadt zu landen.

»Lily?« Er strich ihr mit dem Daumen langsam über die Wange bis zur Unterlippe. »Alles in Ordnung?«

Lily hatte Mühe, aus dem Strudel sexueller Erregung, der sie erfasst hatte, wieder aufzutauchen, aber die Frage überraschte sie so sehr, dass sie die Augen öffnete und ihn ansah. Seine Augen mit dem dunklen Ring um die hellgraue Iris glühten wie Feuer. Er erwiderte ihren Blick, heiß, erregt … und voller Besorgnis.

O Mann. Wie sollte sie *nichts* für diesen Kerl empfinden, der über der Sorge um ihr Wohlergehen seine eigene Lust vergaß? Es stand außer Frage, dass Zachariah Taylor stur und unnachgiebig sein konnte und dass es gelegentlich schlichtweg unmöglich war, mit ihm auszukommen. Aber zugleich war dieser Mann bis in die Spitzen seiner Kampfstiefel Größe 45 ein Typ, der sich um andere kümmerte. Und mehr als alles andere – mehr als sein muskulöser Körper und sein erfahrener Mund, mehr als sein Hang zu neunmalklugen Bemerkungen und seine gelegentlichen Wutausbrüche – war es das, was sie so anzog.

Wie, zum Teufel, soll ich es also schaffen, nichts für ihn zu empfinden?

Ein kalter Schauer des Unbehagens lief durch ihren erhitzten Körper, aber sie schob dieses Gefühl beiseite. Es war doch kein Verbrechen, Empfindungen zu haben, verdammt noch mal. Das hieß noch lange nicht, dass sie verliebt war oder dass es sich um mehr als eine vorübergehende Affäre handelte. Was auch immer zwischen ihr und Zach passierte, es würde zweifellos zu Ende sein, sobald Glynnis gesund und wohlbehalten nach Hause zurückgekehrt war.

Also warum sollte sie es bis dahin nicht genießen? Spielte es wirklich eine Rolle, dass Affären eigentlich nicht ihr Stil waren? Sie konnte bei Zach ja mal eine Ausnahme machen.

Sie musste den Tatsachen ins Auge sehen – dieser Mann war eine Klasse für sich.

Sie öffnete ihre Lippen und saugte leicht an der rauen Spitze von Zachs Daumen, dann schlang sie die Arme um seinen kräftigen Hals und presste ihren Brüste gegen seine Brust. »Machst du dir etwa Sorgen um mich?«, fragte sie mit einem zarten Lächeln. »So ganz verstehe ich nicht, wie man von ›dich vom Kopf bis zu den Knöcheln ablecken‹ dazu kommt, sich Gedanken …«

»Ich mache mir keine *Gedanken*«, knurrte er. »Aber du hast eben einen Laut von dir gegeben, als ob du – ich weiß nicht – Schmerzen hättest oder so. Ich will dir nicht wehtun oder dich zu etwas drängen, das du nicht willst.«

»Ach Zach, du bist süß.« Und das war er – süß und rücksichtsvoll. Allerdings war es das Letzte, was sie in diesem Augenblick von ihm wollte. Gott sei Dank ließ ihn, wie sie erwartet hatte, allein die Verwendung der Wörter *du* und *süß* in ein und demselben Satz so reagieren, als hätte sie gerade seinen Penis mit den Worten gelobt: »Ist er nicht niedlich?«

»Süß?« Sein Kopf zuckte zurück, und seine Augen wurden ganz dunkel. Er lag jetzt mit seinem ganzen Gewicht auf ihr, und als er seine Hüften gegen sie presste, spürte sie die harte Wölbung in seiner Hose. »Männer sind nicht *süß*.«

Sein Schwanz fühlte sich hart und viel versprechend an, und er traf genau die richtige Stelle zwischen ihren Beinen. Sie konnte gerade noch verhindern, vor Lust aufzustöhnen, aber ihre Stimme klang eher heiser als ironisch, wie sie es gehofft hätte, als sie fragte: »Was dann, verantwortungsbewusst?«

»Ja. Verantwortungsbewusst ist gut. Sehr viel besser jedenfalls als süß.« Er senkte den Kopf und berührte mit seinen Lippen eine empfindliche Stelle hinter ihrem Ohr, dann ließ er seinen Mund über ihren Hals gleiten. »Aber zu dir würde süß passen. Weil du so riechst und so schmeckst.« Seine Lippen kehrten zu ihrem Mund zurück. »O ja, du schmeckst süß«, wiederholte er heiser, bevor er sie erneut küsste.

Lily klammerte sich an seine breiten Schultern und ließ sich von seiner Wärme und seiner Kraft einhüllen, von seinem Mund verführen. Sie besaß gerade noch so viel Geistesgegenwart, sich selbst davor zu warnen, süchtig nach Zachs Küssen zu werden. Sie waren sanft und zurückhaltend, dann wieder heftig und fordernd, und die Gefahr, süchtig nach ihnen zu werden, war groß, vor allem, wenn seine Zunge zart mit der ihren spielte und dann plötzlich bedingungslose Kapitulation forderte, indem er ungestüm jeden ihrer Vorstöße parierte.

Sie wand sich unter seinem Körper, wäre am liebsten in seinem Kuss ertrunken. Sein Geruch umhüllte sie, eine Mischung aus dem Duft der Seife in ihrem gemeinsamen

Badezimmer, dem Waschmittel aus seinem T-Shirt und seinen Jeans und dem kräftigen Moschusgeruch eines erregten Mannes, der von seiner Haut aufstieg. Eine Welle der Erregung brachte Lilys Blut zum Kochen, sie musste seine Haut berühren, musste das Feuer und die Kraft seines muskulösen Körpers spüren, und sie griff nach unten und begann an seinem roten Polohemd zu ziehen.

Sie hatte es ihm gerade aus dem Hosenbund gezogen, als er sich von ihr herunterrollte und halb über ihr aufrichtete, ohne seine Lippen von ihrem Mund zu lösen. Er befreite eine Hand aus ihren Haaren, strich ihr mit den Fingerspitzen über den Hals und zeichnete dann den V-Ausschnitt ihres dünnen Pullovers nach. Lily versteifte sich leicht und erwartete, dass er sich nur noch ihren Brüsten widmen würde. Wenn es um diese speziellen Rundungen ging, vergaßen Männer ihrer Erfahrung nach oft, dass auch noch eine Frau daran hing.

Aber nach dem Intermezzo im Flur hätte sie wissen müssen, dass Zach nie das tat, was man von ihm erwartete. Anstatt nach ihren Brüsten zu greifen oder eifrig an ihren Brustwarzen herumzudrehen wie ein Hobbyfunker, der versucht, einen störungsfreien Empfang herzustellen, schien es ihm völlig zu genügen, mit den Fingern am Ausschnitt ihres Pullovers entlangzufahren. Als sie schließlich tiefer glitten, geschah das so sanft, dass sie den Atem anhielt und ihm ihre Brüste entgegenstreckte. Ihre Brustwarzen richteten sich in ihrem BH auf.

Als er sie einen Augenblick später ihrer bislang einzigen Quelle der Befriedigung beraubte, indem er den Kopf so weit hob, dass er ihren Mund nur noch spielerisch mit seiner Zunge berührte, entfuhr Lily ein enttäuschter Seufzer. Sie richtete sich auf und küsste ihn fordernd, dann nahm sie die Hand, mit der er sie zart streichelte, und legte sie auf ihre Brust.

Die Berührung wirkte auf Zach wie ein elektrischer Schlag. Endlich, davon hatte er geträumt. Vor wenigen Augenblicken, als er gespürt hatte, wie sie sich versteifte, hatte er sich dazu gezwungen, langsam zu machen, aber, *verdammt*, er hatte kaum der Versuchung widerstehen können, ihre Brust zu umfassen. Als er es jetzt endlich tat, fühlte sie sich genau so an, wie er es sich vorgestellt hatte. Sie war fest und rund und machte unter seiner Hand diese wunderbare schaukelnde Bewegung, die der Grund dafür war, dass Männer so auf Brüste standen. Ein heiseres Stöhnen löste sich aus seiner Kehle, und er erwiderte ihren Kuss so heftig, dass ihr Kopf zurück auf das Kissen sank, während seine Finger ihre Brust streichelten. Er drückte sie leicht, um die sanfte Bewegung zu fühlen, und sie versetzte ihn in solches Entzücken, dass es einen Augenblick dauerte, bis er merkte, dass sie ihm mit ihrer Brustwarze fast ein Loch in die Hand bohrte.

Er löste seinen Mund von ihren Lippen und sah auf sie hinunter. »Ich war ein guter Pfadfinder, Lily. Ich war immer geduldig und nie gierig. Aber du hast viel zu viel an, ich will dich nackt sehen.«

Obwohl eine heiße Röte ihren Hals und ihr Gesicht überzog, zog sie frech die Augenbrauen hoch und erwiderte seinen Blick mit der Direktheit, die er von ihr erwartete. »Ich zeig dir meins, wenn du mir deins zeigst.«

»Lollipop, das nenn ich ein Geschäft.«

Er richtete sich auf, hockte sich auf die Fersen und griff nach dem Saum seines Polohemdes.

Als er es sich über den Kopf gezogen hatte, hatte sich Lily bereits von ihrem Pullover befreit, und beim Anblick ihrer golden schimmernden Haut und der atemberaubenden Rundungen in dem weinroten Spitzen-BH entglitt das Hemd Zachs plötzlich erstarrten Fingern. »Mein Gott«, flüsterte er und starrte sie an. »Du bist noch schöner, als ich es mir vorgestellt habe. Und du kannst mir glauben«, fügte er mit einem Lächeln hinzu, als er seinen Blick von ihrem Körper losriss und ihr in die Augen sah, »ich habe viel Zeit damit verbracht, es mir vorzustellen.«

Lily hätte nur ein einfallsloses »Ich auch« stottern können, wenn ihr Mund nicht plötzlich so trocken wie die Sahara gewesen wäre. Stattdessen starrte sie ihn einfach an.

Seine Schultern waren muskulös, er hatte kräftige Arme und einen Waschbrettbauch. Aber es war seine breite Brust, die sie veranlasste, sich an die Kehle zu fassen. Sein Brustkorb war wie aus Marmor gemeißelt. Aber Marmor war kalt, und sie wusste bereits jetzt, dass Zachs gebräunte Haut sich heiß anfühlen würde. Flache kupferfarbene Brustwarzen versteckten sich hinter einem Fächer aus weichen schwarzen Haaren, und Lily verspürte den Drang, die kleinen harten Spitzen mit ihren Zähnen zu suchen und an ihnen zu knabbern. Noch stärker drängte es sie allerdings, zu spüren, wie sich ihre Brüste gegen diese harten Muskeln pressten, diesmal ohne störenden Stoff dazwischen. Sie setzte sich auf, kniete sich vor ihn und griff nach hinten, um den Verschluss ihres BHs aufzuhaken. Während sie die Träger über ihre Arme streifte, rutschte sie auf den Knien über das schmale Stück Betttuch, das sie voneinander trennte.

»Nein, warte«, sagte er. »Warte, Lily. Ich will dich ansehen.«

Aber sie hielt nicht inne, bevor sie ihn berührte, und beide sogen sie scharf die Luft ein, als heiße nackte Haut zum ersten Mal auf heiße nackte Haut traf und ihnen fast die Sinne raubte. Lily legte die Arme um seinen Hals.

Sie spürte, dass Zach zitterte und eine Gänsehaut bekam, aber er sagte kein Wort. Stattdessen senkte er den Kopf und sah auf die Stelle, wo ihre weichen Rundungen sich gegen seine festen Muskeln pressten.

Lily stellte fest, dass es ihr gefiel, ihn dabei zu beobachten. Offensichtlich genoss er den Anblick, da seine Unterlippe etwas Sinnliches bekam und seine Augen zu leuchten begannen. Sie musste nicht erst nach unten blicken, um zu wissen, wie der Kontrast zwischen ihren Brüsten und seinem flachen Körper aussah, zwischen seiner gebräunten Haut und ihrem etwas blasseren Olivton. Sie spürte, wie ihr Busen von seinen Muskeln gegen ihren Brustkorb gedrückt wurde, und bewegte sich leicht hin und her, um ihn an seiner glatten nackten Haut zu reiben.

Zach murmelte etwas Unverständliches und hielt sie fest, um ihre Bewegungen lenken zu können. Als er sie mit weit gespreizten Fingern umfing und mit kreisenden Bewegungen an sich presste, hatte sie ein Gefühl, als sei sie ganz von seinem festen Griff umfangen. Dann spreizte er die Beine ein bisschen weiter, damit sie beide auf gleicher Höhe waren, und dabei strichen ihre Brüste über seinen behaarten Brustkorb, und ihre Brustwarzen wurden vor Hitze fast versengt. Sie bog den Kopf zurück und stöhnte.

»Oh, sieh dir das an«, sagte er heiser, und Lily spürte, wie eine seiner Hände nach vorne glitt. *»Rosa.«*

»Rosa?« Sie konnte keinen klaren Gedanken fassen und sah ihn verwirrt an. »Was ist ros–?« Ein hohes *Ah!* entfuhr ihr, als er ihre linke Brustwarze zwischen Zeigefinger und Daumen nahm und leicht drückte.

»Das«, sagte er, und blickte auf seine Finger, die vorsichtig an der kleinen, harten Knospe zogen. »Ich hatte mich gefragt, welche Farbe deine Brustwarzen wohl haben mögen, und jetzt weiß ich es.« Er warf ihr ein lüsternes Lächeln zu und sah dann wieder auf seine Beute. »Ein wunderschönes Rosa.« Er zog erneut daran und drückte sie dabei leicht, und Lily stöhnte auf.

In Zachs Augen erschien ein feuriges Funkeln. »Ich will dich nackt«, murmelte er und legte sie aufs Bett. »Jetzt.« Mit weit gespreizten Knien hockte er sich neben sie und beugte sich nach unten, um mit Zähnen und Zunge an ihrer Brustwarze zu spielen, während er nach dem Verschluss ihrer Jeans griff. Entgegen seinen Worten zog er sie ihr allerdings nicht sofort aus, nachdem er den Reißverschluss heruntergezogen hatte, sondern ließ seine Hand in die Öffnung gleiten.

Er streichelte ihren Bauch und schob seine Finger unter das Gummiband ihres Höschens. Sie strichen sanft über den flauschigen Streifen Haar auf ihrem Venushügel, bevor sie weiterglitten und er ihn mit der ganzen Hand bedeckte. Er drückte seine Finger dagegen, ließ seine Hand dann noch ein Stück tiefer gleiten und bewegte sie auf und ab. Lily war so feucht, dass seine Bewegungen ein leises saugendes Geräusch verursachten, und ihr Gesicht brannte vor Scham. Doch Zach stöhnte nur lustvoll auf und ließ seine Finger weiter zwischen ihren feuchten Lippen spielen.

»O mein Gott, das ist wunderbar«, sagte er andächtig und schloss die Augen. Er öffnete sie jedoch sofort wieder und sah verzückt auf die Stelle, an der seine Hand in ihrer Jeans verschwand. »Das ist genau das, was ich mir gewünscht habe – zu fühlen, wie heiß und nass du bist.« Er fuhr sich mit der Zunge über die Lippen und sah ihr in die

Augen. »Zu fühlen, wie du dahinfließt.« Seine Finger erforschten genüsslich ihre geheimsten Stellen, und jede Faser ihres Körpers verlangte nach mehr.

Und er gab es ihr ... aber gerade als sie heftiger zu keuchen begann und ihm ihre Hüften in höchster Erregung noch weiter entgegenstreckte, zog er seine Hand zurück. »Ich will dich nackt unter mir liegen haben«, sagte er und zerrte an ihren Jeans.

»O nein!« Wie konnte er sie so kurz vor dem Höhepunkt einfach hängen lassen! Aber folgsam hob sie ihren Hintern, damit er ihr die Jeans ausziehen konnte. »Du bist ein richtiger Macho. Was ist, wenn *ich* oben sein will?«

»Dann kletter rauf, Schätzchen, und zeig mir, wie du es magst.« Er grinste sie an. »Wenn du oben sein willst, dann wirst du eben oben sein. Wenn du unten liegen willst, kannst du deine Beine um meine Taille schlingen oder deine Füße auf meine Schultern legen. Magst du es lieber von hinten, dann werde ich diese wunderbaren Hüften packen und es dir von hinten besorgen. Die Stellung ist mir egal, meine Süße, solange du mich nur reinlässt.« Er zog ihr die Jeans über die Beine, kam aber nicht weiter, als sie an ihren Stöckelschuhen aus Krokodillederimitat hängen blieben. Es war unmöglich, die Hosenbeine über die Schuhe zu ziehen.

»Verdammt«, murmelte er. »Schätze, ich muss sie dir wohl doch ausziehen. Da geht sie hin, meine Fantasie.« Er löste die Riemchen um ihre Fesseln und streifte die Schuhe von ihren Füßen.

Lily lachte, schüttelte die Jeans ab und setzte sich auf, sie hatte jetzt nur noch einen winzigen weinroten Slip an. »Ich hätte da einen Vorschlag«, erklärte sie. »Ich zieh sie wieder an, wenn du dafür aus Gründen der Gleichberechtigung deine Hose ausziehst.«

Er stand sofort auf. »Finde ich gut, wie du denkst.« Er sah ihr zu, als sie die Schuhe wieder anzog und die Riemchen schloss, während er rasch aus seiner Hose stieg. »Wahrscheinlich hast du das schon unzählige Male gehört, aber du hast einfach einen umwerfenden Körper.«

Sie strahlte und verspürte nicht einmal wie sonst den Drang, ihre Mängel aufzuzählen. Stattdessen schenkte sie ihm einfach nur ein bezauberndes Lächeln. »Danke.« Ihr Blick folgte seinen Händen, die sich unter den Gummizug seines Slips schoben und ihn über seine Hüften streiften, und sie musste blinzeln. Dann blinzelte sie noch einmal. Und fuhr sich mit der Zunge über die Lippen.

»Wow«, sagte sie leise.

Er grinste sie an. »Ebenfalls danke. Ich spiele zwar nicht in Rockets Liga, aber ich kann dir versichern, dass ich noch niemals Klagen gehört habe.«

Als sie dieses Mal blinzelte, geschah es aus Verwirrung. »Du spielst nicht in der Krocket-Liga?«

»Nein, nicht in *Rocket*s –« Er grinste erneut und schüttelte den Kopf. »Vergiss es. Es ist nicht wichtig.«

»Warte mal, sprichst du von deinem Freund John? *Diesem* Rocket?«

»Ja.«

Sie starrte seinen Penis so lange an, bis er zu zittern begann. Zachs Hand wanderte nach unten und hielt ihn fest. Dann sah sie ihm die Augen. »Also ich weiß nicht, General. Wenn ein Kerl vor mir stünde, der noch mehr vorzuweisen hätte als du, würde ich wahrscheinlich die Flucht ergreifen. Das müsste ein tödliches Geschütz sein.«

Verdammt. Mit einem Satz war er auf dem Bett und packte sie. Vor Überraschung prustete Lily los, und Zach musste ebenfalls lachen, während er sich mit ihr herumrollte, bis sie schließlich gefährlich nahe am Bettrand zu liegen kamen. Eine solche Verspieltheit kannte er nicht. Er war an heißen, puren Sex gewöhnt, bei dem es darum ging, ohne Umschweife ans Ziel zu kommen. Er hätte nie gedacht, dass es dabei auch lustig zugehen könnte. Aber das hier war lustig. Und als Lily, die auf ihm lag und ihre Finger in seine Brusthaare krallte, schließlich den Kopf hob und ihn grinsend ansah, als habe sie soeben einen Löwen erlegt, war Zach plötzlich glücklicher als seit Jahren. Einen kurzen Augenblick lang verursachte ihm diese Erkenntnis Unbehagen. Weil es sich nicht auszahlte, sich an andere Menschen zu binden.

Doch dann schüttelte er diesen Gedanken ab und sagte sich, dass er sich nicht wie ein Idiot benehmen sollte. Himmel, er war glücklich, und es war ewig her, seit das das letzte Mal passiert war. Kein Wunder, dass er es genoss.

»Du machst dich gut da oben«, sagte er und ließ seine Hände über Lilys weiche Schultern und über ihren Rücken gleiten, ließ sie kurz auf ihrer wunderbar schmalen Taille verweilen, bevor er sie um ihre in Spitze gehüllten Pobacken legte. Ihr voller, blasser Busen mit den rosafarbenen Brustwarzen lag warm und schwer auf seiner Brust. Dann nahm er ihr zartes Gesicht in beide Hände und vergrub die Finger in den weichen Haaren in ihrem Nacken. »*Verdammt* gut.« Er strich mit den Daumen über ihre geröteten Wangen und zog sie mit sanfter Gewalt zu sich herunter. Er hob den Kopf, um ihr auf halbem Weg entgegenzukommen, und küsste sie voller Verlangen, und das Feuer zwischen ihnen, das kurz in sich zusammengesunken war, loderte erneut hell auf.

Normalerweise war er ein Meister des langen Vorspiels, aber er wollte in ihr sein – und zwar jetzt. Zu seinem Glück schien Lily dasselbe zu empfinden, denn als er mit der Spitzes seines harten Schwanzes die nur von einem Hauch Spitze bedeckte feuchte, heiße Stelle zwischen ihren Beinen berührte, presste sie sich dagegen. Und als sie den Kopf hob und ihn ansah, war ihre Lippen geschwollen, und ihre blauen Augen glühten vor Lust.

»Ich glaube, ich kann nicht länger warten«, flüsterte sie. »Hast du was da?« Sie wand sich auf ihm hin und her. »Ich will … O Mann, Zach, ich will –«

»Befriedigung«, sagte er. »Ich weiß. Ich auch.« Er hielt sie fest und beugte sich über den Bettrand. »Kommst du an die Nachttischschublade?« Er sog heftig die Luft ein, als sie sich danach streckte und dabei ihre Brustwarzen über seine Brust streiften. Dann öffnete sie die Schublade. »Großartig. Da ist irgendwo ein –«

»Hab's schon.«

Ihre Hand tauchte mit einem kleinen Päckchen wieder aus der Schublade auf, und sofort rutschte er mit ihr in ihre vorherige Stellung zurück. Die Hände um ihre schmale Taille, zog er sie nach oben, bis sich eine ihrer rosigen Brustwarzen direkt über seinem Mund befand. Er hob den Kopf und biss zart hinein.

Sie schrie auf und ließ das Kondom fallen. Während er sich damit vergnügte, den leichten Schmerz, den er ihr verursacht hatte, mit der Zunge wegzustreicheln, fischte sie nach dem Kondom und riss das Päckchen mit den Zähnen auf. Sie griff hinter sich und tastete blind herum, bis ihre Hand schließlich seine Schwanzspitze berührte.

Als sie sie in die Hand nahm, war es an ihm, einen leisen Schrei auszustoßen. Seine Lippen öffneten sich und gaben die Brustwarze frei, und Lily richtete sich auf und setzte sich rittlings auf seinen Bauch. Im nächsten Moment war sie von ihm heruntergeklettert, als würde sie von einem Pferd steigen, und kniete neben ihm, um das Kondom über seinen Penis zu rollen. Er sog die Luft scharf durch die Zähne ein, was nicht allein an der Berührung ihrer geschickten Hände lag, sondern auch an dem, was sich seinen Augen bot.

»Bist du ganz sicher, dass du oben sein willst?«, fragte er und biss die Zähne zusammen, als sie ihren Griff verstärkte. Er reckte sich ihrer Berührung entgegen.

Sie schien sich nur schwer vom Anblick seines steifen Schwanzes, der sich in ihrer Faust auf und ab bewegte, losreißen zu können. »Hm?«. Doch dann blinzelte sie, schüttelte kurz den Kopf und lächelte ihn an. »Nein.«

»Gut.« Mit ein paar wenigen gekonnten Bewegungen hatte er sie unter sich liegen. »Dann wollen wir mal meine Fantasien befriedigen.« Er deutete auf seine Schultern. »Lass mich deine hübschen Schuhe hier oben bewundern.«

Sie lachte und machte Anstalten zu gehorchen, aber bevor sie so weit kam, griff er unter sich.

»Ups – da habe ich doch glatt was vergessen«, sagte er und zog ihr den Slip runter. Er warf ihn über seine Schulter, dann sah er auf das hinunter, was er soeben enthüllt hatte, und lächelte. »Und ich dachte, du bist eine echte Blondine.«

»Bin ich auch«, entgegnete sie und sog dann scharf die Luft ein, als sein Daumen in den weichen, feuchten Spalt glitt und hin und her rieb. »Eine echte Blondine L'Oréal Nummer zehn, Platineclair, Goldreflex«, teilte sie ihm leicht außer Atem mit. Dann begann ihr Blick zu verschwimmen. »O mein Gott, Zachariah. Oh. Mein. *Gott.*«

Er deutete erneut mit der freien Hand auf seine Schulter, und es erfüllte ihn mit Befriedigung und einer Art Besitzerstolz, als sie die Beine sofort nach oben schwang, um ihre Füße auf seine Schultern zu legen. Er umfasste ihre zarte Fessel und drehte den Kopf, um sie auf die Innenseite zu küssen. Dann zog er widerwillig die Hand zurück, mit der er sie zwischen den Schenkeln gestreichelt hatte, nahm seinen Penis und platzierte ihn dahin, wo er ihn haben wollte. Er beugte sich vor und drang mit sanftem Druck langsam in sie ein, bis er ganz und gar von ihrer feuchten, heißen, engen Höhle umschlossen war. Ein lustvolles Kribbeln lief über seine Haut, als er dort kurz verharrte. »Das fühlt sich toll an.«

»O mein Gott. Das kann man wohl sagen.« Sie bewegte sich vorsichtig. »Du bist. In mir drin. Ganz tief drin. Und das fühlt sich *groß*artig an. Abgesehen von –«

Er hob seine Hüften ein kleines Stück und senkte sie dann wieder ein bisschen. »Abgesehen von?« Hob sie und senkte sie wieder.

»Abgesehen davon, dass du viel zu weit weg bist. Ich will dich halten.«

Er ließ sich nach vorne fallen und stützte sich links und rechts von ihren Schultern mit den Händen ab. Dadurch drang er noch tiefer in Lily ein, und sie stöhnte, als ihre Beine über seine Arme rutschten und an seinen Ellbogen hängen blieben. Sie fasste nach oben und verschränkte ihre Finger in seinem Nacken. »Oh, bitte«, murmelte sie. »Zach, bitte.«

Und er begann, kräftiger und schneller zu stoßen. Tief aus Lilys Kehle drangen keuchende Laute, und ihre hochhackigen Schuhe wippten mit jedem Stoß seiner Lenden. Zach sah auf sie hinunter, und sie erwiderte seinen Blick mit vor Lust verschleierten Augen. »Himmel«, murmelte er und senkte den Kopf, um ihre Lippen mit einem Kuss zu verschließen. Sie erwiderte seinen Kuss gierig und grub ihre Fingernägel in seine Schultern. Dann wurde ihr Stöhnen lauter und höher, und sie drängte sich seinen Stößen entgegen. Plötzlich versteifte sich ihr ganzer Körper, dabei hoben sich ihre Hüften, und er spürte, wie sich tief in ihrem Innern etwas zusammenzog, um seinen Schwanz presste und heftig daran saugte.

Er riss seinen Mund von ihren Lippen los und warf den Kopf zurück. Und dann rief er ihren Namen, während er ein letztes Mal kraftvoll zustieß, und jede Faser seines Körpers begann zu glühen und zu vibrieren, als stünde sie unter Strom, und er kam.

Und kam.

Und gleichzeitig spürte er ihren Höhepunkt, während er immer weiter kam.

Bis er schließlich völlig erschöpft und mit einem Gefühl, als sei er nach einer langen Irrfahrt endlich nach Hause zurückgekehrt, auf ihr zusammensank.

15

Lilys Arm rutschte von Zachs Hals und plumpste auf die Matratze. Ihm folgten ihre Beine, als sie von Zachs Schultern glitten, und sie lag matt und erschöpft da. *So fühlte sich also richtig guter Sex an.* Sie wollte nichts weiter als einfach daliegen und das Gewicht von Zachs reglosem Körper spüren – bis ihr plötzlich auffiel, dass sie ihn nicht atmen hörte, und sie war sie sich auch keineswegs sicher, ob das sein Herzschlag war, den sie da spürte, oder nicht doch ihr heftig klopfendes Herz. Unter Aufbietung aller

Kräfte hob sie die rechte Hand und tätschelte seinen schweißbedeckten, muskulösen Rücken. »Lebst du noch?«

»Weiß nicht«, murmelte er in ihre Halsbeuge. Aber eine seiner Hände bewegte sich und streichelte sie von der Achsel bis zur Hüfte und wieder zurück. »Vielleicht bin ich auch gestorben und befinde mich jetzt im Himmel.«

Na, wenn das alles ist. Ich dagegen habe mich vielleicht verliebt –

Nein. Erschrocken ließ sie die Hand sinken. *Das ist nicht wahr, also denk so etwas nicht einmal.* Sie hatte einfach nur Sex gehabt, von dem sie vorher nicht einmal zu träumen gewagt hätte. *Das darf man nicht mit Liebe verwechseln.*

Aber es war schwer, nicht in Panik zu geraten, besonders weil Zach, der offensichtlich ihre wachsende Anspannung spürte, nun auch noch den Kopf hob, um sie anzusehen, und fragte: »Geht's dir gut?«

»Ja. Klar. Es ist nur … du bist ein bisschen schwer, und ich, äh, ich muss aufs Klo.« *O Mann, was für eine Lügnerin du doch bist. Ganz zu schweigen davon, wie feige.* Trotzdem war sie erleichtert, als sich Zach von ihr herrunterrollte. Sie rutschte zur Bettkante, dann setzte sie sich mit dem Rücken zu ihm auf und holte ein paar Mal tief Luft, um wieder zu sich zu kommen. Als er plötzlich mit dem Finger an ihrem Rückgrat entlangstrich, schaffte sie es gerade noch, nicht wie eine aufgescheuchte Katze in die Luft zu springen. Stattdessen warf sie ihm über die Schulter ein Lächeln zu, das etwas unbestimmt geriet, weil sie ihm dabei nicht in die Augen sah.

»Bin gleich wieder da«, murmelte sie in seine Richtung und erhob sich. Sie zog die Überdecke vom Bett, wickelte sich hinein und stolperte ins Bad.

Einen Moment später schloss sie die trennende Tür hinter sich. Sie stützte die Hände auf das Waschbecken und starrte in das besorgte Gesicht, das ihr aus dem Spiegel entgegenblickte. »Ich werde mich nicht verlieben«, schwor sie sich mit leiser Stimme. »Ich werde mich *nicht* verlieben!«

»Hast du was gesagt?«, rief Zach.

»Nein, vielmehr, ja, aber ich spreche nur mit mir selbst.«

Sie hörte ihn lachen und sah wieder in den Spiegel. *Mein Gott.* Sie sah in ihre weit aufgerissenen Augen. *Ich bin im Begriff, mich zu verlieben.*

Das war furchtbar. Wenn sie sich schon verlieben musste, warum dann ausgerechnet in diesen Mann? Eine schlimmere Wahl konnte sie nicht treffen – es war bei weitem die schlimmste.

Entschlossen reckte sie das Kinn in die Höhe. *Wo lag eigentlich das Problem? Die Antwort war doch ganz simpel: Tu's nicht … Verlieb dich einfach nicht.* Ein bisschen Distanz, ein bisschen Abwechslung, und sie würde darüber hinwegkommen. Das Ganze war wahrscheinlich nichts weiter als eine reflexartige Reaktion auf den tollen Sex.

Oh, Lily, bitte. Sie atmete tief aus. *Lüg Zach an, wenn es sein muss. Aber belüg dich nicht selbst.*

Sie hatte früher auch guten Sex gehabt. Vielleicht war er nicht so überwältigend gewesen wie der, den sie gerade mit Zach gehabt hatte, aber doch ziemlich gut. Aber damals hatte sie nicht gleich gedacht, dass sie verliebt war, nur weil sie sich gut fühlte.

Andererseits hatte sie auch nie versucht, sich einzureden, dass sie für den aktuellen Mann in ihrem Leben nichts empfand. Bis sie Zach kennen gelernt hatte, hatte sie zu Beginn jeder ihrer letztlich immer recht kurzen Beziehungen gedacht, dass sie Zukunft hätten. Und wenn ihr das nicht zu denken gab, dann war ihr wirklich nicht mehr zu helfen.

Sie hatte Angst, dass es dieses Mal wirklich etwas Ernstes war. Sie wusste zwar nicht, warum, aber so war es nun mal.

Die Frage war nur, was sollte sie dagegen tun?

Selbst wenn er ihre Gefühle erwidern sollte – und besah man es genauer, war das ein ziemlich großes Wenn –, war sie dann bereit, ihren Traum von einem eigenen Restaurant aufzugeben, nur um mit einem Soldaten durch die Lande zu ziehen?

Nein. Sie straffte die Schultern, ließ die Decke fallen und nahm ihren grünen Satinmorgenmantel von dem Haken an der Tür. *Jetzt sei mal einen Moment lang realistisch.* Liebe war ja eine schöne Sache, aber egal, was einen die Pop-Songs glauben machen wollten, sie war nicht unbedingt die Lösung aller Probleme. Den Traum von einem eigenen Restaurant hegte sie schon ihr ganzes Leben … und das war nicht einfach ein Ziel, das man so mir nicht dir nichts aufgab. Abgesehen davon, dass sie mit ihren Eltern lange genug alle paar Monate umgezogen war und keine Lust hatte, wieder damit anzufangen.

Zach würde vermutlich sowieso in Panik geraten, wenn er wüsste, dass sie eben dabei war, eine Entscheidung über ihre gemeinsame Zukunft zu treffen. Die Chancen standen gut, dass Zach gründlich darüber nachgedacht hatte, ob sie nicht gleich die Hochzeitsglocken läuten hören würde, wenn er mit ihr ins Bett ging. Und da sie schon lange niemand mehr für ein Kind halten konnte, das mit unschuldigen Augen in die Welt schaute, war er bestimmt zu dem Schluss gekommen, dass sie alt genug war, das Spiel zu kennen – dass man ihr also zutrauen konnte, keine Luftschlösser zu bauen, nur weil sie beide gerade eben der Anziehung nachgegeben hatten, die zwischen ihnen bestand, seit sie sich das erste Mal gesehen hatten.

Sie zupfte an ihren Haaren, um sie in eine gewisse Form zu bringen, und richtete sich so gerade wie möglich auf, dann zog sie den Mantel enger um ihre Taille und band den Gürtel fest. Sie musste zurück, bevor er sich fragte, was sie hier drin eigentlich trieb. Alles, was sie momentan tun konnte, war, den Dingen ihren Lauf zu lassen und von Augenblick zu Augenblick zu leben, wenn nicht mehr zu haben war.

Nur, bitte, lieber Gott, lass nicht zu, dass ich mich verrate. Unter dem plötzlichen Ansturm von Gefühlen kam sie sich schutzlos und verwundbar vor, und sie wollte nicht wie eine Idiotin dastehen. Das war das Einzige, was sie vermutlich nicht ertragen könnte.

Zach lag auf der Seite und hatte einen Arm unter seinen Kopf geschoben, als sie zurückkam. Sobald er sie sah, stützte er sich auf den Ellbogen. »Geht's dir gut?«

»Ja, klar. Absolut.« Sein besorgter Ton machte es ihr leicht, ihm zuzulächeln. Er wirkte so stark und dunkel unter dem weißen Laken, das ihm bis zur Taille gerutscht war. Für einen so harten Kerl war er ziemlich besorgt um ihr Wohlergehen.

Als ob er Angst hätte, dass sie seine Besorgnis missverstehen könnte, zogen sich im nächsten Moment seine Augenbrauen zusammen. »Hör mal, Lily, ich finde, wie sollten darüber reden, was –«

Scheiße. Sie trat schnell zum Bett, ließ sich neben ihn sinken und legte ihre Finger auf seine Lippen. Das Letzte, was sie jetzt glaubte, ertragen zu können, war dieses Es-hat-Spaß-gemacht-aber-wir-wollen-die-Realität-dochnicht-aus-den-Augen-verlieren-Gerede. »Du musst dir keine Gedanken machen, dass ich zu viel von dir erwarte«, versicherte sie ihm mit sanfter Stimme. »Wir sind beide erwachsen, und ich weiß, das einzig Wichtige für dich ist im Augenblick, dass Glynnis und David zurückkommen. Alles andere hat keine Bedeutung.«

Er schlang seinen Arm um ihre Hüfte und zog ihre Finger von seinen Lippen. »Du brauchst nicht zu glauben, dass mir das eine Mal gereicht hat«, sagte er heiser.

Lily fand es ziemlich traurig, dass sein offenkundiges Verlangen nach mehr sie wieder entflammte wie eine Wunderkerze an Weihnachten. Guter Gott, vielleicht hieß das ja, dass sie ihm bereits verfallen war? Aber sie zwang sich, leichthin zu sagen: »Gut. Denn mir geht es nicht anders, was dich betrifft.«

»Dann kannst du darauf wetten, dass es nicht das letzte Mal war«, sagte er. »Nur –«

»Ich weiß«, unterbrach sie ihn sanft, weil sie merkte, dass sie es nicht ertragen würde, sich seine Vorbehalte anzuhören. Nicht gerade jetzt, wo all diese neuen Gefühle auf sie einstürmten. »Du musst Glynnis retten, und ich … nun, ich will endlich mein Traumrestaurant eröffnen. Ich verstehe es also, okay?«

»Ja«, sagte er leise, und der tiefe Ton seiner Stimme verursachte ihr eine Gänsehaut vom Nacken bis zum Hintern. Er packte sie an der Taille, zog sie mit eine raschen Bewegung neben sich aufs Bett und beugte sich über sie. »Ja«, wiederholte er und sah mit seinen intensiven hellen Augen mit dem dunklen Ring um die Iris auf sie hinunter. »Okay.«

Als wieder nur das Besetztzeichen ertönte, musste Zach sich zusammenreißen, um den Hörer nicht frustriert auf die Gabel zu knallen. Stattdessen legte er mit erzwungener Ruhe auf und starrte dann zum ungefähr hundertsten Mal zur Tür des Badezimmers, das sein Zimmer mit dem von Lily verband. Es war ein verdammtes Glück, dass sie unten war und das Frühstück für alle zubereitete, dachte er, weil er sonst garantiert einen Streit mit ihr angefangen hätte.

Der Gedanke ließ ihn innehalten. *Mann, Taylor, was ist nur los mit dir? Die letzte Nacht war unglaublich – sie hat dir alles gegeben, wovon du nur träumen konntest, und offensichtlich auch selbst ihren Spaß daran gehabt. Warum bist du dann sauer?* Er fuhr sich mit beiden Händen durch die Haare. Er war nicht so eingebildet zu glauben, dass eine gemeinsame Nacht, egal, wie toll sie gewesen war, sie dazu bringen würde, ihm ewige Liebe zu schwören. Aber war das zwischen ihnen beiden nicht etwas ganz Besonderes gewesen? Und hatte sie es nicht ziemlich eilig damit gehabt, es wieder zu zerstören?

»Mist!« Er nahm seine Hände aus seinen Haaren und strich sich über die Stirn. Was war nur los mit ihm? Sie hatten es die ganze Nacht wie die Karnickel miteinander getrieben, und er sollte erleichtert sein, dass er ihr nicht erst sagen musste, sie solle nicht den ganzen Gefühlsschrott von ihm erwarten, den die meisten Frauen offenbar hören wollten. Warum war es dann wie eine kalte Dusche für ihn gewesen, als sie sich so distanziert zeigte? Mann, sie hatte ihm die beste aller Welten eröffnet. Sie hatte ihm ihre Lippen geboten und ihren wundervollen Körper, sie war reizend und süß gewesen, und zwar ohne das ganze idiotische und kitschige Getue, das normalerweise damit einherging. Er sollte –

Quatsch, nichts sollte er. Er seufzte noch einmal auf,

dann wandte er sich wieder dem Telefon zu, nahm den Hörer und wählte Coopers Nummer. Dieses Mal ertönte am anderen Ende der Leitung das Freizeichen.

Beim dritten Mal wurde abgehoben. »Ja?«

»Coop, ich bin's, Zach.«

»Hallo, Midnight, wie ist die Lage? Diese ganze Warterei geht ziemlich an die Nieren, oder?«

Schlimmer wär's ohne Lilys wunderbare Ablenkung gewesen. Kaum war ihm der Gedanke durch den Kopf geschossen, wischte er ihn ungeduldig beiseite. »Ist schon okay. Ich, äh, ich habe mich gefragt, ob ich dich und John um einen Gefallen bitten könnte.«

»Klar. Schieß los.«

»Der Entführer hat gesagt, dass wir am Samstag wieder von ihm hören werden. Könnt ihr beide mir Unterstützung leisten, wenn ich ihn mir schnappe? Ich könnte die Hilfe von Leuten gebrauchen, denen ich vertraue – ein bisschen Rückendeckung, von der keiner in diesem Gemäuer etwas weiß.«

Einen Moment herrschte Schweigen am anderen Ende der Leitung, und Zach, dem es schon nicht behagt hatte, überhaupt fragen zu müssen, sagte steif: »Natürlich nur, wenn es kein Problem für euch ist.«

»Nein, keineswegs. Ich überlege nur, was ich Ronnie sagen soll –«

Was er Ronnie sagen sollte? Das erste Mal an diesem Vormittag verzogen sich Zachs Lippen zu einem Lächeln. »Der Iceman muss sein kleines Frauchen fragen, ob er raus zum Spielen darf? Sag mir, dass das nicht wahr ist, Blackstock.«

»Ist es ja auch nicht«, kam die Antwort wie aus der Pistole geschossen. Dann lachte Coop. »Mist. Wenn ich aus deinem Mund jemals was von Abhängigkeit hören sollte, dann kriegst du eins auf die Mütze, Freundchen. Aber ich kenne Ronnie, sie wird mitkommen und uns helfen wollen. Und das will ich vermeiden.«

Zach war verwirrt. »Was glaubt sie, ausrichten zu können, was drei gut ausgebildete Marines nicht zustande brächten?«

»Was weiß denn ich, aber sie wird trotzdem helfen wollen. Wie auch immer, du kannst auf uns zählen. Wir kommen am Freitag und suchen uns ein Hotel. Sag einfach, wo wir uns treffen, um eine Strategie zu entwickeln.«

»Danke, Coop.«

Sein Freund schnaubte unwillig. »Spar dir das. Ich möchte dabei sein, wenn Glynnis zurückkommt, um mir ihren neuen Freund anzusehen. Irgendjemand muss ja dafür sorgen, dass sie nicht an den Falschen gerät.« Im Hintergrund war eine Stimme zu hören, und Coop knurrte etwas Unverständliches.

»Was ist?«, fragte Zach.

»Rocket sagt, der Typ hat Kohle, und nachdem deine Schwester das Geld mit vollen Händen ausgibt, ist das doch schon mal ein viel versprechender Anfang.«

Zach musste laut lachen.

»Wart mal, John will mit dir reden«, sagte Coop, und dann war ein leises Rascheln zu hören, als er den Hörer weiterreichte.

Einen Moment später ertönte Rockets Stimme. »Hi.«

»Hallo.« Zach war zu nervös, um Small Talk zu betreiben, und fragte daher ohne Umschweife: »Und? Hattest du Erfolg mit deinen Nachforschungen?«

»Hängt davon ab, was du unter Erfolg verstehst.« Als Zach ungeduldig schnaubte, wurde seine Stimme ernst. »Tut mir Leid. Es wäre nur einfach mal ganz nett, eine Familie zu überprüfen, die ein bisschen weniger von den Borgias und etwas mehr von der Kelly Family an sich hat. Ich habe ein paar Informationen, aber die helfen uns auch nicht sehr viel weiter.«

Na toll. Zach hatte gewusst, dass er keine einfache Lösung erwarten durfte, trotzdem krampfte sich sein Inneres zusammen. Er straffte entschlossen die Schultern und atmete tief durch. »Was willst du damit sagen – dass die Beaumonts alle unter einer Decke stecken?«

John lachte. »Nein, so schlimm ist es nicht. Keine politischen Machenschaften und auch kein Inzest. Wie immer geht es letztlich um Geld. Das Vermögen der Familie liegt in den Händen des Freundes deiner Schwester. Er hat alles bis auf den letzten Cent geerbt, als sein Vater starb.«

»Kein Witz?« Zach sah sich in dem luxuriösen Zimmer um, in dem man ihn untergebracht hatte. »Er hat alles bekommen?«

»Siehst so aus. Mama Bär erhält eine bescheidene jährliche Rente, aber alles Übrige – das Unternehmen und das Anwesen der Familie – ging an Baby Bär.«

»Da fragt man sich doch, ob sie das gut findet, oder?«

»Ja, das tut man.«

»Wann ist der alte Herr abgetreten?«

»Vor drei Jahren. David war damals gerade mal dreiundzwanzig. Offensichtlich hat unser Junge nicht bloß Stroh im Kopf und außerdem ein glückliches Händchen für Finanzen. Nach allem, was man hört, ist der Wert des Unternehmens nach der Übernahme durch ihn kräftig gestiegen.«

»Das hier ist eine ziemlich kleine Insel, die vom Tourismus abhängig ist, soweit ich weiß. Um welche Art Unternehmen handelt es sich denn?«

»Es hat was mit Telekommunikation und Sendeanlagen zu tun oder so. Ich habe mir den Geschäftsbericht angesehen, aber um ehrlich zu sein, haben mich die Zahlen unterm Strich mehr interessiert als die Produkte, durch die sie zustande kommen. Ich habe keine Ahnung, ob sie Mobiltelefone oder Satellitensysteme herstellen oder was auch immer. Aber so viel kann ich dir sagen. Es ist keine kleine Klitsche. Das Unternehmen hat einen Gesamtwert von über neun Millionen Dollar. Dazu kommt noch das Familienanwesen, auf dem du dich gerade herumtreibst, das zwei Millionen wert ist. Wenn du weitere Einzelheiten wissen willst, kann ich mir den Bericht noch einmal genauer ansehen.«

»Nein, das ist nicht die eigentlich interessante Frage. Wichtig ist, dass David der einzige Nutznießer eines großen Vermögens zu sein scheint. Hast du eine Ahnung, an wen es geht, wenn ihm etwas zustößt?«

»Solange er nicht verheiratet ist, geht es alles zurück an Mama.«

Zach pfiff durch die Zähne. »Kein schlechtes Motiv, oder? Gerade jetzt, wo er im Begriff ist, Glynnis zu heiraten.«

»Man sollte sie jedenfalls nicht von der Liste streichen, so viel ist sicher.«

»Aber deiner Bemerkung über die Borgias nach zu schließen, ist sie nicht die Einzige, die man im Auge behalten sollte, richtig?«

»Na ja, die ganze Familie scheint nach Papas Tod bei David und seiner Mama eingezogen zu sein. Cousine Cassidy ist meinen Nachforschungen zufolge ziemlich verschuldet. Sie hat ein kleines Vermögen mit ihren Kreditkarten durchgebracht, und ihr wurden zwei Visa-Karten und eine

American-Express-Karte gesperrt. Cousine Jessica scheint ein unbeschriebenes Blatt zu sein, genauso wie ihr Ehemann Christopher und Cousin Richard.« Er räusperte sich. »Wenn du mich nicht fragst, wie, verrate ich dir, dass ich es geschafft habe, an die Einzelnachweise der Telefonate der Beaumonts zu kommen.«

»Und warum ist das von Bedeutung?«

»Wegen der Zahl der Anrufe, die von dort zu einem Konkurrenten in Kalifornien gingen. Das muss nichts bedeuten, es kann aber auch heißen, dass jemand aus dem Haus in Industriespionage verwickelt ist. Mit anderen Worten, ich weiß nicht, ob man was mit diesen Informationen anfangen kann. Ich habe mit meinen Nachforschungen gerade erst angefangen und kann dir noch keine Einzelheiten geben. Aber du kannst deinen Arsch darauf verwetten, dass ich sie kriege, und bis dahin würde ich keinen von der Liste streichen. Man weiß ja nie, was man noch alles ans Licht befördert, wenn man erst mal zu graben begonnen hat.«

Kurz darauf legten sie auf, und Zach kramte in der Schublade des kleinen Schreibtisches in seinem Zimmer, bis er ein Blatt Papier gefunden hatte. Er legte es auf die Schreibunterlage, setzte sich hin und unterteilte es in einzelne Spalten, über die er jeweils den Namen eines Beaumont schrieb. Unter den Namen listete er alle Informationen auf, die ihm John über die betreffende Person gegeben hatte, und außerdem notierte er noch seine eigenen Eindrücke. Dabei kam zwar nichts unmittelbar Erhellendes heraus, aber es half ihm, sich die Details besser zu merken.

Kurz darauf fiel sein Blick auf die Uhr auf dem Schreibtisch, und er stellte fest, dass es schon längst Zeit zum Frühstücken war. Er erhob sich rasch, faltete das Blatt mit seinen Notizen klein zusammen, steckte es in seine Hosentasche und machte sich auf den Weg nach unten.

Während er die Haupttreppe hinunterhastete, ging ihm durch den Kopf, dass sein Verhalten doch reichlich merkwürdig war. Zu einer Mahlzeit zu eilen sah ihm gar nicht ähnlich, selbst wenn Lily sie zubereitet hatte. Er war schließlich Berufssoldat, verdammt noch mal. Wenn ihm Essen so wichtig wäre, dann hätte er es nie im Leben achtzehn Jahre bei der Armee ausgehalten.

Mit einem mulmigen Gefühl in der Magengrube erkannte er, dass es mit ihr zu tun hatte. Lily. Es war die Aussicht, sie wieder zu sehen, ihr nahe zu sein, sich an diesem breiten Lächeln zu wärmen. Schon der Gedanke an sie ließ sein Herz schneller klopfen.

Mist.

Am Abend dieses Tages kam Jessica in die Küche gestürmt und warf ein Foto, das sie aus einer Zeitschrift herausgerissen hatte, vor Lily auf die Arbeitsplatte. »Was meinen Sie?«, fragte sie atemlos, griff nach einer weißen Schürze und band sie sich um. »Glauben Sie, diese Frisur würde mir stehen?«

»Gütiger Himmel«, sagte Lily lachend. »Ich habe ein Monster geschaffen.« Dann beugte sie sich vor, um sich das Bild anzusehen, und ihre Augen weiteten sich. »Wow. Sie lernen schnell.« Sie wischte sich die Hände an ihrer Schürze ab, nahm das Foto hoch und hielt es unters Licht, um es genauer zu betrachten. Sie blickte kurz auf, um Jessica zu mustern, und wandte sich dann wieder dem Bild zu.

Jessica trat ungeduldig von einem Fuß auf den anderen. »Und?«

»Ich sage es gerne noch einmal.« Ihre Blicke trafen sich,

und Lily grinste. »Wow. Ich glaube, das würde Ihnen wahnsinnig gut stehen.«

»O Gott. Das glaube ich auch.« Jessica lachte und fing an, die Zutaten für die Salatsoße zusammenzusuchen. Sie zerzupfte die Blätter eines Romana-Salats und warf sie in eine Schüssel, die sie zuvor mit Olivenöl und einer Knoblauchzehe eingerieben hatte, dann nahm sie ein Messer und eine Frühlingszwiebel. »Das Model hat dieselbe Gesichtsform wie ich. Und ihre Haare scheinen ähnlich zu sein wie meine.«

»Ja, und sehen Sie mal, wie der Schnitt ihren Hals betont. Sie haben auch so einen eleganten Schwanenhals.«

»Ich werde gleich morgen beim Friseur anrufen und fragen, wann ein Termin frei ist.« Jessica mischte die Salatzutaten. »Soll ich eine Salatsoße mit Rotwein machen?«

»Ja, das würde gut passen.« Lily sah verstohlen zu ihr hinüber, während sie ein Blech mit leicht angebräunten Rebhühnern aus dem Backofen holte, um sie mit einer Preiselbeer-Essig-Soße zu bestreichen. »Wenn Sie bald einen Termin bekommen und der Friseur in der Stadt ist, würde ich gerne mitkommen. Ich brauche ein paar Pilze für ein Rezept, das ich gerne ausprobieren möchte.«

»Ich gebe Ihnen Bescheid, sobald ich es weiß.« Als sie das Dressing umrührte, bemerkte sie einen roten Fleck auf ihrer weißen Bluse. »Mist.«

Lily folgte ihrem Blick. »Oje, ist das Wein? Ist das passiert, bevor oder nachdem sie ihn mit dem Öl verrührt haben?«

Jess sah auf ihre Bluse hinunter. »Es sieht nicht ölig aus, wahrscheinlich ist es also vorher passiert.«

»Dann ist es nur halb so schlimm. Schalten Sie den Wasserkocher ein.« Nachdem Jessica das getan hatte, deutete sie mit dem Kopf zur Tür. »Ich habe hier alles im Griff. Ziehen Sie sich um, und bringen Sie Ihre Bluse wieder mit runter. Solange es nur Wein ist, kriegen wir den Fleck mit kochendem Wasser raus.«

Jessica nahm zwei Stufen auf einmal, als sie die Treppe zu ihrer Wohnung hochlief, um sich dort umzuziehen. Das Leben war in den letzten paar Tagen so interessant geworden. Sie fühlte sich hübscher und viel lebendiger, und auch Christopher schien ihr neues Ich zu gefallen. Seit ihrer modischen Erweckung konnte er offensichtlich nicht mehr die Finger von ihr lassen.

Sie lächelte, als sie vor ihrer Tür anlangte, aber dieses Lächeln war wie weggewischt, als sie die Tür öffnete und ihn hastig sagen hörte: »Ich muss jetzt aufhören. Wir sprechen uns bald wieder.« Er legte in dem Augenblick den Hörer auf, in dem sie ins Schlafzimmer trat.

In der letzten Zeit passierte das öfter.

»Mit wem hast du gesprochen?«, fragte sie, während sie ihre Bluse auszog und im Schrank nach einer neuen suchte.

»Ach, mit niemandem«, sagte er und zuckte mit einer seiner breiten Schultern, als sie sich umdrehte und ihn ansah. »Niemand, den du kennst, jedenfalls. Es geht um ein neues Projekt.«

Ihr Herz zog sich zusammen. Sie liebte ihn so sehr und hatte ihr Glück nie ganz fassen können, dass er sich gerade sie ausgesucht hatte. Es war, als hätte sie die letzten beiden Jahre damit verbracht, darauf zu warten, dass die Seifenblase zerplatzte, und sie fragte sich, ob dieser Moment nun gekommen war.

Irgendetwas ging hier vor sich, auch wenn sie es nicht wahrnehmen wollte. Egal, was es war, sie wollte auf jeden Fall nichts davon wissen, so sah die traurige Wahrheit aus.

Christopher lenkte ihre Aufmerksamkeit ab, als sein Blick über ihren Satin-BH wanderte. Seine grünen Augen wurden ganz dunkel.

»Was für ein hübscher Anblick«, sagte er, stand auf und kam zu ihr herüber. Er strich mit dem Finger über einen der Träger, dann fuhr er am Rand des BHs zwischen ihren Brüsten entlang. »Bist du raufgekommen, um mir hier die Vorspeise zu servieren?«

Die Stelle tief zwischen ihren Schenkeln reagierte sofort und zog sich zusammen, aber sie lachte nur und trat einen Schritt zurück. »Nein. Ich bin nur raufgekommen, um mir eine saubere Bluse anzuziehen. Die andere habe ich mit Rotwein bekleckert. Ich muss sie runter in die Küche bringen und versuchen, den Fleck wieder rauszukriegen.«

Er nahm ihr die Bluse, die sie ihm unter die Nase hielt, aus der Hand und warf sie auf den Boden, ohne sie eines Blickes zu würdigen. Dann beugte er sich zu ihr vor, um sie zu küssen. Seine Augen funkelten, als er den Kopf wieder hob, und Jessica merkte durch einen Schleier der Erregung hindurch, dass er sie so weit nach hinten gedrängt hatte, dass ihre Kniekehlen gegen die Bettkante stießen.

»Ich wette, eine Viertelstunde hin oder her macht keinen großen Unterschied«, sagte er. Er legte seine Hände auf ihre Schultern und gab ihr einen sanften Schubs. Sie saß noch nicht, da hatte er bereits die Schnalle seines Gürtels gelöst. »Was hältst du davon, wenn wir das einem kleinen Test unterziehen?«

Sie schloss die Augen und empfing ihn mit offenen Armen, als er sich auf sie legte. Was auch geschehen mochte, dachte sie benommen, das hier konnte ihr niemand nehmen.

16

Am späten Nachmittag dieses Freitags suchte sich Lily auf der Terrasse ein sonniges, windgeschütztes Eckchen und streckte sich auf einem der Liegestühle aus, um die Aussicht zu genießen, von der sie immer wieder überwältigt war. Unterhalb der Terrasse blühten Frühlingsblumen in voller Pracht, und der leuchtend grüne, perfekt gepflegte Rasen erstreckte sich bis zu den zerklüfteten Klippen. Am Fuß der Klippen brandeten die Wellen gegen die Felsen, und auf der Wasseroberfläche tanzten die Schatten der über den Himmel ziehenden Wolken. Das Spiel der Farben und die über den ganzen Sund verstreut liegenden bewaldeten Inseln begeisterten sie jedes Mal aufs Neue, seit sich am Dienstagnachmittag der Nebel verzogen und den Blick darauf freigegeben hatte.

Die Erinnerung an diesen Tag versetzte ihr einen kleinen Dämpfer. Dienstagnacht war ihr klar geworden, dass sie sich in Zach verliebt hatte, und sie war nicht gerade stolz darauf, dass sie sich mit diesem Problem noch immer nicht richtig auseinander gesetzt hatte. Sie hatten seither jede Nacht eng umschlungen entweder in ihrem oder in seinem Bett verbracht und sich geliebt, manchmal wild und leidenschaftlich, manchmal sanft und zärtlich. Er konnte seine Finger offenbar genauso wenig von ihr lassen wie sie die ihren von ihm, und auch mit seinen Gefühlen schien er nicht besser umgehen zu können als sie. Falls er nur im Entferntesten dasselbe empfand wie sie, so hatte er nichts davon gesagt. Für zwei Menschen, die sonst nicht auf den Mund gefallen waren, waren sie in dieser Hinsicht ziemlich verschlossen, und dass sie es offenbar nicht eilig damit hatte, die Angelegenheit zu klären, machte sie nervös. Sie kam sich ziemlich unreif vor. Deshalb genoss sie die Aussicht umso mehr, da es das quälende Gefühl der Unentschlossenheit linderte, die Launen der Natur zu beobachten und zu sehen, wie sich die einzelnen Elemente in dem einen Augenblick harmonisch ergänzten und im nächsten gegenseitig zu überbieten suchten.

»Dachte ich mir doch, dass ich Sie hier finde.«

Lily sah auf und lächelte Jessica zu, als ihre neue Freundin ein Bein über den Liegestuhl neben ihr streckte und sich auf das Polster fallen ließ. »Ja, was soll ich sagen?« Ihr Lächeln wurde verträumt. »Die Sonne ist so angenehm warm, und sehen Sie sich nur mal diese Aussicht an.«

»Es ist schön hier, nicht wahr?«

»Hm-hm.«

Die nächste halbe Stunde verbrachten sie in freundschaftlichem Schweigen, nur von Zeit zu Zeit wechselten sie ein paar belanglose Worte. Schließlich sah Lily auf ihre Uhr und setzte sich widerstrebend auf. Ein paar Augenblicke lang blieb sie auf der Kante des Liegestuhls sitzen, dann erhob sie sich mit einem Seufzer des Bedauerns, dass sie ihr gemütliches warmes Eckchen verlassen musste. »Ich sollte besser mit dem Abendessen anfangen.«

Jessica warf einen Blick auf ihre Uhr. »Sonst haben Sie immer später angefangen, oder?«

»Ja, aber ich brauche heute etwas mehr Zeit.« Sie grinste Jessica an, die mit einer Hand ihre Augen abschirmte und sie ansah. »Soll ich Ihnen zeigen, wie man Risotto macht?«

»O ja. Gerne.« Jessica folgte Lily über die Verandatreppe. Als sie um die Ecke bogen und die windgeschützte Rückseite des Hauses verließen, wurden sie von einem

Windstoß erfasst, der in Jessicas dichte Locken fuhr, sodass sie aussah wie Medusa mit ihrem Schlangenhaupt.

Sie seufzte genervt auf und versuchte, ihre Haare mit beiden Händen zu bändigen, aber der Wind entriss ihr immer wieder einzelne Strähnen und wehte sie ihr ins Gesicht. »Ich kann es gar nicht mehr erwarten, endlich zum Friseur zu kommen.«

Lily sah sie grinsend an, während sie auf die Küchentür zueilten. »Nächste Woche haben Sie einen Termin, oder?«

»Falls nicht jemand anders absagt, dann komme ich früher dran. *Bitte*, lieber Gott«, sagte sie in übertrieben flehendem Ton, als sie durch die Tür traten und sie hinter sich zuschlugen, um den Wind auszusperren, »lass bald jemanden absagen.«

Sie ernteten viele Komplimente für das Risotto, das sie nicht lange danach servierten, insgesamt war das Abendessen jedoch eine ungemütliche Angelegenheit. Zach versuchte ein weiteres Mal, Mrs. Beaumont dazu zu bewegen, das FBI zu benachrichtigten, aber sie wollte nichts davon hören. Zach blieb höflich, doch Lily wusste, dass er gereizt und verärgert war, und nachdem sie die Küche aufgeräumt hatte, machte sie sich auf dem Weg zu seinem Zimmer.

»Alles in Ordnung?«, fragte sie, als er die Tür auf ihr Klopfen hin öffnete.

»Sie treibt mich in den Wahnsinn, Lily.« Er zog sie ins Zimmer, und sobald er die Tür hinter ihr zugemacht hatte, fing er an, auf und ab zu laufen. »Es ist ja nicht so, dass wir es uns nicht zweimal überlegt hätten, ob wir das FBI einschalten sollen. Rocket hat nämlich herausgefunden, dass der hier vor Ort zuständige Special Agent ganz wild auf Schlagzeilen ist, aber –«

»Das kapier ich nicht«, unterbrach sie ihn, wenn sie auch

gegen seinen Rücken sprechen musste, da er sich bereits wieder umgedreht hatte und auf den Schreibtisch auf der anderen Seite des Raums zusteuerte. »Wenn das so ist, warum versuchst du dann, Mrs. Beaumont zu überreden, das FBI zu informieren?«

Er wandte sich um und lief mit finsterer Miene in ihre Richtung. »Weil sie das nicht *weiß*, und ich wollte sehen, wie sie reagiert. Für gewöhnlich ist es ein großer Fehler, die Behörden aus einer solchen Sache herauszuhalten, und eigentlich müsste ihr klar sein, dass sie Glynnis und David ernsthaft in Gefahr bringen könnte, wenn sie nicht anruft.« Seine verspannten Schultern zuckten unruhig. »Ich komme einfach nicht dahinter, ob sie wirklich glaubt, dass der Entführer ihnen etwas antut, wenn sie die Polizei einschaltet – oder ob es genau das ist, worauf sie zählt.«

Lily dachte daran, wie sie in einer der letzten Nächte in seinen Armen gelegen hatte, während er ihr von den Nachforschungen seines Freundes Rocket berichtete. Die Vorstellung, jemanden verdächtigen zu müssen, noch dazu diese reizende, verstörte Frau … »Gott, ist das alles furchtbar.«

»Wem sagst du das. Um dem Ganzen die Krone aufzusetzen, hat mich vorhin Coop angerufen. Er und Rocket sind drüben in Anacortes.«

»Aber das ist doch eine gute Nachricht, oder?«

»Das wäre es, wenn nicht eine der Fähren ausgefallen wäre, und heute ist Freitag – da wollen besonders viele Leute auf die Inseln, und die Fähren sind auf Stunden hinaus ausgebucht. Sie können von Glück reden, wenn sie heute noch eine kriegen.« Seine Unruhe war fast mit Händen greifbar, und er warf ihr einen düsteren Blick zu, während er seine Wanderung durch das Zimmer fortsetzte.

»Das bedeutet, wenn der Entführer an seinem Plan festhält, bleiben mir morgen nur noch ein paar Stunden, um mich mit Coop und John zu treffen und zu überlegen, wie wir vorgehen. Und das wiederum bedeutet, dass es mir möglicherweise gar nichts nützt, die beiden in Reserve zu haben.«

Sie ging zu ihm, nahm seine Hand und hielt sie mit beiden Händen fest, um sein ruheloses Herumlaufen zu beenden. Seine Hand unter ihren Fingern fühlte sich heiß an, als sie ihn zum Bett führte und zwang, sich auf die Bettkante zu setzen. Sie kniete sich hinter ihn und begann, seine Schultern zu massieren. »Das tut mir Leid«, sagte sie. »Aber ich bin sicher, dass alles wieder in Ordnung kommt. Es wird dir besser gehen, wenn erst mal deine Freunde da sind.«

Zach spürte, dass die Verspannung in seinen Schultern nachzulassen begann, lehnte sich zurück und überließ sich ihren Händen. »Ja, wahrscheinlich hast du Recht. Momentan kann ich sowieso nichts daran ändern.« Er wusste nicht, wie sie das machte, aber irgendwie schaffte sie es, ihm über seinen Frust hinwegzuhelfen. »Erzähl mir von deinem Restaurant.«

Ihre Stimme wirkte beruhigend auf ihn, und ihre Begeisterung brachte ihn zum Lächeln. Die Wärme, die von ihrem Körper ausging, lenkte seine Gedanken jedoch schon bald in eine andere Richtung, und er fasste über seine Schulter und nahm ihre Hand. Er zog Lily herum, bis sie auf seinem Schoß lag.

Sie sah ihm in die Augen. »Was ist, General Taylor?«

Er beugte den Kopf, um sie zu küssen. Ihr Duft hüllte ihn ein, und er musste sich fast gewaltsam von ihrem Mund losreißen. Er sah auf sie hinunter, und eine Mischung aus

Verlangen und dem beunruhigenden Gefühl, dass sie ihm irgendwann zu viel bedeuten könnte, machte sich in ihm breit. »Wir sollten das nicht tun.«

»Ich weiß.«

Trotzdem küsste er sie von neuem hingebungsvoll, bevor er sich schließlich wieder aufrichtete. Er atmete etwas schneller. »So wie es aussieht, werde ich heute Nacht nicht gebraucht. Aber falls doch, darf ich auf keinen Fall abgelenkt sein.«

»Stimmt, es wäre nicht so gut, wenn man dich mit heruntergelassenen Hosen fände«, sagte sie und rieb ihren runden Hintern an seinem steifen, schmerzenden Schwanz.

Das machte ihn nur noch steifer, was er schlichtweg für unmöglich gehalten hätte. »Genau. Äh, Lily?« Er sog scharf die Luft ein, als sie sich erneut an ihm rieb.

»Hm?«

»Schiele ich schon?«

Sie ließ dieses warme, volle Lachen hören, das tief aus ihrem Bauch kam und ihn jedes Mal dazu brachte, sie anzulächeln und fest an sich zu drücken – nun ja, entweder das oder sie aufs Bett zu werfen und so lange zu küssen, bis sie damit aufhörte. »Zum Fürchten«, sagte sie. »Aber ich glaube, ich sehe auch nicht mehr ganz klar.«

»O Gott.« Er konnte nicht widerstehen und küsste sie wieder.

Er hatte gerade ihre blaue Chenillejacke aufgeknöpft und war mit dem Vorderverschluss ihres schokoladenbraunen Spitzen-BHs beschäftigt, als das Telefon neben dem Bett klingelte. Einen kurzen Augenblick lang hielten seine Finger inne, und er überlegte, ob er das Klingeln einfach ignorieren sollte. Dann ließ er Lily fluchend los und hob ab. »Taylor«, knurrte er.

»Zach, kommen Sie schnell«, sagte Jessica aufgeregt und hatte damit sofort seine volle Aufmerksamkeit. »Der Entführer ist auf der anderen Leitung. Oder zumindest –«

Zach warf den Hörer auf die Gabel und rannte aus dem Zimmer.

Als er dreißig Minuten später mit einem Aktenkoffer voll Geld das Haus verließ, presste er die Zähne zusammen, um nicht lauthals loszufluchen.

All seine Überlegungen, wie er vorgehen würde, wenn der Entführer das nächste Mal anrief, hatten sich als hinfällig erwiesen. Er war entschlossen gewesen, darauf zu bestehen, dass der Kerl ihn mit seiner Schwester sprechen ließ, wenn er auch nur einen Cent von dem Lösegeld sehen wollte. Statt eines echten Menschen war am anderen Ende der Leitung jedoch eine Tonbandaufnahme zu hören gewesen. Eine verdammte *Aufnahme*, mit der eine leise, undefinierbare Stimme die Übergabebedingungen bekannt gab und die ihm keine Möglichkeit zu Verhandlungen oder Forderungen ließ. Sie wiederholte nur immer wieder die gleichen Worte, bis das Band zu Ende war. Und als ob das noch nicht schlimm genug war, wurde er aus Davids Mutter einfach nicht schlau und wusste nicht, ob sie die hirnloseste Frau auf Gottes Erde war oder gerissener als einer der Finanzhaie von der Wall Street.

Er hatte vorgehabt, sofort nach Beendigung des Gesprächs die Rückruftaste zu drücken. Es war zwar fraglich, ob dabei etwas herauskam, da jeder Entführer, der auch nur ein bisschen Verstand hatte, eine öffentliche Telefonzelle benutzen würde. Aber da möglicherweise jemand aus der Familie seine Finger im Spiel hatte, war es einen Versuch wert. Er hatte jedoch noch den Finger auf der Trenntaste, als Mrs. Beaumont sich dazwischendrängte, die Ruftaste für das Telefon in Richards Zimmer drückte, ihm den Hörer aus der Hand riss und sofort hysterisch draufloszureden begann, als ihr Neffe abhob. Danach liefen alle außer Cassidy, die nach dem Abendessen ausgegangen war, aufgeregt im Wohnzimmer herum und redeten wild durcheinander.

Er biss seine Zähne noch fester zusammen, als er daran dachte, was sie von ihm verlangten. Er kletterte in den Jeep, beugte sich mit grimmiger Miene über das Lenkrad und drehte den Zündschlüssel herum. Er hielt es für keine besonders kluge Idee – und das hatte er auch gesagt –, blindlings mit dem Lösegeld loszuziehen, ohne irgendwelche Vorkehrungen getroffen zu haben – und vor allem ohne die Gewissheit, dass Glynnis und David unversehrt waren und der Entführer sie freilassen würde, sobald er das Lösegeld hatte. Geld, das ganz zufällig schon heute Nachmittag zur Verfügung gestanden hatte und im Safe des Büros im Westflügel deponiert worden war.

Und als ob das alles immer noch nicht reichte, stieg ihm ein Hauch von Lilys Duft in die Nase, der hier überhaupt nichts zu suchen hatte, und er knirschte so heftig mit den Zähnen, dass es ihn nicht gewundert hätte, wenn sie in Stücke zersprungen wären. »Himmel«, murmelte er. Das hatte ihm gerade noch gefehlt. Wenn er nur eine Sekunde Zeit gehabt hätte, in der nicht alle Beaumonts gleichzeitig auf ihn einredeten, hätte er vielleicht daran gedacht, sich die Hände zu waschen, bevor er aufbrach. Diese Frau brachte ihn zu sehr durcheinander, und es war höchste Zeit, dass er sich aufraffte und etwas dagegen unternahm. Für gewöhnlich ließ er nicht zu, dass ihn eine Frau so sehr verwirrte, wie sie es tat.

Und doch …

Wohin, zum Teufel, war sie eigentlich verschwunden? Er hatte sie beiseite nehmen und bitten wollen, darauf zu achten, wer sich während seiner Abwesenheit im Wohnzimmer aufhielt und wer für längere Zeit weg war. Doch als er inmitten des Durcheinanders Ausschau nach ihr gehalten hatte, konnte er sie nirgends entdecken.

Das sollte dir zu denken geben. Ist es in deinem Leben jemals anders gewesen? Er gab Gas und raste über die Auffahrt. *Abgesehen von deiner Einheit, auf die du dich immer verlassen kannst, gibt es genau einen Menschen, der für dich da ist, wenn du ihn brauchst. Und das bist du selbst, Alter.*

Und niemand sonst.

Miguel sah den Jeep des Stabsfeldwebels aus der Einfahrt rasen und schlingernd auf die Straße abbiegen und richtete sich in seinem Auto kerzengerade auf. *Dios.* Er hatte schon gedacht, er würde hier Wurzeln schlagen, bevor sich endlich einmal jemand blicken ließe. Er hatte die längsten sechs Tage seines Lebens hinter sich, und während er dem Jeep nachsah, der auf der Landstraße davonbrauste, griff er nach dem Zündschlüssel.

Er zog seine Hand jedoch zurück, ohne den Motor zu starten. Im Licht der Straßenlaterne hatte er hinter der getönten Windschutzscheibe von Taylors Jeep nur eine Person gesehen. *Eine.*

Den Stabsfeldwebel. Allein. Das bedeutete, dass er seine Frau im Haus zurückgelassen hatte.

Der richtige Zeitpunkt, sie sich zu schnappen.

In der vergangenen Woche war Miguel ein paar Mal vorsichtig um das Haus herumgeschlichen und hatte herauszufinden versucht, was da drin vor sich ging. Das war ihm zwar nicht gelungen, aber zumindest wusste er jetzt, dass sich dort sieben Leute aufhielten.

Und der Einzige, der ihm Kopfzerbrechen bereitete, war soeben davongerast, als sei der Leibhaftige hinter ihm her.

Miguel öffnete die Autotür und stieg aus. Er fluchte leise vor sich hin, als seine Beine, steif vom stundenlangen Sitzen in der gleichen Haltung, fast unter ihm nachgaben. Aber eigentlich hatte er keinen Grund zum Fluchen, dachte er, als er sich bückte, um die leeren Verpackungen aufzuheben, die aus dem Auto gefallen waren, und sie zu den anderen auf den Sitz zu werfen. Denn jetzt war die Gelegenheit da, auf die er gewartet hatte. Und wenn er nun noch – wie sagten die Gringos doch gleich? – seine Karten geschickt ausspielte, dann hatte das lange Warten ein Ende.

Als Zach langsam durch den weißen Torbogen am Eingang des Moran-State-Parks fuhr, hatte er alles, was nichts mit der unmittelbar vor ihm liegenden Aufgabe zu tun hatte, aus seinen Gedanken verbannt. Wenige Augenblicke später näherte er sich dem Campingplatz, schaltete noch im Fahren die Scheinwerfer aus und stellte den Jeep im Schatten des Duschhauses neben dem Parkplatz ab. Er machte den Motor aus und blieb bewegungslos sitzen, bis sich seine Augen an die Dunkelheit gewöhnt hatten. Dann vergewisserte er sich noch einmal, dass er an der richtigen Stelle war.

Zeltplätze 31–36 stand auf dem Schild. Er hatte die Anweisung, den Aktenkoffer auf Platz 32 stehen zu lassen, der oben auf dem Hügel zu sein schien.

Er schaltete die Innenbeleuchtung aus. Dann nahm er

den Geldkoffer vom Beifahrersitz, stieg aus und ließ leise die Tür ins Schloss fallen. Glücklicherweise hatte sich der Wind mittlerweile gelegt. Jenseits der Hauptstraße schlug in sanften Wellen der Cascade Lake ans Ufer, während er sich leise in die entgegengesetzte Richtung aufmachte.

Die schmale Straße zu den Zeltplätzen führte ein kurzes Stück steil bergauf, bevor sie mit einer Rechtskurve hinter dem Hügel verschwand. Er verließ sie jedoch bereits vorher und ging quer über den Hang. Der Platz, den er suchte, war vermutlich der zweite gleich hinter der Biegung, aber er hielt es nicht für besonders klug, mitten auf der Straße zu marschieren, solange er sich keinen Überblick über das Gelände verschafft hatte. Es war besser, wenn er das tat, worauf er trainiert war. Vorsichtig bahnte er sich einen Weg durchs Unterholz und kletterte über feuchtes Gestrüpp und umgestürzte Bäume bergauf.

Ein paar Augenblicke später ging er auf der Kuppe des Hügels, im Schutz eines großen Busches, in die Hocke und spähte zu Platz 32 hinunter. Rasch suchte er ihn ab, um zu sehen, ob sich dort irgendetwas regte.

Es hätte schlimmer sein können. Zumindest war die Feuerstelle, an der er das Geld hinterlegen sollte, nicht von allen Seiten zugänglich. Der Hang dahinter war zu dicht bewachsen, als dass sich jemand unbemerkt heranschleichen konnte, und auf dem Hügel, der auf der einen Seite des Zeltplatzes anstieg, saß er. Auf der dritten Seite trennten ihn Büsche vom nächsten Platz, und Zach hatte freie Sicht auf den vorderen Zugang. Er kroch zu einem Baum und ließ seinen Blick über die nähere Umgebung schweifen.

Alles sah verlassen aus, aber in Wäldern fand sich nachts immer ein Versteck. Allein in der zerklüfteten Böschung zu seiner Linken gab es zahlreiche dunkle Flecken, die er selbst mit seinen außergewöhnlich guten Augen nicht durchdringen konnte. Die entwurzelten Bäume, die über den Hügel verstreut lagen, warfen einfach zu viele Schatten.

Falls der Entführer irgendwo dort lauerte, musste er allerdings früher oder später herauskommen, um das Geld zu holen. Zach kroch den gleichen Weg zurück, den er gekommen war, und näherte sich dann Platz 32 geräuschvoll von der Straße aus. Nachdem er den Geldkoffer abgestellt hatte, machte er sich ebenso geräuschvoll auf den Rückweg. Sobald er die Biegung hinter sich hatte, begab er sich rasch und lautlos zu seinem Versteck auf der Hügelkuppe, wo er sich wieder hinkauerte, um den Koffer im Auge zu behalten. Er hatte viel Erfahrung darin, wie man mit seiner Umgebung verschmolz und geduldig wartete, und genau das würde er jetzt tun.

Wenn es sein musste, die ganze Nacht.

Wie sich herausstellte, musste er nicht sehr lange warten. Bereits nach wenigen Minuten hörte er jemanden die Straße heraufkommen … und dieser Jemand gab sich nicht sehr viel Mühe, leise zu sein. Der Entführer marschierte zwar nicht gerade mitten auf der Straße wie der Fahnenträger bei einer Militärparade, aber viel fehlte nicht. Seine Schuhsohlen scharrten von Zeit zu Zeit über den Straßenbelag, und hin und wieder stieß er gegen einen Tannenzapfen, jedenfalls konnte Zach dreimal deutlich hören, dass ein Zapfen über die Straße rollte. Als die Person, wer immer es auch war, näher kam, hörte Zach sie sogar laut keuchen.

Er war hin und her gerissen. Dies war eine der Situationen, in denen eine Ein-Mann-Überwachung Scheiße war.

Man ließ nie, *niemals*, das Objekt der Überwachung aus den Augen. Aber genauso wenig ließ man sich die Chance entgehen, so viel wie möglich über seinen Gegner herauszufinden, denn je mehr man wusste, umso besser konnte man sich das Überraschungsmoment zunutze machen – und manchmal war das der einzige Vorteil, den man hatte. Bedauerlicherweise waren diese beiden Vorgehensweisen unvereinbar, da er die erste Regel brechen musste, um die zweite zu befolgen.

Mist. Man musste wirklich zu zweit sein, wenn man in einem Fall wie diesem eine lückenlose Überwachung durchführen wollte.

Dann zuckte Zach im Geiste die Schultern. Eigentlich spielte es keine große Rolle; wer sollte es schon sein außer dem Entführer? Und falls es doch jemand anders war, würde er sich bei dem Versuch, das herauszufinden, nicht so weit vom Lösegeld entfernen, dass er es nicht mitbekommen würde, wenn sich eine zweite Person von der anderen Seite näherte. Tief gebückt bewegte Zach sich langsam und vorsichtig auf die Straße zu.

Die Böschung drohte unter seinem Gewicht nachzugeben, und er wich ein paar Zentimeter zurück. Er zog seine Neun-Millimeter-Pistole aus dem Hosenbund, hielt sie gegen sein Knie und sah zu der Stelle, an der der Entführer, den Geräuschen nach zu schließen, jetzt jeden Moment in sein Blickfeld kommen musste.

Als die Person um die Biegung kam, verkrampfte sich allerdings jeder Muskel in Zachs Körper, und er biss die Zähne aufeinander, um die Unflätigkeiten zu unterdrücken, die ihm auf der Zunge lagen. Verdammte Scheiße. Diesen blonden Wuschelkopf würde er überall erkennen. Ganz zu schweigen von dem Gang – dass sie ihre zehn

Zentimeter hohen Stöckelschuhe gegen ein paar flache Riemchensandalen getauscht hatte, konnte daran nichts ändern.

Lily.

Als er sie kurz zuvor im Jeep gerochen hatte, war das offensichtlich nicht nur der Geruch gewesen, der an seinen Händen haften geblieben war, als er sie in den Armen gehalten hatte. Zach knirschte mit den Zähnen. Was, zum Teufel, dachte sie sich eigentlich dabei, sich in Gefahr zu begeben und ihm seine Aktion zu vermasseln? Er verlagerte sein Gewicht auf den anderen Fuß und starrte zu ihr hinunter.

Dabei löste sich ein einzelner Stein und rollte über die Böschung. Er wich schnell zurück, bevor er eine ganze Lawine lostrat. Verdammt, er musste sie von hier wegschaffen, aber wie sollte er das bewerkstelligen und gleichzeitig das Lösegeld im Auge behalten?

Er war so auf Lily konzentriert, dass ihm nicht sofort ins Bewusstsein drang, wie sich die Haare in seinem Nacken aufstellten. Als eine Art atavistisches Warnsystem hatten sie ihm in den letzten achtzehn Jahren gute Dienste geleistet, und er musste nicht erst das leise Knacken eines Astes hinter sich hören, um zu wissen, dass er mit Lily hier nicht allein war. Mit gezückter Pistole drehte er sich zu dem Geräusch um, als plötzlich ein Lichtstrahl aufblitzte und ihn voll ins Gesicht traf. Einen Augenblick lang war er geblendet. Er versuchte, dem Lichtstrahl nach links auszuweichen, aber jetzt rief Lily unten auf der Straße seinen Namen, und in ihrer Stimme lag so viel Angst, dass er wie erstarrt innehielt. Verdammt noch mal. Er konnte überhaupt nichts sehen.

Allerdings konnte er Schritte hören, die sich ihm rasch näherten, und er legte den Finger fester um den Abzug.

Aber bevor er abdrücken konnte, beschrieb der Lichtstrahl einen Bogen, und seine Schläfe schien zu explodieren.

Dann wurde alles dunkel.

17

Unentschlossen, ob sie kämpfen oder fliehen sollte, blieb Lily wie erstarrt stehen. Sie sah Zach weiter oben am Hang im Lichtkegel einer Taschenlampe auftauchen, er blickte grimmig drein und hielt eine Pistole in der Hand, die ihrem ungeschulten Auge so groß wie eine Kanone erschien, und das Adrenalin schoss mit solcher Kraft durch ihre Adern, dass sie Angst hatte, ihr Herz würde zerspringen. Als hätte es noch eines weiteren Grundes bedurft, damit sie sich zu Tode ängstigte. Die ganze Situation versetzte sie ohnehin schon in Panik, und als er jetzt plötzlich noch auf dem Hügel auftauchte wie ein einsamer Soldat in einem Kriegsfilm, machte sie sich beinahe in die Hosen.

Gleich darauf beschrieb der Lichtkegel, der sein Gesicht beschien, auch noch einen Kreis, und er verschwand vor ihren Augen, und da geriet sie vollends in Panik. Zuerst hatte sie um sich Angst gehabt. Nun hatte sie Angst um ihn. Diese Angst wich jedoch rasch einer rasenden Wut darüber, dass ihn irgendein gesichtsloser Feigling verletzt haben könnte. Augenblicklich war ihre Erstarrung verfolgen. Laut schreiend begann sie den Hang hochzuklettern.

Sie ließ die Hügelkuppe nicht aus den Augen, während sie mit den Baumstümpfen und Ästen kämpfte, die überall aus dem Boden ragten. Plötzlich löste sich ein schwarzer Schatten aus der sowieso schon viel zu schwarzen nächtlichen Dunkelheit und verharrte einen Moment auf der Anhöhe. Mitten in der Bewegung hielt sie inne, ihr Herz hämmerte in ihrer Brust, ihrer Kehle, ihren Ohren. *O Gott.* Wie war sie bloß auf die Idee gekommen, dass sie Zach irgendwie helfen könnte? Was ihr im hell erleuchteten Wohnzimmer der Beaumonts als ein guter Einfall erschienen war, hatte sich schon in dem Moment, als sie von der Rückbank des Jeeps kroch, als Riesendummheit erwiesen. Aber der Gedanke, dass er alles ganz allein durchstehen sollte, war ihr unerträglich gewesen.

Jetzt war ihr verzweifelter Wunsch, zu ihm zu gelangen, größer als ihre Angst vor dem Kidnapper, und sie schnappte sich einen Stein, damit sie eine Waffe hatte, und zwang sich, gebückt auf den schrecklichen Schatten auf dem Hügel zuzuschleichen. Er warf seinen Kopf wie ein wütender Hengst in die Luft, aber dann stürmte er zu ihrer grenzenlosen Erleichterung durch die Bäume in die andere Richtung davon. Kaum war der Entführer verschwunden, richtete sie sich auf und flüsterte: »Zach!«

Sie erhielt keine Antwort und wiederholte seinen Namen, lauter dieses Mal und mit mehr Dringlichkeit in der Stimme. Aber die einzige Antwort auf ihr verzweifeltes Flüstern war Stille, die nur von verschiedenen unheimlichen nächtlichen Lauten unterbrochen wurde, und sie begann unwillkürlich zu zittern, während sie in ihren Sandalen, die ihr kaum Halt gaben, den Hügel weiter hinaufkletterte.

Als sie oben angelangt war, hielt sie heftig atmend inne und versuchte, ausgehend von dem Punkt, an dem sie ihn von der Straße aus gesehen hatte, Zachs Position auszumachen. Da hörte sie plötzlich ein leises Stöhnen zu ihrer Rechten, und froh über dieses Lebenszeichen von ihm –

und beschämenderweise auch darüber, dass sie mitten im Wald in tiefer Nacht wenigstens nicht allein war – ging sie in die Richtung, aus der der Laut gekommen war.

Sie hatte keine drei Schritte gemacht, als sie stolperte und auf Händen und Knien auf dem Boden landete. Ein Schluchzen entrang sich ihrer Kehle, und mühsam richtete sie sich wieder auf, wobei sie panisch ihre Hände an der Jeans rieb, um den daran haftenden Dreck abzuwischen. Dann nahm sie ihren Weg durch das unwegsame Gelände mit größerer Vorsicht wieder auf. »Zach?«

»Lily. Was, zum Teufel, machst du denn hier?«

Er klang benommen, und vor Erleichterung, seine Stimme zu hören, hätte sie beinahe zu weinen begonnen. Als sie endlich bei ihm war und sah, wie er sich aufsetzte und sich dabei vorsichtig an die linke Schläfe fasste, ließ sie sich auf die Knie fallen, schlang ihre Arme um seinen Nacken und umklammerte ihn.

»Au«, protestierte er mit heiserer Stimme.

Aber er legte immerhin seinen Arm um sie, und sie bebte am ganzen Körper, als sie die Kraft und die beruhigende Wärme spürte, die in dieser Umarmung lagen. Sie klammerte sich an ihn. »O Gott, Zach. Ich hatte solche Angst, dass du tot sein könntest.«

»Wäre vielleicht auch besser. Mich wie ein dummer Rekrut ablenken zu lassen!« Er klang plötzlich viel wacher … und zorniger. Dann umfasste er ihr Kinn, hob es an und beugte sein Gesicht so weit vor, dass sich ihre Nasen fast berührten. »Wie bist du denn auf die Idee gekommen, dich in meinem Auto zu verstecken? Was hast du dir nur dabei gedacht, Lily?«

»Ich weiß nicht«, sagte sie wahrheitsgemäß. »Der ursprüngliche Plan war doch, dass dir deine Freunde Deckung geben, und als das nicht geklappt hat, wollte ich einspringen, damit du das nicht allein durchziehen musst.« In Anbetracht dessen, was für eine tolle Hilfe sie gewesen war, hörte es sich laut ausgesprochen noch dümmer an. »Ich habe einfach nicht nachgedacht.«

Er sah sie überrascht an. »Du hast mir Deckung gegeben?«

Ihr Lachen klang, als befände sie sich gefährlich nah am Rand der Hysterie. »Na ja, das hatte ich jedenfalls so geplant, theoretisch. Aber es ist so dunkel hier draußen, und der Wald und all die Geräusche haben mich fast zu Tode erschreckt. Alles, was ich erreicht habe, war, dass du beinahe ermordet worden wärst.«

Sein Arm legte sich fester um ihre Taille. »Verwechsle mich bloß nicht mit einer dieser Memmen von der Navy – es braucht schon mehr als einen kleinen Schlag auf den Kopf, um einen Marine umzubringen.« Er ließ ihr Kinn los und tastete den Boden neben sich ab. Einen Moment später knurrte er zufrieden, und Lily erhaschte einen Blick auf seine Pistole, bevor er sie hinten in seinen Hosenbund steckte.

Er zuckte die Schultern, als er ihrem Blick folgte. »Wenigstens hat der Entführer nicht meine Waffe«, sagte er und runzelte die Stirn. »Aber ich schätze mal, die Hoffnung, dass er nicht mit dem Lösegeld abgehauen ist, ist vergeblich.«

»Keine Ahnung. Ich habe von ihm nicht mehr als einen Schatten hier auf dem Hügel gesehen.«

Zach setzte sich ruckartig auf. Widerwillig ließ Lily seinen Nacken los und lehnte sich zurück. Er fasste sie um die Schultern und sah sie eindringlich an. »Du hast ihn hier oben gesehen?«

»Ja, aber leider nicht sehr gut. Nur so, dass ich dachte, er ist zu groß für eine Frau.«

Zach, der diese Frage offensichtlich im Moment für unbedeutend hielt, wischte ihre Bemerkung mit einer Kopfbewegung beiseite. »Wo warst du, als du ihn gesehen hast? Das ist wichtig, Lily.«

»Da unten, am Zeltplatz.«

Er gab ihr einen kurzen, festen Kuss. »Du bist wunderbar! Vielleicht ist doch noch nicht alles verloren.« Er erhob sich.

Als er sich schon umgedreht hatte und losgehen wollte, rappelte sich Lily eilig auf. »Warte! Lass mich hier nicht allein!«

Er streckte seinen Arm nach hinten und ergriff ihre Hand. »Dann komm.« Er hatte das im Befehlston gesagt, dann aber verstärkte er fürsorglich seinen Griff. »Aufpassen, da ist eine Wurzel.«

»Wo ist eine Wurzel?« Abgesehen von seinem schemenhaften Gesicht, das sich unmittelbar vor ihr befand, hätte sie ebenso gut in einer stockfinsteren Höhle sein können. »Wie kannst du hier nur etwas sehen?«

»Gute Nachtsicht, das weißt du doch. Zumindest wenn mir nicht jemand mit der Taschenlampe ins Gesicht leuchtet. Jetzt einen Schritt nach links.«

Zach führte Lily zum Zeltplatz und hielt ihre Hand fest, bis sie an der Feuerstelle angelangt waren. Dort kauerte er sich hin und tastete den Boden ab. Die Anspannung, unter der er stand, seit er das Bewusstsein wiedererlangt hatte, löste sich schlagartig, als seine Hand den Aktenkoffer fand. Vielleicht hatte er ja doch nicht komplett versagt. Sein Kopf fühlte sich an, als hätte jemand Nägel hinter seine Augen getrieben, und er sah auch nicht ganz klar, aber mit so etwas konnte er leben. Nicht dagegen damit, die Übergabe vermasselt und seine Schwester in noch größere Gefahr gebracht zu haben – allerdings sah es so aus, als würde er eine zweite Chance bekommen. Und dieses Mal würde er es sein, der die Bedingungen stellte.

»Ich kann mir nicht vorstellen, dass ich ihn mit einem Stein verjagt haben soll«, sagte Lily, als er aufstand, und sah sich nervös um.

»Das hast du wahrscheinlich auch nicht. Ich vermute, er wollte nicht, dass du sein Gesicht siehst.« Er umklammerte mit der einen Hand den Griff des Koffers, mit der anderen hielt er Lily fest und führte sie vom Zeltplatz zum Jeep. Aber als er gleich darauf die Beifahrertür für sie öffnete, machte sie keine Anstalten einzusteigen. Sie hob trotzig das Kinn und streckte die Hand aus.

»Gib mir den Wagenschlüssel.«

»Mach dich doch nicht lächerl…«

»Mach du dich nicht lächerlich«, fiel sie ihm ins Wort und schlug ihm mit der ausgestreckten Hand gegen die Brust. »Das war eine fürchterliche Nacht, und ich bin nicht so dumm, in ein Auto zu steigen, das jemand fährt, der vielleicht eine Gehirnerschütterung hat.«

»Ich habe keine Gehirnerschütterung.« Er stemmte die Hände in die Hüften und bedachte sie mit seinem strengsten Blick.

Ohne ihre üblichen Schwindel erregend hohen Absätze reichte sie ihm kaum bis zur Brust. Aber offensichtlich fühlte sie sich wie ein Riese, denn sie wich unter seinem Blick, der Männer, die doppelt so groß waren wie sie, zusammenzucken ließ, nicht zurück, im Gegenteil, sie schlug ihm noch einmal auf die Brust. »Gib ihn mir!«

Er gehorchte. Es widerstrebte ihm zwar, das zuzugeben,

aber sie war in wesentlich besserer Verfassung als er, und es wäre dumm gewesen, wenn er darauf bestanden hätte, zu fahren. Er kletterte auf den Beifahrersitz, lehnte seinen schmerzenden Kopf gegen die Kopfstütze, schloss die Augen und öffnete sie erst wieder, als Lily, wie es ihm schien, nur wenige Minuten später den Motor abstellte.

Überrascht stellte er fest, dass er eingeschlafen sein musste. Sie waren zurück auf dem Anwesen der Beaumonts, und das Haus war hell erleuchtet. Er unterdrückte ein Seufzen, dann tastete er nach dem Türgriff und hielt nur inne, weil Lily seinen Oberschenkel berührte.

»Wie fühlst du dich?«

Zum Kotzen. »Gut.«

Sie sah ihn skeptisch an. »Du bist kein besonders guter Lügner, Zach.«

»Na und? Wäre es vielleicht besser, wenn ich sage, mein Kopf fühlt sich an, als würde jemand mit einem Hammer draufschlagen? Ich werde trotzdem tun, was getan werden muss.« Er holte tief Luft, dann stieß er die Tür auf, schlüpfte unter ihrer warmen Hand auf seinem Oberschenkel weg und kletterte aus dem Auto. Aber als er sie über das Jeepdach hinweg anblickte, gab er zu: »Was eine Sache betrifft, könnte ich deine Hilfe allerdings gebrauchen, bevor wir uns in die Höhle des Löwen begeben.«

Miguel stand an einer Tür im ersten Stock und presste sein Ohr dagegen, als von unten plötzlich aufgeregtes Stimmengewirr zu hören war. Er hatte gerade überlegt, ob er es wagen sollte, das Zimmer zu betreten, aber jetzt hob er den Kopf und lauschte, ob er irgendetwas von dem, was gesprochen wurde, verstehen konnte. Aber auch wenn der Lärmpegel stieg und fiel, bekam er kein Wort mit.

Er wusste nicht, was da unten vor sich ging, er wusste nur, dass es ihm nicht gelegen kam. Er befand sich zwar ein Stockwerk höher, aber er fühlte sich trotzdem wie auf dem Präsentierteller. Von der anderen Seite der schweren Tür drang kein Laut zu ihm. Er drehte vorsichtig am Türknauf, und da das drinnen keinerlei Reaktion hervorrief, schlüpfte er schnell in das Zimmer.

In dem spärlichen Licht, das vom Flur hereinfiel, erkannte er, das er sich in einem weiteren eleganten Zimmer befand. Dieses Haus war unglaublich. In Bogota waren selbst erstklassige Hotels nicht halb so luxuriös, und er strich mit den Fingerspitzen bewundernd über den vor ihm stehenden, mit einem gestreiften Seidenstoff bezogenen Stuhl. Dann hörte er plötzlich Schritte, die den Flur entlangkamen. Er stand reglos da und starrte auf den Türspalt. Er wagte kaum zu atmen, bis die Schritte vorbeigelaufen waren und die Treppe hinunterpolterten.

Und in Hotels ging es auch nicht so zu.

Er sollte schleunigst von hier verschwinden. Seit einer Stunde überprüfte er heimlich ein Zimmer nach dem anderen und hatte immer noch keinen auch noch so flüchtigen Blick auf Taylors blonde *puta* werfen können. Mittlerweile hatte sich in diesem Haus eine Unruhe verbreitet wie in einem Bienenstock, was es ihm fast unmöglich machte, sich unentdeckt zu bewegen. Und als ihm kurz darauf durch den Kopf ging, dass er sich kaum mehr erinnern konnte, wie Emilita aussah, überlegte er einen Augenblick lang, ob er nicht nach Bisinlejo zurückgehen und diesen ganzen Rachefeldzug abblasen sollte.

Dann schwoll seine Brust an. Bei dieser Angelegenheit ging es nicht um sie. Es ging um Ehre und um seinen guten Namen und darum, ein richtiger Mann zu sein. Außerdem hatte Taylor immer gepredigt, dass Tapferkeit nichts ohne Vorsicht war, als er damals den Männern von Bisinlejo zeigte, wie sie sich gegen das Kartell behaupten konnten. Er würde also bleiben und die Sache durchziehen. Aber fürs Erste musste er wohl den Rückzug antreten.

Miguel ging zur Tür. Abzuhauen, bevor der Stabsfeldwebel zurückkehrte, war nicht feige. Damit folgte er nur dem Credo, zu leben, um zu kämpfen.

So wie es ihn die US-Marines gelehrt hatten.

Lily merkte, wie Zorn in ihr aufstieg, als sie neben Zach im Wohnzimmer der Beaumonts stand. Richard brüllte herum, Mrs. Beaumont war hysterisch, und Cassidy saß auf der Couch und grinste, als sei das Ganze nichts weiter als ein Melodram, das allein zu ihrer Unterhaltung aufgeführt wurde. Christopher musterte Zach die ganze Zeit über mit zusammengekniffenen Augen, und Jessica, wenn sie nicht gerade versuchte, ihre Tante zu beruhigen, sah die Anwesenden fassungslos an, als könne sie nicht glauben, wie sie sich benahmen.

Lily ging es im Grunde nicht anders. Seit sie und Zach berichtet hatten, was im Moran-State-Park vor sich gegangen war, war hier die Hölle los. Und nach allem, was Zach wegen der Beaumonts durchgemacht hatte, konnte sie deren Verhalten nicht einmal ansatzweise verstehen oder nachvollziehen. An Zachs Schläfe hatte sich eine Beule gebildet, so groß wie ein Golfball, und er war erschreckend blass. Er machte den Eindruck, vollkommen erledigt zu sein, aber sie hielt es für unwahrscheinlich, dass er in der nächsten Zeit die nötige Ruhe bekommen würde, nachdem er gerade auf Christophers Frage, wo das Geld sei, eine weitere Bombe losgelassen hatte. Allein der kurze Moment der Stille, der seiner Antwort gefolgt war, war ihm vergönnt.

Dann trat Christopher vor und baute sich vor ihm auf. »Was wollen Sie damit sagen, Sie haben das Geld an einen sicheren Ort gebracht?«

Die Aggressivität in seiner Stimme veranlasste Lily, einen Schritt zurückzutreten. Ihre Wimpern flatterten nervös, aber Zach blinzelte nicht einmal.

»Genau das. Ich habe die Nase voll davon, dass Sie jeder verdammten Forderung der Entführer nachgeben, ohne auch nur eine einzige Vorsichtsmaßnahme zu treffen, die die Sicherheit von Glynnis und David gewährleistet.«

Überraschenderweise schien sich daraufhin Christophers Angriffslust zu verflüchtigen, und er wandte sich wieder ab. Aber bevor Lily aufatmen konnte, meldete sich Richard zu Wort und fragte in herausforderndem Ton: »Und welche Maßnahmen könnten wir treffen?«

»Zunächst einmal sollten Sie darauf bestehen, mit Ihrem Cousin zu sprechen, bevor Sie ihnen sein Geld in den Rachen werfen«, gab Zach zurück. »Mann. Sie schicken mich mit einem Koffer voll Scheine da raus und haben nicht die geringste Garantie, dass die beiden wohlbehalten zurückkehren – geschweige denn, dass Sie auch nur die Spur eines Beweises haben, dass sie überhaupt noch am Leben sind.«

Mrs. Beaumonts hysterisches Heulen nahm an Lautstärke noch zu, aber Zach wandte seine Aufmerksamkeit nicht von den beiden Männern ab. »Von jetzt an«, sagte er mit kalter Stimme, »werden wir so verfahren, wie ich es für richtig halte.«

»Was Sie nicht sagen«, gab Richard zurück, und Mrs. Beaumont kreischte: »Sie werden ihn töten! Damit werden Sie meinen kleinen David umbringen!«

Zach sah zu der Frau. »Nein, Ma'am, das werde ich nicht«, widersprach er ihr. »Blinder Gehorsam gegenüber den Entführern wird ihn umbringen.«

»Sie können doch nicht einfach unser Geld behalten und uns erklären, dass wir kein Wörtchen mehr mitreden dürfen, was damit geschieht«, sagte Richard zornig. »Das ist Diebstahl.«

»Dann rufen Sie doch die Polizei.« Zach brachte ihn mit einem eiskalten Blick zum Schweigen. »Das wäre ganz in meinem Sinne. Denn dann können Sie ihnen auch gleich sagen, wo *Sie* alle gewesen sind, als ich da draußen war und Ihren Anweisungen folgte.«

»Was wollen Sie damit sagen, Sie –«

Als Richard drohend einen Schritt auf Zach zumachte, hatte Lily endgültig die Nase voll. Sie stellte sich zwischen die beiden Männer. »Jetzt reicht's! Was soll das eigentlich? Zach wurde heute Abend bewusstlos geschlagen, als er versuchte, David und Glynnis und Ihr beschissenes Geld zu retten, und seit wir zurück sind, höre ich Sie nur darüber klagen, dass die Übergabe geplatzt ist.«

»Hey, ich dachte, er ist der supertolle Experte«, schnaubte Richard.

»Ja, und ist es nicht erstaunlich, dass Sie das nur dann meinen, wenn er sich in Gefahr begeben soll? Als er Ihnen einen Rat geben wollte, hat sich trotz seiner Erfahrung keiner dafür interessiert. Sie sollten sich schämen! Meinetwegen können Sie hier sitzen bleiben, herumschreien und sich in selbstgerechter Empörung ergehen, bis Sie schwarz werden. Aber Zach wurde verletzt, als er etwas tat, das keiner von Ihnen tun wollte, und ich habe keine Lust mehr, mir Ihr Gejammer noch länger anzuhören. Ich bringe ihn jetzt rauf in sein Zimmer.«

Und mit einem letzten drohenden Blick auf die Anwesenden, dass bloß keiner wagen sollte, sie aufzuhalten, nahm sie Zach am Arm und marschierte mit ihm aus dem Zimmer.

Gott, war ihm das peinlich. Er lag im Bett, nachdem Lily ihn ausgezogen und zugedeckt hatte und dann in ihr eigenes Zimmer gegangen war. Zach dachte daran, wie sie ihn gegen die wütenden Beaumomts verteidigt hatte. Er war kein kleiner Junge, der seine Mami brauchte, damit sie ihn vor den bösen Buben beschützte. Allerdings er musste zugeben, dass es ungeheuer beeindruckend war, dabei zuzusehen, wie eine ein Meter fünfzig und ein paar Millimeter große Blondine es mit einem halben Dutzend Leute aufnahm und alle mit offenem Mund stehen ließ.

Natürlich waren die Beaumonts nicht die Einzigen gewesen, denen der Mund offen stehen geblieben war – und war es nicht auch er gewesen, der zugelassen hatte, dass sie ihn aus dem Zimmer führte? Was sagte das über ihn aus? Dass er ein Feigling war, ein Typ, der sich hinter dem Rock einer Frau verbarg. Und doch, noch nie war jemand so für ihn eingetreten, und das war … *Scheiße.* Die Wahrheit war, dass er sich fühlte, als wäre er unter eine Dampfwalze geraten, und dass er sich über seine Gefühle alles andere als klar war, außer dass ihm an der Stelle, wo sich sein hartes Marine-Herz befand, warm war. Und das war nicht gut. Niemand wusste besser als er, wie gefährlich es war, wenn ein anderer Mensch zu wichtig für einen wurde. Denn irgendwann verließ er einen ja doch.

Nicht dass es in diesem Fall so weit kommen würde, dafür würde er schon sorgen. Der Trick bestand darin, sich nicht zu sehr an die Nähe eines anderen Menschen zu gewöhnen, und wie das ging, hatte er vor langer Zeit gelernt. Er hatte nicht vor, sich an Lily zu gewöhnen. Sobald er seine Schwester zurückgeholt und sich vergewissert hatte, dass David Beaumont gut genug für sie war, würde er sich überlegen, wie er seine letzten beiden Dienstjahre verbringen wollte. Und da die kleine Miss Lily mit ihrem Restaurant große Pläne hatte, würde sie bestimmt einen anderen Weg einschlagen, ohne auch nur einen Blick zurückzuwerfen.

Als der Gegenstand seiner Überlegungen, in einen Hauch von Satin und Spitze gehüllt, der einen Mann von den Toten erwecken könnte, zurück in sein Zimmer kam, zeigte sein Gesicht daher einen gleichgültigen Ausdruck. »Ich bin ziemlich fertig, Süße. Ich glaube, heute Nacht bin ich nicht mehr zu allzu viel zu gebrauchen.«

Einen Moment starrte sie ihn mit offenem Mund an. Aber dann fing sie sich wieder, und ihre Lippen verzogen sich zu einem Grinsen, das echte Belustigung verriet. »Ach, so ein Mist. Da hatte ich doch glatt davon geträumt, endlich mal Sex mit einem Typen zu haben, der mir und meinen sadistischen Fantasien völlig wehrlos ausgeliefert ist.« Sie seufzte laut. »Na, dann werde ich mich wohl damit begnügen müssen, mich um deine kleinen Wehwehchen zu kümmern.«

Erst jetzt bemerkte er zu seiner Beschämung das kleine Tablett, das sie trug, und er sagte mit möglichst neutraler Stimme: »Ist nicht nötig.«

Sie nickte verständnisvoll. »Klar, du bist ja so ein großer, starker Marine.« Sie kletterte aufs Bett und stellte das Tablett vorsichtig neben ihm ab.

»Genau.« Was, zum Teufel, hatte sie vor? Er sah sie unsicher an, als sie ein Bein über ihn streckte und sich über ihn kniete, dann ihren üppigen Hintern senkte und sich vorsichtig auf seine Schenkel hockte.

»Manchmal braucht selbst ein Marine ein bisschen Fürsorge«, sagte sie. »Das heißt aber nicht gleich, dass er so ist wie eine dieser Memmen von der Navy.« Sie beugte sich zur Seite, um einen Waschlappen aus der Schüssel mit warmem Wasser zu nehmen und auszuwringen, dann wandte sie sich ihm wieder zu und tupfte vorsichtig die Beule an seiner Schläfe ab.

In den nächsten paar Minuten beobachtete Zach, wie sich ihre Brüste unter dem dünnen Nachthemd hin- und herbewegten, während sie seine Wunde versorgte, und fühlte sich vollkommen hilflos. Er konnte sich nicht erinnern, dass sich irgendwann einmal jemand so fürsorglich um ihn gekümmert hatte. Wenn er sich als Kind verletzt hatte, hatte ein Eingeborener sachkundig, aber wenig liebevoll seine Wunden versorgt, da seine Eltern meistens unterwegs waren, um ihrerseits den Eingeborenen medizinische Versorgung angedeihen zu lassen. Und bei der Armee hatten sich immer irgendwelche Ärzte um ihn gekümmert. Jedenfalls hatte sich dabei, weiß Gott, nie jemand auf seinen Schoß gesetzt, noch hatte sich jemand so angefühlt oder so gerochen und ihm garantiert auch keinen Kuss auf die Verletzung gehaucht, nachdem sie versorgt war.

Mann. Was hatte sie nur an sich? Er hatte das Gefühl, wenn er nicht aufpasste, würde sie ihn noch um den letzten Rest seines Verstandes bringen. Mit diesem Körper, mit der Fähigkeit, ihn ständig in Erstaunen zu versetzen, und mit ihrer natürlichen Freundlichkeit war diese Frau gefährlicher als eine Stange Dynamit.

Aber im Moment war er viel zu müde, um mehr als Dankbarkeit zu empfinden, als sie ihn ein paar Minuten später das Tablett wegbrachte, ins Bett kletterte und sich an ihn kuschelte. Er zog sie ein wenig fester an sich und seufzte.

Zum Teufel. Morgen früh würde er wieder klar denken können. Im Moment war er zufrieden damit, wie es war. Er schloss die Augen und konzentrierte sich auf Lilys Atem, der über seine Brust strich, auf die Wärme ihres Arms, der über seinem Bauch lag.

Dann versank alles um ihn herum.

18

Als am nächsten Morgen das Telefon klingelte, nahm Lily ab, bevor Zach aufwachen konnte, und flüsterte ein Hallo in den Hörer.

Einen Augenblick blieb es still, dann sagte eine Männerstimme: »Sie müssen Lily sein. Geben Sie mir Zach.«

Im Hintergrund hörte sie die Stimme einer Frau, die irgendwas von schlechten Manieren sagte, aber sie erwiderte nur: »Er schläft.«

»Dann wecken Sie ihn auf. Sagen Sie ihm, Coop will ihn sprechen.«

»Nein.«

»Wie bitte?« Er hätte Zachs Zwillingsbruder sein können, so fassungslos klang er, dass sich jemand seinem Befehl widersetzte.

»Nein, das werde ich nicht tun. Gestern Nacht sollte die Übergabe stattfinden, und das Ganze endete damit, dass Zach einen Schlag auf den Kopf bekommen hat. Ich werde ihn nicht stö–«

»Hat er das Bewusstsein verloren?«

»Ja.«

»Länger als ein paar Minuten?«

»Nein.«

»Musste er ins Krankenhaus?«

»Nein«, sagte sie zögernd, weil ihr nicht gefiel, welche Richtung das Gespräch zu nehmen begann. »Zach sagte, das sei nicht nötig.«

»Nun, bei seiner Erfahrung kann er das wohl beurteilen.«

»Er hat eine Beule von der Größe eines Golfballs!«

»Das heißt nicht unbedingt, dass es etwas Schlimmes ist«, erklärte ihr Coop, und seine Stimme bekam einen tröstenden Klang und nahm ihr für einen Augenblick ein wenig von ihrer Besorgnis. »Wenn er keine Beule hätte, müssten Sie sich mehr Gedanken machen, weil das oft bedeutet, dass der Bluterguss nach innen auf das Gehirn drückt.« Ohne Vorwarnung wurde seine Stimme wieder sachlich. »Sie können ihn also ruhig aufwecken und ans Telefon holen. Er ist schließlich keine von den Memmen bei der Navy und –«

»Was habt ihr Kerle bloß immer mit der Navy?«, unterbrach sie ihn hitzig und fühlte sich doppelt hintergangen, weil sie kurz auf sein vermeintliches Mitgefühl hereingefallen war. »Er hat einen Schlag auf den Kopf bekommen, und ich werde nicht –«

»Lily.« Zachs verschlafene Stimme unterbrach ihren Redeschwall, noch bevor sie richtig loslegen konnte, und sie drehte sich rasch um und sah, wie er sich auf einem Ellbogen aufrichtete und dabei die Decke bis zu seinen Hüften rutschte. »Ich bin wach.« Er streckte die Hand nach dem Telefonhörer aus.

Sie wollte ihm den Hörer nicht geben. Er sollte sich wieder hinlegen, damit sie seinen Puls fühlen und sicher sein konnte, dass sein Herzschlag regelmäßig war, und sie wollte seine Verletzung untersuchen, um zu sehen, ob die Beule nicht größer geworden war. Aber er streckte weiter fordernd die Hand aus und bedachte sie mit einem strengen Blick. Mit einem Seufzer gab sie ihm den Hörer.

Es war ein kurzes Gespräch. Zu ihrem Ärger gelang es ihr nicht, irgendetwas aus Zachs Gemurmel und seinem *Hm-hm* zu entnehmen. Als sie ihn allerdings sagen hörte: »Ich bin in fünfzehn Minuten da«, fuhr sie auf.

»Nein«, protestierte sie, sobald er aufgelegt hatte. Aber er reagierte überhaupt nicht auf ihren Einwand, und so konnte sie nur resigniert zusehen, wie er sich anzuziehen begann. »Zach, sei doch vernünftig. Du kannst mit dieser Verletzung am Kopf nicht herumrennen.«

»Mit meinem Kopf ist alles in Ordnung.« Gleich darauf war er fertig angezogen und ging trotz ihrer Proteste zur Tür.

Sie folgte ihm auf den Fersen. »Das ist verrückt.«

»Es muss sein. Der Entführer hat letzte Nacht nicht gekriegt, was er wollte, also wird er es noch mal versuchen. Diesmal werden wir ihn festnageln.«

»Nicht, wenn du im Krankenhaus landest, weil du mit einer Gehirnerschütterung in der Gegend herumgelaufen bist.«

»Ich habe keine Gehirnerschütterung, Lily. Es war nur ein kleiner Schlag auf den Kopf, und mir geht es wieder gut.«

Verärgert stieß sie die Luft aus. »Du bist so verdammt stur!«

Er grinste und zog sie an sich. Dabei ging er ein bisschen

in die Knie und drückte seine Hüften gegen sie, und dann küsste er sie lange. Aber obwohl er sie so hielt, dass ihre nackten Füße nur noch mit den Zehenspitzen den Boden berührten und ihr Körper wehrlos so eng wie möglich an den seinen gepresst war, merkte sie, dass er hinter seinem Rücken die Tür öffnete, um zu gehen.

»Oh!« Das war Jessicas aufgeregte Stimme aus dem Flur. »Tut mir Leid, ich wollte nicht stören. Ich bin … oh.«

Zach hob langsam den Kopf. Er fuhr sich mit der Zunge über die Lippen und sah auf Lily hinab. »Ich würde ›entschlossen‹ ›stur‹ vorziehen«, murmelte er und drückte rasch einen letzten Kuss auf ihre leicht geöffneten Lippen. Während sie sich bemühte, wenigstens einen kleinen Teil ihres Verstands zurückzugewinnen, wandte er sich mit einem Lächeln zu Jessica, die immer noch mit vorgestreckter Hand vor der Tür stand. »Sie stören nicht«, sagte er gelassen. »Ich wollte sowieso gerade gehen.«

Und eine Sekunde später tat er das auch.

»Wow«, sagte Jessica leise und sah ihm nach, bis er am Ende des Flurs um die Ecke gebogen war. Sie trat ins Zimmer. »Es geht ihm offensichtlich besser.« Dann sah sie Lily prüfend an, und ein leichtes Lächeln umspielte ihre Lippen. »Sie sehen dagegen aus, als hätten Sie Fieber.«

»Ach du meine Güte.« Lily lachte verwirrt auf. »Würde mich nicht wundern.« Sie sah ihre Freundin an. »Woher haben Sie gewusst, dass ich hier bin und nicht in meinem Zimmer?«

»Da war ich ja zuerst. Sie waren nur zu beschäftigt, um mein Klopfen zu hören.« Jessica lächelte sie schief an und zuckte die Schultern. »Als Sie nicht geantwortet haben, dachte ich, ich versuche es hier.«

Lily spürte, dass sie rot wurde, und beschloss, das Thema zu wechseln. »Nun ja, also, äh, Sie sind ja schon früh auf den Beinen.«

Jessica grinste sie viel sagend an, erwiderte jedoch höflich: »Ja, stimmt. Und es tut mir Leid, dass ich Sie überfalle, bevor Sie angezogen sind, aber beim Friseur hat jemand abgesagt, und ich habe in einer Dreiviertelstunde einen Termin zum Haareschneiden. Sind Sie bereit, das Frühstück ausfallen zu lassen und mit mir in die Stadt zu fahren?«

Lilys Verantwortungsgefühl lag im Widerstreit mit ihrem keineswegs verrauchten Ärger über das Verhalten, das der Rest der Sippe in der vergangenen Nacht Zach gegenüber gezeigt hatte. Sie wog die beiden Gefühle gegeneinander ab und nickte schließlich kurz.

»Klar, was soll's. Ihre Familie kann sich auch einmal selbst um ihr Frühstück kümmern. Ich brauche fünfzehn Minuten, um mich fertig zu machen, dann treffen wir uns unten.«

Zach betrat das Kangaroo House Bed and Breakfast. An der kleinen, unter der offenen Treppe eingebauten Empfangstheke war niemand, deshalb ging er geradewegs in das Vestibül mit den wuchtigen Möbeln, die um einen großen steinernen Kamin gruppiert waren, und wandte sich nach links. Ein paar Schritte weiter befand sich eine Tür, auf der KATHLEEN'S SUITE stand, und er klopfte kurz und vernehmlich.

Die Tür öffnete sich, und der unerwartete Anblick von Veronica, Coops Frau, brachte Zach einen Moment aus der Fassung. Dann breitete sich ein Lächeln über sein Gesicht. Ihr glänzendes schwarzes Haar, das sich normalerweise glatt um ihren Kopf schmiegte, war leicht zersaust, aber ihre blasse Haut zeigte den üblichen matten Schimmer.

»Hallo, Ronnie«, sage er. »Du siehst wie immer bezaubernd aus.«

Sie lachte. »Und du bist so charmant wie immer.« Sie öffnete die Tür etwas weiter und trat einen Schritt zurück. »Komm rein.«

Hinter ihr erspähte er Rocket, der gerade ein ausklappbares Bett in der Wand versenkte. Als er in das Wohnzimmer trat, entdeckte er zu seiner Rechten ein Badezimmer und zu seiner Linken eine offene Schlafzimmertür, durch die Coop kam.

Sein Freund war groß gewachsen, blond und zäher als Leder, seine dunklen Augen bekamen jedoch einen sanften Ausdruck, und seine noch dunkleren Augenbrauen zogen sich überrascht zusammen, als er sah, dass seine Frau das Zimmer verließ. »Was hast du vor, Liebling?«

»Ich gehe frühstücken und lass euch Jungs allein, damit ihr ungestört miteinander reden könnt.« Sie drehte sich zu Zach um. »Das mit deiner Schwester tut mir sehr Leid«, sagte sie. »Bitte sag mir, wenn ich irgendetwas tun kann. Ich weiß, dass du sie zurückbekommen wirst, aber bis es so weit ist, musst du furchtbar in Sorge sein.« Dann zog sie mit einem gemurmelten Abschiedsgruß die Tür hinter sich zu.

»Charmant?«, sagte John, sobald sie verschwunden war, und sah Zach mit hochgezogenen Augenbrauen an. »Hat sie von dem hart gesottenen Kerl geredet, den wir alle kennen und fürchten?«

»Hey, das letzte Mal, als ich Veronica gesehen habe, waren sie und Coop gerade im Begriff zu heiraten. Ich habe mich immer schnell verdrückt, wenn unser Herzensbrecher anfing, an ihr rumzufummeln.«

»Dann musst du ja verdammt viel Zeit damit verbracht haben, dich zu verdrücken«, sagte John spöttisch, »weil er das immer noch bei jeder sich bietenden Gelegenheit tut.« Die beiden Männer drehten sich um und sahen das Objekt ihrer Unterhaltung an.

Coop zuckte die Schultern. »Was soll ich sagen? Sie lädt eben zum Herumfummeln ein.«

»Muss wohl so sein«, sagte Zach trocken, »wenn du sie nicht einmal so lange zu Hause lassen konntest, bis du hier deinen Job erledigt hast.«

»Du weißt ja noch nicht einmal die Hälfte.« Rocket warf dem Freund einen mitleidvollen Blick zu. »Er sagte: ›Aber Liebling, Schätzchen, Süße. Das ist Männersache, du kannst nicht mitkommen.‹ Daraufhin sie« – Johns Stimme kletterte eine Oktave höher –: »›Ich komme mit, Cooper Blackstock, und keine Widerrede.‹« Dann sprach er mit normaler Stimme weiter. »Und er gab klein bei, Midnight, er gab einfach klein bei. Mit hängendem Kopf sagte er: ›In Ordnung, Prinzessin. Wie du willst.‹ Himmel, sie saß auf der Fahrt hierher sogar auf dem Beifahrersitz und hat ihn keine Sekunde aus den Augen gelassen.«

Zach schüttelte traurig und ungläubig den Kopf. »Wer hätte gedacht, dass wir einmal den Tag erleben würden, an dem sich Iceman in einen Softie verwandelt, der einfach nicht Nein zu seinem kleinen Frauchen sagen kann?«

Coop schnaubte. »*Mein* kleines Frauchen war es zumindest nicht, die sich heute Morgen geweigert hat, dich aufzuwecken, nur weil du eine« – er inspizierte Zachs Schläfe – »winzig kleine Beule am Kopf hast.«

»Ja, aber einige von uns besinnen sich auf ihre Pflicht, sobald sie nach einer ernsthaften Kopfverletzung das Bewusstsein wiedererlangt haben.« Zach sah Coop mit einem breiten Grinsen an. »Und wie du gemerkt haben dürftest, hat Lily mich nicht hierher begleitet.« Nicht dass sie es nicht vermutlich versucht hätte, wenn Jessica nicht rechtzeitig aufgetaucht wäre und verhindert hätte, dass sie auf die Idee kam.

»Wenn ihr beide ausdiskutiert habt, wer den Größeren hat«, mischte Rocket sich ein, »könnten wir uns ja vielleicht mal ums Geschäft kümmern.« Er klopfte mit der Hand leicht auf seinen Hosenschlitz. »Abgesehen davon ist diese Diskussion so überflüssig wie die Warzen auf eurer Brust, meint ihr nicht? Jeder weiß, wer hier den Größten hat.«

Zach und Coop sahen ihn an. Dann sahen sie einander an.

»Das lässt sich nicht bestreiten«, sagte Zach und setzte sich.

»Ist dir eigentlich schon mal aufgefallen, dass er keine Frau hat?« Coop zog einen Stuhl neben Zach und nickte zu Rocket, während er sich setzte. »Aber du spielst in der obersten Liga, Miglionni, keine Frage.«

Dann wandte er seine Aufmerksamkeit Zach zu. »Sag mal, habe ich das vorhin richtig verstanden? Der Entführer hat sich schon gestern gemeldet statt heute?

Lily kaufte ein paar Lebensmittel ein, dann ging sie zum Friseursalon, um sich die Autoschlüssel geben zu lassen und nachzusehen, wie lange Jessica noch brauchen würde. Da es noch eine Weile dauern würde, verstaute sie die Einkäufe im Kofferraum von Jessicas Auto und machte sich auf den Weg in die Drogerie, um ein paar Dinge zu besorgen, die ihr allmählich ausgingen.

Sie schlenderte durch die Gänge, als sie plötzlich vor dem Regal mit Kondomen stand. Abrupt blieb sie stehen, und ihr Herz begann so laut zu klopfen, dass es beinahe zu hören war. »Mein Gott«, flüsterte sie, und ihren Kopf durchzuckte die Erinnerung an das einsame Kondom, das sie in der Nacht auf dem Zeltplatz in der Nähe von Mount Shasta in Zachs Tasche entdeckt hatte. Sie hatten es benutzt, als sie das erste Mal miteinander geschlafen hatten.

Und seitdem keines mehr.

Die Romantikerin in ihr war verwirrt, betrachtete das Sortiment und dachte darüber nach, dass sie richtig in Schwierigkeiten steckte, wenn sie vor lauter Verliebtheit etwas so Grundsätzliches vergessen konnte, wie sich zu schützen. Ihre praktische Seite geriet allerdings in noch größere Verwirrung. Sie konnte es einfach nicht fassen, dass ihr bis jetzt nicht einmal aufgefallen war, dass sie keine Kondome verwendet hatten, oder ihm, da man Zach kaum als verantwortungslos bezeichnen konnte. Sie nahm die Pille, wegen einer Schwangerschaft brauchte sie sich also keine Gedanken zu machen. Aber das wusste er nicht, und er hatte kein einziges Mal nachgefragt. Und dass sie beide die grundlegendsten Vorkehrungen außer Acht gelassen hatten – du lieber Himmel, sie hatten nicht mal darüber gesprochen, ob sie beide gesund waren. Sie hatte es noch nie einfach darauf ankommen lassen, und dass sie es bei Zach getan hatte, weckte in ihr das Bedürfnis, mit dem Kopf gegen die nächstbeste Wand zu schlagen.

Stattdessen nahm sie eine Schachtel Kondome und warf sie in ihren Einkaufskorb. Das war vermutlich so, als würde man die Stalltür zusperren, nachdem das Pferd bereits ausgebrochen war, aber bis sie wusste, dass mit Zach alles in Ordnung war, würde er sich damit abfinden müssen. Er brauchte nicht zu glauben, dass sie ihn sonst noch einmal mit seinem besten Stück in ihre Nähe kommen ließ.

In Gedanken versunken, stieß sie beim Verlassen des Ladens beinahe mit einem jungen Mann zusammen, der gerade eintreten wollte. »Tut mir Leid«, sagte sie und tätschelte entschuldigend seinen Arm, den sie unwillkürlich gepackt hatte. »Ich habe nicht aufgepasst.« Dann runzelte sie die Stirn. Dieses Gesicht kam ihr irgendwie bekannt vor.

Aber im nächsten Augenblick glättete sich ihre Stirn wieder. Er sah ziemlich gut aus mit seinen pechschwarzen Haaren und den dunklen Augen, bestimmt war er ihr in einem der Läden aufgefallen, als sie das letzte Mal in der Stadt gewesen war. Froh, das geklärt zu haben, schenkte sie ihm ein strahlendes Lächeln und machte einen Schritt nach rechts, um an ihm vorbeizugehen.

Da er im selben Augenblick auch nach rechts trat, wich sie einen Schritt nach links aus. Und als er ihr erneut den Weg verstellte, indem er es ihr gleichtat, lachte sie. »Kleines Tänzchen gefällig?«

Seine Augen leuchteten auf, und zu spät kam ihr der Gedanke, dass er das Ganze für einen Flirt halten könnte. Zum Glück hörte sie Jessica ihren Namen rufen, bevor er etwas darauf erwidern konnte.

»Entschuldigen Sie, ich muss gehen.« Sie hob die Hand wie ein Verkehrspolizist, damit er stehen blieb, und ging um ihn herum. Als sie Jessica auf der Straße auf sich zukommen sah, hatte sie den jungen Mann augenblicklich vergessen. Sie rannte ihrer Freundin entgegen, so schnell es ihre gefährlich hohen Stöckelschuhe zuließen.

»Hey«, rief sie, als sie sich vor dem Juweliergeschäft trafen. »Sie sehen toll aus!« Sie strich mit der Hand über die weiche braune Welle, die bis zu Jessicas Kinn reichte. »Wie gefällt es Ihnen?«

»Es ist so anders! Ich erkenne mich selbst nicht wieder. Aber ich glaube, es wird mir gefallen, sobald ich mich daran gewöhnt habe.« Sie schüttelte den Kopf und lachte. »Es fühlt sich ganz leicht an!«

»Die Frisur steht Ihnen wirklich gut. Sie hebt Ihre Gesichtszüge hervor und betont Ihre Augen und Ihren Hals. Dafür bekommen Sie die volle Morrisette-Punktzahl.«

Jessica lachte, sie fühlte sich unbeschwert und hübsch. Dann schüttelte sie ihren Kopf noch einmal, um zu spüren, wie sich die Haare an ihre Wangen schmiegten. »Ja, ich glaube, es gefällt mir! Ich finde es sehr angenehm, dass mir zur Abwechslung einmal keine Zotteln ins Gesicht hängen.« Sie fragte sich, was Christopher wohl zu ihrer neuen Frisur sagen würde. Sie hatte ihm absichtlich nichts von ihrem Vorhaben erzählt, weil sie ihn überraschen wollte.

Als sie ein paar Minuten später im Auto saßen und sich anschnallten, warf sie Lily einen Blick zu. »Wäre es sehr schlimm, wenn ich noch nicht nach Hause fahren will?«

Lily sah sie verwirrt an. »Warum sollte das schlimm sein?«

»Na ja, es ist vielleicht nicht ganz angemessen, seinem Vergnügen nachzugehen, wenn sich der Entführer jeden Augenblick melden kann.«

»Wir sind doch erst – wie lange? – seit einer Stunde unterwegs. Ich denke nicht, dass es schadet, wenn wir uns noch eine Stunde gönnen. Und ich glaube auch nicht, dass Sie oder ich sehr viel tun könnten.« Das sagte Lily mit so viel Nachdruck, dass Jessica unwillkürlich wieder daran denken musste, wie vehement sie in der vergangenen Nacht Zach verteidigt hatte. Bevor sie jedoch weiter darüber nachdenken konnte, lächelte Lily sie freundlich an und fragte: »Was würden Sie denn gerne machen?«

»Haben Sie Lust, nach Olga zu fahren? Ich zeige Ihnen die Orcas Island Artworks. Das ist eine der ältesten Künstlergalerien hier im Nordwesten, und sie haben die tollsten Sachen, Lily. Dort findet man alles von handgestrickten Pullovern bis zu den herrlichsten geschliffenen Gläsern. Ganz zu schweigen von dem entzückenden kleinen Café im Hinterzimmer.« Sie zwinkerte Lily zu. »Ich kauf Ihnen auch was Süßes.«

»Wie schlau Sie doch sind.« Lily grinste sie an. »Sie scheinen mich schon ziemlich gut zu kennen, wenn Sie wissen, dass Sie mich damit kriegen können. Worauf warten wir noch? Klingt großartig.«

»Ich bin sicher, dass es Ihnen gefallen wird. Außerdem ist es nicht sehr weit, nur ungefähr eine Meile von hier auf der anderen Seite des Moran-State-Parks.«

Lily zuckte zusammen. »Da war ich schon.«

Jessica sah ihre Freundin von der Seite an, während sie das Auto aus der Stadt hinauslenkte. »Was ist eigentlich genau passiert, als Sie gestern Nacht mit Zach unterwegs waren?«

Auf dem Weg nach Olga erzählte Lily, wie sie sich auf dem Rücksitz von Zachs Jeep versteckt hatte. Nicht ohne Selbstironie berichtete sie von ihrem Abenteuer im Wald und stellte sich als unbedarftes Stadtgewächs dar.

Als Jess den Blick für einen Moment von der Straße nahm und auf ihre Freundin richtete, lag darin jedoch Bewunderung. »Sie sind ganz schön mutig.«

Lily blieb der Mund offen stehen. »Wie kommen Sie denn darauf?«, fragte sie. »Ich habe mich zu Tode geängstigt!«

»Klar. Aber Sie haben es durchgestanden.«

»Und dabei hätte beinahe jemand Zach den Schädel eingeschlagen.«

Jessica bog in den Parkplatz von Artworks ein, stellte den Motor ab und wandte sich wieder ihrer Freundin zu.

»Wer sagt denn, dass er nicht sowieso einen Schlag auf den Kopf bekommen hätte?«

Lily sah sie nur schweigend an.

»Okay, ich glaube nicht, dass es passiert wäre, wenn Sie Zach nicht abgelenkt hätten, aber trotzdem, Lily! Es war sehr mutig von Ihnen, dass Sie versucht haben, ihm zu helfen.«

Lily lachte und streckte ihre Hand nach dem Türgriff aus. »Ich fürchte, Zach wäre nicht ganz einer Meinung mit Ihnen, aber da ich mich gerne in dem Gefühl sonne, für tapfer gehalten zu werden, will ich nicht weiter widersprechen.«

Auf Jessicas Lippen erschien ein erwartungsfrohes Lächeln, während sie auf das alte, renovierte Gebäude zugingen, in dem früher Erdbeeren abgepackt worden waren und in dem sich jetzt die Artworks befanden. Sie öffnete die Tür und hielt sie auf, um Lily den Vortritt zu lassen. »Das hier ist mein absoluter Lieblingsplatz auf der Insel.«

»Wow«, entfuhr es Lily, als sie den Raum mit seinem offenen Gebälk betrat. »Ich kann verstehen, warum.«

Der Boden der Galerie bestand aus roh geschliffenen, alten Holzdielen, und durch die Fenster fiel Licht in einen Raum, der voll der wunderbarsten Dinge war. Direkt vor Lily waren unterschiedlich große Würfel zu einem Regal aufeinander gestapelt, das Töpferwaren in allen möglichen Größen und Formen enthielt. Die verschiedensten Ausstellungsstücke reihten sich aneinander, Glas fand sich neben Schmuck wieder, Bilder neben Kleidungsstücken. Jessica freute sich mindestens ebenso über Lilys Begeisterung wie darüber, selbst herumstöbern zu können. Die Galerie glich einer reich gefüllten Schatztruhe mit Werken von mehr als fünfundsechzig Künstlern und Kunsthandwerkern, und jedes Mal wieder gab es etwas Neues zu entdecken.

Sie probierte ein paar Filzhüte und bewunderte ihre neue Frisur, als sie im Spiegel sah, dass Lily vor einer Auswahl kleiner Quilts stehen blieb, die an einer der Wände hing.

Nachdem Lily die Stücke eine Zeit lang nachdenklich betrachtet hatte, drehte sie sich zu Jessica um. »Du solltest deine Quilts hier ausstellen.«

Lilys Worte erfüllten Jessica mit Freude, aber da sie es nun einmal gewöhnt war, ihre Arbeit herunterzuspielen und als Hobby abzutun, lag ihr sofort ein Einwand auf der Zunge. Bevor sie ihn jedoch aussprechen konnte, sah die Frau, die hinter der Verkaufstheke stand, interessiert auf. »Sie machen Quilts?«

»Wunderbare Quilts«, antwortete Lily an ihrer Stelle und trat mit einem freundlichen Lächeln zu der Frau. »Sie sind anders als diese hier, aber sie ist mindestens genauso talentiert.«

Mit vor Freude und Verlegenheit gerötetem Gesicht gesellte sich Jessica zu ihnen und begann mit der Künstlerin ein Gespräch über ihre Arbeiten. Nachdem sie sich bereit erklärt hatte, ein paar Stücke zur Begutachtung vorbeizubringen, schlenderte sie ans andere Ende der Galerie, wo sie einen Moment stehen blieb und eine Hand auf ihr heftig pochendes Herz legte, während sie so tat, als betrachte sie das handgeschöpfte Papier und die Karten in der Auslage vor ihr.

Als sich wieder ein bisschen beruhigt hatte, warf sie einen Blick in das Café, um zu sehen, ob ein Tisch frei war. Um ihren Mund spielte allerdings weiterhin ein verträumtes Lächeln.

Es gefror, als sie in der hinteren Ecke des Cafés Christopher entdeckte, der an einem kleinen Tisch neben der Tür saß und sich angeregt mit einer fremden Frau unterhielt.

Der Schmerz, der sie durchfuhr, war so heftig, dass sie nach Luft rang. Eigentlich sollte es sie nicht überraschen, ihn hier zu entdecken, obwohl er ihr gesagt hatte, er bliebe zu Hause, noch dazu mit einer Frau, die in allem das glatte Gegenteil von ihr war. Sie hatte geahnt, dass etwas im Busch war – seit Wochen hatte sie es geahnt. Manchmal war es ihr so vorgekommen, als würde sie seit dem Abend, an dem sie sich kennen gelernt hatten, nur auf einen Augenblick wie diesen warten. Aber jetzt wurde ihr klar, dass es nichts gab, was sie darauf hätte vorbereiten können, ihre schlimmsten Befürchtungen wahr werden zu sehen. Wie betäubt beobachtete sie ihren Ehemann im Gespräch mit der anderen Frau, bis er plötzlich den Kopf hob. Hastig trat sie ein paar Schritte zurück, um nicht gesehen zu werden.

Sie würde es nicht ertragen, wenn er sie entdeckte.

Lily sah auf, als Jessica mit raschen Schritten durch den Mittelgang auf sie zukam, und nach einem prüfenden Blick auf das Gesicht ihrer Freundin runzelte sie die Stirn und ging ihr entgegen. »Was ist los?«

»Ich möchte gehen.«

»Okay. Aber sagen Sie mal, irgendetwas ist doch los mit Ihnen. Geht es Ihnen nicht gut?«

»Nein. Mir ist plötzlich hundeelend.«

»Sie sehen auch nicht besonders gut aus«, sagte Lily. »Lieber Himmel, Jess, Sie sind kreidebleich.« Sie nahm Jessica am Arm und führte sie aus dem Laden, und ihre Besorgnis wuchs noch, als ihre Freundin sich schwer gegen sie lehnte. »Geben Sie mir die Schlüssel. Kann es sein, dass Sie eine Lebensmittelvergiftung haben? Soll ich Sie ins Krankenhaus fahren?«

»Es ist keine Lebensmittelvergiftung, Lily. Ich habe seit gestern Abend nichts mehr gegessen.«

»Vielleicht ist es das.« Sie deutete nach hinten in Richtung Café. »Ich könnte Ihnen etwas –«

»Nein! Ich will einfach nur nach Hause.«

»Sind Sie sicher?« Etwas an Jessicas starrer Haltung beunruhigte Lily, aber als diese nur kurz nickte, sagte sie: »Okay, dann fahren wir.«

Als sie Jessica beim Einsteigen half, hörte sie eine Autotür zuschlagen. Während sie um die Motorhaube herum zur Fahrerseite ging, sah sie sich um und blieb einen Moment wie angewurzelt stehen, als sie denselben jungen Mann erblickte, den sie in der Drogerie beinahe umgerannt hatte.

Dieser junge Mann, fiel ihr plötzlich wieder ein, war ihr nicht hier in der Stadt über den Weg gelaufen, wie sie zunächst gedacht hatte, sondern an einer Tankstelle am anderen Ende des Staates.

Das konnte kein Zufall sein, und ihr Herz begann heftig zu schlagen. Sie hatte das bedrohliche Gefühl, dass hier irgendetwas ganz und gar nicht stimmte.

Und plötzlich wollte sie genauso dringend zurück zum Anwesen der Beaumonts wie Jessica.

19

Niemand war zu sehen, als sie nach Hause zurückkehrten und Lily Jessica in ihre Wohnung begleitete. Nachdem ihr die Freundin versichert hatte, dass sie sich nur ein bisschen ausruhen musste, damit es ihr wieder besser ging, half ihr

Lily ins Bett und brachte ihr einen feuchten Waschlappen, den sie sich über die Augen legen konnte. Es behagte ihr zwar nicht, Jessica allein zu lassen, aber da sie den Eindruck hatte, dass diese ganz froh wäre, eine Zeit lang niemanden sehen zu müssen, verließ sie schließlich das Zimmer. Einen kurzen Moment stand sie unschlüssig im Flur, dann machte sie sich auf die Suche nach Zach.

Sie entdeckte ihn unten im Wohnzimmer, wo er mit großen Schritten zwischen den Terrassentüren und dem Kamin auf und ab ging. Sie blieb in der Tür stehen, als er gerade wieder den Kamin erreicht hatte. Er nahm eine kleine Porzellanfigur vom Kaminsims und warf sie nervös von einer Hand in die andere, ohne offensichtlich irgendeinen Gedanken an deren Wert zu verschwenden. Er machte auf Lily einen einsamen und angespannten Eindruck, und sie trat ins Zimmer. »Wo sind denn die anderen?«

Seine Haltung straffte sich augenblicklich, und er fing die Figur in der Luft auf und stellte sie zurück auf das Sims. Dann zuckte er eine seiner breiten Schultern und drehte sich zu ihr um. »Was weiß ich. Sie werden sich irgendwo verkrochen haben.«

»Der Entführer hat sich also noch nicht wieder gemeldet?«

»Nein.«

»Das tut mir Leid, Zach. Diese Warterei muss schrecklich für dich sein.« Sie trat zu ihm und sah ihn besorgt an. »Ist alles in Ordnung mit dir?«

»Ja, sicher.« Er erwiderte mit seinen intensiven grauen Augen ihren Blick, ließ seine Hand über ihren Arm gleiten und schloss seine Finger um ihr Handgelenk. Dann, mit einem tiefen Seufzen, ließ er die Schultern sinken. »Nein, das wäre gelogen. Meine Nerven liegen vollkommen blank.«

»Kein Wunder. Hast du schon deine Freunde getroffen?«

»Ja.« Das schwache Lächeln, das über sein Gesicht zuckte, verriet Lily, das ihm das Zusammentreffen mit ihnen gut getan hatte. Er spielte mit ihren Fingern. »Wir sind bereit loszuschlagen«, sagte er. »Wenn sich nur endlich der verdammte Entführer wieder rühren würde!«

»Das wird er tun, Zach.« Sie stellte sich auf die Zehenspitzen und drückte ihm einen sanften Kuss auf die Lippen, dann trat sie einen Schritt zurück. »Du darfst nicht die ganze Zeit darüber nachgrübeln.«

Seine Augen fingen an zu leuchten, und er umfasste ihre Hüften, ging ein wenig in die Knie und drückte sie fest an sich. »Na ja, ich weiß nicht«, sagte er. »Das ist verdammt schwer, wenn man sich solche Sorgen macht. Ich glaube fast, du wirst mir etwas zu tun geben müssen, damit ich die Zeit rumkriege, wenn du nicht willst, dass ich unter dem Druck zusammenbreche. Mich ein bisschen ablenken.« Er ließ andeutungsweise seine Hüften kreisen. »Mir würde da auch was einfallen.«

Das erinnerte Lily an etwas. Da sie nach ihrer Rückkehr nicht in ihr Zimmer gegangen war, um ihre Einkäufe abzulegen, schleppte sie noch immer die Tüte aus der Drogerie mit sich herum, und sie reichte sie ihm. »Erst möchte ich dir etwas geben. Es fällt sozusagen unter die Kategorie besser spät als nie.«

»Was ist das?« Er nahm die Tüte und hielt sie so, dass er hineinsehen konnte. Dann ließ er den Arm, der ihre Hüften umfasst hielt, sinken und trat einen Schritt zurück. »Oh, Scheiße.«

Sein Mund bekam einen grimmigen Zug, und er starrte in die Tüte: »O Lily«, sagte er mit heiserer Stimme. »Ich fass es einfach nicht, dass wir miteinander geschlafen haben, ohne uns zu schützen. Ich habe nicht einmal einen Gedanken daran verschwendet.« Das Papier knisterte, als er die Tüte am Rand zusammenknüllte. Er hob den Kopf und sah ihr ins Gesicht. »Kann es sein, dass du schwanger bist?« Ein verächtliches Lachen entfuhr ihm. »Was für eine dumme Frage – natürlich kann es sein. Wir haben ja nichts unternommen, um es zu verhindern, und wir haben gerammelt wie die –«

Bei seinen Worten zuckte sie innerlich zusammen, aber sie sagte gleichmütig: »Das ist nicht das Problem. Ich nehme die Pille.«

»Gut.« Er atmete tief auf. »Gott sei Dank.« Bevor sie wusste, ob seine offenkundige Erleichterung sie verletzte oder eher wütend machte, streichelte er ihre Wange, sah ihr in die Augen und sagte mit zärtlicher Eindringlichkeit: »Es tut mir Leid, Lily. Ich weiß, was du jetzt denkst, aber ich verspreche, dass ich das nicht zur Gewohnheit werden lasse. Mann, ich kann es kaum glauben, dass ich mich nicht darum gekümmert habe. In meinem ganzen Leben habe ich das noch nicht vergessen.«

Sofort fühlte sie sich besser und schmiegte sich an ihn. »Ich weiß, was du meinst. So unvorsichtig war ich auch noch nie. Ich weiß nicht, was mit mir los ist.« Okay, sie wusste es schon, aber da Zach so zurückhaltend war, was emotionale Nähe betraf, wollte sie ihn nicht verschrecken und sah ihn deshalb nur an. »Wir sollten vielleicht mal darüber reden. Die Zahl der Männer, mit denen ich Sex hatte, lässt sich an zehn Fingern abzählen. Und da es seit dem letzten Mal eine Weile her ist und ich mich jährlich testen lasse, bin ich nicht nur sicher, nicht schwanger zu sein, sondern auch in Bezug auf andere Dinge.«

»Ja, ich auch. Ich hatte zwar sicherlich mit fünfmal mehr Frauen Sex, aber –«

»Du hast mit *wie vielen* Frauen geschlafen?«

»So genau weiß ich es nicht, ich habe nicht mitgezählt. Aber ich bin sechsunddreißig Jahre alt, Lily, und hatte vor zwanzig Jahren das erste Mal Sex. Vorsichtig geschätzt würde ich sagen, dass ich mit zwei Frauen pro Jahr geschlafen habe – dann wären wir schon bei vierzig.« Er zuckte die Schultern. »Realistischer betrachtet waren es vielleicht um die hundert.«

»Nicht schlecht.« Bei seiner Rechnung war ihr einen Moment lang der Mund offen stehen geblieben. »Wenn eine Frau zugäbe, so viele Männer gehabt zu haben, würde man sie als Hure bezeichnen. Wie nennt man wohl einen Typen, der mit hundert Frauen im Bett gewesen ist?«

»Einen Marine«, sagte er grinsend, dann wurde er wieder ernst. »Jedenfalls haben die Ärzte mich durchgecheckt, bevor ich nach Südamerika bin, und die Tests waren alle negativ. Seitdem bin ich mit keiner anderen Frau zusammen gewesen. Vielleicht habe ich deswegen –«

Er hielt inne und schüttelte den Kopf. Er hatte einen misstrauischen Ausdruck im Gesicht, als er sie ansah. Dann schien er sich plötzlich wieder seiner Lust von soeben zu entsinnen, und Lily hatte den seltsamen Eindruck, dass er diese Lust als Schutzschild benutzte. Doch als er sie anlächelte und sein Atem warm ihr Ohr umspielte, während er flüsterte: »Was hältst du davon, wenn wir diese Dinger mit nach oben nehmen und schauen, ob wir nicht etwas finden, was wir in sie reinstecken könnten?«, vergaß sie augenblicklich, was sie eben gedacht hatte.

»Oh. Oh, ja. Das könnten wir probieren.«

Kurz darauf fand sie sich oben in ihrem Zimmer wieder

und lag ausgezogen auf dem Bett, während Zach, ebenfalls nackt, sie am ganzen Körper mit Küssen bedeckte.

Er ließ sich Zeit, und als er sich auf den Rücken drehte und eines der neuen Kondome über seinen in die Höhe ragenden Penis rollte, bestand sie aus nichts als in Flammen stehenden Nervenenden. Dann zog er sie auf sich, sodass sie rittlings auf ihm zu sitzen kam. Sie blickte auf ihn hinunter und richtete sich auf. Das Herz klopfte ihr bis in den Hals, als sie seine vor Lust dunkel gewordenen grauen Augen sah. Jede Faser ihres Körpers richtete sich auf und rief begeistert: Ja!, als seine rauen Finger ihre Hüften umfassten und er sie langsam auf seinen heißen, festen Schwanz senkte und tief in sie drang.

»All diese Frauen«, sagte er heiser, als sie schnell ihren Rhythmus fand und sich über ihm hob und senkte. »Sie sind in meinem Kopf zu einer ununterscheidbaren Masse geworden. Ich kann mich kaum noch an sie erinnern.«

Sie war völlig darauf konzentriert, eine Stellung zu finden, die ihn noch tiefer in sie hineintrieb, bis zu jener empfindlichen Stelle in ihrem Inneren, die sie näher, immer näher zum Höhepunkt brachte, und nahm kaum wahr, dass er etwas sagte. Sie strebte einem hellen Licht entgegen, das so nah zu sein schien und, o Gott, sie war beinahe so weit – jetzt, jetzt gleich –

Plötzlich hob er sein Becken an, und Lily schrie auf, als die Lust in ihr explodierte und sie überschwemmte. Zach hielt ihre Hüften fest, während er tief in sie stieß, und ihr Orgasmus ließ ihren Körper wie unter einem Stromstoß erbeben, und noch einmal und noch einmal.

Mittendrin hörte sie ihn plötzlich sagen: »Ich glaube, dich werde ich lange, lange Zeit nicht vergessen.«

Sie senkte den Kopf, um den Ausdruck auf seinem Gesicht zu studieren. Er musste auch jeden Moment kommen. Seine Augen blickten verschwommen, und sein Mund stand offen, als er sie fest an sich drückte. Sie war nicht sicher, ob er diese Worte tatsächlich gesagt hatte oder ob sie es sich bloß eingebildet hatte. Aber als sie den Ausdruck auf Zachs Gesicht sah, war ihr das auch völlig egal. Sein harter Schwanz, der kraftvoll in sie stieß, vertrieb jeden Gedanken aus ihrem Kopf und führte zu einer weiteren Reihe von Zuckungen, die noch heftiger waren als diejenigen, die ihnen vorangegangen waren.

Sie hätte nicht sagen können, ob Minuten oder Stunden vergangen waren, als ihr bewusst wurde, dass der muskulöse Körper unter ihr aus seiner Trägheit erwachte. Nachdem auch sie ihre Lethargie ein wenig überwunden hatte, begann sich plötzlich etwas in ihrer Erinnerung zu regen. »Oh, verdammt.« Sie löste sich von Zachs schweißbedeckter Brust, auf der sie kraftlos gelegen hatte. »Das habe ich ganz vergessen: Ich habe heute Morgen entdeckt, dass es da vielleicht noch ein anderes Problem gibt.« Sie sah ihn an und stellte überrascht fest, dass seine Augen weit offen waren und, wenn auch nur für einen Augenblick, einen verletzlichen Ausdruck zeigten.

Dann blinzelte er, und der flüchtige Moment der Unsicherheit war vorbei, sodass sie sich fragte, ob sie sich nicht vielleicht getäuscht hatte.

Zach, besorgt, sich verraten zu haben, hob eine Augenbraue, was ihm einen leicht sardonischen Gesichtsausdruck verlieh. »Du hattest einen anstrengenden Tag, oder?«

»Es war jedenfalls ein sehr langer«, stimmte sie zu. »Und dabei ist es noch nicht mal Mittag.«

Zach war zufrieden, dass er ihre Aufmerksamkeit erfolgreich von dem, was sie in seinem Gesicht gelesen haben mochte, abgelenkt hatte. Als sie ihm jedoch von der Begegnung mit dem jungen Mann in der Stadt erzählte und sagte, dass er sie schon an der Tankstelle an der Grenze zwischen Oregon und Washington angesprochen hatte, wurde er ernst. »An solche Zufälle glaube ich nicht«, sagte er und drehte sich unter ihr weg. Er stand auf und bückte sich, um seine Jeans vom Boden aufzuheben.

»Nein. Das tue ich auch nicht.«

Er wollte es sich nicht eingestehen, aber es war fast eine Erleichterung, sich über etwas anderes Gedanken machen zu können als darüber, dass er in Lilys Nähe jede Kontrolle zu verlieren begann. Wie hatte er, verdammt noch mal, vergessen können, Kondome zu benutzen? Und schlimmer noch, wie hatte er nur versucht sein können, so weiterzumachen wie bisher?

Er war nicht unbedingt erpicht darauf, sich mit dieser Frage weiter auseinander zu setzen, und drängte sie, sich anzuziehen. Dann drückte er sie auf den Stuhl am Schreibtisch und ging vor ihr in die Hocke, die Hände auf die Armlehnen des Stuhls gestützt. »Okay, fang noch mal von vorne an. Ich will jede Einzelheit wissen, an die du dich erinnern kannst.«

»Heute hat er nichts gesagt, aber vor ein paar Tagen, an der Tankstelle, entschuldigte er sich für sein schlechtes Englisch und bat mich um Hilfe.«

»Wobei solltest du ihm helfen?«

»Ich glaube, ich sollte etwas für ihn übersetzen, weil ihn jemand nicht zu verstehen schien. Das vermute ich zumindest. Allerdings bin ich nicht ganz sicher, weil du mich angebrüllt hast, ich soll meinen Hintern in Bewegung setzen, bevor er mir die Sache genauer erklären konnte.«

Er ging über die letzte Bemerkung hinweg. »Dann ist er also kein Amerikaner.«

»Nein. Oder wenn er es sein sollte, dann ist Englisch nicht seine Muttersprache, auch wenn ich sein Englisch nicht so schlecht fand, wie er behauptet hat.«

»Was glaubst du, woher er kommt?«

»Na ja, er hat sich mit *Gracias* bedankt, und mit seinen dunklen Haaren und den schwarzen Augen hat er was von einem Latin Lover an sich, daher würde ich mal vermuten, er ist Südamerikaner.«

Ein unwahrscheinlicher Gedanke ging Zach durch den Kopf, er schob ihn jedoch beiseite. Das schien ihm dann doch zu weit hergeholt. »Hast du eine Ahnung, mit wem du sprechen solltest?«

»Nein, ich erinnere mich nur, dass er zum Tankstellen-Shop gezeigt hat, er kann aber auch die Zapfsäulen daneben gemeint haben.«

Zach fluchte leise. Wenn es bei dieser ersten Begegnung geblieben wäre, hätte er sie nicht ernst genommen. Aber sein Gefühl sagte ihm, dass hier etwas nicht in Ordnung war. Orcas Island war eine ziemlich abgelegene Insel und ein rein ländliches Gebiet. Die Wahrscheinlichkeit war nicht besonders groß, dass Lily hier zufällig über jemanden stolperte, der sie an einer Tankstelle in einem anderen Bundesstaat in eine verlassene Ecke locken wollte.

Nein, gewiss nicht. Er streifte sich sein Hemd über und griff zum Telefon.

Sie folgte ihm und stellte sich so dicht hinter ihn, dass ihm ein Hauch ihres warmen Dufts in die Nase stieg, als er in seinem abgegriffenen Adressbuch blätterte. Sie blickte ihm über die Schulter. »Wen rufst du an?«

»Camp Pendleton.« Er hörte einen Moment lang auf zu

blättern und sah sie an. »Als ich von meinem letzten Einsatz nach Hause kam, brachte ich drei Südamerikaner mit, die hier einen Trainingskurs absolvieren sollten. Mit einem von ihnen hatte es vorher ein Problem gegeben, aber ich dachte, es hätte sich erledigt.«

»Und du glaubst, dass er das sein könnte?«

»Ich weiß es nicht. Aber ich will sichergehen, dass er noch dort ist, wo ich ihn zurückgelassen habe.« Am anderen Ende der Leitung wurde abgenommen, und er hob den Hörer an sein Ohr. »Hallo. Mit wem spreche ich?« Die Stimme am anderen Ende nannte einen Namen, und er sagte: »Obergefreiter Sanford, hier spricht Stabsfeldwebel Zachariah Taylor. Verbinden Sie mich bitte mit Magnusson.«

Während er wartete, drang von unten plötzlich hysterisches Geschrei zu ihnen herauf. Er konnte die einzelnen Worte nicht verstehen, aber es war eindeutig irgendetwas passiert. Er wechselte mit Lily einen Blick. Die Frage war nur, was?

Dann war deutlich Mrs. Beaumonts Stimme auszumachen, die »David!« schrie. Er warf den Hörer auf die Gabel und rannte zur Tür. Lilys Phantom-Verfolger konnte warten. Im Moment schien es Dringenderes zu tun zu geben.

O Gott, dachte er, als er die Treppe hinunterhastete, und sein Herz zog sich zusammen, als das Gesicht seiner Schwester vor seinem inneren Auge auftauchte. *Lass das bitte einen Freudenschrei gewesen sein. Gott, bitte, wenn es dich gibt, dann lass das bitte keine schlechte Nachricht sein. Ich glaube nicht, dass ich es ertragen kann, Glynnis zu verlieren.*

Lily hatte sich an Zachs Fersen geheftet, und als er am Fuß der Treppe plötzlich stehen blieb, konnte sie nicht mehr rechtzeitig bremsen. Sie prallte mit solcher Wucht gegen ihn, dass ihr die Luft wegblieb. Und im nächsten Moment fand sie sich auf einer der Treppenstufen sitzend wieder.

Zach schien das alles nicht mitbekommen zu haben. »Glynnie?«, sagte er mit Verwunderung in der Stimme, und Lily riss benommen den Kopf hoch.

Lieber Gott. Glynnis war hier? Sie reckte den Hals, um an Zach vorbeizusehen, aber sein breiter Rücken nahm ihr jede Sicht, und zu ihrer Frustration schien er sich immer synchron zu ihren Bewegungen zu bewegen. Sie rutschte ein Stück in Richtung Geländer.

Bevor sie jedoch weit genug gekommen war, um etwas sehen zu können, hörte sie Glynnis' Stimme. »Zach? Was machst du denn hier?«

Und dann machte er ein paar Schritte vorwärts, und endlich sah Lily Glynnis, die genauso erstaunt wirkte, wie sie selbst es war, aber zum Glück sah sie dabei gesund und munter aus. Dann fiel ihr Blick auf Lily, die sich mühsam hochrappelte. Die Augen der jungen Frau wurden noch ein bisschen größer, und sie rief mit quietschender Stimme: »Lily? Heilige Scheiße – äh, heiliger Bimbam, wollte ich sagen! Du bist auch da? Was ist hier eigentlich los?«

Zach nahm sie so fest in die Arme, dass ihre Füße vom Boden abhoben, vergrub sein Gesicht in ihren dunklen Haaren und wiegte sie hin und her. »Gott, Glynnie, ich kann dir gar nicht sagen, wie froh ich bin, dass dir nichts passiert ist. Ich habe mir solche Sorgen um dich gemacht.«

»Sorgen?« Sie bog den Kopf zurück, um ihn ansehen zu können. »Aber warum denn?«

Zach runzelte die Stirn und stellte sie wieder auf die Füße. »Was meinst du damit – warum? Glaubst du vielleicht, dass Lösegeldforderungen für dich und deinen Freund mich nicht ein bisschen in Unruhe versetzen?«

»Lösegeldforderungen!«, riefen sowohl Glynnis als auch eine tiefe männliche Stimme, und Lilys verwunderter Blick wanderte von Zach und Glynnis zu David. Er befreite sich gerade aus der Umklammerung seiner Mutter, die an seinem Hals hing, und hielt sie ein Stück von sich weg, um sie ansehen zu können. »Ihr habt gedacht, wir sind entführt worden? Deshalb hast du so geschrien?«

»Ja«, schluchzte sie und warf sich wieder an seine Brust. Erneut befreite sich David aus ihrer Umarmung, legte dann aber beruhigend einen Arm um ihre Schultern und führte sie durch die Halle zu Zach und Glynnis. Er streckte ihm seine freie Hand entgegen. »Sie müssen Zachariah sein. Glynnis hat mir schon viel von Ihnen erzählt. Aber ich verstehe das alles nicht. Wie konnten Sie nur auf die Idee kommen, dass wir entführt worden sind?«

»Weil wir im Briefkasten eine Lösegeldforderung gefunden haben«, sagte Mrs. Beaumont, als sich Zachs dunkle Augenbrauen über seiner Nase zusammenzogen. »Und außerdem haben wir entsprechende Anrufe erhalten!«

»Aber das ergibt überhaupt keinen Sinn.« David sah vollkommen verwirrt aus, doch noch bevor er etwas sagen konnte, öffnete sich die Haustür, und Cassidy schlenderte herein. Sie hielt mitten in der Bewegung inne, als sie die Versammlung in der Halle erblickte.

»Na, wen haben wir denn da«, sagte sie mit ihrer Ich-bin-furchtbar-gelangweilt-aber-ihr-lieben-Leute-amüsiert-mich-Stimme. »Eine kleine Lagebesprechung in der Halle?« Sie hob die Hände, um eine perlenbesetzte Hutnadel aus ihrer Baskenmütze zu ziehen. »Na, Herr Feldwebel, wieder in Aktion? Was sind Sie doch für ein toller Hecht.« Ihre Arme erstarrten über ihrem Kopf, als sie erkannte, wer sich da alles versammelt hatte, und vor Überraschung blieb ihr der Mund offen stehen. »David? O mein Gott, David! Es geht dir gut!« Und zum ersten Mal hörte Lily sie richtig lachen, als sie jetzt zu David lief.

»Es geht mir wunderbar, Cass. Ich versuche nur gerade, herauszufinden, was hier eigentlich los ist.«

»Abgesehen von dieser dummen Entführungsgeschichte, meinst du?« Sie umarmte ihn fest.

»Wir sind nicht –«

Erneut öffnete sich die Haustür, und Christopher trat ein. Er blickte erstaunt auf die Anwesenden, während er die Tür hinter sich zumachte. Und dann erstarrte auch er. »David.« Ein Lächeln breitete sich auf seinem Gesicht aus und ließ sein ohnehin schon hübsches Gesicht noch schöner erscheinen. Mit ausgestreckter Hand ging er auf ihn zu. »Ich bin ja so froh, dich zu sehen, David. Gott sei Dank bist du nicht verletzt. Was wird Jess erleichtert sein.«

»Also, verdammt noch mal«, mischte Glynnis sich nun ein, und ihr Tonfall ähnelte so sehr dem ihres Bruders, dass Lily lächeln musste. »Kein Mensch hat uns entführt.«

Das hatte sich Lily inzwischen auch schon gedacht, aber es war trotzdem frappierend, es laut ausgesprochen zu hören. Und sie war eindeutig nicht die Einzige, die so empfand. Sie sah die anderen an und hatte den Eindruck, dass sie alle genauso verblüfft waren wie sie.

Cassidy war die Erste, die sich von der Überraschung erholte. Sie löste ihre Arme von David, drehte sich zu Glynnis um und musterte sie von Kopf bis Fuß. »Sie müssen Davids kleine Freundin sein«, sagte sie und wandte sich dann mit hochgezogenen Augenbrauen ihrem Cousin zu. »Ein bisschen schlicht gestrickt, oder?«

»Halt die Klappe, Cass.« David trat von ihr weg und ließ seine Mutter an der Wohnzimmertür stehen, um zu Glynnis zu gehen und einen Arm um ihre Schultern zu legen. »Sie sagt die Wahrheit. Kein Mensch hat uns jemals entführt, und es ist mir ein Rätsel, wie ihr überhaupt darauf kommt. Wir haben doch angerufen.«

»Ihr habt angerufen?« Mrs. Beaumont hörte sich fassungslos an.

David ließ seinen Blick von einem zum anderen wandern, als hoffe er, einer würde anfangen zu grinsen und rufen: »April, April!« Aber als er sah, dass alle auf eine Antwort von ihm zu warten schienen, schüttelte er den Kopf und sagte: »Ja, wir haben mit Richard gesprochen.«

Einen Moment lang überlegte Zach, ob er sich das nicht hätte denken können. Aber eigentlich nicht, denn nichts hatte auf Richard hingedeutet. Und Zach war nicht der Mann, der seine Zeit damit vergeudete, mit sich selbst ins Gericht zu gehen, wenn es wichtigere Fragen zu beantworten gab. Deshalb wischte er den Gedanken an sein mögliches Versagen beiseite und musterte Glynnis' Freund.

Er sah einen kräftigen jungen Mann vor sich, der sich aufrecht hielt und einen offenen Blick hatte, der zärtlich wurde, sobald er Glynnis ansah. Zach nickte kurz zustimmend, dann blickte er David in die Augen. »Sie haben also hier angerufen?«

»Ja. Öfter.«

»Und Sie haben mit Richard gesprochen?«

David nickte. »Beim ersten Mal habe ich ihm gesagt, dass Glynnis und ich für die Fahrt länger brauchen, weil wir uns unterwegs einiges ansehen wollten, und dass wir eine Woche später kommen, als ich Mutter ursprünglich gesagt hatte. Er versprach, ihr Bescheid zu geben, und meinte, ich sollte ihn fortan besser auf seinem Handy anrufen, da es Probleme mit dem Festnetz gebe.« David zuckte die Schultern. »Das passiert hier oft nach einem Sturm, deshalb habe ich mir nichts weiter dabei gedacht.«

»Wann haben Sie das letzte Mal mit ihm gesprochen?«

»Gestern. Ich sagte ihm, dass wir am Sonntag eintreffen würden.«

Da es Samstag war, blickte Zach ihn mit fragend hochgezogenen Augenbrauen an.

Glynnis fuhr dazwischen. »David ist nicht einer deiner Rekruten«, sagte sie aufgebracht. »Du brauchst ihn also überhaupt nicht mit deinem Feldwebel-Blick anzugucken. Und um die Frage zu beantworten, die du ihm einfach hättest stellen können: Wir hatten vor, das Wochenende in Seattle zu verbringen, aber als wir heute Morgen aufstanden, hatte ich plötzlich keine Lust mehr, Tourist in Seattle zu spielen, sondern wollte viel lieber Davids Familie und sein Zuhause kennen lernen.«

»Wir haben uns gedacht, dass wir auch später noch mal hinfahren können«, sagte David, drückte Glynnis fest an sich und lächelte sie an.

Sie schenkte ihm ihrerseits ein etwas törichtes Lächeln, und Zach musste sich zusammenreißen, um nicht laut aufzustöhnen.

»Genau«, sagte sie. »Daher haben wir heute Morgen unsere Sachen gepackt und sind ins Auto gestiegen.« Sie schmiegte sich an David. »Und da sind wir.«

»Die Frage ist nur, wo ist Richard?« Zach warf Mrs. Beaumont einen Blick zu und wappnete sich innerlich gegen ihren üblichen Widerspruch, als er sagte: »Wir sollten besser im Büro des Sheriffs anrufen.«

Zu seiner Überraschung nickte sie nur, einen grimmigen

Zug um den Mund. »Das übernehme ich.« Sie wandte sich zum Gehen, aber dann drehte sie sich noch einmal zu ihm um. »Ich schulde Ihnen eine Entschuldigung«, sagte sie. »Wenn ich auf Sie gehört hätte, wären Sie gestern Nacht wahrscheinlich nicht verletzt worden.«

Glynnis' Kopf fuhr erschrocken hoch. »Du bist verletzt worden?« Sie löste sich aus Davids Armen und ging zu Zach. »Wo? O mein Gott, du hast ja eine Beule am Kopf!« Sie berührte vorsichtig seine Schläfe. »Bist du in Ordnung? Warst du beim Arzt?«

»Mir geht es gut, Glynnie.« Er nahm ihre Hände und drückte sie fest. »Es war nur ein kleiner Schlag, und außerdem hat sich Lily um mich gekümmert.«

»Aber du hast eine Beule!«

»Laut Cooper Blackstock«, sagte Lily, »ist das sogar ein gutes Zeichen.« Sie wiederholte seine Erklärung.

Glynnis drehte den Kopf, um sie anzusehen. »*Coop* ist hier?«

»Nicht hier im Haus«, sagte Zach. »Aber auf der Insel. Er und Miglionni.«

»John auch?« Sie sah verwundert aus. »Mein Gott, du hast die beiden hergerufen?«

»Ja.«

»Weil du dachtest, man hätte mich entführt?«

Er zuckte die Schultern, um seine Verlegenheit zu verbergen. »Ich wollte dich eben zurückholen, egal wie.«

»Oh, Zach.« Sie küsste ihn auf die Wange. »Ich liebe dich.«

Sein Herz zog sich in seiner Brust zusammen. »Ich dich auch, kleine Schwester.« Er grinste sie an. »Sag mal, ich habe gehört, du willst heiraten.«

Wie er feststellen musste, trat ein vorsichtiger Ausdruck

in ihre Augen, aber das hielt sie nicht davon ab, seinem Blick offen zu begegnen. »Ja, das will ich.«

Er sah an ihr vorbei zu ihrem Verlobten, dann wandte er seinen Blick wieder ihr zu. Wie erleichtert er doch war, dass sie gesund und munter vor ihm stand. »David scheint in Ordnung zu sein.«

Sie strahlte über das ganze Gesicht. »Mein Gott, er ist so viel mehr als ›in Ordnung‹. Er ist einfach wunderbar.«

»Na ja, solange du glücklich bist, bin ich es auch.«

»Das bin ich.« Sie umarmte ihn. »Ich bin so glücklich, Zachariah. Und ich muss zugeben, ich bin froh, dass du dich für mich freust. Einen Moment lang hatte ich die Befürchtung, du bist hierher gekommen, um unsere Heirat zu verhindern.«

»Wer? Ich?« Zach warf Lily einen raschen Blick zu. Ihre Lippen verzogen sich zu einem ironischen Grinsen, aber sie sagte kein Wort, daher lächelte er seine Schwester breit an und spielte weiterhin die Unschuld. »Du meinst, ich würde mich der wahren Liebe in den Weg stellen? Nie im Leben.«

Aus dem Augenwinkel beobachtete er, wie Lily und Christopher ihre Köpfe zusammensteckten und miteinander tuschelten. Gleich darauf ging Christopher weg, die Stirn in Falten gelegt. Zwei Stufen auf einmal nehmend, lief er die Treppe hoch. Mrs. Beaumont umarmte ihren Sohn noch einmal und erklärte dann, dass sie jetzt vom Wohnzimmer aus die Polizei anrufen würde. Offensichtlich fiel Cassidy keine irgendwie geartete schnippische Bemerkung ein, und so sagte sie nur, sie würde ihre Tante begleiten. Plötzlich standen nur noch Lily, David, Glynnis und Zach in der Halle herum, die gerade noch voller Leute gewesen war.

Dann zog Glynnis Lily beseite und fing leise mit ihr zu

sprechen an, und die beiden Männer standen allein da. Das Schweigen zwischen ihnen hielt an, und Zach hatte das Gefühl, dass es an ihm war, etwas zu sagen. Aber er kannte den Typ doch gar nicht, was sollte er da mit ihm reden?

Allerdings würde David seine Schwester heiraten, und Zach merkte, dass der Gesichtsausdruck des jungen Mannes, wenn er nicht gerade Glynnis anstrahlte, etwas Niedergeschlagenes hatte. Er erinnerte sich daran, wie gut ihm Lilys tröstende Worte getan hatten, holte tief Luft und klopfte dem jungen Mann auf die Schulter. »Es tut mir Leid wegen Ihres Cousins. Zu hören, was er getan hat, muss ein ziemlicher Schock für Sie sein.«

»Ich verstehe das einfach nicht. Wenn er so dringend Geld gebraucht hat, hätte er mich doch nur fragen müssen. Ich hätte es ihm gegeben.«

»Nun, dazu ist es noch nicht zu spät«, mischte sich eine Stimme ein. »Dann gibst du es mir eben jetzt.«

Zach fuhr herum und sah sich Richard gegenüber, der unbemerkt durch die Haustür gekommen war und jetzt hinter Glynnis stand.

Das Gewehr in seiner Hand war auf ihren Kopf gerichtet.

20

Zach gefror das Blut in den Adern, aber er behielt seine Hände unten, und seine Stimme war freundlich und ohne den geringsten drohenden Unterton, als er einen Schritt vortrat und sagte: »Ich glaube nicht, dass Sie das tun wollen, Richard.«

Der Mann sah Zach an, als sei er nicht ganz bei Verstand. »Natürlich will ich das nicht tun! Ich hatte auch nie die Absicht, jemanden zu verletzen. Mein Plan war, mir das Geld zu schnappen und zu verschwinden, bevor David nach Hause kommt.« Er funkelte Zach wütend an. »Aber dann mussten Sie ja auftauchen und alles vermasseln.«

In einer beschwichtigenden Geste streckte Zach beide Hände von sich weg, während er sich einen Millimeter weiter vorwagte. »Ich dachte, jemand hätte meine kleine Schwester entführt. Sie hätten sicher auch Himmel und Hölle in Bewegung gesetzt, wenn es um eine Ihrer Schwestern gegangen wäre.«

Richard gab ein verächtliches Schnauben von sich und drückte den Doppellauf seiner Waffe gegen Glynnis' Kinn. Ihre Augen waren schreckgeweitet, aber sie bot Zach allen Anlass, stolz auf sie zu sein; in einer Situation, in der ein hysterischer Anfall nur allzu verständlich gewesen wäre, stand sie reglos da und blieb ruhig. Nur ihre Augen bewegten sich und huschten zwischen ihm und David hin und her.

»Wohl kaum«, sagte Richard höhnisch. »Meine Schwestern kann meinetwegen der Teufel holen. Jess ist für alle nur ein Fußabtreter, und Cass ist eine Schlampe.«

»Wen nennst du hier Schlampe, du erbärmlicher Wicht?«, fragte Cassidy, die in diesem Augenblick aus dem Wohnzimmer kam. »Ich bin jedenfalls keine armselige Diebin, die ihre eigene Fam–« Sie blieb unter der Tür so abrupt stehen, als sei sie gegen eine unsichtbare Mauer geprallt, und sah entsetzt auf die Szene, die sich ihren Augen bot. »Mein Gott, Richard«, flüsterte sie und starrte ihren Bruder, Glynnis und das Gewehr an. »Was, um Himmels willen, tust du da?«

»Gehen Sie zurück ins Wohnzimmer«, sagte Zach ruhig und warf ihr einen raschen Blick zu, »und versuchen Sie, Ihre Tante abzulenken. Das Letzte, was wir brauchen können, ist, dass sie rauskommt und hysterisch wird.«

Cassidy nickte, doch als sie vorsichtig einen Schritt rückwärts machte, blaffte Richard: »Bleib, wo du bist.« Er sah Zach wutentbrannt an. »Für wie blöd halten Sie mich eigentlich? Sie glauben doch nicht, dass ich sie gehen lasse, damit sie die Polizei rufen kann.«

»Ihre Tante hat bereits im Büro des Sheriffs angerufen, wenn Sie also auch nur ein bisschen Grips haben, sollten Sie sich aus dem Staub machen, solange Sie das noch können.«

»Na klar«, höhnte der jüngere Mann, »ich bin gespannt, was Sie mir als Nächstes erzählen.«

»Es stimmt, Richard«, sagte Cassidy. »Tante Maureen ist außer sich. Sie hat mir erzählt, dass du es warst, der ihr ständig damit gedroht hat, David würde umgebracht werden, falls Zach die Polizei benachrichtigt. Sie hat keine Minute gezögert, den Sheriff zu informieren.«

»Okay.« Er schüttelte sich mit einer nervösen Kopfbewegung die Haare aus der Stirn, verstärkte den Griff seiner Hand um den Gewehrkolben und starrte Zach an. »Dann geben Sie mir das verdammte Geld, und ich verschwinde.«

»Sobald du Glynnis loslässt«, mischte sich David ein. »Ich gebe dir, was du willst. Aber zuerst lässt du sie los.«

Richard drehte den Kopf zu David, warf dabei jedoch immer wieder einen Blick auf Zach. »Du bist und bleibst ein Idiot«, sagte er verächtlich.

»Warum?«, fragte David. »Weil ich sie liebe und nicht will, dass ihr etwas passiert?«

»Nein, weil du so ein verdammter Gutmensch bist. Die Großzügigkeit in Person, nicht wahr?«

Aus dem Augenwinkel sah Zach, dass Cassidy den Mund öffnete, um zu widersprechen. Er schüttelte fast unmerklich den Kopf, und zu seiner Erleichterung verzichtete sie darauf. Richards Aufmerksamkeit war momentan ausschließlich auf seinen Cousin gerichtet, und Zach wollte, dass das so blieb, da er sich diese Ablenkung zunutze machte, um sich Zentimeter um Zentimeter weiter vorzuschieben.

»Verstehe ich das richtig?«, fragte David ungläubig. »Du bist sauer auf mich, weil ich dir angeboten habe, bei uns zu wohnen, und dir einen gut bezahlten Job verschafft habe?«

»Hör schon auf. Als ob du das aus lauter Herzensgüte getan hättest.« Richard lachte bitter auf. »Was für ein Heuchler du doch bist. Du lässt uns hier wohnen und hast mir einen Job gegeben, weil es dir Spaß macht, über uns zu bestimmen, damit wir nie vergessen, dass du der Herrscher über dieses ganze Reich bist.«

»Das ist doch Schwachsinn!«

»Ist es nicht, zum Teufel.« Er schien zu spüren, dass Gefahr drohte, und machte Anstalten, sich wieder Zach zuzuwenden.

Lily, die neben David stand, trat einen Schritt vor. »Wissen Sie was, Richard? Sie sind einfach ein verwöhnter Bengel.«

Er sah sie an. »Oh, das ist gut. Und das von einem Flittchen! Habe ich dir erlaubt, den Mund aufzumachen, Blondie? Und was hast du überhaupt außerhalb der Küche zu suchen und dich in die Angelegenheiten von Leuten einzumischen, die über dir stehen?«

Sie erwiderte kühl seinen Blick. »Ich zerstöre ungern

Ihre Illusionen, Sonnyboy, aber mir ist schon kaum jemand ebenbürtig, geschweige denn, dass jemand über mir steht.«

»Ach ja?« Er musterte sie von Kopf bis Fuß und ließ seinen Blick kurz auf ihren Brüsten verweilen. »Vielleicht sollte ich dich als Geisel nehmen statt der kleinen Prinzessin hier. Deine Lippen sehen aus, als könntest du damit den Chrom von einer Stoßstange lutschen.«

Wenn Zachs Wut bis dahin eiskalt gewesen war, loderte sie jetzt in hellen Flammen auf. Mit einem Schritt hatte er die letzten Zentimeter überwunden, die ihn noch von Richard getrennt hatten, er riss ihm das Gewehr aus der Hand und schubste gleichzeitig Glynnis zu David. »Allmählich gehst du mir ziemlich auf die Nerven, Kleiner«, zischte er, wirbelte die Waffe herum und richtete sie auf den jüngeren Mann. »Beweg deinen Hintern da rüber zur Treppe.«

Als Richard seiner Aufforderung nicht schnell genug nachkam, stieß Zach ihn kurz mit dem Gewehr an, um seinen Worten Nachdruck zu verleihen. »Mach schon! Du solltest mich besser nicht reizen, Sportsfreund, glaub mir, ich brauche keine besondere Einladung, um dir eine volle Ladung in die Kniescheiben zu verpassen.«

Richard setzte sich in Bewegung.

Zach ließ Richard nicht aus den Augen, bis er da stand, wo er ihn haben wollte. »Lily, gib mir bitte deinen Gürtel.«

Sie öffnete den schmalen Gürtel aus Seide und Leder, nahm ihn ab und hielt ihn ihm eine Sekunde später entgegen.

Zach nahm den Gürtel und drückte ihr dafür das Gewehr in die Hand. »Das hier ist die Sicherung«, sagte er und strich mit dem Daumen darüber. »Momentan ist es gesichert, aber du musst bloß diesen kleinen Hebel hochdrücken, und das Gewehr ist schussbereit. Puste ihm die Eier weg, wenn er auch nur einen falschen Atemzug macht.«

»Darauf kannst du Gift nehmen.« Sie sah Richard in die Augen. »Wird mir eine Freude sein.«

Zach grinste und sah dann mit hochgezogenen Augenbrauen den Erpresser an, der mit schreckgeweiteten Augen das auf seinen Schritt gerichtete Gewehr anstarrte. »Du bist ein bisschen blass um die Nase, Richie. Bestimmt tun dir deine unflätigen Bemerkungen jetzt Leid, oder?« Ohne in die Schusslinie zu kommen, band er Richards Hände an einen der gedrechselten Holzpfosten, die das Treppengeländer trugen. Dann richtete er sich auf und sah zu seiner Schwester hinüber, die in Beaumonts Armen lag. »Alles in Ordnung mit dir?«

»Jetzt schon.« Sie klammerte sich an David und schenkte ihm gleichzeitig eines ihrer herzerwärmenden Lächeln. »Danke, Zachariah.«

»Hey.« Er zuckte die Schultern. »Du hast hier die Hauptrolle gespielt. Außerdem war es nicht allein meine Leistung. Jeder hat seinen Teil beigetragen.«

»Dann danke ich eben euch allen.« Sie schloss die beiden Frauen in ihr Lächeln mit ein und legte ihren Kopf an Davids Schulter.

Zach hörte das Quietschen von Reifen vor dem Haus, und im gleichen Augenblick kam Mrs. Beaumont aus dem Wohnzimmer.

»Der Sheriff ist da«, verkündete sie. Sie sah ihren Neffen an, der mit Lilys schmalen Gürtel an das Treppengeländer gefesselt war. »Nun.« Sie ging zu ihm, und einen Moment lang dachte Zach, sie würde Richard eine Ohrfeige geben. Sie musterte ihn jedoch nur von oben bis unten und sagte in dem eisigsten Ton, den Zach bisher an ihr vernommen hatte: »Du undankbarer Mistkerl. Ich hoffe, dass du im Gefängnis verfaulst.«

Richard verzog das Gesicht. »Danke, Tantchen. Ich nehme an, es hat keinen Sinn, dich darum zu bitten, Kaution für mich zu stellen, was?«

Es schien, als hätte er damit das Fass zum Überlaufen gebracht. Ihre Hand fuhr in die Höhe, und sie machte einen Schritt auf ihn zu.

Aber David sagte: »Mom«, und sie drehte sich zu ihm um.

»Er ist es nicht wert, du verschwendest nur deine Energie. Komm, ich möchte dir Glynnis vorstellen. Ich wünsche mir schon eine ganze Weile, endlich meine beiden Lieblingsfrauen miteinander bekannt zu machen.«

Mrs. Beaumont wandte sich erneut zu Richard und sah ihn lange schweigend an. Dann tätschelte sie ihm leicht die Wange. »Er hat Recht, mein Lieber. Du bist es nicht wert.« Sie ignorierte den Ausdruck ohnmächtiger Wut in den Augen ihres Neffen, drehte auf dem Absatz um und ging zu dem jungen Paar.

Einen Augenblick später durfte Zach mit ansehen, wie Mrs. Beaumont Glynnis über die dunklen Haare strich und zwitscherte: »Was für ein hübsches kleines Ding.«

Er schüttelte den Kopf angesichts ihrer Herzlichkeit gegenüber einer jungen Frau, an deren Existenz sie sich noch wenige Tage zuvor kaum hatte erinnern können, und ging zur Tür, um die Männer des Sheriffs hereinzulassen.

Jessica fuhr erschrocken zusammen, als nebenan die Tür zu ihrem Wohnzimmer aufgerissen wurde. Sie nahm den feuchten Waschlappen von ihren Augen, richtete sich auf einem Ellbogen auf und blickte zur Schlafzimmertür.

»Jess!«

Beim Klang von Christophers Stimme begann ihr Herz heftig gegen die Rippen zu schlagen, und sie musste sich zusammenreißen, um nicht wie sonst weich zu werden, als er ins Zimmer kam und sich dem Bett näherte.

Er setzte sich auf die Bettkante und streckte die Hand aus, um über ihre Haare zu streichen. »Du hast dir die Haare schneiden lassen.« Dann schüttelte er den Kopf über die Belanglosigkeit seiner Worte. »Lily hat mir erzählt, dass du dich nicht wohl fühlst.«

Gott, sah er gut aus. Wie sehr wünschte sie sich, sie könnte so tun, als habe sie ihn im Café in Olga nicht gesehen! Aber mit dem Versteckspielen war jetzt Schluss – wenn sie sich noch länger im Spiegel anschauen wollte, musste sie endlich damit aufhören. Sie wich seiner Berührung aus. »Es geht mir nicht gut. Wegen dir.«

»Was?« Er wurde blass.

»Ich habe dich gesehen, Christopher.«

»Du hast mich gesehen?« Seine grünen Augen blickten sie erstaunt an. »Wo? Wovon sprichst du?«

»Weich mir nicht aus, okay? Und spiel vor allem nicht den Unschuldigen; sonst werde ich dir nämlich die Augen auskratzen.« Sie setzte sich auf und rutschte nach hinten, bis sie sich mit dem Rücken an das Kopfteil des Bettes lehnen konnte. Dann griff sie nach einem kleinen Kissen und presste es gegen die schmerzende Brust. Schließlich sah sie ihm in die Augen. »Ich habe dich heute mit dieser Frau im Café in Olga gesehen, dabei hattest du mir gesagt, du würdest –«

Er lachte.

Diese Reaktion hatte sie so ziemlich als Letztes erwartet. Sie hatte ein Gefühl, als zerbräche in ihrem Inneren etwas. Sie schleuderte das Kissen von sich und machte Anstalten aufzustehen. Es kam ihr vor, als würde sie innerlich verbluten, aber sie würde ganz sicher nicht einfach sitzen bleiben und ihn dabei zusehen lassen.

Aber bevor sie das Bett verlassen konnte, packte er sie an der Schulter. »Jess –«

Während all der Jahre war sie immer nur das brave Mädchen gewesen und hatte sich unauffällig im Hintergrund gehalten, aber das war jetzt auf einmal vergessen. Vollkommen außer sich begann sie, nach ihm zu treten, ihn zu kratzen und auf ihn einzuschlagen. »Lass mich in Ruhe!«

»Nein.« Er warf sie aufs Bett und presste sie mit seinem ganzen Gewicht auf die Matratze. Dann umklammerte er ihre Handgelenke und drückte ihre Arme nach oben. Langsam hob er den Kopf und sah ihr in die Augen. »Mein Gott«, flüsterte er, »Jessie.«

Ihr Busen hob sich, als sie versuchte, ihre Lungen mit Luft zu füllen. Jeglicher Kampfgeist verließ sie, und sie erwiderte nur noch hilflos seinen Blick. In ihrer Brust herrschte ein wildes Durcheinander aus Liebe zu ihm, Hass auf ihn und dem Wunsch, ganz weit weg zu sein. »Lass mich los.«

»Das kann ich nicht«, sagte er heiser. »Das ist das Einzige, was ich nicht tun kann.«

Tränen füllten ihre Augen und liefen über ihre Wangen.

»O nein, bitte nicht.« Er ließ ihre Handgelenke los und strich mit den Fingern über ihr nasses Gesicht. »Bitte, Liebes, nicht weinen. Ich habe nicht dich ausgelacht, ich schwöre es. Ich habe über die Situation gelacht.« Ein bitterer Zug legte sich um seinen Mund. »Und du musst zugeben, dass sie auf eine verquere Art und Weise auch irgendwie komisch ist.«

Sie sah ihn schweigend an, und er fuhr eindringlich fort. »Doch, das ist sie wirklich. Das alles ist nur passiert, weil ich weiß, dass du schon seit langem unglücklich bist, und ich wollte etwas dagegen tun.«

»Ach, und da hast du gedacht, dass es mir besser gehen würde, wenn du eine Affäre anfängst?«, fragte sie zynisch.

»Ich habe keine Affäre, Jessie. Ich habe eine neue Stelle.«

»Du hast –« Wie ein Fisch auf dem Trockenen schnappte sie nach Luft und zwang sich, ihren Mund wieder zuzumachen. Sie schüttelte den Kopf, bemüht, einen klaren Gedanken zu fassen. Aber sie konnte ihn nur verständnislos anstarren. »Was?«

»Die Frau, mit der du mich gesehen hast, ist die Personalchefin einer Firma namens StarTrek. Sie heißt Lynn Duncan.« Er seufzte. »Glaubst du, ich merke nicht, was hier vor sich geht? Seit ich gleich nach unserer Heirat den Job bei David angenommen habe, ist zwischen uns alles schief gelaufen. Ich weiß, du glaubst, ich hätte dich wegen deiner Verbindungen geheiratet, aber ich bin verdammt gut in dem, was ich tue. Ich bin ein gesuchter Mann, verdammt noch mal. Was meinst du, wie viele Unternehmen schon ihre besten Headhunter auf mich angesetzt haben?« Mit jedem seiner Worte zogen sich seine goldblonden Augenbrauen ein Stück weiter zusammen, bis sie sich über seiner Nasenwurzel trafen, während er zornig auf sie hinuntersah.

Dann schien er sich wieder zu fassen, und seine Stirn glättete sich. »Aber ich dachte, du würdest gerne hier bei deiner Familie leben, deshalb habe ich den Job bei David angenommen. Ich dachte, du würdest dich darüber freuen.« Er stützte sich auf die Hände und richtete sich über ihr auf. Dann schüttelte er den Kopf und seufzte. »Aber ich glaube nicht, dass du, seit wir hier eingezogen sind, auch nur einen Tag wirklich glücklich gewesen bist.« Er rollte sich von ihr herunter und stand auf.

Eine Minute lang konnte Jessica nichts anderes denken als: *Es ist keine andere Frau. Es ist keine andere Frau!* Dann war es an ihr, die Stirn zu runzeln, und sie drehte sich auf die Seite, stopfte ein Kissen unter ihren Arm und stützte den Kopf in die Hand. »Bist du denn glücklich gewesen?«

Er zuckte die Schultern. »Nicht wirklich, aber ich dachte, ich tue das, was du willst.«

Jessicas Herz begann schneller zu schlagen, verwirrt und hoffnungsvoll zugleich. »Warum hast du mir nie etwas davon gesagt?«

»Ich weiß nicht. Vielleicht habe ich gehofft, du würdest mir vertrauen, ohne dass ich ständig alles erklären muss.«

»Was meinst du damit, ständig alles erklären? Du hast überhaupt nie irgendetwas erklärt!«

»Ja, gut, vielleicht habe ich das nicht.« Er fuhr sich mit den Fingern durch die Haare. »Und das war ein Fehler. Aber mein ganzes Leben lang haben mich die Frauen angesehen und ... und immer nur mein Äußeres gesehen. Ich gebe zu, dass ich kein Problem damit hatte, bis ich dich kennen gelernt habe. Du schienst mein wahres Ich zu sehen, und ich habe gemerkt, dass ich es sehr viel aufregender finde, wenn mich jemand nicht nur wegen meiner hübschen Augen oder meines knackigen Hinterns will.«

»Du kannst dein Aussehen nicht einfach ignorieren, Christopher. Dass du viel mehr bist als nur ein attraktiver Typ, habe ich schon nach fünf Minuten gewusst. Das ändert aber nichts daran, dass du attraktiv bist. Was man von mir nicht gerade behaupten kann. Ich bin nichts weiter als eine unscheinbare, durchschnittliche Frau.«

»Willst du mich auf den Arm nehmen? Du bist schön, Jessie, innerlich und äußerlich. Und niemand bringt mich so zum Lachen wie du. Niemand sonst weckt in mir den Wunsch, ein besserer Mensch zu sein.« Seine Augen verdunkelten sich. »Außerdem hast du wunderhübsche Augen, und deine langen Beine machen mich so scharf, dass ich kaum meine Finger von dir lassen kann. Ich bin dir mit Haut und Haaren verfallen, und ich dachte, wir würden bis an unser Lebensende glücklich miteinander sein.«

Aber es war anders gekommen. Die Tinte auf dem Trauschein war noch nicht ganz trocken gewesen, als es auch schon schief zu laufen begann. »Was ist passiert?«, fragte sie.

Er kam zurück und streckte sich neben ihr auf dem Bett aus. »Kannst du dich daran erinnern, wie wir immer in unserer kleinen Wohnung in Bellingham miteinander geredet haben?«

»Natürlich. Uns schien nie der Gesprächsstoff auszugehen.«

»Als wir hierher gezogen sind, hast du aufgehört, mit mir zu reden. Du hast aufgehört, mit mir zu lachen.«

»Aber warum hast du denn nie etwas gesagt? Jetzt kannst du es mir ja auch sagen. Warum nicht früher?«

»Und warum hast du mir nie etwas von deinen Ängsten erzählt?«

Gut, wenn sie es aus dieser Perspektive betrachtete, sah das Ganze tatsächlich etwas anders aus. Sie holte tief Luft. »Ich habe mich nicht getraut«, sagte sie langsam. »Ich liebe dich so sehr, aber ich habe dir wohl nie richtig geglaubt, dass du meine Liebe erwiderst. Ich habe immer darauf gewartet, dass du dich mit einer dieser tollen Frauen einlässt, die ständig um dich herumtanzen.« Sie sah ihn an, als sei vor ihren Augen ein Wunder geschehen. »Aber das wirst du nicht tun, nicht wahr?«

»Nein, niemals!« Er streckte den Arm aus und zog sie zu sich heran. Er nahm sie in die Arme, drückte sie fest an sich und presste seinen Mund auf ihr Haar. »Du bist der wichtigste Mensch in meinem Leben, und ich wollte, dass wir wieder zueinander finden. Ich habe es so sehr versucht, Jess. Die ganze Zeit.«

Sie legte beide Hände auf seine Brust, um so viel von seiner Wärme und seiner Stärke in sich aufzunehmen wie möglich. Sie sehnte sich danach, seine Umarmung zu erwidern, und schon bald glitten ihre Hände höher und legten sich um seinen Nacken. »Warum hast du mir nicht wenigstens erzählt, dass du auf der Suche nach einem anderen Job bist?«

»Ich wollte dich damit überraschen.« Er ließ ein wehmütiges kleines Lachen hören. »Frag mich nicht, warum, aber ich hielt das für eine gute Idee.«

»Mein Gott, Christopher, ich liebe dich so sehr. Und ich bin so ein Feigling, weil ich nicht gekämpft habe. Es ist nur … Ich habe mich immer so minderwertig gefühlt, und ein solches Bild von sich selbst wird man nicht so schnell los. Zuerst ging es immer nur darum, mit den reichen Nachbarn Schritt zu halten, was ein ziemlich aussichtsloses Unterfangen ist, wenn man einfach nicht die nötigen Mittel hat. Hinzu kommt, dass ich nicht unbedingt der Typ bin, der einer Party Glanz verleiht, ich kann ja noch nicht mal einen interessanten Beruf vorweisen. Und ich bin ganz sicher nicht so hübsch wie Cassidy.« Er gab einen missbilligenden Laut von sich, und sie schlang ihre Arme fester um seinen Hals. »Bin ich nicht. Aber du hast mich trotzdem gewählt, und eine Zeit lang fühlte ich mich wie eine Göttin. Als du dann kurz nach unserer Hochzeit, ohne zu zögern, Davids Angebot angenommen hast, wusste ich nicht, was ich davon halten sollte. Ich kann nicht sagen, dass ich stolz darauf bin, aus lauter Unsicherheit gleich das Schlimmste vermutet zu haben. Und noch weniger stolz bin ich darauf, dass ich, statt mit dir über meine Zweifel zu reden, das tat, was ich immer getan habe, und mich in mein Schneckenhaus zurückzog.«

»Weißt du, Liebes, ich würde sagen, die Tage deiner Zurückgezogenheit sind vorbei. Als du vor ein paar Minuten damit gedroht hast, mir die Augen auszukratzen, hast du ganz schön wütend ausgesehen.«

Ihre Lippen verzogen sich zu einem leichten Lächeln. »Ich habe mich in letzter Zeit ein bisschen selbstsicherer gefühlt. War ein bisschen weniger bereit, es jedem recht zu machen – und viel weniger passiv.«

Er senkte den Kopf und sah sie einen Augenblick lang schweigend an. »Wegen Lily«, sagte er schließlich, und ein trauriger Ausdruck trat in seine grünen Augen, während er eine Strähne ihres kurz geschnittenen Haars zurechtzupfte. »Es ist albern, aber ich wollte, ich wäre dafür wenigstens zum Teil verantwortlich.«

»Lily hat mir sehr geholfen. Sie hat es geschafft, dass ich mich hübscher finde, indem sie mir gezeigt hat, wie ich etwas für mein Aussehen tun kann. Das gibt mir Selbstsicherheit, Chris, weil ich mich zum ersten Mal in meinem Leben attraktiv fühle und nicht nur wie eine graue Maus. Und durch sie habe ich auch Vertrauen in mein Talent fürs Quiltmachen gewonnen. Aber das sind Kleinigkeiten im Vergleich zu dem Wissen, dass du mich liebst.« Sie legte den Kopf zurück und sah ihm in die Augen. »Das ist nichts im Vergleich dazu, dass du versucht hast, etwas in unserem

Leben zu verändern. Es gibt nichts, was mir mehr Selbstvertrauen geben könnte, und ein Gefühl der Unbesiegbarkeit, dass ich für mein Leben verantwortlich bin. Und das will ich auch, Chris – ich will mein Leben in die eigenen Hände nehmen und etwas daraus machen. Ich will selbstbewusst und mutig sein und etwas Neues ausprobieren.«

Er grinste sie an. »Dann sollst du das auch tun. Was hältst du für den Anfang davon, dein neu erworbenes Selbstbewusstsein in San Diego auszuprobieren?«

»Ist dort deine neue Stelle?«

»Jedenfalls habe ich von dort ein Angebot. Ich hatte mehrere Vorstellungsgespräche, aber dieses Unternehmen gefällt mir am besten. Sie vertreten offenbar eine gewisse Ethik, da sie die Einzigen sind, die nicht versucht haben, mich vom Gegenteil zu überzeugen, als ich ihnen erklärte, dass ich es nicht als Teil meines Vertrags betrachte, Firmengeheimnisse aus Davids Unternehmen auszuplaudern.«

Jessica war auf einmal so glücklich wie schon lange nicht mehr, und lachend schubste sie Christopher, bis er sich hintenüberfallen ließ und sie ausgestreckt auf ihm lag. Sie stützte sich mit den Händen auf seine Brust, richtete sich auf und sah auf ihren Mann hinunter. Dann lächelte sie ihn strahlend an. »San Diego klingt klasse.«

21

Der Sheriff war nicht besonders erfreut darüber, dass Mrs. Beaumont ihn nicht hinzugezogen hatte, bevor sich die Angelegenheit gewissermaßen von selbst erledigt hatte. Aber dieselbe Frau, die sich die ganze Zeit über am Rande der Hysterie bewegt hatte, begegnete nun der Missbilligung des Gesetzeshüters mit ungeheurer Gelassenheit, wie Lily erstaunt feststellte. Mrs. Beaumont war offensichtlich so glücklich über Davids und Glynnis' sichere Heimkehr, dass es ihr egal war, ob der Sheriff verärgert war oder nicht. Als er dann aber seinen Zorn auf Zach richtete, fuhr sie dazwischen und übernahm die volle Verantwortung, indem sie ihm klar machte, dass sie gegen den ausdrücklichen Rat von Zach gehandelt hatte.

Lily beobachtete fasziniert das kleine Drama, das sich vor ihren Augen entfaltete, aber schließlich riss sie sich doch davon los, um in die Küche zu gehen und ein spätes Mittagessen zuzubereiten. Es war seltsam, dachte sie, wie Leute in manchen Situationen wuchsen und in anderen völlig verzweifelten.

Kurze Zeit später durchquerte sie die Halle mit einem voll beladenen Tablett. Als sie am Wohnzimmer vorbeikam, warf sie einen Blick hinein und stellte fest, dass der Sheriff zwar mit Richard verschwunden war, dafür waren aber andere Leute dazugekommen, und es befanden sich insgesamt mehr Personen im Haus als vorher. Jessica, die schon wieder sehr viel besser aussah, war mit Christopher heruntergekommen, und darüber hinaus waren Zachs Freunde da. Sie zählte schnell die Köpfe, räumte das Tablett ab und ging zurück in die Küche. Es dauerte nicht lange, und sie kam mit ein paar weiteren dampfenden Schüsseln zurück. Wenn sie etwas wirklich konnte, dann war es, dafür zu sorgen, dass es genug zu essen gab.

Zach musste sie bei ihrem zweiten Gang zum Speisezimmer gesehen haben, weil sie ihn plötzlich rufen hörte: »Hey, guckt mal! Das Essen ist fertig! Soll ich dir helfen, Lollipop?«

Die gesamte lärmende Gruppe kam aus dem Wohnzimmer, und auf einmal war das Speisezimmer erfüllt von Reden und Lachen. John Miglionni lächelte sie verlegen an und nahm ihr das Tablett aus den Händen, und Jessica half ihr, den Tisch zu decken. Lily hatte gerade das letzte Besteck aufgelegt, als ein großer blonder Mann mit dunklen Augen und noch dunkleren Augenbrauen zu ihr trat, an der Hand eine schlanke Frau mit glänzenden schwarzen Haaren und blassem Teint. Er stellte sich und die Frau als Cooper und Veronica Blackstock vor, dann nahm er Lily genauer in Augenschein. Sein Blick verriet große Intelligenz, ganz im Gegensatz zu den nächsten Worten, die aus seinem Mund kamen.

»Oha«, sagte er. »Und kochen können Sie auch noch?«

»Hey, genau dasselbe habe ich gesagt, als ich sie das erste Mal gesehen habe.« John gesellte sich zu ihnen. »Den Oha-Teil jedenfalls. Von der Kocherei wusste ich ja nichts.« Er grinste Lily an. »Das hat mit den Marines zu tun«, erklärte er. »Typisches Kompliment der Marines.«

Überwältigt von der plötzlichen über sie schwappenden Flut Testosteron, blinzelte Lily die beiden Männer an, und Veronica versetzte ihrem Mann einen Stoß in die Seite. »So, jetzt kannst du deinen Mund wieder zumachen und überlegen, ob du Lily nicht vielleicht sonst noch etwas zu sagen hast.«

»Hä?«

»Zum Beispiel, wie Leid es dir tut, dass du sie heute Morgen gezwungen hast, Zach aus dem Bett zu holen.«

Er starrte sie an, als wäre sie geistesgestört. »Warum sollte ich mich dafür entschuldigen? Wir mussten doch einen Plan entwerfen, Ronnie, und Zach wäre gar nicht erbaut gewesen, wenn ich ihn wegen einer klitzekleinen Beule an seinem Kopf hätte schlafen lassen.« Er wandte sich zu seinem Freund, der sich ihnen mit einem Grissini im Mund, das er vom Tisch geklaut und sich wie eine Zigarre zwischen die Zähne geklemmt hatte, näherte. »Stimmt's oder hab ich Recht, Kumpel?«

»Klar doch!«

»Lasst mich mal raten«, sagte Lily trocken. »Das hat auch mit den Marines zu tun.«

»Oha«, murmelte Ronnie, und die beiden Frauen lachten.

Coop sah von ihnen zu seinen Freunden. »Frauen«, sagte er und schüttelte den Kopf.

Rocket nickte heftig. »Sie sind ein einziges Rätsel.«

»Das kann man wohl sagen.« Zach legte seinen Arm um Lilys Schultern und zog sie an sich, während er einen Stuhl für sie zurechtrückte. Er nickte seinen Freunden über die Schulter zu, als er sich neben sie setzte. »Man kann sie einfach nicht verstehen.«

Während des ganzen Mittagessens zog Zach Glynnis auf. Er tauschte scherzhafte Beleidigungen mit seinen Freunden aus und bewies den Frauen gegenüber seinen Charme. Und er lachte. Er lachte so viel, dass alle anderen am Tisch immer wieder in sein Lachen einfielen, weil es sich so fröhlich anhörte.

Lily konnte kaum den Blick von ihm wenden. So hatte sie ihn noch nie erlebt. Sie hatte geglaubt, sie könnte nachempfinden, wie verzweifelt er wegen Glynnis' Entführung war, aber was sie gesehen hatte, musste die sprichwörtliche Spitze des Eisbergs gewesen sein, denn dieser Mann neben ihr am Tisch, dieser ausgelassene, durch und durch glückliche Mann, der seinen Kopf lachend in den Nacken warf, war ein ganz neuer Zachariah.

Ein Zachariah, der sie bezauberte.

Und nicht nur sie, stellte sie fest. Nach dem Essen, als sie den Tisch abräumte, gesellte sich Cassidy zu ihm und fing an, auf Teufel komm raus mit ihm zu flirten.

Zu Lilys Ärger schien Zach das keineswegs kalt zu lassen. Im Gegenteil, fern davon, sie auflaufen zu lassen, lachte und flirtete er seinerseits mit ihr. Lily biss die Zähne zusammen und erging sich in Fantasien, was sie mit Cassidy anstellen würde, nahm das Tablett und ging zur Tür. Plötzlich fühlte sie sich genau wie die niedere Angestellte, als die Richard sie indirekt bezeichnet hatte, und mit jedem Schritt wuchs ihr Selbstmitleid. Verdammt noch mal, selbst Jessica schien sie an diesem Nachmittag links liegen zu lassen. Lily hatte sie und Christopher kurz zuvor aus dem Zimmer eilen sehen, als hätte es Feueralarm gegeben und sie wären die Einzigen, die wussten, wo der Feuerlöscher hing. Kein Mensch kümmerte sich um sie. Mit der Hüfte stieß sie die Speisezimmertür auf.

»Warten Sie. Ich helfe Ihnen.«

Lily wandte den Kopf um und sah Veronica, die über ihre Schulter griff und ihr die Tür aufhielt. »Danke.«

»Soll ich noch das andere Tablett dort holen?«

»O ja, bitte. Das wäre nett.«

Veronica folgte ihr durch die Halle in Richtung Küche. »Das Essen war wunderbar.«

Augenblicklich besserte sich Lilys Laune, und sie schenkte der anderen Frau ein herzliches Lächeln. »Freut mich, dass es Ihnen geschmeckt hat. Ich habe im Grunde genommen nur alles zusammengeworfen, was ich gefunden habe. War nichts Besonderes.«

»Wenn dem so ist, möchte ich allzu gerne mal etwas Besonderes von Ihnen probieren, weil ich es nämlich wirklich toll fand.« Sie stellte das Tablett auf die Arbeitsplatte und räumte es rasch ab. Mit der Essigkaraffe in der Hand hielt sie inne und sah zu Lily, die den Geschirrspüler füllte. »Zach erzählte, Sie würden auf einer Firmenjacht kochen. Das muss Spaß machen.«

»Tut es normalerweise auch«, bestätigte Lily. »Aber manchmal geht es mir auch furchtbar auf die Nerven – das hängt ganz von den Gästen und auch vom Wetter ab.«

Veronica nickte. »Ständig mit Leuten zu tun haben kann hart sein.«

»Ja. Sie können einem jeden Tag verderben, wenn man Pech hat. Am unangenehmsten ist es, wenn man die einzige Frau in einer Gruppe von Männern ist.«

»Werden Sie etwa angemacht?«

»Nicht von der Crew. Die besteht nur aus drei Leuten: dem Kapitän, dem ersten Maat und mir – und Jack und Ben haben sich mir gegenüber nie irgendwelche Freiheiten rausgenommen. Gelegentlich versucht einer der Gäste sein Glück. Meistens ist das aber kein größeres Problem, und sie nehmen ein Nein mit Anstand hin. Nur einmal wurde es haarig. Und das war dann beileibe keine besonders lustige Fahrt.«

»Worin unterscheidet sich die Arbeit auf einer Jacht eigentlich von der in einem Restaurant – abgesehen natürlich von dem Umstand, dass man sich auf dem Wasser befindet?«

»Es ist alles sehr viel intimer.« Sie stellte das letzte Glas in den oberen Korb, füllte Spülmittel ein, schloss die Tür des Geschirrspülers und schaltete ihn ein. Als die Maschine leise zu arbeiten begann, drehte sie sich um, lehnte sich gegen die Spüle und widmete Veronica ihre ganze Aufmerksamkeit. »In einem Restaurant sind die Gäste vielleicht drei Stunden da, und der Küchenchef kommt mal kurz raus, um sie zu begrüßen. Auf einem Boot befindet man sich drei Tage lang oder sogar eine ganze Woche auf engstem Raum. Und ich muss mich dort um alles kümmern. In einem Restaurant habe ich eine Küchenmannschaft und die Leute vom Service, aber die Kombüse auf der *Argosy* ist winzig, und der Platz zum Schlafen ist begrenzt, sodass ich mit ganz wenigen Ausnahmen alles selber mache. Ich plane die Menüs und sorge für die Vorräte. Dann bereite ich die Mahlzeiten vor, koche, serviere und räume auf.« Sie machte eine wegwerfende Geste. »Aber genug von mir. Was machen Sie denn?«

Veronica hatte gerade zu erzählen begonnen, als Coop seinen Kopf durch die Küchentür steckte. »Da seid ihr ja«, sagte er und warf seiner Frau einen zärtlichen Blick zu. Dann wandte er sich an Lily. »Macht es Ihnen was aus, wenn ich Ihnen meine Frau entführe? Glynnis möchte sich mit ihr unterhalten. Sie würde sie gerne ein bisschen besser kennen lernen, bevor wir wieder aufbrechen.« Er grinste. »Ich glaube, sie will sichergehen, dass Ronnie gut genug für mich ist.«

»Na dann.« Lily lächelte Veronica an. »Danke für Ihre Hilfe.«

»Danke für das Mittagessen. »

»O ja, das war toll«, fügte Coop hinzu. »Ronnie meint, dass mein Kompliment von vorhin – wie hast du es formuliert, Schatz? – ›typischer Chauvi-Mist‹ war. Dann nehme ich den Teil über Ihr Aussehen eben wieder zurück. Aber eine Wahnsinnsköchin sind Sie trotzdem.«

Lily sah zu Veronica, und beide mussten lachen.

Coop zuckte gutmütig die Schultern. »Das war wohl immer noch nicht richtig, oder?«

»Doch, nahe dran«, sagte Lily. »Und danke, ich weiß die Absicht zu schätzen. Ich wünschte nur, Sie wären lange genug da, dass ich etwas für Sie kochen könnte, das Ihr Kompliment auch rechtfertigt.«

Coops dunkle Augenbrauen hoben sich fast bis zum Ansatz seiner blonden Haare. »Wissen Sie, was? Sie überreden Midnight ganz einfach, auf der Rückfahrt nach Kalifornien bei uns vorbeizuschauen, und dann kommen wir darauf zurück. Wir werden für die Zutaten sorgen, wenn Sie das Kochen übernehmen.«

»Abgemacht.« Aber als Lily darüber nachdachte, nachdem Coop und Veronica gegangen waren, verfiel sie wieder in Selbstmitleid. Da draußen war Zach und flirtete mit Cassidy, während sie hier in der Küche Aschenputtel spielte, nur ohne Prinz. Wollte er überhaupt die Art von Beziehung, zu der Umwege, um Freunde zu besuchen, gehörten?

Vermutlich nicht.

Sie ließ ihren Frust an einer schmutzigen Pfanne aus und bearbeitete sie mit einem Schwamm, als sich plötzlich von hinten zwei starke Arme um ihre Taille legten und ein warmer Mund sich in ihre Halsbeuge drückte. Erschrocken fuhr sie zusammen und schrie leise auf.

»Na du?«, murmelte Zach, ging in die Knie und drückte sich an sie. »Bist du bald fertig hier?«

»Kann dir doch egal sein.« Sie zog die Schulter hoch, um seinen Mund von der empfindlichen Stelle an ihrem Hals wegzudrücken. »Als ich dich das letzte Mal gesehen habe, schienst du dich anderweitig königlich zu amüsieren.«

Er erstarrte, und einen Moment lang dachte sie schon, er würde gehen. Aber bevor sie sich entscheiden konnte, ob sie sich über seinen Rückzug freuen oder ihn bedauern würde, entfuhr ihm ein leiser Seufzer, und er legte sein Kinn auf ihre Schulter. »Du meinst Cassidy, oder? Also, äh, das tut mir Leid. Ich hatte heute plötzlich den Eindruck, dass sie doch nicht so übel ist, wie sie uns die ganze Zeit glauben machen wollte, und da hat mich der Hafer gestochen, und ich bin einfach darauf eingestiegen, als sie anfing, mit mir zu flirten. Na, komm schon.« Er umarmte sie fester und drückte sein Becken gegen ihren Hintern. »Sei mir nicht böse, bitte. Ich fühle mich gerade so gut.«

Und da sie diesen schwachen Schimmer von Menschlichkeit an Cassidy auch bemerkt hatte und daran dachte, wie sie selbst von dieser spielerischen Seite an Zach bezaubert gewesen war, entspannte sie sich. Sie lehnte sich an ihn. »Und du fühlst dich auch gut an.«

Sie ließ den Schwamm in die Pfanne fallen und nahm ein Handtuch, um sich die Hände abzutrocknen. Während sie damit beschäftigt war, löste er den Gürtel, den sie sich wieder umgelegt hatte, nachdem Richard der Obhut des Sheriffs übergeben worden war, und ließ ihn auf den Boden fallen. Dann stahlen sich seine Hände unter ihren Pulli. Im nächsten Augenblick umfassten sie ihre Brüste.

»Oh!« Sie ließ das Handtuch fallen und hob die Arme, um sie um seinen Nacken zu legen, und dabei pressten sich ihre Brüste fester gegen seine rauen Hände.

Er sog scharf die Luft ein. »Welche Farbe hat dein BH heute?« Seine Stimme war ein heiseres Flüstern. »Du trägst immer so hübsche Dessous.«

»Rosa. Oder ist er bronzefarben? Ach, ich weiß es nicht mehr.« Vorsichtig drehte sie sich in seinen Armen. »Wir könnten nachsehen.« Und ihre Hände wanderten zum Saum ihres Oberteils.

Zachs Hände zuckten, als er zusah, wie der weiche Stoff

Zentimeter um Zentimeter nach oben glitt, zuerst Lilys glatte, schmale Taille freilegte, dann die untere Rundung ihrer Brüste, die in ein feines Gespinst gehüllt waren. »Blau«, sagte er heiser. »Mit irgendwas Grünem.«

»Spitze.« Und schon war alles wieder seinem Blick entzogen, als sie ihren Pulli nach unten rutschen ließ.

»He«, protestierte er, »das kann man ja wohl nicht Fortschritt nennen!«

»Mehr wirst du nicht zu sehen bekommen, Freundchen. Denn wenn du denkst, dass ich mich hier mitten in der Küche ausziehe, bist du auf dem falschen Dampfer.«

Er sah sich um. »Ja, vielleicht hast du Recht.« Er beugte sich zu ihr, um sie noch einmal zu küssen. Als er sich wieder von ihr löste und sie ansah, stellte er erfreut fest, dass ihre Augen einen verklärten Ausdruck angenommen hatten. Er rieb mit seinem Zeigefinger zart über die feuchte Stelle, die der Kuss auf ihrer weichen Unterlippe zurückgelassen hatte. »Komm, wir gehen nach oben.«

Verträumt lächelte sie ihn mit noch immer halb geschlossenen Lidern an und nickte.

Sie verschränkten ihre Finger ineinander, und er trat einen Schritt zurück. Einen Moment lang ruhten seine Augen auf ihrer Hand, die in der seinen lag. Sie verschwand fast in seinem Griff, und überrascht fragte er sich, wie etwas so Zartes so geschickt hantieren konnte. Dann packte er noch ein bisschen fester zu und ging in Richtung Tür, Lily hinter sich herziehend.

Aber bevor sie die Tür erreicht hatten, wurde diese aufgerissen, und Glynnis tänzelte herein. Unvermittelt blieb sie ein paar Schritte vor ihnen stehen und musterte sie ein paar Herzschläge lang. Ihr Blick blieb an ihren verschränkten Händen hängen.

Zach bekam ein schlechtes Gewissen und war versucht, seine Finger aus Lilys zu lösen. Aber, verdammt noch mal, er durfte doch wohl noch ein Liebes-, äh, Sexleben haben, ohne seiner Schwester Rechenschaft darüber ablegen zu müssen! Er sah sie gleichmütig an und zog fragend die Augenbrauen hoch.

Ihre geschürzten Lippen verliehen ihrem Gesicht etwas Spöttisch-Amüsiertes, sie verzichtete jedoch darauf, eine Bemerkung zu machen, und stellte auch keine Fragen. »Coop und Ronnie und Rocket wollen aufbrechen. Du solltest dich besser von ihnen verabschieden.«

Viel lieber würde er mit Lily nach oben verschwinden, aber alles in allem fühlte er sich viel zu gut, um sich über diese Störung zu ärgern, zumal er das eben mit Lily gar nicht erst hätte anfangen dürfen. Der Versuch, sich in einem Haus voller Leute – von denen einige seine Freunde waren – ins Liebesnest zurückzuziehen, zeugte nicht gerade von überlegener Intelligenz. Abgesehen davon, er grinste auf Lily hinunter, war es ja nicht so, als müsste er für alle Zeiten Verzicht leisten. Er würde die kleine Feier mit ihr über den glücklichen Ausgang der Ereignisse nur ein wenig verschieben.

Er ließ Lilys Hand los, bat sie jedoch mitzukommen und folgte seiner Schwester in die Halle, wo seine Freunde an der Haustür standen und sich mit David unterhielten. Die Gruppe drehte sich zu ihnen um, und Coop lächelte Glynnis an.

»Du hast ihn also gefunden.«

»Das habe ich, aber irgendwas stimmt nicht mit ihm, Coop. Nach dem Mittagessen hat er mit Davids Cousine geflirtet. Und jetzt habe ich ihn Händchen haltend mit Lily in der Küche entdeckt.« Sie sah zu Zach hoch und schüttelte den Kopf. »Ich glaube nicht, dass ich dich irgendwann schon einmal auch nur mit einer Frau habe flirten sehen, Zach, geschweige denn mit zweien. Außerdem bist du heute beängstigend guter Laune.«

»Stimmt, Zach«, gab John ihr Recht. »Du musst unbedingt etwas gegen diese gute Laune unternehmen. Du machst uns ja richtig Angst.«

Inmitten des Gelächters rief Ronnie. »Hey, das ist nicht fair. Ich kenne Zach nur gut gelaunt.«

»Da seht ihr's!«, sagte Zach und setzte die Miene verletzter Unschuld auf. »Ich bin weit und breit für meine Frohnatur bekannt. Ihr müsst nur Lily fragen.«

»Du nennst ihn übellaunig?«, fragte Lily seine Schwester. »Wahnsinn. Das darfst du bestimmt nur, weil du mit ihm verwandt bist. Ich muss ihn nämlich Oberfeldwebel nennen.«

»Also hör mal!«

»Aber, Glynnis«, fuhr sie fort, während sie geschickt den Fingern auswich, die sie in den Hintern zwicken wollten, »Ehre, wem Ehre gebührt. Wenn du sein heutiges Verhalten ungewöhnlich findest, dann lass dir gesagt sein, dass du diejenige bist, die dafür verantwortlich ist. Denn dich sicher und wohlbehalten zurückzuhaben macht ihn so glücklich, dass ihn – wie hast du es gerade genannt, Zach? – der Weizen sticht?«

»Hafer.«

»Ja, genau, dass ihn der Hafer sticht.« Sie schenkte ihm ein so strahlendes Lächeln, dass sein Herzschlag für einen Moment aussetzte. Dann wandte sie sich wieder seiner Schwester zu. »Er ist furchtbar froh, dass du wieder da bist.«

»Ich weiß.« Grinsend schlang sie die Arme um seinen

Hals und tanzte mit ihm durch die Halle. Dann blieb sie stehen, bog den Kopf in den Nacken, sah ihm in die Augen und jubelte: »Solche Macht habe ich über ihn!«

Das stimmte, aber er verdrehte seine Augen in gespieltem Entsetzen. »Niemals«, sagte er. Er tanzte ein paar Schritte mit ihr, hielt abrupt inne und beugte sie weit nach hinten. Dann zog er sie wieder an seine Brust und wirbelte sie so herum, dass sie vor David zum Stehen kam. »Sie gehört Ihnen, mein Freund.«

»Danke.« David legte einen Arm um ihre Schulter. »Ich nehme sie mit Handkuss.« Das Paar tauschte einen verliebten Blick aus.

Zach vergrub seine Hände in den Taschen und trat zu seinen Freunden. »Ihr seid doch gerade erst gekommen. Wollt ihr wirklich schon wieder fahren?«

Veronica nickte. »Ich habe meiner Nichte Lizzy versprochen, dass ich ihr das Kostüm für ihre Rolle bei der Schulaufführung nähe, und als wir wegfuhren, hatte ich es erst zur Hälfte fertig.«

»Abgesehen davon haben wir in dem B&B nur für eine Nacht ein Zimmer bekommen«, fügte Coop hinzu. »Und am Wochenende scheint hier in der Gegend alles ziemlich ausgebucht zu sein.«

»Der Zeltplatz ist ganz schön.«

Coop schnaubte. »Ronnie betrachtet schon ein Hotel ohne Zimmerservice als Zumutung. Ich würde sie nie zum Zelten bringen.«

Lily strahlte erfreut. »Ich wusste doch, warum Sie mir gleich so sympathisch waren, Veronica. Ich habe keine Ahnung, warum jemand auf der Erde im Dreck schlafen will und all die Dinge tut, die er auch zu Hause macht, allerdings ohne die Annehmlichkeiten.« Sie streckte ihr die

Hand entgegen. »Es hat mich sehr gefreut, Sie kennen zu lernen. Ich finde es nur schade, dass wir nicht die Zeit hatten, uns länger zu unterhalten.«

»Ich habe Ihnen doch gesagt«, fiel Coop ein, »dass Sie auf dem Heimweg bei uns vorbeikommen sollen.«

Sie schüttelte allen die Hand, dann berührte sie Zachs Arm. »Ich gehe besser, damit du dich von deinen Freunden verabschieden kannst.« Mit diesen Worten lächelte sie sie ein letztes Mal freundlich an. »Gute Fahrt.«

Zach riss seinen Blick von ihren sich wiegenden Hüften los, als sie wegging, und ertappte Coop dabei, wie er ihn beobachtete.

»Die ist was fürs Leben«, sagte er.

Er starrte Ice überrascht an. »Hey, Kumpel, das ist ein Missverständnis. Wir sind nicht –«

»Ich sag's dir, Zach. Die ist Gold wert.«

»Und weißt du, was«, mischte sich John fröhlich ein, »wenn du sie nicht willst, musst du nur ein Wort sagen. Ich nehme sie sofort.«

Zachs Kopf schnellte zu ihm herum. »Nur über meine Leiche, Freundchen.«

Seine Freunde lachten, als wäre damit alles klar, und Zach zuckte die Schultern. Er hatte keine Lust, sich seine gute Laune durch einen Streit verderben zu lassen.

Aber später an diesem Abend, als die Lust wie eine heiße Welle über ihm zusammenschlug und Lily in seinen Armen zu stöhnen begann, fiel ihm wieder ein, was sein Freund gesagt hatte.

Und er fragte sich, ob an seinen Worten nicht doch etwas dran war.

Er nahm gerade ein Kondom aus der Schachtel, die sie besorgt hatte, als sein Blick auf die Größenbezeichnung fiel. »Was soll das heißen?«, fragte er gespielt beleidigt, während er die Folie aufriss. Er rollte zur Seite, stützte seinen Kopf in die Hand und sah sie an. »Gab es in XXL etwa keine mehr?«

Sie verdrehte die Augen zur Decke. »Oh, Zach. Weißt du nicht, dass ein normales Kondom sich so ausdehnen kann, dass drei Liter reinpassen? Hab ich jedenfalls irgendwo gelesen.« Sie nahm ihm das Kondom aus der Hand, schubste ihn so lange, bis er sich auf den Rücken fallen ließ, dann beugte sie sich vor, um es mit geübten Fingern über seinen steifen Schwanz zu ziehen. Sie hielt ihn mit beiden Händen fest und drückte einen Kuss auf die Spitze, dann sah sie Zach mit einem Lächeln an. »Solange du also nicht Eddie der Elefant mit seinem erstaunlichen Gehänge bist, ist die Größenangabe nur ein Marketing-Trick.«

Er hatte noch nie eine Frau gekannt, die ihn gleichzeitig so zum Lachen bringen und so geil machen konnte, dass er vor heißer, ungebändigter Lust fast verging. Und als er sah, wie sie ein Bein über seine Hüften schwang, und spürte, wie sie sich langsam auf ihn sinken ließ, tiefer, lieber Gott, immer tiefer, bis sein zum Bersten steifer Schwanz ganz von ihrer heißen, engen Höhle umgeben war, musste er zugeben, dass Coop vielleicht Recht hatte.

Sie war was fürs Leben.

22

Zach starrte durch das Flugzeugfenster auf die Blitze, die über den Himmel zuckten. Seine Augen brannten vor Müdigkeit, und er konnte kaum noch sitzen. Glynnis lag schla-

fend auf seinem Schoß, ihre Arme hingen herunter, und ihr Kopf ruhte schwer auf seiner Brust. Hin und wieder ließ sie ein leises Schnarchen hören. Sie stank zum Himmel, aber da er sie nicht aufwecken wollte, wenn er ihre Windel wechselte, ignorierte er es. Sie waren seit dreiunddreißig Stunden unterwegs und hatten fünf Zwischenlandungen hinter sich, bei denen sie viermal das Flugzeug wechseln mussten, und die meiste Zeit war sie wach und quengelig gewesen. Während des Aufenthalts in Atlanta hatte sie ununterbrochen geheult, und als sie nach dem letzten Start endlich eingeschlafen war, war er nahe daran, ebenfalls in Tränen auszubrechen.

Aber man hatte ihm aufgetragen, sich wie ein Mann zu benehmen und sich um seine kleine Schwester zu kümmern, deshalb hatte er es unterdrückt. Jetzt, da er für kurze Zeit der Pflicht enthoben war, ständig auf sie Acht zu geben, überkam ihn erneut das Bedürfnis, seinen Gefühlen freien Lauf zu lassen. Stattdessen biss er jedoch die Zähne zusammen, blinzelte ein paar Mal und starrte hinaus auf das Unwetter, das das Flugzeug hin und her warf.

Es gelang ihm nicht, sich abzulenken oder aufzuhören, darüber nachzudenken, was mit ihm nicht stimmte, wenn ihn seine eigenen Eltern nicht wollten. In all den Dörfern, in denen sie in den vergangenen Jahren gelebt hatten, konnte er sehen, wie liebevoll die verschiedenen Stämme mit ihren Kindern umgingen. Ihre Zuneigung zeigte sich in den Worten und den Blicken der Erwachsenen. Sogar in der flüchtigsten Berührung. Warum streichelten ihm seine Eltern nie über den Kopf, wenn sie an ihm vorbeigingen? Warum hatte ihn sein Vater nie hochgehoben und auf seine Schultern gesetzt? Und warum hatte ihn seine Mutter so selten in die Arme genommen?

Er legte seine Wange an die Scheibe. Ganz sicher lag es an ihm. Und jetzt saß er hier. Sie schickten ihn zu wildfremden Menschen, die seine Großeltern waren, auf einen anderen Kontinent, wo er nicht einmal über die zum Überleben notwendigen Fähigkeiten verfügte, die er im Busch gelernt hatte.

Aber er würde es lernen. Er richtete sich auf seinem Sitz auf. Er würde alles tun, bis er die fremde neue Umgebung so gut kannte wie die afrikanischen Hochebenen. Während er weiter hinaus auf das Gewitter starrte, presste er die Zähne zusammen und schwor sich, dass er sich, wenn er schon keinen Einfluss darauf hatte, was andere taten oder von ihm dachten, zumindest um zwei Dinge kümmern würde. Er konnte und würde für Glynnis sorgen, bis er sicher war, dass sie allein zurechtkam. Und er würde für sich selbst sorgen. Was seine Großeltern anging – die konnten ihm gestohlen bleiben. Er hatte keine Lust mehr, sich Gedanken darüber zu machen, ob sie ihn mögen würden oder nicht. Von jetzt an würde er sich nicht mehr darum scheren, was andere von ihm hielten, sich nicht mehr nach den Dingen sehnen, die er nicht haben konnte – Liebe, zum Beispiel.

Zum Teufel damit. Er brauchte überhaupt niemanden.

Zach schreckte hoch und starrte verwirrt auf die schemenhaften Umrisse der Möbel auf der anderen Seite des Zimmers. *Scheiße*. Was sollten bloß diese Träume in letzter Zeit? Er warf sich herum und stieß dabei gegen Lilys Hinterteil. Sie gab einen missbilligenden Laut von sich, rutschte jedoch sofort wieder zu ihm, um ihren Rücken an seinen Bauch zu pressen, und er legte einen Arm um ihre Taille. Er vergrub sein Gesicht in ihren Haaren und sog tief ihren Geruch ein.

Er hatte etwas Tröstendes – wenn man so etwas suchte, was er nicht tat. Es zahlte sich nie aus, sich zu sehr auf jemanden einzulassen, und diese plötzliche Flut von Träumen war eindeutig ein Warnzeichen und erinnerte ihn an die Einsamkeit, die er als Kind zu viele Jahre empfunden hatte. Sie warnten ihn, dass dieses Gefühl sehr schnell zurückkehren könnte, wenn er über die Sache mit der kurvenreichen kleinen Blondine, die sich an ihn kuschelte, die Kontrolle verlor.

Die Angst, seine Schwester zu verlieren, hatte zwischen Lily und ihm rasch zu einer ähnlichen Vertrautheit geführt, wie er sie sonst als Soldat mit seiner Truppe bei Einsätzen kannte. Jetzt, nachdem sich Glynnis' Entführung als falscher Alarm erwiesen hatte, war seine Erleichterung nicht mit Worten auszudrücken. Aber das bedeutete nicht, dass er sich in eine engere Beziehung mit Lily stürzen würde. Sie war, wie Coop gesagt hatte, eine Frau fürs Leben. Nur eben nicht für seines. Sie verdiente etwas Besseres, als auf diese Weise benutzt zu werden. Liebe, zumindest in ihrer romantischen Variante, passte einfach nicht zu seinem Lebensstil.

Die einzigen Beziehungen, die länger als ein oder zwei Wochen gedauert hatten, waren die zu Glynnis und zu seiner Einheit. Und genau genommen waren selbst seine Kameraden, von Coop und John einmal abgesehen, in seinem Leben gekommen und gegangen. Er war einfach nicht geschaffen für enge Beziehungen.

Doch als Lily im Schlaf einen zufriedenen Seufzer von sich gab, schlang sich Zachs Arm automatisch fester um ihre Taille, und er zog sie ein bisschen näher an sich heran. Er stieß die Luft aus. Ach, zum Teufel. Warum sich Probleme machen, wo es gar keine gab?

Er hatte also kein Talent für Beziehungen. Und wenn

schon – so etwas war eben nicht jedermanns Sache. Aber das hieß ja nicht, dass er keine kleine Liebelei haben durfte. Er und Lily waren erwachsen; sie wussten, worum es ging. Sie machten sich nichts vor, ihre Beziehung funktionierte nach dem Prinzip: Gibst du mir, so geb ich dir. Dass das Ganze nicht von Dauer war, verstand sich von selbst.

Nicht, dass er nichts für sie empfand. Das tat er – zu seinem Erstaunen wurde ihm klar, dass er tatsächlich etwas für sie empfand. Irgendwie, so verrückt und unwahrscheinlich es auch war, waren sie Freunde geworden. Aber das war auch schon alles, sie waren gute Freunde, die versuchten, ein bisschen Spaß miteinander zu haben, wenn es sich ergab.

Nachdem er das zu seiner Zufriedenheit geklärt hatte, kuschelte er sich noch enger an Lily und stieß einen behaglichen Seufzer aus. Dann schob er jeden anderen Gedanken beiseite und überließ sich wieder dem Schlaf.

Alles würde gut werden, dachte er noch, bevor er davondriftete. Diese Sache zwischen ihnen konnte nur dann schief gehen, wenn einer von ihnen beiden die Dummheit begehen und sich verlieben sollte.

Und das war ja wohl nicht sehr wahrscheinlich. Er würde es nicht zulassen. Bei dem geringsten Anzeichen, dass es mit ihrer Beziehung ernster wurde, würde er das tun, was am besten für sie beide war, und sie beenden. Wenn ihm Lily nicht sogar zuvorkäme.

Denn wenn es eines gab, worauf er sich verlassen konnte, dann das, dass die praktisch veranlagte, vernünftige Lily ihn niemals mit Liebesschwüren belästigen würde.

23

Als Lily am nächsten Abend dem Oberkellner durch den eleganten Speisesaal des Rosario Resort folgte, fühlte sie sich alles andere als vernünftig. Das Lächeln wollte einfach nicht von ihren Lippen weichen, und als sie über ihre Schulter blickte und Zach dabei ertappte, wie seine Augen der Bewegung ihrer Hüften folgten, wurde es noch breiter. Sie drohte ihm kurz mit dem Zeigefinger, als er zu ihr aufblickte, dann versuchte sie, wieder ein unbeteiligtes Gesicht zu machen, als der Empfangschef an einem Fenstertisch stehen blieb, von dem aus sie die Bucht überblicken konnten, und ihr den Stuhl zurechtrückte. Sie dankte ihm und hatte ihn im nächsten Augenblick vergessen, als sie sich zu ihrem Liebhaber beugte, der ihr gegenüber an dem mit einem blütenweißen Leinentischtuch bedeckten Tisch Platz genommen hatte.

Ihr Liebhaber. Sie ließ sich das Wort durch den Kopf gehen, und ein Kribbeln durchfuhr sie bis in die Zehenspitzen, die in Pumps mit Stiletto-Absätzen steckten, als sie daran dachte, wie viel Mühe Zach sich gegeben hatte, sie heute Abend groß auszuführen. Sonst war sie immer darauf bedacht, sich in einem Restaurant alles genau anzusehen, angefangen von den kunstvoll gefalteten Servietten bis zu den Wegen, die die Bedienungen durch den Raum nehmen mussten. Aber an diesem Abend waren es nicht ihre beruflichen Pläne, die ihre Gedanken beherrschten, und sie strahlte Zachs glatt rasiertes Gesicht an. »Das«, seufzte sie glücklich, »ist einfach wunderbar.«

»Ja, Jessica war sich sicher, dass es dir gefallen würde.«

»Ach so, ja. Ja, das Restaurant ist auch sehr schön.« Sie

stützte ihren Ellbogen auf den Tisch, legte das Kinn in die Hand und sah an der kleinen Vase mit frischen gelben Rosenknospen vorbei verträumt den Mann an, der aufrecht und groß ihr gegenüber am Tisch saß. »Aber ich meinte eigentlich das hier.« Sie deutete auf sie beide. »Du und ich – dass wir eine waschechte Verabredung haben. Wir fangen im Grunde genommen unsere Geschichte noch einmal von vorne an.«

Ein Ausdruck, den sie bei jedem anderen Mann als alarmierend bezeichnet hätte, huschte über sein Gesicht. Aber er verschwand genauso schnell wieder, und da er nicht der Typ war, der grundlos in Panik geriet – ganz zu schweigen davon, dass er es auch noch gezeigt hätte –, dachte sie, dass sie sich wohl vom Lichtschein der kleinen Lampe neben den Rosen hatte täuschen lassen. Eine Erklärung, die durch sein lässiges Schulterzucken bestätigt wurde.

»Seitdem wir hier sind, hast du ständig in der Küche gestanden und gekocht.« Er grinste sie breit an. »Und da die treue Seele Ernestine anscheinend wieder das Kommando in der Küche übernommen hat, nachdem ihr heiß geliebter David wieder auf seinem Thron sitzt, dachte ich, es ist an der Zeit, dass du eine Pause einlegst. Du hast alle bedient, da kannst du dich auch mal bedienen lassen.«

Was er da sagte, klang nicht besonders romantisch. Aber das war ihr egal. Es war die Art von väterlichem Beschützerverhalten, die er normalerweise Glynnis vorbehielt, und sie bedachte ihn mit einem schiefen Lächeln. »Mir soll's recht sein.«

Er lehnte sich auf seinem Stuhl zurück, ließ seinen Blick über ihren tiefen Ausschnitt wandern, der den Ansatz ihrer Brüste freigab, und sah ihr dann in die Augen. Er bedachte sie mit einem lüsternen Lächeln, und als sie spürte, wie sich seine großen Füße unter ihre Hälfte des Tisches tasteten, öffnete sie geschickt den Knöchelriemen ihres rechten Schuhs, schlüpfte heraus und glitt mit den Zehen unter den Aufschlag seines Hosenbeins. Sie strich damit über sein Schienbein und sah, wie sich seine Augen verdunkelten. Sie hörte auch dann nicht auf, ihn zu necken, als die Bedienung mit den Speisekarten kam. Nachdem die junge Frau ihre Getränkebestellung aufgenommen hatte und wieder verschwunden war, beugte Zach sich vor.

»Du spielst mit dem Feuer, Lollipop.«

»Hm.« Sie fuhr mit dem Zehen an seinem Schienbein rauf und runter, rauf und runter. »Weißt du, ich liebe das Feuer. Ein Feuer ist etwas Angenehmes und macht so richtig« – sie senkte ihre Stimme zu einem Flüstern – »heiß.«

»Wenn du so weitermachst, zeige ich dir, wie heiß.« Seine Stimme war tief und heiser, und ein Schauder lief ihr über den Rücken. »Gleich hier auf dem Tisch, vor versammelter Mannschaft.«

Sie zog eine Schnute, ließ den Fuß von seinem Bein gleiten und zwängte ihn wieder in ihren Schuh. »Spielverderber.«

»Hey, ich will nur die anderen Gäste schonen.«

»Ja, klar.« Ein Lachen perlte zwischen ihren Lippen hervor. »Das ließ sich ohne weiteres aus deinem Vorschlag über die Demonstration hier auf dem Tisch schließen.«

»Schätzchen, ich habe einen Ständer in der Hose, an dem ich ein Viermann-Zelt aufhängen könnte. Jeden Augenblick wird es hier Feueralarm geben, weil du mich so heiß machst, und die Dame mit den lila Haaren da drüben wird einen Herzanfall bekommen.«

Lily grinste. »Kann schon sein. Aber aus schierem Neid.«

Die Bedienung kam mit Zachs Bier und Lilys Chardonnay zurück und fragte, ob sie ihre Bestellung aufnehmen dürfte. Lily errötete bei dem Gedanken, dass ihr die Erregung aus allen Poren strömen musste, und nahm schnell die Speisekarte und traf ihre Wahl. Als die junge Frau wieder fort war, beschloss sie, die Spannung zu lösen, indem sie das Gespräch auf neutralere Themen lenkte.

Zach durchschaute sie sofort, ging aber lächelnd darauf ein. Über der Vorspeise fragte er sie nach ihrer Vorstellung von einem idealen Restaurant aus. Vollkommen in Anspruch genommen, ihm ihre Ideen auseinander zu setzen, merkte sie erst, als ein Wasserflugzeug im Hafen zur Landung ansetzte und sie für ein paar Augenblicke kaum ihr eigenes Wort verstehen konnte, dass sie fast während des gesamten Essens das Gespräch beherrscht hatte. Als das Flugzeug die Motoren drosselte und auf den Kai zusteuerte, hob sie ihre Gabel und lächelte Zach an.

»Ich rede und rede und rede. Aber jetzt will ich endlich mal was essen, und du übernimmst die Unterhaltung. Du sagtest, du wärst auf Urlaub.« Sie pickte mit der Gabel ein Stück Lachs auf und musterte Zach über den Tisch hinweg. »Was passiert, wenn du zurück bist? Musst du dich sofort wieder auf den Weg zu einem neuen Abenteuer in der Fremde machen?«

Einen Moment lang schwieg er. Dann hoben sich seine Schultern ganz leicht. »Seltsam, dass du fragst. Genau das habe ich mir auch schon überlegt.«

»Ob du einen neuen Einsatz übernimmst?«

»Nein, was längerfristig passieren wird, wenn ich zurück bin.« Er schob seinen Teller zur Seite und lehnte sich über den Tisch. »Weißt du, ich muss noch zwei Jahre abreißen, und ich dachte immer, ich würde sie auf dieselbe Weise verbringen wie die ersten achtzehn. Aber seit kurzem versuchen zwei meiner Vorgesetzten, mich davon zu überzeugen, dass ich den aktiven Dienst aufgeben soll.«

Sie musterte ihn einen Augenblick lang. »Und der Gedanke gefällt dir nicht. Du machst deine Arbeit gerne, oder?«

»Ja!« Dann runzelte er die Stirn. »Nein, das kann man so auch nicht sagen. Es ist viel anstrengender und macht lange nicht mehr so viel Spaß wie früher. Aber es ist das, was ich kann – und worin ich gut bin. Und ich habe, verdammt noch mal, keine Lust zu unterrichten.«

Er klang bei dieser Vorstellung so unglücklich, dass sie sich regelrecht an ihrem Stuhl festhalten musste, um nicht über den Tisch zu klettern und ihn in den Arm zu nehmen. »Haben sie dir das als Alternative vorgeschlagen?« Auf sein Nicken hin streckte sie den Arm über den Tisch und legte ihre zarten Finger auf seine große Hand, die sich um die Serviette gekrampft hatte. »Und darauf hast du keine Lust, wenn ich es richtig verstehe.«

»Machst du Witze, Lily? Sei ehrlich, kannst du dir mich als Lehrer vorstellen?«

»Nun … ja. Ja, das kann ich.« Als er sie ansah, als hätte sie den Verstand verloren, streichelte sie mit dem Daumen über seine weiß hervortretenden Knöchel. »Das gehört doch schon jetzt zu deiner Arbeit, Zach, oder nicht? Ich weiß, du handelst mehr aus dem Bauch raus, und die Einsätze sind gefährlich – Unterricht ist das natürlich nicht. Aber du hast erzählt, dass die meisten deiner Jungs um die zwanzig sind. Und wenn du Tag für Tag mit Leuten in diesem Alter zu tun hast, musst du doch eine Art Lehrer sein, denke ich jedenfalls. Ich kann mir nicht wirklich vorstellen, wie du vom Katheder aus unterrichtest. Aber wenn es darum geht, Praxistraining in einer wirklichkeitsnahen Umgebung zu vermitteln, kann ich mir durchaus vorstellen, dass du so etwas tust.«

Er sah erstaunt aus. Aber gleichzeitig auch nachdenklich, und zu ihrer Freude entspannte sich seine Hand unter ihrer Berührung, und die Knöchel traten nicht mehr so scharf hervor. Er lehnte sich auf seinem Stuhl zurück und starrte sie einen Augenblick lang nur an. Dann drehte er seine Hand unter ihrer und umfasste sie mit seinem warmen Griff. Er senkte seinen Blick und schien fasziniert vom Anblick seines Daumens, der über ihren Handrücken streichelte. »Ich glaube, du bist diejenige, die eine gute Lehrerin wäre« sagte er, ohne seinen Blick von der Hand unter seinen kräftigen Fingern zu lösen. »Ich glaube, es ist keinem entgangen, welche Wandlung sich mit deiner Hilfe bei Jessica vollzogen hat.«

Nun war es an Lily, erstaunt zu sein. »Ach, nein. Das stimmt doch nicht. Natürlich, wir haben miteinander gesprochen, aber die Veränderungen sind allein Jessicas Verdienst.«

»Dank deiner Anleitung und Motivation.« Seine grauen Augen hoben sich und hielten ihren Blick fest. »Ich glaube, ich habe noch nie jemanden kennen gelernt, der so geduldig und freundlich ist wie du.«

»Oh. Oh, Zach.« Sie schmolz innerlich dahin. Seit sie gemerkt hatte, wie tief ihre Gefühle für ihn waren, hatte sie geahnt, dass sie sich früher oder später verraten würde. Aber sie hatte immer gedacht, dass sie all ihre Schutzschilde fallen lassen würde, während sie sich leidenschaftlich liebten. Nie hätte sie damit gerechnet, dass ihre Verteidigungslinien zusammenbrechen würden, wenn sie beide vollständig angezogen waren und er sie freundlich nannte.

Und doch sehnte sie sich mit jeder Faser ihres Körpers nach ihm, und sie spürte, wie sich der Schutzwall um ihr Herz in nichts auflöste. Sie drückte die Finger, die ihre Hand umschlossen hielten. »O Gott, Zach. Ich liebe dich so sehr.«

Er erstarrte. »Ja?« Seine Lippen verzogen sich zu einem Lächeln, aber in seine Augen trat plötzlich ein wachsamer Ausdruck. »Na, wenn so ein kleines Kompliment dein Herz schon zum Überfließen bringt, kann ich es kaum erwarten, welche Reaktion das Dessert hervorruft.« Er entzog ihr seine Hand und lehnte sich auf seinem Stuhl zurück. Weit zurück.

Einen kurzen Moment lang war sie versucht, es dabei zu belassen. Sie wusste, dass er genau das wollte – so tun, als hätte sie die Katze nicht aus dem Sack gelassen. Aber als sie von ihrer einsamen Hand, die wie gelähmt mitten auf der Leinentischdecke lag, zu dem Mann aufsah, der so weit von ihr weggerückt war, wie es, ohne den Tisch verlassen zu müssen, möglich war, spürte sie, wie Eiseskälte durch den warmen Schleier drang, der sie den ganzen Abend über umhüllt hatte. Und sie wusste, dass sie es nicht dabei belassen konnte – nicht, nachdem sie ihm gerade einen Blick in ihr Innerstes erlaubt hatte. »Nun«, sagte sie langsam, »das ist nicht unbedingt die Reaktion, die ich mir erhofft hatte.«

Einen Moment lang sah er aus, als würde er in Panik aufspringen, aber dann straffte er die Schultern, und sein Gesicht wurde vollkommen ausdruckslos. »Was willst du von mir hören, Lily – dass ich dich liebe? Dass wir uns auf die Suche nach einem Häuschen im Grünen machen sollten?«

Sie sah ihn ebenso ausdruckslos an wie er sie, während sich die Kälte in ihr in Eis verwandelte. »Ja. Nichts würde ich lieber hören.«

»Es tut mir Leid, aber das kann ich nicht sagen. Ich kann nicht lieben.«

O Mann, stöhnte sie innerlich auf, laut sagte sie jedoch: »Dann bist du ein erstklassiger Schauspieler.«

»Liebe ist ein Hirngespinst, Lily, eine Idee, die von Grußkartenherstellern erfunden wurde. Es gibt Lust und Erregung und so, und das ist es, was du empfindest.« Er verschränkte die Arme vor der Brust und bedachte sie mit einem überheblichen Blick. »Glaub mir. Du bist nicht in mich verliebt.«

Leider war sie es. Allerdings hatte sie in diesem Augenblick keine rechte Lust, ihn zu berichtigen. »Und woher willst du so genau wissen, was ich empfinde?«

»Gesunder Menschenverstand.« Er ließ die Arme sinken und beugte sich mit ernster Miene vor. »Du und ich, wir passen ... in mancherlei Hinsicht ... wirklich gut zusammen. Aber auf Dauer liegen unsere Interessen doch zu weit auseinander.«

»Das ist seltsam, denn trotz der offensichtlichen Unterschiede zwischen uns hätte ich schwören können, dass wir im Vergleich dazu viel mehr Gemeinsamkeiten haben. Welche meiner Interessen machen dir denn solche Angst?«

»Fangen wir mal damit an, dass du ein Restaurant aufmachen willst, für das du dein Leben lang gespart hast. Angst ist aber das falsche Wort. Ich möchte nur darauf hinweisen, dass du bereit bist, dich fest an einem Ort niederzulassen – und ich habe einen Beruf, der mich dazu zwingt, ständig durch die Gegend zu ziehen.«

»Ja, noch zwei Jahre. Das ist nichts gemessen daran, wie lange ich schon gewartet habe.« Beim Anblick seines Gesichtsausdrucks krampfte sich ihr Magen zusammen. »Ich merke schon, das Letzte, was du von mir hören willst, ist, dass ich bereit wäre, die Eröffnung meines Restaurants zu verschieben, bis deine Dienstzeit vorbei ist.« Gänsehaut kroch über ihre Arme, und sie rieb ein paar Mal mit den Händen darüber. »Mann, das ist fast zum Lachen. Vor nicht allzu langer Zeit hätte ich noch gedacht, einem Soldaten durch das ganze Land zu folgen wäre so ziemlich das Letzte, was ich tun wollte. Aber dann kamst du, und ich habe mich in dich verliebt. Ich glaube, wir könnten eine wunderbare Zukunft miteinander haben. Nur empfindest du offenbar anders.« Er widersprach ihr nicht, und in ihr starb etwas. »Du hast gesagt, dass wir in mancherlei Hinsicht gut zusammenpassen. Würdest du mir sagen, in welcher?«

Er sah sie nur an, und ihr Herz zog sich noch stärker zusammen. »Sexuell? Das ist alles, was ich dir bedeute? Ich bin nur jemand, mit dem du ficken kannst?«

Er zuckte zusammen. »Gott, Lily. Sprich nicht so.«

Sie lachte bitter auf. »Oh. Das ist ja toll. Du sagst mir im Grunde, dass das alles ist, was du von mir willst, aber ich darf es nicht aussprechen?«

»So habe ich das nicht gemeint. Ich habe dich nur noch nie ein solches Wort gebrauchen hören.« Er schüttelte ungeduldig den Kopf. »Aber das ist egal. Ich will nicht nur mit dir ins Bett, wir sind Freunde – du und ich.«

»Aber offensichtlich nur, solange wir in der Kiste sind. Oder was? Hast du gedacht, dass wir hin und wieder noch mal ein Bier miteinander trinken gehen, wenn du irgendwann keinen Bock mehr hast, mit mir ins Bett zu gehen?« Ihre Stimme zitterte bei den letzten Worten, und sie merkte, dass ihr die Tränen in die Augen stiegen. Sie erhob sich vom Tisch und schnappte sich ihre Handtasche. »Entschuldige mich bitte. Ich muss zur Toilette.«

Er folgte ihr auf den Fersen, und als sie die Tür zur Damentoilette aufstieß, drehte sie sich, die Türklinke in der Hand, noch einmal zu ihm um. »Würde es dir etwas ausmachen?«, fragte sie. »Wenn du wirklich mein Freund bist, lässt du mich bitte einen Moment in Ruhe.«

Seine dunklen Brauen zogen sich wie Gewitterwolken über seinen Augen zusammen, und er starrte sie an, als verfüge er über einen Röntgenblick, der ihm erlaubte, in ihr Innerstes zu sehen. Aber sie wollte ihn nicht an dem teilhaben lassen, was in ihr vorging, und mit einem frustrierten Schnauben kehrte er auf dem Absatz um und marschierte zurück in den Speisesaal des Hotels.

Sie trat an das Waschbecken im Vorraum zu den Toiletten. Sie fühlte sich, als müsste sie sich übergeben, und jedes Mal, wenn sie an die Art dachte, wie er gesagt hatte, sie seien Freunde, während er doch offensichtlich der Meinung war, sie würden nur im Bett wirklich gut zusammenpassen, stieg die Übelkeit ein Stückchen höher. Sie stand da, mit hängendem Kopf, die Hände auf das Waschbecken gestützt, und atmete tief durch.

Schließlich hob sie den Kopf und sah ihr Bild im Spiegel an. Als sie heute Abend das Restaurant betreten hatten, hatte sie sich begehrt und schön gefühlt. Jetzt fand sie, dass sie aussah wie eine Frau, von der Männer nur das eine wollten, und sie wandte sich vom Spiegel ab. Wie hatte das nur passieren können, dass sie innerhalb von ein paar Herzschlägen von ihrem Prinzessinnenthron in die Gosse gestoßen worden war?

Als sie glaubte, sich wieder einigermaßen gefangen zu haben, verließ sie die Toilette und sah zum Speisesaal. Dann drehte sie sich um und ging in Richtung Ausgang.

Die Luft war mild, als sie ins Freie trat, und hätte sie

nicht Schuhe angehabt, die allein den Gedanken daran lächerlich erschienen ließen, wäre sie versucht gewesen, den Weg zu den Beaumonts zu Fuß zurückzulegen. Während ihr Blick über den Parkplatz wanderte, wünschte sie einen Moment lang, zu ihren Fertigkeiten würde es auch gehören, ein Auto kurzzuschließen. Es geschähe Zach nur recht, wenn sie den Jeep nähme und ihn einfach zurückließe. Allerdings war es ein Zeichen von Unreife, einfach wegzurennen, und würde letztlich zu nichts führen. Sie würde also nur ein-, zweimal um das Hotel laufen, um ihre Gefühle wieder in den Griff zu bekommen. Und dann konnte sie genauso gut zurück in den Speisesaal gehen und Zach wie eine Erwachsene gegenübertreten.

Manchmal, dachte sie, tat es ganz schön weh, erwachsen zu sein.

Sie stieg die Treppe hinunter und schlug den Weg zum Aussichtspunkt am anderen Ende der eleganten Hotelanlage ein. Noch immer schwammen ihre Augen in Tränen, die ihr die klare Sicht nahmen und das, zusammen mit ihren hohen Absätzen und den wie Stolperfallen auf dem Weg verteilten Tannenzapfen, veranlasste sie zu besonderer Vorsicht, wo sie ihren Fuß hinsetzte. Die Sonne war inzwischen hinter den Bäumen untergegangen, und als sie um die Ecke bog, versank der Weg in tiefen Schatten.

Als sie Schritte hinter sich hörte, was ihr erster Gedanke, dass das Zach sein musste. Aber bevor sie sich im Klaren darüber war, ob sie das hoffen oder befürchten sollte, packte sie jemand am Arm. Sie musste sich nicht erst umdrehen, um zu wissen, dass das nicht Zach sein konnte. Instinktiv versuchte sie, sich zu befreien, aber dann bohrte sich etwas Hartes in ihren Rücken, und sie erstarrte.

»Ich habe eine Pistole«, flüsterte ihr eine tiefe Stimme

ins Ohr. »Wenn Sie nur einen Laut von sich geben, erschieße ich Sie auf der Stelle.«

Na, das ist ja toll gelaufen. Zach saß stocksteif auf seinem Stuhl und trank sein Bier aus, dann griff er nach der Tasse und kippte den Kaffee hinterher, während er auf Lily wartete. *Kaum zu glauben, dass man dich für den geeigneten Mann hält, um mit schwierigen Situationen fertig zu werden.* Das Dinner, das er gerade zu sich genommen hatte, lag ihm wie ein Stein im Magen. Seine einzige Entschuldigung war, dass Lily ihn vollkommen unvorbereitet erwischt hatte. Aber wer hätte auch geahnt, dass sie glaubte, in ihn verliebt zu sein? Oder dass sie so verletzt aussehen würde, als er darauf beharrte, dass sie es nicht war?

Wer hätte geahnt, dass sie aussehen würde, als müsste sie sich jeden Augenblick übergeben, als er sagte, sie seien Freunde. Mein Gott. Inzwischen war ihm selbst übel.

Seine Schultern verkrampften sich noch mehr. Verdammt, er brauchte sich nicht schuldig zu fühlen. Er hatte sich nicht gerade heldenhaft verhalten, aber er würde den Schaden wieder gutmachen, sobald sie zurück an den Tisch kam. Er würde ihr klar machen, dass es nicht an ihr lag – dass er derjenige war, den das Schicksal immer als Verlierer aus dem Beziehungsspiel hervorgehen ließ. Aber egal, an wem es lag, Tatsache war, dass es letztlich nicht funktionieren würde, und es war besser, gar nicht erst irgendwelche Missverständnisse entstehen zu lassen. Es machte vielleicht keinen von ihnen glücklich, aber das war allemal dem Durcheinander vorzuziehen, zu dem es kommen würde, wenn er ihnen erlaubte – ihr erlaubte –, sich zu sehr aufeinander einzulassen.

Wo blieb sie eigentlich? Er wollte schon aufstehen und

sie holen, um ihr ein für alle Mal klar zu machen, dass es keine echte Liebe war, die sie für ihn empfand. Aber dann rührte er sich doch nicht von der Stelle, denn er hatte keine Lust, hinter ihr herzulaufen. Das Spielchen kannte er schon – und er war nicht so dumm und stieg darauf ein.

Als sie eine Viertelstunde später immer noch nicht wieder zurück war, kam er zu dem Schluss, dass ihre Halsstarrigkeit die seine an diesem Abend bei weitem übertraf. Er beglich die Rechnung und begab sich auf die Suche nach ihr.

Es dauerte eine weitere Viertelstunde, bis er zu der Erkenntnis gelangte, dass sie gegangen war. Er hatte eine Kellnerin gebeten, in der Damentoilette nach ihr zu sehen, und er selbst hatte den gesamten Eingangsbereich des Hotels nach ihr abgesucht. Der Portier erinnerte sich, gesehen zu haben, wie Lily das Hotel verließ, und Zach suchte die Anlage mit methodischer Gründlichkeit ab. Schließlich machte er sich wütend auf den Weg zu seinem Jeep. Sie hatte bestimmt Jessica angerufen, damit sie sie abholte. Was für ein kindisches, nachtragendes, zickiges Verhalten …

Als er bald darauf in die Halle des Beaumontschen Hauses stürmte, begegnete er Jessica, die gerade die Treppe herunterkam.

»Hallo, da seid ihr ja«, sagte sie mit einem Lächeln. »Wie war –«

»Wo, zum Teufel, ist sie?«

»Wo ist wer?« Ihre Ahnungslosigkeit war offenkundig, aber als ihr zu dämmern begann, was los war, trat augenblicklich Ärger an deren Stelle. Jessica sprang die letzten Stufen herunter, baute sich mit in die Hüften gestemmten Händen vor ihm auf und reckte ihm ihre schmale Nase entgegen. »Was soll das heißen?«, fragte sie. »Ich dachte, sie ist bei Ihnen?«

»War sie auch, aber wir hatten ... eine kleine Meinungsverschiedenheit ... und dann ist sie weg. Ich dachte, sie hätte hier angerufen und Sie gebeten, sie abzuholen.«

Sie trat einen Schritt zurück. »Nun, da haben Sie falsch gedacht. Und was fällt Ihnen überhaupt ein, ihr den schönen Abend zu verderben?«

Das Gefühl, genau das getan zu haben, machte ihn gereizt. »Wie kommen Sie darauf, dass es meine Schuld gewesen ist? Vielleicht hat sie ja mir den schönen Abend verdorben?«

Sie sah ihn nur an, und er trat unruhig von einem Bein auf das andere. »Okay, ich habe falsch reagiert auf etwas, das sie mir eröffnet hat.« Dann straffte er die Schultern. »Aber das ist keine Entschuldigung dafür, einfach wegzulaufen wie ein dummer kleiner Teenager! Und wenn Sie sie nicht abgeholt haben, dann muss es ein anderer gewesen sein. Ich will mit den anderen reden.«

Jessica zuckte die Schultern. »Sie kennen ja den Weg.« Sie wollte sich schon umdrehen, hielt dann aber noch einmal inne. Sorge zeichnete sich auf ihrem Gesicht ab, als sie ihn ansah. »Lily ist eigentlich nicht der Typ, der unbedachte Dinge tut.«

»Ich weiß. Aber sie war ziemlich aufgebracht.« Er hörte, dass Jessica irgendetwas vor sich hin murmelte, aber da er sicher war, dass er nicht wissen wollte, was es war, ignorierte er es und lief zum Haustelefon im Wohnzimmer.

Als er ein paar Minuten später den Hörer wieder auflegte, war auch er besorgt. Er hatte jeden Bewohner des Hauses befragt, und keiner wollte auch nur mit Lily gesprochen haben, geschweige denn, dass sie einer vom Restaurant abgeholt hätte. Jessica war ihm ins Wohnzimmer gefolgt, und er spürte ihren vorwurfsvollen Blick auf sich ruhen, als er das Telefonbuch nahm und durch die Seiten blätterte. Er fand die gesuchte Nummer und wählte. Im nächsten Moment war er mit dem Portier des Rosario verbunden.

»Mein Name ist Zachariah Taylor«, sagte er, nachdem der andere sich gemeldet hatte. »Ich habe mich vorhin schon erkundigt wegen –«

»Der hübschen Blondine«, unterbrach ihn der Portier. »Ja, ich erinnere mich.«

»Nun, ja, also, die hübsche Blondine ist bisher nicht zu Hause eingetroffen. Ich dachte, sie hat vielleicht hier angerufen, um sich abholen zu lassen, aber sie hat sich nicht gemeldet. Sie sagten doch, Sie hätten gesehen, dass sie nach draußen ging. Hat sie Sie vorher vielleicht gebeten, ihr ein Taxi zu rufen?«

»Nein, Sir. Sie kam aus der Damentoilette und ging direkt nach draußen. Vielleicht hat sie aber eines über ihr Handy gerufen. Hier war zu dieser Zeit einiges los, daher kann ich Ihnen leider nicht sagen, ob tatsächlich ein Taxi vorgefahren ist oder nicht.«

Zach bedankte sich und ließ langsam den Hörer auf die Gabel sinken. Er sah Jessica an. »Das gefällt mir nicht«, gestand er. »Im Hotel hat keiner ein Taxi für sie gerufen, und sie selbst hat auch keines rufen können, weil sie kein Handy hat.«

Jessica gab einen ungläubigen Laut von sich. »Jeder hat ein Handy!«

»Bis auf Lily und mich offensichtlich. Das war eines der Dinge, über die wir während des Abendessens gesprochen haben – dass wir beide die letzten Technik-Dinosaurier der Welt zu sein scheinen.« Dann erinnerte er sich plötzlich daran, dass er gerade wegen eines gewissen Südamerikaners in Camp Pendleton angerufen hatte, als seine Schwester und David plötzlich aufgetaucht waren. Fluchend rannte er zur Treppe.

»Was ist los?« Jessica folgte ihm unmittelbar auf den Fersen. »Ist Ihnen eingefallen, wo sie sein könnte?«

Er verlangsamte seinen Schritt nicht, obwohl sie kaum hinter ihm herkam, stattdessen rief er ihr über die Schulter zu: »Rufen Sie die Taxizentrale an, Jess, nur um sicherzugehen. Ich bin gleich zurück und erkläre es Ihnen.« Bis dahin hoffte er, dass er Unrecht hatte und dass das alles nichts mit diesem verdammten Miguel Escavez zu tun hatte.

Er sah schnell in Lilys Zimmer nach, nur für den Fall, dass sie unbemerkt ins Haus geschlüpft war. Aber sie war offensichtlich nicht hier gewesen. Er ging zur nächsten Tür, schnappte sich sein Adressbuch und lief zurück zur Treppe.

Glynnis, David und Christopher waren mit Jessica im Wohnzimmer, und als er eintrat, wandten sich ihm alle mit sorgenvollem Gesichtsausdruck zu. »Stimmt es, was Jessica sagt – Lily ist verschwunden?«, fragte seine Schwester.

Mit einer ungeduldigen Geste wischte er ihre Frage beiseite, schnappte sich das Telefon und wählte eine Nummer aus seinem Adressbuch. Als am anderen Ende niemand auf das Klingeln reagierte, fiel ihm ein, dass um diese Zeit vermutlich niemand mehr in der Telefonzentrale war. Er legte auf und rief die Auskunft an, um sich die Privatnummer von Jake Magnusson geben zu lassen. Er war der Verantwortliche für das Trainingsprogramm der Kolumbianer und müsste ihm daher Auskunft auf seine Fragen geben können.

Auch zu Hause bei Jake klingelte das Telefon endlos,

und Zach wollte schon auflegen und überlegte, bei wem er es als Nächstes probieren könnte, als plötzlich der Hörer am anderen Ende der Leitung abgehoben wurde. Eine tiefe Stimme brummte: »Was ist los?«

»Maggie? Hier ist Zach. Tut mir Leid, dass ich dich zu Hause störe, aber –«

»Wo, zum Teufel, steckst du, Midnight? Du hast dir wirklich eine beschissene Zeit für deinen Urlaub ausgesucht – ich habe praktisch seit der Minute, in der du weg bist, versucht, dich zu erreichen. Wir haben mit einem von deinen Kolumbianern ein Problem.«

Eisige Kälte breitete sich in Zach aus. »Scheiße. Miguel Escavez?«

»Genau der. Der Junge hat 'ne Fliege gemacht.«

24

Miguel warf seiner kurvenreichen Gefangenen einen triumphierenden Blick zu, als er langsam über die Rosario Road in Richtung Highway fuhr. Der Anblick ihrer gefesselten Hände und der Ausdruck von Unsicherheit auf ihrem Gesicht erfüllten ihn mit größter Befriedigung. Er war bester Laune und konnte nur mit Mühe stillsitzen.

»Das ist das dritte Mal, dass wir uns begegnen«, sagte sie, als er sie wieder einmal ansah und sich ihre Blicke trafen. »Wer sind Sie eigentlich?«

Einschüchterung war eine sehr wirksame Waffe – das hatte ihm der Comandante beigebracht –, und Miguel bedachte die Frau seines Feindes mit seinem eisigsten Blick, um dann zu knurren: »Dein schlimmster Albtraum.« Ha!

Er wollte diesen Satz sagen, seit er ihn in der Nacht, in der er mit den GIs Karten spielte, im Fernsehen gehört hatte.

Solch drohende Worte verdienten eine respektvolle Reaktion – zumindest aber eine, die ein kleines bisschen ehrerbietiger war als das bittere Lachen, das seine Gefangene jetzt hören ließ.

»Heute Nacht nicht, mein Freund«, sagte sie. »Sonst vermutlich schon, es passiert mir schließlich nicht alle Tage, dass mich jemand mit vorgehaltener Waffe verschleppt. Aber dieser ganze Abend war eine einzige Katastrophe.«

Seine schöne Drohung sollte sie in Angst und Schrecken versetzen – wie kam sie zu dieser frechen Antwort? Aber nicht einmal die Weigerung der *puta*, ihm zu geben, was ihm gebührte, konnte ihm die Laune verderben – er fühlte sich einfach zu gut, zu stark. Er, Miguel Hector Javier Escavez, hatte sein Ziel erreicht. Wenn er daran dachte, dass er beinahe aufgegeben hätte!

Er konnte sich das nur damit erklären, dass ihm an diesem Nachmittag infolge des ewigen Nichtstuns seine Kampfmoral verloren gegangen war. Er hatte es satt gehabt, Tag für Tag für Tag herumzusitzen und auf etwas zu warten, das nicht passierte. Aber das spielte jetzt keine Rolle mehr, denn als der Oberfeldwebel und seine Frau plötzlich in dem schwarzen Jeep des Comandante in der Einfahrt aufgetaucht waren, war das wie ein Fingerzeig von *Dios* höchstpersönlich. Er musste zugeben, dass er noch kurz Zweifel an der göttlichen Vorsehung gehegt hatte. Aber wer konnte ihm das verübeln? Mehr als einmal war er genau in dem Moment enttäuscht worden, als er gedacht hatte, sein Ziel sei in greifbare Nähe gerückt.

Aber von nun an würde er nie mehr an seinem Erlöser zweifeln, denn entgegen seinen Befürchtungen, auch diesmal wieder einen Fehlschlag zu erleiden, war seine Geduld schließlich in einer Weise belohnt worden, die seine kühnsten Erwartungen übertraf. Er hatte abwechselnd in seinem Auto gesessen und war vor dem Hotel herumgeschlichen, ohne auch nur eine Sekunde Taylors Jeep und die Haupteingangstür aus den Augen zu lassen. Und zu guter Letzt, als er sicher gewesen war, dass diese quälende Warterei niemals ein Ende haben würde – wer kam da ganz allein aus der Tür des schicken weißen Hotels? Taylors Frau.

Wahrhaftig ein Zeichen. Er summte ein paar Takte eines Schlagers vor sich hin, der in seiner Heimat gerade sehr beliebt war.

Seine gute Stimmung wurde allerdings etwas getrübt, als er den Horseshoe Highway erreichte und sich für eine Richtung entscheiden musste. In diesem Augenblick ging ihm auf, dass er eigentlich gar nicht wusste, was er mit der Frau anfangen sollte, jetzt, da er sie in seiner Gewalt hatte. Mit einem gewissen Unbehagen wurde ihm klar, dass er nie weiter geplant hatte als bis zu dem Moment, in dem er sie dem ach-so-tollen Marine wegschnappte.

Er setzte den linken Blinker und beschloss, auf direktem Weg zum Hafen zu fahren, um mit der nächsten Fähre diese Insel zu verlassen. Da die Frau zu diesem Zeitpunkt wahrscheinlich noch nicht vermisst wurde, schien ihm das das Klügste. Als ihm jedoch einfiel, wie lang er an dem Tag, an dem er auf die Insel gekommen war, auf dem Festland auf die Fähre gewartet hatte, wurde er unsicher. Es wäre nur dann klug, wenn er sofort auf die Fähre fahren und von hier verschwinden könnte. Wenn er dagegen auf einem überfüllten Kai festsäße, wäre es nicht mehr so klug, weil der Fährhafen vermutlich der erste Ort war, an dem Taylor suchen würde.

Also bog er nach rechts in Richtung Moran-State-Park ab. Er musste von der Hauptstraße runter und ein stilles Plätzchen finden, wo er in Ruhe nachdenken konnte.

Lily konnte nicht verhindern, dass ihr ein kalter Schauder über den Körper jagte, als ihr Entführer das Auto wenig später auf einen abseits gelegenen Zeltplatz lenkte. Das hatte allerdings mehr mit der Erinnerung an ihren letzten Aufenthalt in diesem Park zu tun als mit der Angst vor dem Mann, der sie gefangen hielt. Als sie sich zu ihm umdrehte, fragte sie sich, warum sie eigentlich nicht mehr Angst hatte. So ruhig zu sein kam ihr ziemlich dumm vor, schließlich befand sie sich hier mitten in einem dieser verdammten Wälder, über die jetzt rasch die Nacht hereinbrach, in der Gewalt eines jungen Mannes, der Gott weiß was vorhatte.

Sie war zwar nervös, aus irgendeinem unerfindlichen Grund hatte sie jedoch keine Angst. Vielleicht weil der Entführer eher wie ein Kind auf sie wirkte und sie nicht den Eindruck hatte, dass er sie umbringen oder vergewaltigen wollte. Oder vielleicht hatte das auch mit ihrer Vermutung zu tun, ausgetrickst worden zu sein. Sie hatte ihm geglaubt, als er sagte, er habe eine Waffe, und sich deshalb in diesen Schweinestall von Auto zerren lassen, dessen Rücksitz mit leeren Kekspackungen und Getränkedosen übersät war und das nach dem Schweiß des jungen Mannes stank. Zu allem Überfluss hatte sie sich dann noch mit einem schmutzigen Stück Schnur die Hände fesseln lassen. Und all das, ohne auch nur ein Mal eine Waffe zu Gesicht bekommen zu haben.

Dass er keine Waffe hatte, war eigentlich ein gutes Zeichen, und sie hätte erleichtert sein sollen. Warum hatte sie dann das Gefühl, dass es genau das war, was das Fass zum Überlaufen brachte?

Tja, dachte sie unwillig, *vielleicht hat es ja damit zu tun, dass du es bis oben hin satt hast, dich von irgendwelchen Kerlen an der Nase herumführen zu lassen?*

»Mir gefällt es hier nicht«, murmelte sie.

»Ob es dir hier gefällt oder nicht«, erklärte er, »spielt keine Rolle.«

Jetzt reichte es aber langsam. Bemüht um Fassung, holte sie tief Luft. Das war nicht der richtige Zeitpunkt, um ihre Gefühle die Oberhand gewinnen zu lassen, aber, bei Gott, es kostete sie den letzten Rest ihrer Willenskraft, ihrem Zorn nicht laut Luft zu machen. Erst Zachariah und jetzt dieser Typ – allmählich fühlte sie sich nur noch benutzt und missbraucht.

Sie atmete langsam aus und dehnte die Schultern. Dann zwang sie sich zu einem freundlichen Gesichtsausdruck und sagte so liebenswürdig wie möglich: »Bitte. Wollen Sie mir nicht sagen, wer Sie sind?«

Er straffte sich. »Mein Name ist Miguel Hector Javier Escavez.«

»Ein schöner Name.«

»*Sí*. Ich bin –«

»Ich heiße Lily Morrisette.«

Er starrte sie an, als wisse er nicht, was er mit dieser Information anfangen sollte, aber sie begegnete seiner Verwirrung mit einem netten Lächeln. Sie erinnerte sich daran, irgendwo gelesen zu haben, dass es einem Verbrecher umso schwerer fiel, seinem Opfer etwas anzutun, je menschlicher es in seinen Augen wurde. »Woher kommen Sie, Mr. Escavez?«

»Bisinlejo.« Seine Brust schwoll an. »Dort ist mein Vater Bürgermeister.«

Aha. Das erklärte einiges. Der gut aussehende Sohn eines einflussreichen Mannes – diese Art von Standesdünkel gab es offensichtlich auf der ganzen Welt. Sie behielt ihre Gedanken allerdings für sich und spielte die verwirrte Unschuld, indem sie ihn anlächelte und dabei ein paar Mal mit den Wimpern schlug. »Ich fürchte, von diesem Ort habe ich noch nie gehört, tut mir Leid.«

Er zuckte die Schultern. »Das habe ich auch nicht erwartet. Die Geographiekenntnisse von Amerikanern sind sehr dürftig, und mein Dorf in Kolumbien ist nur ein kleiner Fleck auf der Landkarte.« Dann schüttelte er ungeduldig den Kopf. »Aber das – wie sagt ihr doch gleich – tut nichts zur Sache. Oberfeldwebel Taylor hat mich meine *prometida* gekostet –«

»*Promet–?*« Lily hatte nur eine vage Erinnerung an das Spanisch, das sie auf der High School gelernt hatte. Dann fiel es ihr wieder ein. »Heißt das nicht so viel wie versprochen? Sie reden von Ihrer Verlobten?«

»*Sí.*«

Sie runzelte die Stirn. Jetzt war sie ziemlich sicher, dass sie es mit Zachariahs Südamerikaner zu tun hatte. Merkwürdig, dass Zach kein einziges Mal eine Frau erwähnt hatte, als er ihr erzählte – wie hatte er es ausgedrückt? –, mit einem der jungen Männer, die er mitgenommen hatte, habe es ein Problem gegeben, aber er habe gedacht, die Sache sei erledigt? Dann schüttelte sie ungeduldig den Kopf – es hatte keinen Sinn, voreilige Schlüsse zu ziehen, bevor sie mehr wusste. »Was meinen Sie damit?«

»Er ist dafür verantwortlich, dass meine Emilita ihre Tugend verloren hat.«

Es lief ihr eiskalt über den Rücken. »Wollen Sie damit sagen, das Zach mit Ihrer Freundin *Sex* hatte?« *Nein*. Instinktiv wehrte sie sich gegen diese Vorstellung. Das konnte einfach nicht sein. Die Verlobte dieses jungen Mannes musste noch verdammt jung sein, und sie konnte sich beim besten Willen nicht vorstellen, dass Zach mit einer Frau herummachte, die jünger als seine Schwester war.

»Nein, nicht er. Aber er trug die Verantwortung, und er hat nichts getan, um den Schuldigen zu bestrafen.« Er spuckte aus dem Fenster und sah sie wütend an. »Stattdessen hat er sich vor das versammelte Dorf gestellt und mir erklärt, die Annäherungsversuche seines schmierigen Soldaten hätten ihr *gefallen.*«

Und das war der springende Punkt, dachte Lily. Dank des taktvollen Taylor hatte Miguel sein Gesicht verloren. *Gott bewahre mich vor dem Ego junger Männer.* »Also sind Sie sauer auf Zach. Was hat das mit mir zu tun?«

»Er ist schuld daran, dass ich meine Frau verloren habe. Deshalb nehme ich ihm jetzt seine weg.«

Was war sie, ein Knochen, um den sich eine Meute räudiger Köter balgte? Die Wut, die sie bisher unterdrückt hatte, wallte erneut in ihr auf. Dennoch gelang es ihr, seinen Blick ruhig zu erwidern. »Ich zerstöre ja nicht gern Ihre Träume, Miguel, aber da sind Sie ein bisschen zu spät dran. Zach und ich haben heute Abend Schluss gemacht.«

Zorn blitzte in seinen Augen auf. »Das glaube ich nicht!«

Sie zuckte die Schultern. »Kann ich Ihnen nicht verübeln, ich glaube es ja selbst kaum. Aber leider ist es wahr. Was denken Sie, warum ich ohne ihn aus dem Restaurant gekommen bin?«

Er sah sie einen Augenblick lang finster an. Plötzlich ließ er seinen Blick über ihren Körper wandern, und sie konnte förmlich sehen, wie über seinem Kopf eine Glühbirne aufleuchtete.

»Dann werde ich dich entehren.«

»Wie bitte?«

»Vielleicht bist du nicht länger seine Frau. Aber ich glaube, es würde ihm trotzdem nicht gefallen, wenn dich ein anderer Mann nimmt.«

»Nun, da ginge es ihm wie mir, Freundchen.« Mit einem raschen Blick auf seinen Schritt vergewisserte sie sich, dass ihn die Vorstellung nicht in größere Erregung versetzt hatte. Überheblich, wie er war, bildete er sich aber vermutlich ein, dass ein Plan, der von ihm stammte, gut sein musste. Sie würde den Teufel tun und warten, bis er sich in die richtige Stimmung gebracht hatte. Langsam beugte sie sich nach vorne und begann am Riemchen ihres Stöckelschuhs herumzufummeln.

Er beugte sich ebenfalls vor und sah ihr misstrauisch zu, als sie ungeschickt die kleine Schnalle öffnete. »Was tust du da?«

Sie hielt den Kopf gesenkt, damit er ihre Wut nicht sah, die viel zu dicht unter der Oberfläche brodelte, als dass sie sie hätte verbergen können. »Ich ziehe meine Schuhe aus. Meine Füße tun mir weh.« Der Riemen löste sich, und sie schüttelte den Schuh von ihrem rechten Fuß.

»Das kommt daher, dass Sie *estúpida* sind. Kein kolumbianisches Mädchen, das etwas auf sich hält, würde jemals solche gefährlichen und hässlichen Schuhe tragen.«

»Wie bitte?« Sie richtete sich langsam auf und hielt den Schuh zwischen ihren gefesselten Händen, während sie sich wieder gerade hinsetzte. »Haben Sie gerade hässlich gesagt?«

»Sí.« Er verzog verächtlich den Mund. »*Muy* hässlich.«

»Wissen Sie«, sagte sie mit zuckersüßer Stimme, »ich habe wirklich einen furchtbaren Abend hinter mir. Ich musste damit fertig werden, dass mir mein Freund den Laufpass gibt, und ich habe es bisher, wenn ich mal so sagen darf, mit Sportsgeist genommen, dass mich ein wichtigtuerischer kleiner Chauvi, der kaum alt genug ist, um sich zu rasieren, wie einen Truthahn fesselt und in diesen Schweinestall von einem Auto verfrachtet.«

Er blinzelte, eindeutig verwirrt von der Diskrepanz zwischen ihren Worten und dem Ton, in dem sie sie gesagt hatte.

»Du glaubst, dass diese Schuhe gefährlich sind?«, fragte sie sanft und bedachte ihn mit einem breiten, freundlichen Lächeln. »Dann werde ich dir mal zeigen, wie gefährlich sie sein können.« Damit packte sie den Schuh wie einen Totschläger und ließ ihn mit voller Kraft auf den Kopf des jungen Mannes niedersausen.

Er warf einen Arm hoch und fing damit den Schlag ein wenig ab. Und wahrscheinlich war das ganz gut so – sonst hätte der spitze Absatz vermutlich seine Schläfe durchbohrt, und darüber wollte sie gar nicht erst nachdenken. Er traf ihn trotzdem noch mit ziemlicher Wucht und verursachte dabei ein hässliches, dumpfes Geräusch, bei dem sich ihr der Magen umdrehte, und Miguel brach wie ein Sack Mehl über dem Lenkrad zusammen. Sie ließ den Schuh fallen, packte seine Haare und zog seinen Kopf nach hinten. Erleichtert stellte sie fest, dass er zwar bewusstlos war, aber immerhin noch atmete. Sie ließ seinen Kopf los und griff nach dem Schlüssel, um ihn aus dem Zündschloss zu ziehen. Dann beugte sie sich hinunter, um den Schuh wieder anzuziehen. Im Aufrichten streckte sie die Hand nach dem Türgriff aus.

»Hässlich, meinst du also«, blaffte sie die bewusstlose Gestalt an. »Ich habe mir heute schon allen möglichen

Scheiß von euch Idioten anhören müssen. Aber niemand, *niemand*, mein lieber Junge, beleidigt meine Schuhe und kommt damit ungeschoren davon.«

Zach überprüfte das Magazin in seiner Pistole, während er den Flur im oberen Stockwerk entlanglief. Als er vom Treppenabsatz aus das Grüppchen in der Halle entdeckte, schob er das Magazin ein, legte den Sicherungshebel um und steckte die Neun-Millimeter-Pistole hinten in seinen Hosenbund. Nach seinem Gespräch mit Magnusson war er sofort in sein Zimmer gerannt, und jetzt blieb er am Fuß der Treppe vor seiner Schwester stehen.

»Okay, so ist die Lage: Ich habe guten Grund anzunehmen, dass mir ein Südamerikaner, der etwas gegen mich hat, hierher gefolgt ist und Lily verschleppt hat. Ich möchte, dass du den Sheriff für mich anrufst. Sag ihm, der Mann heißt Miguel Escavez und dass er sich bereits zweimal an Lily herangemacht hat. Er fährt wahrscheinlich einen dunkelblauen 83er Ford LTD mit kalifornischem Nummernschild.« Er nannte das Kennzeichen.

Glynnis sah verstört aus. »O Gott, Zach. Er wird ihr doch nichts antun?«

»Das glaube ich nicht, Glynnis. Trotzdem muss man davon ausgehen, dass er gefährlich ist, aber ich verspreche dir, ich werde sie zurückholen.«

»Ich weiß.« Sie straffte die Schultern. »Woher weiß dein Freund, welches Auto er fährt?«

»Maggie sagte, als es in Pendleton die Runde machte, dass Escavez verschwunden ist, hat sich ein Rekrut gemeldet und berichtet, dass Miguel ihm sein Auto bei einem Pokerspiel abgenommen hat.«

»Okay, nur um sicherzugehen, dass ich alles richtig verstanden habe.« Sie wiederholte die Informationen, die er ihr gegeben hatte, einschließlich des Kennzeichens.

»Großartig.« Zach zog sie an sich, drückte sie kurz und hielt sie dann auf Armeslänge von sich weg, um sie anzusehen. »Bei unserer ersten Begegnung hat Lily gesagt, dass du viel erwachsener bist, als ich es dir zutraue – jetzt weiß ich, dass sie Recht hatte. Es tut mir wirklich Leid, dass ich versagt habe, was dich angeht, Glynnis.«

»Wovon redest du nur? Du kannst manchmal unausstehlich sein, aber du hast mich niemals im Stich gelassen.« Sie packte ihn bei den Armen und schüttelte ihn. »Also«, sagte sie, »wo suchst du zuerst?«

»Am Fährhafen. Hat irgendjemand einen Fahrplan?«

»Wenn Sie in den nächsten fünf Minuten losfahren, müssten Sie noch rechtzeitig ankommen, bevor die Fähre um acht Uhr fünf ablegt«, sagte Christopher. »Die nächste Fähre geht um zehn Uhr fünfzig, das ist die letzte, die heute Nacht die Insel verlässt.«

»Lassen Sie Christopher und mich das für Sie erledigen«, sagte David. »Wir kennen die meisten Fahrkartenkontrolleure, und wir können sie vermutlich leichter als Sie überreden, Escavez mit seinem Auto nicht auf die Fähre zu lassen, falls er da sein sollte.«

»Danke.« Zach gab ihnen eine kurze Beschreibung von Miguel und zog dann seinen Schlüssel aus der Tasche. »Ich fahre zurück zum Rosario und versuche, eine Spur zu finden, der ich von dort aus folgen kann. Glynnis, kann ich dein Handy mitnehmen?«

»Klar.« Sie ging ins Wohnzimmer, um es zu holen. Als sie zurückkam, reichte sie es ihm zusammen mit einem kleinen Zettel, auf dem zwei Telefonnummern standen. »Die obere Nummer ist die von Davids Handy, und die untere ist die von hier. Meldet euch von unterwegs. Ich werde inzwischen den Sheriff anrufen und euch dann berichten, was er gesagt hat.«

Wenig später stiegen die drei Männer in ihre Autos, und Zach raste hinter Davids Wagen über die kurvigen Landstraßen. Als sie an eine Kreuzung kamen, fuhren die beiden anderen Männer geradeaus zum Fährhafen, während Zach nach links auf die Crow Valley Road abbog, um ans östliche Ende der Insel zu gelangen. Sofort begann sich eine Leere in seinem Inneren auszubreiten und sich wie Glut durch ein Stück Zeitungspapier immer weiter vorzufressen. Falls Lily irgendetwas passierte –

Ihm ging noch einmal jedes Wort durch den Kopf, das sie heute Abend nach Lilys überraschender Liebeserklärung gewechselt hatten. Er hatte sich eingeredet, dass seine knappen, nüchternen Ausführungen nötig gewesen waren, um ihr klar zu machen, dass er sie niemals lieben konnte, auch wenn er sich dabei vielleicht nicht besonders geschickt angestellt hatte. Aber wem, zum Teufel, versuchte er, damit etwas vorzumachen? Diese Entschuldigung stank dermaßen zum Himmel, dass es ihn nicht gewundert hätte, wenn er von einem Schwarm Fliegen umkreist worden wäre.

Lily hatte ihm vorgeworfen, er habe Angst, und er hatte diesen Einwand beiseite gewischt. Er sah sich selbst nicht als einen Mann, der sich vor irgendetwas außer dem Tod oder Verstümmelungen fürchtete. In Wahrheit war er jedoch vor Angst wie von Sinnen. Seit er erkannt hatte, dass sie etwas ganz Besonderes war, waren seine Gefühle für sie immer stärker geworden, und ihm saß die Furcht in den Knochen, sich zu seinen Gefühlen zu bekennen und Lily zu verlieren, wenn sie herausfand, dass er nicht in der Lage war, die Liebe festzuhalten.

Wie, zum Teufel, hatte er es geschafft, die Augen vor der Wahrheit zu verschließen? Er hätte es in dem Augenblick wissen müssen, als er vor ein paar Tagen nach diesem Traum aufgewacht war und ihre Anwesenheit als seltsam tröstend empfunden hatte, er hätte es erkennen müssen, als ihr Körper in seinen Armen das vertraute Gefühl der Einsamkeit vertrieben hatte, das diese Träume für gewöhnlich bei ihm hinterließen. Er hätte es wissen müssen, als er trotz der Erleichterung, die ihn überkam, als sie ihm sagte, dass sie nicht schwanger sein konnte, einen Hauch von Enttäuschung verspürt hatte, weil ihm damit eine wunderbare Ausrede genommen war, bei ihr zu bleiben.

Scheiße. Auf irgendeine Art hatte er es gewusst. Er hatte es nur nicht wahrhaben wollen. Gefühle zur Schau zu stellen war so, als würde man sich mitten im Gefecht die Kampfweste vom Leib reißen. Damit war man der Klinge eines Messers oder der zerstörerischen Kraft einer Kugel schutzlos ausgeliefert.

Dennoch blieb die Tatsache bestehen, wie er sich eingestehen musste, als er zum zweiten Mal an diesem Abend auf den Parkplatz des Hotels fuhr, dass es ihn genauso umbringen würde, wenn Lily heute Nacht etwas passierte, wie es ihn umgebracht hätte, wenn er die Chance genutzt und ein paar Monate oder Jahre mit ihr zusammengelebt hätte, bevor sie ihn verließ. Der Unterschied bestand darin, dass er Zeit gehabt hätte, ihre Aufrichtigkeit, ihre Lust, ihre Freundlichkeit zu genießen.

Jetzt hatte er nichts außer ein paar Erinnerungen.

Er wusste nicht, was er zu finden hoffte, indem er hierher zurückkam. Er hatte bereits vorhin alles gründlich abgesucht. Aber da hatte er nach ihr Ausschau gehalten und nicht nach einem Hinweis, der es ihm ermöglichte, ihrer

Spur zu folgen. Er ging den Weg entlang, der zum Aussichtspunkt führte.

Ein paar Minuten später blieb er unter einer Gruppe von Bäumen stehen, um seine Augen an die Dunkelheit zu gewöhnen. Das hatte keinen Sinn. Verdammt noch mal, dachte er, würde er auf einem asphaltierten Weg die Abdrücke ihrer Stöckelschuhe finden, die ihn zu ihr führten? Er senkte den Kopf und grub seine Finger in die verspannten Muskeln seines Nackens.

Im nächsten Augenblick erkannte er, dass der dunklere Schatten auf dem Boden, auf den sein Blick gefallen war, nicht zum Stamm eines Baums gehörte, wie er zuerst angenommen hatte. Er bückte sich, und es versetzte ihm einen heftigen Stich, als seine Finger über das glatte Leder von Lilys Handtasche glitten.

Mit der Hand die winzige Tasche umklammernd, richtete er sich langsam auf. Eiskalte Ruhe überkam ihn.

Er durfte jetzt bloß nicht anfangen, ziellos herumzurennen; er brauchte einen Plan. Aber vorher musste er wissen, ob Lily überhaupt noch auf der Insel war. Er nahm das Handy aus seiner Jackentasche und wählte Davids Nummer.

»Was haben Sie herausgefunden?«, fragte er, als sich sein zukünftiger Schwager meldete.

»Chris überprüft gerade jedes Auto, das auf das Schiff fährt, aber bis jetzt haben wir keines entdeckt, auf das die Beschreibung von Escavez' Wagen passt. Und keiner kann sich daran erinnern, ihn oder Lily gesehen zu haben.«

Zach stöhnte vor Erleichterung auf. Dann riss er sich zusammen und straffte die Schultern. »Das ist gut. Je länger Escavez auf der Insel ist, umso größer ist unsere Chance, Lily zu finden. Und wenn ich bisher zu neunundneunzig Prozent sicher war, dass er sie in seiner Gewalt hat, dann bin ich es jetzt zu hundert Prozent. Ich habe gerade ihre Handtasche unter den Bäumen in der Nähe des Aussichtspunkts gefunden.«

Der andere Mann stieß einen Fluch aus, und Zach sagte grimmig: »Ich werde jetzt erst einmal den Park absuchen. Es erscheint mir nahe liegend, dass Escavez dorthin gefahren ist.«

»Versuchen Sie es am Mount Constitution«, schlug David vor. »Auf dem Gipfel steht ein Aussichtsturm – er könnte raufgefahren sein, um die Nacht dort zu verbringen.«

»Danke. Werde ich tun. Haben Sie etwas von Glynnis gehört?«

»Noch nicht, aber ich werde sie gleich anrufen, um ihr Bescheid zu geben, und einer von uns wird sich dann wieder bei Ihnen melden.«

Sie beendeten das Gespräch, und Zach ging zu seinem Jeep. Er war hin und her gerissen. Einerseits wünschte er, Escavez wäre irgendwo im Moran-State-Park, weil das die Suche eingrenzte und er dort die beste Chance hatte, Lily schnell zu finden. Andererseits erinnerte er sich daran, wie sehr Lily sich das letzte Mal, als sie dort gewesen waren, gefürchtet hatte. Schließlich verbannte er alles außer der Notwendigkeit, sich zu konzentrieren, aus seinen Gedanken und fuhr zum Highway, wo er in Richtung Park abbog.

Seine Schwester rief an, um ihm mitzuteilen, dass die Leute des Sheriffs Ausschau nach Escavez' Wagen halten würden. Mit neuer Entschlossenheit setzte er seinen Weg fort. Er fuhr langsam durch den Park und hielt immer wieder an Stellen an, wo man ein Auto verstecken konnte.

Als er um eine Biegung fuhr, erfassten die Scheinwerferkegel des Jeeps Lily, die mit ihren Schuhen in der Hand am Straßenrand entlanghumpelte. Er trat hart auf die Bremse und starrte sie an, unfähig, seinen Augen zu trauen.

Dann durchflutete ihn eine Welle der Erleichterung. »Danke, lieber Gott. Danke«, flüsterte er.

Sie blieb schwankend stehen und hob zum Schutz vor dem Scheinwerferlicht die Hände vors Gesicht. Wut stieg in ihm auf, als er die Schnur entdeckte, mit der ihre Handgelenke gefesselt waren. Aber bevor er auch nur die Tür seines Autos öffnen konnte, um zu ihr zu laufen, erschien auf ihrem Gesicht ein Ausdruck blanken Entsetzens. Sie wirbelte auf ihren seidenbestrumpften Füßen herum und machte einen Satz von der Straße weg in den Wald.

25

Lily hatte entschieden zu viele Horrorfilme gesehen. Als sie vom Schweinwerferkegel des Autos erfasst wurde, während sie am Straßenrand entlanglief, war sie so erschrocken, dass das Erste, was ihr in den Sinn kam, Szenen aus solchen Filmen waren: Frau wird zerhackt/aufgeschlitzt/zersägt von einem aus dem Nichts auftauchenden, unsichtbaren Killer. Eine neue Woge Adrenalin durchflutete sie, und da ihr ein Kampf an diesem Abend vollauf reichte, beschloss sie zu fliehen.

Das Schlimmste an der ganzen Angelegenheit war – sie hatte sich selbst in diese furchtbare Lage gebracht. Nachdem sie Miguel entkommen war, hatte es allein in der Dunkelheit nur fünf Minuten gedauert, bis sie gemerkt hatte, wie dumm sie gewesen war. Statt die Autoschlüssel an sich zu nehmen, um diesen Idioten davon abzuhalten, hinter ihr herzujagen, sobald er wieder zu Bewusstsein kam, hätte sie ihn aus dem Auto stoßen und losfahren sollen. Diese Wildnis, in der überall schwarze Schatten lauerten, war einfach kein Ort für eine Frau, die in der Stadt aufgewachsen war – insbesondere für eine, deren Hände gefesselt waren und deren Füße in Schuhen mit hohen Absätzen gesteckt hatten, bis sie auf die Nase gefallen war, als sie versucht hatte, jenen Trampelpfad hinunterzulaufen, den man hier Straße nannte.

Als sie ihren Fehler erkannt hatte, war es natürlich zu spät, zurückzugehen und das Auto zu holen. Miguel hatte inzwischen vielleicht das Bewusstsein wiedererlangt, und sie wollte nicht in seiner Nähe sein, wenn dem so war. Aber nachdem sie das zweite Mal auf dem rissigen Straßenbelag hingefallen war, hatte sie sogar das noch einmal erwogen – bis das Auto mit den aufgeblendeten Scheinwerfern abrupt vor ihr zum Stehen gekommen war.

In diesem Moment war der Gedanke, sich Miguels Auto mit seinen stabilen, abschließbaren Türen zu schnappen, plötzlich wie weggewischt, und der junge Mann – der in ihrer Fantasie bis dahin zunehmend leichter zu überwältigen gewesen war – hatte sich in ein Monster mit schrecklich langen Stahlklingen anstelle von Fingernägeln verwandelt. Scheiße, er hatte sie gefunden! In ihrer Panik verschwendete sie keine Zeit damit, sich zu fragen, wie es kam, dass er sich ihr von der falschen Richtung aus näherte. Sie rannte einfach blindlings los.

Sie hörte, wie ihr Name gerufen wurde, als sie durch das Unterholz krachte, und das vergrößerte ihre Angst noch. Aber erst das Geräusch näher kommender Schritte versetzte sie vollends in Panik. Sie ignorierte die Äste, die sich in ihrer Kleidung und ihren Haaren verfingen, und als irgendein kleines Tier mit rot glühenden Augen plötzlich vor ihr vorbeihuschte und genauso plötzlich wieder verschwand, entwich ihrer vor Angst zugeschnürten Kehle ein Stöhnen.

Ein Ast, den sie beiseite gedrückt und zu schnell wieder losgelassen hatte, federte zurück und peitschte gegen ihren linken Ellbogen, und die niederprasselnden Nadeln und Ästchen ließen ihre Nerven bis in die Fingerspitzen aufkreischen. Einer ihrer Schuhe fiel zu Boden, aber sie wagte nicht, stehen zu bleiben und ihn aufzuheben. Stattdessen packte sie in ihrer Verzweiflung den anderen umso fester. Es war fraglich, ob er als Waffe taugen würde, nun, da ihr das Überraschungsmoment genommen war. Aber er war alles, was sie zu ihrer Verteidigung hatte, und sie wollte ihn nicht auch noch verlieren.

Plötzlich lichteten sich die Bäume und das Unterholz, und sie fasste neuen Mut bei der Aussicht, schneller laufen zu können – nur um voller Schrecken entdecken zu müssen, dass der Weg vor ihr von einem steil aufragenden Felsen blockiert war. Rasch wandte sie sich nach rechts und stellte fest, dass ihr auch dieser Weg von einer undurchdringlichen Mauer aus Dornensträuchern und jungen Bäumen versperrt wurde.

Heftig atmend wirbelte sie herum, panisch nach einem anderen Fluchtweg Ausschau haltend, aber es gab keinen. Sie war gezwungen, sich ihrem Verfolger, den sie rasch näher kommen hörte, zu stellen, und drehte sich um. Als plötzlich ein Nachtvogel irgendwo über ihrem Kopf seinen Ruf ertönen ließ, schrie sie auf.

Am ganzen Körper zitternd, versuchte sie, tief ein- und auszuatmen. Sie musste sich davor bewahren, in einen inneren Abgrund zu stürzen und zu schreien, immer weiter zu schreien und nicht mehr aufzuhören, und so sog sie die Luft tief in ihre Lungen und hielt den Atem an, so lange sie konnte, bevor sie ihn wieder ausstieß. Als sich ihr rasendes Herz ein wenig beruhigt hatte, auch wenn es noch immer viel zu schnell schlug, hob sie ihren Schuh mit dem Pfennigabsatz, bereit, sich zu verteidigen, sollte ihr irgendjemand zu nahe kommen.

Und so fand Zach sie: mit zerzausten Haaren, die Augen funkelnd vor Angst und Entschlossenheit, die Nylons zerrissen, die Kleidung voller Äste und Schmutz. Ein schwärzlicher Streifen Blut von einer Schürfwunde am Knie lief über ihr rechtes Schienbein, und Hände und Gesicht waren übersät mit Striemen und Kratzern. Sie sah aus, als würde sie jeden Augenblick zusammenbrechen, doch sie stand aufrecht da, bereit und willens, jedem, der in ihre Reichweite kam, den Schuh in ihren gefesselten Händen überzuziehen.

O, Mann, und er hatte tatsächlich geglaubt, diese Frau nicht lieben zu können?

»Bleiben Sie, wo Sie sind!«

»Lily.« Er kam näher und wünschte, er hätte daran gedacht, die Taschenlampe mitzunehmen, sodass er sein Gesicht beleuchten konnte. »Ich bin's, Lollipop. Zach.«

»Bleiben Sie stehen, habe ich gesagt!« Ihre Stimme bebte, sie bohrte ihre Füße in den Boden und hob den Schuh noch ein Stück höher. »Ich habe Sie schon einmal bewusstlos geschlagen – glauben Sie nicht, dass ich es nicht noch einmal tun würde.«

»Ich bin's, Schätzchen, nicht Miguel. Ganz ruhig, ganz ruhig jetzt«, beruhigte er sie. »Es ist alles in Ordnung. Du bist in Sicherheit, und niemand wird dir etwas tun. Ich will dich nur aus diesem Wald herausbringen.«

Letzteres war es, das schließlich zu ihr durchzudringen schien. Er sah, dass sie blinzelte, sich dann vorbeugte und mit zusammengekniffenen Augen misstrauisch in dem wenigen Licht der schmalen Mondsichel, die immer wieder hinter den vorbeiziehenden Wolken verschwand, in seine Richtung spähte.

»Zach?« Sie machte einen vorsichtigen Schritt nach vorne, hielt den Schuh aber weiterhin drohend in die Höhe.

»Ja, Baby, ich bin's, Zach.« Er ging mit langsamen Schritten auf sie zu. »Du bist in Sicherheit, Lily. Ich bringe dich zurück zum Auto.«

Der Schuh fiel aus ihrer Hand. Sie ließ die Arme sinken, und in diesem Moment drohten ihre Beine unter ihr nachzugeben.

In drei Schritten war er bei ihr, doch gerade, als er sie auffangen wollte, hatte sie sich wieder im Griff. Sie straffte die Schultern und schlug ihm mit den Fäusten auf die Brust. »Du Schuft! Du hast mich zu Tode erschreckt – ich dachte, du wärst er.« Dann warf sie sich in seine Arme.

Er hielt sie fest und spürte das rasende Klopfen ihres Herzens gegen seine Rippen.

Sie rieb ihren Kopf an seiner Brust. »Er oder Freddy Krueger. Aber beides war wohl ziemlich dumm.« Sie lachte hysterisch auf. »Dummheit scheint das Motto des heutigen Abends zu sein. Ich kann es kaum fassen, dass ich wegen meiner Schuhe so ausgeflippt bin.«

Er hatte keine Ahnung, was sie da vor sich hin brabbelte, und im Grunde war es ihm auch egal – er war viel zu glücklich, sie wohlbehalten gefunden zu haben. Er sah auf sie hinunter. »Bist du in Ordnung? Escavez hat dich doch nicht etwa verletzt?«

»Nein, ich hatte nur fürchterliche Angst, das ist alles.«

Sie drückte sich enger an ihn. »Halt mich fest, halt mich einfach nur fest.«

»Genau das habe ich vor.« Er hatte ganz vergessen, wie klein sie ohne ihre hohen Absätze war, und er beugte sich schützend über sie und umarmte sie noch fester. Aber ihre vor ihrem Körper gefesselten Hände verhinderten, dass er sie so nahe an sich heranziehen konnte, wie er es wollte, und mit einem leisen Fluch hob er sie hoch, drehte sich um und lief, so schnell es ging, zurück zur Straße.

Mit klappernden Zähnen schmiegte sie sich auf dem kurzen Weg zum Auto an ihn und wich ihm auch keinen Zentimeter von der Seite, als er sie wieder auf die Füße stellte.

Er holte ein Messer aus dem Werkzeugkasten und schnitt die Schnur an ihren Handgelenken durch, dann sah er hilflos zu, wie sie sich die wund gescheuerten Stellen rieb. Schuldgefühle und Liebe wallten in ihm auf, und er streckte seine Hand aus, um ihr zärtlich über die Haare zu streichen und die Ästchen herauszuzupfen. »Gott, Lily, es tut mir so furchtbar Leid, dass du in diese Sache hineingeraten bist. Ich hätte mich sofort nach Escavez' Verbleib erkundigen sollen, als ich Glynnis in Sicherheit wusste. Wenn ich früher auf dem Stützpunkt angerufen hätte, wäre dir all das erspart geblieben.«

Sie schüttelte den Kopf. »Es ist nicht deine Schuld. Ehrlich gesagt hatte ich vor dem Wald viel mehr Angst als vor ihm. Er ist ja fast noch ein Kind.«

»Trotzdem. Ich habe Mist gebaut. Ich habe vollkommen unprofessionell gehandelt, auch wenn ich nicht verstehe, warum er sich gerade dich ausgesucht hat. Aber es muss mit seiner Wut gegen mich zu tun haben.«

»Er sagte, du wärst schuld daran, dass er seine Frau verloren hat, und deshalb wollte er dir im Gegenzug deine Frau wegnehmen.« Ihr Blick wurde kalt, und sie trat einen Schritt zurück. »Aber du musst dir deswegen keine Sorgen machen. Ich habe die Sache klargestellt.«

Zach stöhnte. Er hatte wirklich gehofft, er könnte sich um irgendwelche Erklärungen herumdrücken, bis er Gelegenheit gehabt hätte, sich zu überlegen, was er sagen wollte, aber so wie es aussah, war ihm das nicht vergönnt. »Hör mir zu. Ich schulde dir eine Entschuldigung wegen meines Verhalten beim Essen heute Abend. Ich hatte Unrecht, und ich habe mich wie ein Idiot benommen. Und du hattest vollkommen Recht.«

Sie sah ihn an. »Was hatte ich?«

»Du hattest Recht.«

»Nun, so gerne ich das auch höre, bin ich mir nicht ganz sicher, ob ich weiß, womit ich deiner Meinung nach Recht gehabt haben sollte.«

Er trat nervös von einem Fuß auf den anderen. Er befand sich hier auf vollkommen unbekanntem Terrain, und dabei gehörte er doch zu den Typen, die lieber auf alle Eventualitäten vorbereitet waren. Aber er musste es versuchen. Das zumindest war er ihr schuldig. »Du weißt schon … das mit der Liebe.« Er öffnete die Beifahrertür des Jeeps und hob sie auf den Sitz, drehte sie aber so, dass sie ihn ansehen konnte. »Die Sache mit der Beziehung.«

»Was ist damit?«

»Ich weiß jetzt, dass ich dafür bin. Ich glaube, wir sollten es versuchen.« Er sah sie erwartungsvoll an.

Zu seiner Enttäuschung sah Lily eher verwirrt als begeistert aus. »Das nenne ich aber mal eine echte Kehrtwende.«

»Ja, also, was soll ich sagen? Ich bin« – er räusperte sich

und holte tief Luft – »verrückt nach dir.« Erleichtert atmete er aus. Na also. So schlimm war es doch gar nicht gewesen.

»Oder vielleicht einfach nur verrückt«, sagte sie mit tonloser Stimme. »Auf jeden Fall hast du dir für diese Erklärung den falschen Zeitpunkt ausgesucht, weil ich überhaupt nicht in der Stimmung für dein Mitleid bin.« Ihre Stimme brach, trotzdem reckte sie ihr Kinn in die Höhe.

Sein Kopf zuckte zurück, als hätte sie ihn geschlagen. »Was willst du damit sagen?«

»Vor nicht einmal zwei Stunden hast du mir gegenüber am Tisch gesessen und mit unmissverständlichen Worten klar gemacht, dass du nicht – wie hast du es formuliert? – lieben kannst, und jetzt soll ich dir glauben, dass du urplötzlich verrückt nach mir bist? Beleidige doch bitte nicht meine Intelligenz, Taylor. Glaubst du vielleicht, ich merke nicht, wenn der übereifrige Gutmensch in dir in Aktion tritt?« Sie verschränkte die Arme vor der Brust. »Du bist zu dem Schluss gekommen, dass es deine Schuld ist, dass ich eine lange und schreckliche Stunde in Miguel Escavez' Gewalt verbracht habe, und deshalb bietest du dich mir als Trostpflaster an.«

»Das ist doch kompletter Un–«

»Zum Teufel, das ist es nicht! Ich will dir mal was sagen, Zachariah. Ich bin kein Sozialfall, und ich verdiene etwas Besseres als Mitleid oder ein Almosen oder was das hier sein soll. Also behalte dein Mitleid für dich. Ich will es nicht.«

Ich will dich nicht, hallte es in seinem Kopf wider, und alle seine Schutzschilde richteten sich erneut auf. Das eben war eines der wenige Male in seinem Leben gewesen, dass er sich geöffnet und sich vollkommen ausgeliefert hatte.

Verdammt, er hatte ihr mehr angeboten, als er jemals in seinem ganzen Leben einer anderen Frau angeboten hatte, und sie hat es ihm vor die Füße geworfen. »Gut.« Jeder Ausdruck wich aus seinem Gesicht, und er brachte ein gleichgültiges Schulterzucken zustande. »Wie du meinst. Ich dachte, es könnte ganz nett werden. Aber wenn du nicht willst, dann eben nicht. Ich will verdammt sein, wenn ich um deine Liebe bettle.«

»Nein«, sagte sie mit fast unhörbarer Stimme. »Das würde Zach Taylor niemals tun, oder?«

Überraschenderweise nagte die Versuchung mit spitzen Zähnchen an ihm, genau das zu tun, aber sie war offensichtlich nicht bereit zuzuhören, und er war nicht bereit, ihr noch einmal sein Herz vor die Füße zu legen – nicht, wenn sie eher geneigt schien, mit ihren Pfennigabsätzen darauf herumzutrampeln, als es zu nehmen und an ihre Brust zu drücken. Er wandte sich ab und zog Glynnis' Handy aus seiner Jackentasche. »Ich sag den anderen besser Bescheid, dass es dir gut geht.«

Es war seine Schwester, die abnahm, und als er ihr die Neuigkeiten mitteilte, kreischte sie vor Freude so laut auf, dass er das Telefon ein Stück von seinem Ohr weghalten musste. Als sie sich so weit beruhigt hatte, dass sie ein zusammenhängendes Gespräch führen konnte, fragte er: »Ist David schon zurück?«

»Nein, aber er ist auf dem Weg«, sagte Glynnis.

»Okay, ich werde sehen, ob ich ihn abfangen kann. Er soll Lily mitnehmen.«

»Warum? Hast du etwa noch eine Verabredung, sodass du sie nicht selbst nach Hause bringen kannst?«

»Das ist wirklich witzig, Glynnie, zum Totlachen. Aber, nein, habe ich nicht. Ich will nur Escavez erwischen und ihn zum Sheriff bringen, bevor er entkommen und sich irgendwo ein Schlupfloch suchen kann, wo er einen neuen Plan ausheckt, mit dem er mir das Leben schwer macht.«

»Okay. Das hört sich nach einer guten Idee an.«

»Ich kann dir gar nicht sagen, wie erleichtert ich bin, dass du mir zustimmst.«

Es folgte ein kurzes Schweigen. Dann sagte sie: »O, Mann«, und im gleichen Augenblick murmelte er eine Entschuldigung.

»Vergiss es«, fuhr sie ihn an. »Welche Laus ist dir denn über die Leber gelaufen?«

»Keine. Ich muss los.« Er trennte das Gespräch und sah zu Lily. Sie hatte sich jedoch von ihm weggedreht, starrte durch die Windschutzscheibe und würdigte ihn keines Blicks. Er trat ein paar Schritte vom Auto weg und wählte Davids Nummer. Nachdem er den jungen Mann kurz über die neuesten Entwicklungen informiert und ihm gesagt hatte, wo sie zu finden waren, verstaute er das Handy wieder in seiner Tasche. Dann ging er zurück zum Jeep.

In sachlichem Ton fragte er Lily, wo sie seit ihrer Flucht aus Escavez' Auto entlanggelaufen war, aber der ebenso sachliche Ton, in dem sie ihm antwortete, behagte ihm überhaupt nicht. Als David und Christopher eintrafen, verfrachtete er sie auf den Rücksitz ihres Autos, und dann blieb er noch einen Moment lang in der offenen Tür stehen und blickte auf sie hinunter.

Was für eine verfahrene Situation. Er liebte sie, sie liebte ihn, und er war bereit und willens, es mit ihr zu wagen – warum war sie nur so verdammt stur? Okay, jetzt war eindeutig nicht die richtige Zeit, sich mit ihr darüber auseinander zu setzen, aber er konnte sie auch nicht einfach so ziehen lassen. Er ging in die Hocke und legte eine Hand um ihren Nacken. Dann beugte er sich zu ihr, zog sie an sich und drückte ihr einen festen, heißen Kuss auf ihren überraschten Mund.

Genauso schnell ließ er sie wieder los. »Ich werde es wieder gutmachen«, sagte er in beinahe drohendem Ton, als er sich aufrichtete. »Darauf kannst du dich verlassen.« Dann schloss er die Tür und klopfte auf das Autodach, um David zu signalisieren, dass er losfahren konnte.

Es dauerte nicht lange, bis er Escavez' Auto gefunden hatte. Und Wunder über Wunder, endlich schien sich einmal nicht alles gegen ihn zu wenden, denn er sah, dass der junge Mann noch immer im Auto saß. Er hatte den Kopf gegen den Sitz gelehnt und starrte benommen auf das Innendach. Zach öffnete die Beifahrertür und ließ sich neben ihm nieder. »Hallo, Miguel. Ich habe gehört, dass wir noch eine Rechnung offen haben.«

»Sie hat mir meine Schlüssel weggenommen«, wimmerte der junge Mann, »und mir so fest auf den Kopf geschlagen, dass mein Schädel fast zerplatzt wäre, und dann hat sie mir meine Schlüssel weggenommen. Nur weil ich ihr gesagt habe, dass ihre Schuhe hässlich sind.«

Zach musste fast lachen. Das hatte sie also gemeint, als sie sagte, dass sie wegen ihrer Schuhe ausgeflippt sei. Aber er zeigte Miguel nicht einmal ein Lächeln, und als er die große Beule an Miguels Schläfe sah, zuckte er nur die Schultern.

»Genau das ist dein Problem, Miguel. Du verstehst einfach nichts von Frauen. Aber statt das wie ein Mann zu nehmen, gibst du anderen die Schuld. Es war meine Schuld, dass Emilita dir einen anderen Mann vorzog. Es ist Lilys Schuld, dass sie keine Lust hatte, sich fesseln und in den Wald schleppen zu lassen, und sich stattdessen dazu entschied, etwas dagegen zu unternehmen.«

Miguel hob den Kopf und starrte ihn an. »Sie haben mich blamiert! Vor dem ganzen Dorf haben Sie behauptet, dass Emilia die Annäherungsversuche von Pederson gefallen haben.«

»Ach, werd doch endlich erwachsen. Du hast dich selbst blamiert. Du magst Recht haben, vielleicht hätte ich es dir unter vier Augen sagen sollen, aber wenn ich dich daran erinnern darf, dann warst du derjenige, der alles an die Öffentlichkeit gebracht hat, als du dir gerade den Dorfplatz ausgesucht hast, um wegen meiner Entscheidung, meinen Soldaten nicht zu bestrafen, mit mir herumzustreiten. Und Emilita hat seine Aufmerksamkeiten tatsächlich genossen. Es tut mir Leid, aber tagtäglich lassen Frauen ihre Männer sitzen. Das kann passieren, und darüber musst du hinwegkommen.« Er sah den verdrossen dreinblickenden jungen Mann an und schüttelte den Kopf. »Dir stand alles offen, Miguel. Du bist ein kluger Kopf, hast Führungsqualitäten und Beziehungen in deinem Dorf. Aber statt dir von uns beibringen zu lassen, wie du das alles zum Nutzen von Bisinlejo einsetzen kannst, hast du mit deinem idiotischen Rachefeldzug alles aufs Spiel gesetzt, weil dein beschissener Stolz verletzt worden ist. Jetzt wird garantiert die Einwanderungsbehörde eingeschaltet, und du wirst nach Kolumbien zurückgeschickt. Ich bezweifle, dass sich außer dir irgendjemand dafür interessiert hat, als sich Emilita einem anderen Mann zuwandte. Aber wenn deine Kameraden in euer Dorf zurückkehren, werden sie als Helden gefeiert werden, während du derjenige bist, der als Versager dasteht. Das ist der eigentliche Ehrverlust, um den es hier geht, und dafür kannst du niemand anderem die Schuld geben als dir selbst.«

Als Escavez ihn ansah, als würde er nur unverständliches Zeug reden, zuckte Zach die Schultern: »Du kapierst es nicht, oder? Lily hatte Recht – du bist nichts als ein dummer Junge.«

Miguel schlug sich mit der Hand auf die Brust. »Ich bin ein Mann!«

»Hör mal zu, Amigo, wenn du ein Mann wärst, dann wüsstest du, dass es hier nicht darum geht, dein Gesicht zu wahren. Hier geht es darum, dich mit der Geschichte abzufinden. Aber das ist eine Lehre, die du selbst irgendwann ziehen musst oder eben nicht. Ich habe jedenfalls etwas Besseres zu tun, als hier herumzusitzen und mit dir darüber zu streiten.« Er band Miguels Handgelenke mit einem Stück Schnur zusammen, das er aus seiner Werkzeugkiste mitgenommen hatte, und führte seinen Gefangenen zum Jeep.

Es dauerte länger, als er gedacht hatte, bis er Escavez im Büro des Sheriffs losgeworden war und herausgefunden hatte, wer von nun an für das Schicksal des jungen Mannes verantwortlich war. Aber schließlich konnte Zach sich loseisen und zurück zum Anwesen der Beaumonts fahren. Er war froh, dass er auf der Fahrt ein paar Minuten Zeit hatte, sich dem Problem zu widmen, das jetzt am wichtigsten war – nämlich sich zu überlegen, wie er die Situation mit Lily am besten klären konnte.

Und wenn er hundert Jahre alt würde, er war sich ziemlich sicher, dass er niemals die Gedankengänge einer Frau nachvollziehen könnte. Was, zum Teufel, erwarteten sie – insbesondere Lily – von ihm? Er hatte ihr gesagt, dass er verrückt nach ihr war, hatte ihr gesagt, dass er eine echte, ehrliche Beziehung mit ihr wollte. Was sollte er denn noch machen – etwa auf die Knie vor ihr sinken und ihr seine ewige Liebe beteuern?

Zach trat hart auf die Bremse, der Jeep blieb mit quietschenden Reifen auf der dunklen Landstraße stehen, und seine Scheinwerfer durchschnitten die Dunkelheit und beleuchteten riesige Tannen, junge Erlen und einsame Briefkästen. Die Stille außerhalb des Autos wurde vom Zirpen einer einzelnen Grille unterbrochen, in das bald andere einfielen, und dann gesellte sich in der Ferne noch das Quaken eines Frosches dazu. Zach bemerkte das alles.

Ah, ja. Langsam dämmerte es ihm. Das war vielleicht genau das, was sie gewollt hatte. Aber was, zum Teufel, hatte er eigentlich zu ihr gesagt? Alle Gefühle, die sein Gespräch mit Lily aufgerührt hatte, außer Acht lassend, versuchte er, sich an den genauen Wortlaut zu erinnern.

Und hätte sich nachträglich am liebsten geohrfeigt. Ein bitteres Lachen entfuhr ihm. Ein Wunder, dass sie das nicht für ihn übernommen hatte. *Das hast du gut hingekriegt, du Trottel.*

Er hatte ihr mit keinem Wort gesagt, dass er sie liebte. Er hatte es geschafft, ein einziges Mal das Wort Liebe in den Mund zu nehmen, aber nicht etwa in Zusammenhang mit den Wörtern »ich« oder »dich«, stattdessen hatte er etwas von Beziehung gemurmelt und dass er dafür nicht geschaffen sei. Himmelherrgott noch mal. Kein Wunder, dass sie in die Luft gegangen war und ihm Mitleid unterstellt hatte.

Er hatte vielleicht Nerven, Miguel etwas darüber erzählen zu wollen, dass ihm sein Stolz im Weg stand. Aber – und bei diesem Gedanken straffte er die Schultern – er wusste wenigstens, dass er Scheiße gebaut hatte, und er würde das Problem lösen, das er selbst geschaffen hatte. Wenn es nötig war, würde er auf die Knie fallen. Und Lily mochte es vielleicht nicht glauben, aber er würde auch betteln, wenn das die einzige Möglichkeit war, sie dazu zu bringen, ihm eine zweite Chance zu geben.

Plötzlich war er wieder guten Mutes. Er legte den ersten Gang ein und raste die Straße entlang. Er hatte es eilig zurückzukommen. Ein dummes Grinsen legte sich auf sein Gesicht, eines, das ihn wahrscheinlich wie einen Schwachsinnigen auf Drogen aussehen ließ, aber das war ihm egal. Weil er plötzlich das Gefühl hatte, dass es, wenn er es erst einmal geschafft hatte, seine Angst zu überwinden und laut »Ich liebe dich« zu sagen, viel Spaß machen würde, den Schaden wieder gutzumachen und neu anzufangen.

Er war überrascht, dass seine Schwester aus dem Wohnzimmer kam, um ihn zu begrüßen, als er bald darauf durch die Haustür stürmte. Er packte sie, wirbelte sie einmal im Kreis, dann stellte er sie wieder auf die Füße und lief zur Treppe. Zwei Stufen auf einmal nehmend, rannte er nach oben.

»Zach, warte«, rief sie ihm nach. »Ich muss dir was sagen.«

»Das hat Zeit.« Er verlangsamte seinen Schritt nicht. »Erst muss ich mit Lily sprechen.«

Im nächsten Moment stand er vor Lilys Tür und klopfte. Ohne auf eine Reaktion von ihr zu warten, hatte er den Türknauf umgedreht und stieß die Tür auf.

Im Zimmer war sie nicht. Genauso wenig wie im Badezimmer.

Na gut. Dann war sie eben unten bei den anderen. Er war schon auf dem Weg zur Tür, als ihm ein Detail auffiel und am Rand seines Bewusstseins kratzte. Er blieb stehen und warf noch einmal einen Blick auf die Ablage.

Sie war so leer gefegt wie in einem freien Hotelzimmer, keine Spur von Lilys üblichem Krimskrams. Seine Euphorie schwand, und die Muskeln in seinem Hals begannen sich zu verknoten. Er machte auf dem Absatz kehrt und marschierte in das Schlafzimmer, wo er schnurstracks zum Schrank ging und die Türen aufriss.

Der Schrank war leer bis auf ein paar Kleiderbügel.

Während er so dastand und in den dunklen Schrank starrte, tauchte Glynnis im Türrahmen auf. »Es tut mir Leid, Zach«, sagte sie leise. »Das wollte ich dir eben sagen. Lily ist weg.«

26

Lily hatte keine Lust mehr zu weinen. In den vergangenen Stunden hatte sie genug Tränen vergossen, um eine ganze Flotte darauf in See stechen zu lassen, deshalb biss sie die Zähne zusammen und unterdrückte die Tränen, während sie ihre Habseligkeiten in die Kartons warf, die sie aus der Garage geholt und in ihr Schlafzimmer in Glynnis' Haus in Laguna Beach geschleppt hatte. Zwei der Kartons waren bereits bis zum Rand mit Schuhen gefüllt – wann, um Himmels willen, hatte sie bloß all diese Schuhe gekauft? Sie hätte schwören können, dass es bei ihrem Einzug noch nicht so viele gewesen waren.

Als ob das von Bedeutung wäre, Lily. Sie zuckte die Schultern. Das Einzige, was jetzt zählte, war, von hier weg zu sein, wenn Zach von Orcas zurückkam. Deshalb hatte sie sofort mit dem Packen begonnen, nachdem mit Mimi geklärt war, dass sie ein paar Tage auf der Couch ihrer Freundin schlafen konnte, bis sie eine eigene Wohnung gefunden hatte.

Sie kannte ein paar Restaurants, die jederzeit bereit waren, sie bei Bedarf aushilfsweise als Köchin zu beschäftigen, und sobald sie sich in der Wohnung ihrer Freundin eingerichtet hatte, wollte sie dort anrufen, um sich zu erkundigen, ob es Arbeit für sie gab. Die Aussicht, nur herumzusitzen, solange die *Argosy* noch im Hafen lag, war nicht besonders verlockend. Sie würde verrückt werden, wenn sie nichts anderes zu tun hätte, als ihren Gedanken nachzuhängen.

Weil sie an Zach denken würde. Das war so sicher wie das Amen in der Kirche. Und daran, dass er jemanden in ihr sah, an dem man etwas »wieder gutmachen« musste. Oder noch schlimmer, dass er sie wahrscheinlich in die gleiche Schublade steckte wie Miguel – noch jemand, der sein Leben durcheinander bringen wollte. Niemals hatte sie für einen Mann auch nur annähernd so viel empfunden wie für Zachariah Taylor ... aber sie war für ihn nichts weiter als eine Belastung.

Sie biss die Zähne noch fester zusammen. Nein, sie würde nicht wieder zu weinen anfangen, verdammt noch mal!

Gerade als sie sich mit einem leeren Karton in der Hand aufrichtete, segelte etwas an ihr vorbei und landete auf dem Bett. Während sie noch die lavendelfarbene Tulpe auf der Tagesdecke anstarrte, landete daneben eine purpurfarben und weiß gefleckte. Rasch drehte sie sich um.

Und ihr Herz vollbrachte das Unmögliche, es machte einen Satz, während es ihr gleichzeitig in die Hose rutschte. *O Gott.* In der Tür stand Zach und lehnte sich an den Rahmen. In der Hand hielt er noch mehr Tulpen.

»Zunächst möchte ich mal ein paar Dinge klarstellen«, sagte er, nahm eine weitere Tulpe aus dem Strauß und warf sie ihr vor die Füße. »Kein Mann, in dessen Adern auch nur ein Tropfen Blut fließt, würde dich als Sozialfall betrachten. Das war Nummer eins.« Er schien nachzudenken, dann schüttelte er den Kopf und ließ eine dunkelrote Tulpe durch die Luft fliegen, die neben ihren Füßen auf dem Boden landete. »Nein. Das war Nummer zwei. Eins ist, dass ich dich liebe.«

»Du –«

»Ich liebe dich«, wiederholte er mit dieser tiefen Stimme, die sie immer mitten ins Herz traf. Eine weitere Blume segelte neben ihre Füße. »Letzte Nacht habe ich diese Worte einfach nicht herausbekommen, und dann habe ich mich wie ein Vollidiot benommen, nur weil du meine Gedanken nicht lesen konntest und mir nicht sofort in die Arme gesunken bist.« Mehr Blumen regneten auf sie hernieder. »Aber ich liebe dich, Lily. Ich liebe dich, wie ich noch niemals in meinem Leben jemanden oder etwas geliebt habe.«

Ihr war klar, dass sie aussehen musste wie eine Idiotin, aber ihr Verstand schien die Worte, die aus seinem Mund kamen, nicht erfassen zu können. Doch irgendetwas tief in ihrem Innern verstand sie wohl doch, da sich in ihrer Brust ein Glühen, ein strahlendes Licht auszubreiten begann.

Er stieß sich vom Türrahmen ab. »Du hattest Recht, als du mir vorgeworfen hast, ich hätte Angst.« Er blieb vor ihr stehen und strich ihr mit einer Blüte über die Wange. »Ich glaube nicht, dass ich ein Mann bin, der sich so schnell ins Bockshorn jagen lässt, aber ich habe mir vor Angst fast in die Hosen gemacht, dass du es dir anders überlegen könntest, wenn ich dir und deiner Liebe vertraue, und … dass du sie zurücknimmst.«

Niemals. Bevor sie das Wort jedoch aussprechen konnte, fiel Zach vor ihr auf die Knie, und vor Verblüffung versagte ihre Stimme.

»Du glaubst, ich kann nicht bitten? Denk noch mal darüber nach, ich würde nämlich alles tun, *wirklich* alles, wenn das bedeutet, dass du mir eine zweite Chance gibst. Also, Lily, liebste Lily, *bit–*«

»Zach, nein!« Die Wärme und das Licht explodierten in ihr, und sie war überrascht, dass sie nicht auf der Stelle in Flammen aufging. Aber noch während dieses Gefühl ihren ganzen Körper bis in die Fingerspitzen und Zehen durchströmte, wurde ihr klar, dass diesen stolzen Mann gedemütigt zu sehen das Letzte war, was sie wollte. »Tu das nicht.«

Er hatte sie offensichtlich falsch verstanden, da ein flehender Ausdruck auf seinem Gesicht erschien, als er sagte: »Bitte, Lily, du musst mir noch eine Chance geben. Ich *liebe* dich.«

»Aber mehr will ich doch gar nicht.« Als es ihr nicht gelang, ihn hochzuziehen, lachte sie leise, ließ sich neben ihn sinken und presste sich an ihn, die Arme fest um ihn geschlungen. Seine Wärme, sein Geruch und seine Stärke riefen ein Gefühl der Ruhe in ihr hervor, und sie sah ihm ins Gesicht. »Ich habe nie gewollt, dass du bettelst. Alles, was ich wollte, war, dass du mich so liebst wie ich dich. So wie ich dich immer lieben werde, so lange mein Herz schlägt. Daran wird sich nie etwas ändern.«

»O Lily.« Die dünne Narbe, die seine Oberlippe teilte, verlor ihre Blässe, und er beugte sich vor und drückte den zartesten Kuss auf ihre Lippen, den sie jemals bekommen hatte. Als er den Kopf wieder hob, waren seine hellgrauen Augen ganz dunkel geworden. »Ich verdiene dich gar nicht.«

»Mach dich darauf gefasst, dass ich dich zu gegebener Zeit daran erinnern werde«, gab sie trocken zurück, drückte ihr Kinn an seine Brust und sah ihn von unten herauf an. Plötzlich fasste sie sich mit der Hand an die Haare. »Mein Gott, ich muss furchtbar aussehen!«

Er grinste sie an. »Süße, du könntest nicht einmal furchtbar aussehen, wenn du es versuchen würdest.«

Aber sie hatte sich vorhin einen kurzen Augenblick im Spiegel gesehen, auch wenn es sie da nicht im Geringsten interessiert hatte, dass ihre Augen geschwollen waren und ihre Haut aschfahl war. Sie trug nicht einmal wie gewöhnlich Make-up, das ihre Blässe verbarg, da von dem, was sie gestern aufgetragen hatte, längst nichts mehr übrig war und sie sich zu elend gefühlt hatte, um es zu erneuern. »Seit ich von der Insel weg bin, habe ich keine Sekunde geschlafen«, gestand sie, dann runzelte sie die Stirn. »Dabei fällt mir etwas auf. Wie, zum Teufel, hast *du* es eigentlich geschafft, so schnell hier zu sein? Ich habe gerade noch die letzte Fähre erwischt.«

»Ich habe heute Morgen ein Flugzeug gechartert.«

»Was bist du nur für ein Snob. Ich war die ganze Nacht unterwegs, von einer Insel zur anderen und aufs Festland, wo ich für die Fahrt nach Seattle ein Auto gemietet habe. Um halb drei Uhr nachts war ich endlich am Flughafen. Glücklicherweise hatten die Fluglotsen ihren Streik inzwischen beendet, der fiel mir nämlich erst wieder ein, als ich fast da war. Aber dann hat mich mein Glück auch schon wieder verlassen. Ich musste stundenlang auf einen Flug warten, und als ich in Los Angeles ankam, noch mal ein Auto mieten – die Highways waren natürlich wie immer völlig verstopft. Aber was soll's.« Sie schlug ihm mit der flachen Hand auf die Brust. »Wie schön, dass wenigstens *du* eine Nacht durchschlafen konntest, bevor du hier in deinem Privatflugzeug eingetrudelt bist.«

Als er dieses Mal den Kopf vorbeugte und sie küsste, hatte es überhaupt nichts Zartes – es war pure Leidenschaft. Sie grub ihre Nägel in sein T-Shirt und drängte sich an ihn, als wolle sie mit ihm verschmelzen. Da löste er seinen Mund wieder von ihrem.

»Du glaubst also, ich habe die Nachricht von deiner Abreise ungerührt zur Kenntnis genommen, bin in die Federn gehüpft und habe friedlich wie ein Baby geschlafen?« Ein raues Lachen stieg aus seiner Kehle. »Ich habe nicht nur kein Auge zugemacht, Schätzchen, mein Kopf ist nicht eine Sekunde mit einem Kissen in Berührung gekommen! Der bescheuerte kleine Flugplatz in Eastsound war bereits geschlossen, als ich letzte Nacht anrief, und ich bin die ganze Zeit, bis er wieder aufgemacht hat, in meinem Zimmer auf und ab gelaufen und habe mir Sorgen gemacht, dass du vielleicht schon weg bist, wenn ich endlich hier ankomme.« Die Erinnerung daran wurde augenblicklich von etwas anderem verdrängt, als er ihr mit den Fingern sanft über die Augenlider strich. »Verdammt, deine Augen sind nicht geschwollen, weil du die ganze Nacht wach gewesen bist. Du hast *geweint.*« Ein Ausdruck von Schuld trat in seine Augen. »Ich könnte mich ohrfeigen.«

»O ja, bitte. Das würde mir wirklich helfen.«

»Aber was ist, wenn das nicht das letzte Mal war, dass ich dich zum Weinen bringe?« Er blickte sie besorgt an. »Gott, Lily, ich habe nicht die geringste Ahnung von diesem ganzen Beziehungskram. Ich werde es ganz bestimmt vermasseln.«

»Sicher wirst du das.« Sie nahm sein Gesicht in ihre Hände und genoss das leichte Pieksen seiner Bartstoppeln auf ihren Handflächen. »Genau wie ich, Zach. Ich glaube, das ist einfach unvermeidlich, wenn zwei Leute, die so verschieden sind wie wir, es miteinander versuchen.«

»Toll. Willst mir damit vielleicht sagen, dass wir zum Scheitern verurteilt sind?«

»Aber nein. Ich verwette mein gesamtes Erspartes, dass wir es öfter auf die Reihe kriegen, als uns gegenseitig die Augen auszukratzen. Und dabei ist noch nicht einmal berücksichtigt, wie stur wir beide sind.«

Er zog die Augenbrauen in die Höhe. »Das soll ein Vorteil sein?«

»Na ja, wenn man Sturheit so definiert, dass man sich nicht von einem Ziel abbringen lässt, kann sich das doch zu unseren Gunsten auswirken, was unsere Beziehung angeht, meinst du nicht?«

»Stimmt.« Ein Lächeln erschien auf seinem Gesicht, und seine Anspannung ließ merklich nach. »Doch, ganz sicher. Und ich nehme an, ein kleiner Streit hin und wieder hat sogar etwas für sich.« Seine Hände glitten zu ihren Hüften. »Ich wette, dass die Versöhnungen eine Menge Spaß machen.« Er legte den Kopf schief. »Also, was machen wir jetzt? Wollen wir heiraten?«

»Oh. Heiraten. Also.« Ihr Herz machte einen gewaltigen Satz und rief: *Ja! Ja!* »Also, ich weiß nicht. Da ist noch so viel, worüber wir nicht geredet haben. Zum Beispiel diese Sache mit Miguel letzte Nacht. Und was du während deiner letzten beiden Jahre in der Armee machen willst. Oder der Umstand, dass ich meine Fantasien von dem verschwitzten Stallburschen endgültig begraben kann, wenn wir heiraten.«

»Hey, ich kann doch den verschwitzten Stallbursche geben.« Er spreizte die Beine, um sein Becken auf die gleiche Höhe mit dem ihren zu bringen, und presste die beeindruckende Wölbung in seiner Hose zwischen ihre Beine. »Haben gnädige Frau heute Morgen vielleicht Lust, den Hengst zu reiten?«

Oh. Ja. Unbedingt. Bevor sie jedoch ihre Arme um ihn

schlingen konnte, um ihn in dieser Stellung festzuhalten, richtete er sich auf und zog sie mit sich hoch. Sie klammerte sich an seine Schultern, als er aufstand und sie zum Bett trug, auf das er sich mit ihr fallen ließ.

»Bevor du den Gaul besteigst, lass uns noch den Rest klären.« Er zupfte ihr zärtlich ein paar Haarsträhnen zurecht. »Miguel wurde heute Morgen von der Militärpolizei abgeholt, sie bringen ihn zurück nach Pendleton. Ich habe nichts mehr mit der Sache zu tun – über sein weiteres Schicksal entscheiden jetzt Männer, die mehr Sterne auf den Schultern tragen als ich.« Er wiederholte die Höhepunkte seiner Unterhaltung mit dem jungen Mann vom Abend zuvor. »Meiner Meinung nach kann er von Glück sagen, dass man ihn nicht der Einwanderungsbehörde übergeben hat.«

»Ich frage mich, ob er reif genug ist, dieses Entgegenkommen zu schätzen?«

»Das bezweifle ich, aber das ist nicht unser Problem. Es gibt genug andere Dinge, über wir uns Gedanken machen müssen.« Zach zog an ihrem Bein, bis sie es über ihn legte und sich rittlings auf ihn setzte. Er sah sie an, wie sie da auf seinem Schoß saß, blass und unsicherer, als er sie jemals zuvor erlebt hatte, aber so hübsch, dass es fast schmerzte. Sein Herz weitete sich vor Liebe. »Hör zu, ich habe heute Morgen auf dem Weg hierher ziemlich intensiv nachgedacht. Und wenn du mich wirklich willst, dann werde ich das tun, was du gestern Abend vorgeschlagen hast, und mich auf die theoretische Ausbildung verlegen.«

»Aber willst *du* das denn auch?«

Er zögerte kurz, dann nickte er. »Hm, ja. Sicher.«

»Zach.« Diesen Oberlehrerinnenton kannte er bereits, und er sollte ihn besser nicht einfach ignorieren.

Er zuckte die Schultern. »Na gut, ich weiß nicht, was ich will, okay? Das ist ja das Problem – ich bin sechsunddreißig und muss plötzlich herausfinden, was ich werden will, wenn ich erwachsen bin.«

»Dann lass dir Zeit und finde es heraus. Wenn du meinst, dass das mit dem Unterrichten funktioniert, prima. Aber tu es nicht nur mir zuliebe. Unsere Beziehung ist nicht davon abhängig, dass du die Aufklärungseinheit verlässt.«

»Das heißt aber, dass ich immer wieder lange von zu Hause weg bin, Lily.«

»Und ich werde dich dann immer ganz schrecklich vermissen. Da ich ebenfalls nicht vorhabe, meinen Beruf aufzugeben, werde auch ich gelegentlich ein oder zwei Wochen nicht zu Hause sein.« Sie drückte seine Schultern. »Was ich damit sagen will: Wenn es dich glücklich macht, in den entlegensten Winkeln der Welt deinem Job nachzugehen, dann solltest du das auch tun.«

»Mein Gott, ich liebe dich.«

Sie grinste ihn an, dann wackelte sie versuchsweise mit dem Po. Sein stets einsatzbereiter Schwanz reagierte sofort, aber er versuchte noch einen Moment lang, die Botschaften, die er aussandte, nicht zu beachten. »Wenn ich ehrlich sein soll, Lollipop, dann hat es für mich schon seit einiger Zeit seinen Reiz verloren, in den entlegensten Winkeln der Welt meinem Job nachzugehen. Ich bin mir nur einfach noch nicht im Klaren darüber, was ich stattdessen machen will. Aber was immer das auch sein wird, es könnte bedeuten, dass wir unseren Krempel zusammenpacken und quer durchs Land ziehen müssen. Dein Restaurant –«

»Das kann warten. Mir war es ernst mit dem, was ich gestern Abend gesagt habe, Zach. Zwei Jahre sind nicht so furchtbar lang. Es bedeutet einfach, dass ich viel mehr Zeit habe, Geld zu sparen, was wiederum bedeutet, dass ich ein dickeres Polster habe, wenn ich das Restaurant eröffne.«

»Liebling, wenn du ein Polster brauchst, ich habe eine ganze *Wagenladung* Gel–« Er brach mitten im Satz ab, als er ihren Gesichtsausdruck sah. »Okay, okay«, sagte er und drückte ihren Oberschenkel, der sich unter seiner Hand verkrampft hatte. »Diesen Blick kenne ich. Ich fühle mich dann immer so, als hätte ich vor den Augen deines Kaffeekränzchens die Hosen runtergelassen. Ich nehme an, eher geht die Sonne im Westen auf, als dass du meine finanzielle Hilfe annimmst, was?«

Sie entspannte sich. »Es ist nicht so, dass ich etwas dagegen habe, dir beim Geldausgeben zu helfen«, sagte sie ernst. »Himmel, wenn es dich glücklich macht, kannst du die Haushaltskasse übernehmen – du kannst meine Kleider bezahlen. Du kannst sogar meinen Schuhfimmel finanzieren, wenn du willst. Aber, Zach, ich habe von einem eigenen Restaurant geträumt, so lange ich denken kann – und ich muss es allein schaffen oder scheitern.« Ihre Augenbrauen zogen sich zusammen. »Klingt das eigenartig für dich?«

»Nein, Ma'am. Das klingt nach einer charakterstarken Frau.«

»Ach je.« Sie legte ihren Kopf an seine Schulter. »Ich glaube, ich muss dich doch heiraten.«

Am liebsten hätte er laut *Ja!* gejubelt, aber er schaffte es, seine Stimme ruhig klingen zu lassen, als er sagte: »So, so, und was hat diesen plötzlichen Sinneswandel bewirkt? Ich wette, es war meine Bereitwilligkeit, den Stallburschen zu spielen, oder?«

»Na ja, nachdem ich den Hengst gesehen habe«, sagte sie und rutschte auf seinem Schoß ein bisschen hin und her.

Als sie sein Gesicht in die Hände nahm und ihm in die Augen sah, hatte ihr Blick jedoch nichts Neckendes mehr. »Aber hauptsächlich deswegen, weil ich noch nie jemandem begegnet bin, der so viel Liebe zu geben hat wie du. Ich habe erfahren, wie es ist, derjenige Mensch zu sein, dem deine Zuneigung gilt, Zachariah, und was du für diejenigen, die du liebst, zu tun bereit bist. Und ich kann mir keine größere Ehre vorstellen, als deine Frau zu sein.«

»Lily, süße Lily«, sagte er heiser. Keiner hatte jemals solche Gefühle in ihm hervorgerufen wie sie. Er hätte es nie für möglich gehalten, dass ihm das Herz in der Brust so weit wurde, dass es ihn nicht gewundert hätte, wenn sie beide bis an die Decke geschwebt wären. »Ich liebe dich so sehr. Und ich verspreche dir eines: Ich werde dich glücklich machen. Ich werde dich sehr, sehr glücklich machen – und wenn ich schon dabei bin, verspreche ich dir auch gleich noch einen teuflisch guten Ritt.«

»Daran zweifle ich keine Minute. Und ich muss zugeben: Dein Angebot, den Stallburschen zu spielen, ist tatsächlich eine Überlegung wert. Wo wir gerade davon reden –« Sie rutschte erneut auf seinem Schoß hin und her. »Ist es nicht an der Zeit, den Hengst aus dem Stall zu lassen?«

»Oh, unbedingt«, sagte er und salutierte. Lachend rollte er sie herum, bis sie unter ihm auf dem Bett lag. »Wie gnädige Frau befehlen.«